Good Morning, Mr Mandela

Zelda la Grange

〔南非〕**泽尔达·拉格兰奇** 著

叶玲杰 贲流 译

早安，曼德拉先生

中国出版集团 东方出版中心

图书在版编目（CIP）数据

早安，曼德拉先生 / (南非) 泽尔达·拉格兰奇著;
叶玲杰, 赉流译. 一上海：东方出版中心, 2024.4
　　ISBN 978-7-5473-2363-2

　　Ⅰ. ①早… Ⅱ. ①泽… ②叶… ③赉… Ⅲ. ①回忆录
－南非－现代 Ⅳ. ①I478.55

中国国家版本馆CIP数据核字（2024）第061131号

上海市版权局著作权合同登记　图字：09-2024-0119号

早安，曼德拉先生

著　　者　〔南非〕泽尔达·拉格兰奇
译　　者　叶玲杰　赉　流
策划/责编　戴欣倍
封面设计　钟　颖
版式设计　余佳佳

出 版 人　陈义望
出版发行　东方出版中心
地　　址　上海市仙霞路345号
邮政编码　200336
电　　话　021-62417400
印 刷 者　上海盛通时代印刷有限公司

开　　本　710mm×1000mm　1/16
印　　张　21
字　　数　246千字
版　　次　2024年4月第1版
印　　次　2024年4月第1次印刷
定　　价　78.00元

目　录

前　言

　　2013年6月，非洲人国民大会（ANC）中坚力量奥利弗·坦博（Oliver Tambo）之子达利·坦博（Dali Tambo）采访了津巴布韦总统罗伯特·穆加贝（Robert Mugabe）。穆加贝谈及："纳尔逊·曼德拉太像圣人了。他对白人太好，甚至于牺牲了本国黑人的利益。"有人支持他也有人反对他的观点。在某种程度上，我认为他的观点有其见地。事情的本质很可能就是我们所理解的。然而，马迪巴[1]（Madiba）在作品《与自己的对话》中引用了自己很久以前对理查德·斯坦格尔（Richard Stengel）说过的话："人们觉得我对人性过于乐观，但我愿意接受并适应这个批评，因为不论真相如何，我坚持的观点有其价值。因为当你抱持正直且光荣地期待与人合作，你就会吸引正直且光荣的人。"

　　在对穆加贝的采访中，我觉得我对人们认为曼德拉对白人太好了的看法有责任——他确确实实对我太好了，但我同样相信他也为自己改变了我这个无足轻重的生命而感到自豪。他经常说，如果一个人因你而变得更好，你就算尽了职责。他不仅改变了我的生活，还改变了数百万人的生活。他的所作所为远远超出了人们对一个人的期望，也许正因为如此，他终将被世人誉为圣人。

　　在与理查德·斯坦格尔的另一次谈话中，马迪巴说："你的职责是作为人与别人一起工作，而不是把他们当作天使。因此，一旦你知道一个

---

[1] 马迪巴是纳尔逊·曼德拉在南非的氏族名称，也是人们对他的爱称。——译者注

人有这样的美德或那样的弱点，你就要在和他的共事中适应这个弱点，并努力帮助对方克服这个弱点。我不想因为一个人犯了某些错误和拥有人性的弱点而恐惧退缩。我不能允许自己受到这种影响。这也是许多人批评我的原因所在。"

我试着不去思考"为什么是我"——纳尔逊·曼德拉为什么选择我？而如果我这样做，我就会想到上面的这些话。在我们相处的19年里，他了解我的弱点，也了解我的长处，而正是他挖掘和培养我的长处，才使我成为今天的我。

我作为他的助理为他服务了近二十年，直到他于2013年12月5日永远地离开了我们。2009年，我决定开始写这本书以向他致敬。我希望通过记录我的经历，让其他人也能被我的故事所改变和影响。因此，我的书也是向我心中的库鲁[1]（Khulu）致敬。

这不是他的故事，这是我的故事且我对它感到满意。但是，如果读者期望我八卦，他们可能会感到失望。我不会不尊重纳尔逊·曼德拉对我的信任。这是他赋予我的最大荣誉——信任我——而我打算用我的余生珍惜这份信任。我决定写的和我决定因他而略过的内容都是基于这种信任。因此，这不是一本兜售隐私的书。

这也不是一本具有伟大政治洞察力的书，或一本关于他的人生的主题剖析。这是一个讲述我和他共同经历的简单故事。多年来，我从这位伟人身上学到的最重要的一课，他的妻子格拉萨·马谢尔（Graca Machel）也在后来的生活中向我重申——你只需对一个人负责，那就是你自己。人必须带着自己的心声和良知入睡，而在写完这本书后，我需要感受一种仿佛枕于舒适枕头入眠般的问心无愧。我需要让他感到骄

---

[1] 库鲁是塔塔乌姆库鲁（Tata um'khulu）的简称，科萨语"祖父"的缩写，是作者对纳尔逊·曼德拉的亲切称呼。——译者注

傲，因为尽管我们的生活在过去几年中被消极和动荡所笼罩，但仍有一个美丽的故事可以讲，而我同样需要承认我是这个故事的一部分，也因此有责任讲这个故事。最重要的是，我需要从心里知道，如果他必须阅读这本书，他会对我讲述的内容感到满意，他会同意这些细节，而在过去19年中，有16年是我和他一起日复一日地度过的，我知道他在公共领域表达的喜好与禁忌，而这也将为我所守护。

因此，这本书是一本轶事集，也是我付出代价而走过的人生路，但只留教训却不留遗憾。我已成为一个情感上的亿万富翁，哪怕我的余生不会再发生什么特别的事情，直到临终之时我也仍然会满足于我的记忆。我的人生很丰富，大多数人不会经历我所见证的事情，这是一个充满变化的故事，是我的心灵和信仰体系缓慢蜕变至今的故事。由读者来决定是否认同故事中的任何部分，或者从故事中学到教训，但这已非我所能决定。

我并非马迪巴身边唯一的工作人员，也不具有特殊性。诚然，我在他的生活中扮演着关注他的公共生活的特殊角色，但还有许多其他人，如家庭工作人员、办公室工作人员、安保人员和医务人员，在他的生活中扮演着同样重要的角色，他完全依赖他们。他们中的一些人在我的故事中将有所叙述，但恕我无力向他们中的每一位致意。

我已经不遗余力地将我所能给予的都呈现在本书中。我希望通过向有意者分享我曾经历的特殊优待和体验，以此为纳尔逊·曼德拉所留下的精神遗产作出微小的贡献。而如果我用我的故事感动了另一个人，为他/她的生活带去一丝丝改变，我也算完成了使命。

我仍感激并永远将这份感激长留在心……

序　言

泽尔迪娜[1]

　　那是20世纪初，我当时三十多岁。我像往常一样站在约翰内斯堡的办公室门外等待纳尔逊·曼德拉的到来，迎接他并陪同他进入办公室，再向他介绍当天的行程。每当他的车出现在拐角处，不论我承受着多大的压力，我都会不由地神采飞扬。我脸上的笑容满是爱与钦佩，就像看到最亲爱的祖父一样。他的车停下来，安保人员走出来，我们打了个招呼，简单地寒暄几句，然后他们打开全副武装的车门，让马迪巴走下车。马迪巴是纳尔逊·曼德拉在南非的氏族名称，也是人们对他的爱称。有些人叫他塔塔（Tata），意思是"父亲"，但大多数人都称呼他为马迪巴。我叫他库鲁，这是塔塔乌姆库鲁（Tata um'khulu）的简称，意思是"祖父"。

　　下车时，我们恰好对视。我便扬声道"早安，库鲁"。他叫我泽尔迪娜（Zeldina）。他接过手杖方便支撑着下车，手杖是用象牙做的，是他的好朋友杜夫·斯泰恩（Douw Steyn）的礼物。他不太在乎物质上的东西，但手杖却是为数不多被他重视并足以用生命保护的物品之一。

　　"早安，泽尔迪娜。"他边从车里出来边说道。他的脸上洋溢着一贯的笑容，尽管我发现他有些拘谨。安保人员协助他站稳后便将他转托于我，他用手杖支撑着自己，左手搭着我的胳膊。

---

[1] 泽尔迪娜是纳尔逊·曼德拉对本书作者泽尔达·拉格兰奇的昵称。——译者注

"你今天早上好吗，库鲁？"我问道。

"我很好，泽尔迪娜。"他答道，但他没有像往常那样问候我的健康状况。

这是另一个说明有些事情正困扰着他的迹象。当我们走进他的办公室，我正想在向他传达当天那些令人感到超负荷的信息前给他一些时间整理思绪。办公室的门一关上，他就打开天窗说亮话了。

"泽尔迪娜，我昨晚做了一个梦。"

"是吗？"我回应道。

"我梦见你离开了我，你背弃了我。"他说道。

我吓得目瞪口呆。我，泽尔达·拉格兰奇，背弃纳尔逊·曼德拉？他怎么会想象我做出那样的事情？当时，我已经为他服务了近十年。是什么让他产生我要背弃他的想法？恰恰相反，因为我的幼年时代常常处于被抛弃的恐惧中，因此我更迫切希望能让他安心。我把我的左手放在他抓着我右臂的手上，说："库鲁，我永远不会做这样的事情，也请你永远不要再想这个问题了。我可以向你保证，我永远不会背弃你。"然后，我又轻描淡写地补充道："哪怕万一，我认为你会在我背弃你之前抛弃我或将我赶走。"

他看着我，半信半疑地笑了笑，抬了抬眉毛，然后答道："我永远不会这样做。"

这就是我们温暖的关系，我们需要对方的肯定，也互相照顾。我逐渐爱上了这个曾经的白人公敌。在我们的眼中，他曾经象征着恐惧。作为一个在南非种族隔离制度下长大的南非白人，我们一生都在压迫纳尔逊·曼德拉所代表的那些人。而他是被压迫者和解放运动的代言人。在他出狱后不到15年的时候，我却在这里试图解释和捍卫我对这个我们曾经鄙视的人立下的承诺。

种族隔离是南非白人政府在20世纪40年代推行的制度。它主张白人至上和压迫黑人，是一套规定了南非白人和黑人分离和隔离的明确立法。不论在教堂还是学校、海滩和餐馆，或任何白人少数群体可能因黑人的存在而感到害怕的地方，种族隔离的法律都得到维护。

然而，在我成年后的大部分职业生活中，我一直在纳尔逊·曼德拉左右——我们紧密相连。我是一个年轻的南非白人女孩，我的观点和心态被我们这个时代最伟大的政治家所改变。对我来说，他不仅仅是我的道德良知。因为他对我的关心，我学会了关心他。他塑造并改变了我的思想，因为他前所未有甚至闻所未闻地雇用了一个讲南非荷兰语的年轻白人女孩作为他的私人助理。

第一部分

"如果那不好，就让它过去吧"

（1970—1994）

童 年

1970年10月29日，在南非约翰内斯堡东部的博克斯堡（Boksburg），我出生了，没有被遗弃，而是像诞生在世界上的大多数婴儿一样被善待、养育。

在同一天，纳尔逊·曼德拉开启了他在监狱中的第九个年头。自1962年以来，他一直被关在监狱里，随后在1964年的里弗尼亚审判（Rivonia Trial）后被定为叛国罪并判处终身监禁。他和其他政治犯因反对种族隔离制度而被关押在开普敦海岸边的一个荒凉岛屿——罗本岛（Robben Island）。

当时我父亲在一家建筑公司工作，母亲是一名教师，他们非常贫穷。我唯一的哥哥安东在我出生时已经3岁了。因为我们的父母是白人，所以我们出生时就享有法律赋予的特权，这在1970年的南非是自然而然的事。尽管父亲与母亲的家庭每年12月都在同一个地方度假，但直到我母亲已经成为一名教师而父亲在邮政部门工作时，他们才在博克斯堡相遇。

我祖父的家族起源于法国胡格诺派（Huguenots），他们在17世纪80年代时为逃避天主教当局对新教徒的迫害而逃离法国南部。拉格兰奇（La Grange）家族起源于阿维尼翁（Avignon）地区一个叫卡布里埃（Cabrières）的小镇，在我出生的几十年后，我才因为为纳尔逊·曼德拉工作而有机会两次探访这里。

我祖父有两个孩子，一家人住在开普省风景如画的花园大道沿线一个叫莫塞尔湾的沿海小镇。我祖母的姐姐是南非第一位取得资质的女药剂师，直至今天，舒尔茨（Scholtz）家族仍在东开普省的威洛镇（Willowmore）持有并经营一家有名的药店。她的独特成就令人情不自禁地仰视，她也因此成为一位令人尊敬的女性。

我也非常喜欢我的祖父。他的名字叫安东尼·迈克尔，但我们只叫他迈克爷爷。他每年都会来看我们几次，然后和我们住上几个星期。他抽着烟斗，烟味常常让我们感到很不舒服。他总是坐在一张特别的椅子上，然后不断地在扶手上擦手。他的皮肤苍老皲裂，塞进烟斗的烟草有时便黏在这些裂缝里。当他离开我们家时，扶手已经变成黑色，虽然这让我母亲很恼火，但从来没有人不让他在家里抽烟。

我母亲是斯特赖敦家族（Strydom）三个兄弟姐妹中的长女。这个姓氏唯一著名的家族是约翰内斯·格哈杜斯·斯特赖敦，他是南非第六任总理，在1954年至1958年期间任职。接替他的是"种族隔离之父"亨德里克·弗伦施·维沃尔德（H. F. Verwoerd）。当我在孩提时代知道斯特赖敦是总理时，尽管事实上我们并不存在真正的联系，但我仍然相信我们有某种关联。

我的外祖父死于一场摩托车事故，当时我母亲只有12岁。我常常问我母亲是否记得他们得知外祖父死讯的那个晚上。大多时候她总是回避谈论这件事，但她记得当时被前门的敲门声吵醒，然后便听到我外祖母歇斯底里的哭声。

我的外祖母在养育孩子方面几乎别无选择。她在南非铁路公司从事文职工作，从经济角度考虑，她不可能独自抚养三个小孩。于是她决定把作为长女的我的母亲送往孤儿院。这个孤儿院位于开普敦，这是我母亲始终厌恶这个城市的原因。对她来说，那里充满了被遗弃的味道。

母亲只在每年12月的假期与她的兄弟姐妹以及我的外祖母相见。在

12月的假期里，拉格兰奇家族和斯特赖敦家族都会在靠近莫塞尔贝的一个名叫哈腾博斯的地区露营，但他们从不知道对方的存在。

我母亲的童年记忆只有痛苦、消极和悲伤。当时世界正在承受第二次世界大战的后果，从经济衰退中慢慢恢复，而我的母亲即使是20世纪40年代的南非白人孩子，也通过贫穷感受到了这些后果。我非常钦佩她，因为无论在什么情况下，她都没有对我的外祖母怀恨在心。

蒂莉外祖母是我们日常生活的一部分，尽管她在我母亲小时候就抛弃了我母亲。她住得离我们很近，就在我们家和学校的中间，因此我经常会在上小学的路上顺道去看她。在搬到我们附近之前，蒂莉外祖母住在联合大厦对面——坐落在俯瞰南非行政首都比勒陀利亚（Pretoria）的山上，联合大厦由赫伯特·贝克建造，是种族隔离政府的所在地。它令人印象深刻又具有纪念意义，而且非常漂亮——对我的家人来说，这简直就像住在白宫对面一样。

星期日，我叔叔的家人都会到外祖母家里吃午饭，然后到联合大厦修剪整齐的草坪上散步。联合大厦象征着最高权威，我们满怀敬意地走上台阶。我的堂兄弟、我的哥哥和我经常在操场上玩耍、在倾斜的草坪上打滚，一直闹个不停，我们是在南非种族隔离制度下长大的快乐孩子。

我们的家庭是一个典型的特权白人家庭，通过良好的教育、获得公共服务、对土地及其资源的权力感而从种族隔离中受益。种族隔离是我们政权实施强制隔离和分离种族、阶层和文化的政治解决方案。

20世纪50年代末，时任南非总理的南非白人领导人亨德里克·维沃尔德制定并将种族隔离称为"政策"。"我们的政策是睦邻友好"，暗示南非白人关心所有的南非种族群体。但现实是，种族隔离是确保南非白人从经济、机会和国家自然资源的财富中受益的一种方式，并因此牺牲了其他人。

20世纪70年代中期，种族隔离政府根据联合大厦官员的决定建立了一个种族主义国家。黑人和白人被分开，不允许结婚、交朋友或生活在同一个城市。这些都是南非所谓的群体地区法规定，试图阻止人们在同一范围内自由流动和生活。黑人不能与白人乘坐同一辆公共汽车或在同一片海里游泳。由于其种族隔离政策，南非在1974年被暂停参与联合国事务，随后在联合国1977年通过的一项决议中，对南非实施了大规模的武器禁运。尽管有几个议案呼吁，但美国、英国和法国还是反对将南非从联合国驱逐出去。

尽管我的国家被国际社会所唾弃，但我们仍在政府大楼前继续玩耍和欢笑。这是因为我们的人民受到了保护，免受伤害。我们害怕的是决心推翻政府、挑战白人优越特权的黑人。

我的父母既不是政治家，也不为政府工作，但我们支持这个政权。我想，我们是种族主义者。我们是当时典型的南非白人中产阶级家庭的缩影：遵纪守法的公民，拥护教会和政府的任何命令。我们对权威的尊崇和与荷兰归正教会（Dutch Reformed Church）的密切联系取代了从常识角度的认识。像其他非洲白人家庭一样，我们在星期日早上无一例外地去教堂做礼拜，并参加所有相关活动，以展示我们的模范公民形象。

所以种族隔离就在我们家里，我们以种族隔离的方式生活。种族隔离的一切对于我们而言都是日常甚至不容置疑的，不仅是因为当权的执政党政府决定了这一点，还因为我们的教会同样支持它。

黑人是指任何不是白人的人，有色人种和印度人在我们眼中也是黑人。"有色人种"现在被称为"棕色人种"，就像南非白人一样，他们来自不同的族群，但他们的一些祖先是卡什加人（qash-skinned）的皮肤颜色，因此在南非也被视为黑人。

南非白人具有混合谱系，包括荷兰、法国、德国和英国血统。尽管在当时难以想象，但现代历史和研究中发现，几乎所有南非白人的基因都可以追溯到南非的黑色和棕色人种基因，但并非所有南非白人都能轻易接受这一事实。

在种族隔离时期，你会不假思索地服从。我知道所有黑人都被要求携带通行证，他们必须向随机拦截他们的警察出示通行证。我不知道他们只被允许在他们的通行证允许的地区活动，如果他们没有特定地区的通行证，就会因为违反通行证法案而被逮捕入狱，然后被驱逐回自己的地区。如果你有约翰内斯堡的通行证，你依然不能在比勒陀利亚活动——即使这两个城市相距不到30英里[1]。这是政府控制黑人行动的方式。

按照我们教会的训导，我们的所作所为是正当的。我们做了"正确"的事情。是的，它是正确的，因为方向正顺应着教会秉持的极端保守主义。

和大多数白人家庭一样，我家雇有一位黑人佣人。她的名字叫乔加贝丝。回忆起那些日子时我不禁意识到，与我同龄的大多数白人儿童都是由黑人抚养长大的。他们不仅是家庭佣人，更是替身母亲。从孩子的视角来看，乔加贝丝在某种程度上是我们的家庭成员——但依然受种族隔离的限制。她住在有马桶却没有淋浴设施的后屋；她有单独的杯子和餐具，不允许使用"我们的"。我不记得我父母有没有告诉过她不能用我们的东西，但她知道，我们也知道，这是不言而喻的。然而，乔加贝丝却是我的救命稻草。

触摸黑人是禁忌。除了认为白人比黑人优越之外，我们从小还被灌

---
[1] 1英里 ≈ 1.609公里。——编者注

输了这样的观念：他们不像我们那么干净，他们闻起来明显和我们不一样，他们的头发质地也与我们不同。你做梦都不会想到要去摸黑人的头发或脸，这简直不可思议。但当我还是个蹒跚学步的孩子时，乔加贝丝把我背在身上，虽然我从来没有碰过她的头发，但每当我需要时，她的手、胳膊和她的怀抱都会安慰我。是她带大了我们这些孩子，因此在我们眼里，她并不像其他黑人那样黑。她对我们不构成威胁，她为我们服务，因此她比其他黑人更容易被我们接受。

我记得有很多次我被哥哥欺负，乔加贝丝在我"战败"后不得不安慰我。她是我的安全屋，我知道只要在她的照顾下，就能免受哥哥的欺负。在这样的时候，我紧紧贴着她的胸膛，在她的怀抱里找到了安慰。

我12岁那年，父亲在南非啤酒集团工作并晋升为物流经理，反对种族隔离的政治动乱第一次在我的生活中产生影响。南非啤酒集团的总部设在比勒陀利亚教堂街的波因顿斯大楼。1983年5月20日，星期五，我父亲计划飞往开普敦处理那里的事务。就在下午4点前，一场炸弹爆炸震动了整个比勒陀利亚的中心。新闻上立即报道了这一消息——汽车炸弹在波因顿斯大楼前爆炸了。

收到消息后，我母亲给父亲的办公室打电话，但没有人接。她打电话给机场询问我父亲是否在下午6点左右的航班上，但机场方面拒绝像往常一样公布乘客的信息。我们找不到任何人能证实爆炸发生时我父亲是在楼里还是已经安全离开。因为他经常在总部周边地区的餐馆参加商务午餐会，我们担心会发生最坏的情况。直到那天晚上9点左右，当他到达开普敦的旅馆时，才打电话告诉我们他很安全。那是我一生中最漫长的5个小时。他安然无恙，我们长舒了一口气。我没有问为什么对种族隔离的抵抗会如此强烈，或为什么采取如此暴力的形式，暴力只是加强了我对种族隔离的信念，愈发巩固了我对黑人和白人之间固有差异的认知。

反对党非洲人国民大会的军事派别"民族之矛"承认对爆炸事件负责，爆炸造成19人死亡，其中8人是黑人，11人是白人，超过217人受伤。教堂街的炸弹在交通高峰期爆炸。参与策划和执行爆炸的两名男子也因炸弹过早引爆而意外地被炸死。

"民族之矛"成立于1961年，当时纳尔逊·曼德拉和民族之矛的其他创始成员决定，南非的暴力正成为回应种族隔离政府实施暴力的唯一途径。由于政府采用暴力手段打击非洲人国民大会，并使黑人在种族隔离法下受到压迫，因此民族之矛是非洲人国民大会对这种暴力的回应。纳尔逊·曼德拉在1964年里弗尼亚审判的最后时刻发表讲话，当时他被指控犯有恐怖主义行为，之后和其他人一同被判处终身监禁，他在谈到"民族之矛"时指出："当政府用武力回应我们的和平要求时，非洲领导人继续宣扬和平与非暴力是不现实的，也是错误的。"

在1962年赴埃塞俄比亚和摩洛哥接受军事训练并为"民族之矛"争取支持后，曼德拉先生准备诉诸暴力。然而，我不确定在他被监禁期间，他是否知道非洲人国民大会的干部在外面做了什么，以及是否向他们被监禁的成员征求过对采取暴力行动的意见。1983年，奥利弗·坦博任非洲人国民大会的主席，当时曼德拉已经65岁了，在狱中度过了他的第二十个年头，而要与囚犯沟通联络是很困难的。我后来问他是否知道教堂街爆炸事件，他说他们在事件发生后得到了通报。

非洲人国民大会深知他们需要迫使种族主义政权采取行动，而要做到这一点就必须诉诸暴力。政府不打算废除种族隔离或改善黑人的生活条件，他们宁愿用暴力与黑人的反抗势力对峙。非洲人国民大会的回应同样是暴力。他们把目标放在对国家至关重要的战略设施上，而波因顿斯大厦具有重大战略意义，因为南非空军总部就在这栋楼里。

我一般对国内发生的事情漠不关心，不论是黑人的贫困还是暴力。但我知道我们各自生活在独立的茧中，我们在苦战中相互厮杀，因为我们无法共存。我们的生活方式让我们本能地认为，当有黑人接近时你应转身走到另一边，你恐惧他们、不和他们交谈，他们不是我们的朋友。我对我的生活很满意，我知道我们从小就锁着门窗，因为害怕黑人可能在晚上袭击我们。我从来没有想过，我们也可能被白人伤害，危险仿佛总是来自"黑"人。我没有问他们为什么会攻击我们，或者他们是谁，或者他们的生活是什么样的。我只知道他们是危险的。

每到星期日，我们都在教堂里庄严地为保卫我们边界的人们祈祷。这么做是对的，因为我所在社区里的其他白人都这么做了。我不知道是哪个边界，但我知道他们在和黑人作战。我的知识仅限于白人保护边界不被更多黑人渗透。奇怪的是当时人们并没有问这样的问题：哪些黑人？我们是在保护我们的边界不被更多的黑人渗透，还是在保护我们的边界不被该地区的其他支持非洲人国民大会的军事力量渗透？人们只是告诉你：我们在与黑人共产主义者作战。我从小就被教育所有黑人都是共产主义者和无神论者，我也一直这么相信。然而到了星期日，黑人也在空地上成群结队地举行教堂仪式。我没有看到这些，也不记得这种与我从小到大被灌输的信念相矛盾的情况是否曾困扰过我，作为一个在安全的环境中长大的孩子很容易遵循周围人的教导。也许，如果我被压迫、没有机会上像样的学校、没有合适的房子、没有电和水，我就会提出不同的问题，我的大脑会在很小的时候就对不公正问题更加好奇。但无论如何，我已经没有这个机会了。

今天我也意识到，你所生长的社区选择了以一种特定的方式生活。你周围的人，尤其是成年人，决定什么是社会可接受的，什么是不可接受的。你过着那样的生活，却没有意识到存在一个超越于日常的生活：

影响你的问题、政策、事件和趋势。当你生活在舒适的环境中时，你不会提问，也没有必要去质疑外界发生的事情。没有人天生就是一个种族主义者，但你会因为你周围的影响而成为一个种族主义者，而我在13岁时便已成为一个种族主义者。照此而言，我本不该成为为纳尔逊·曼德拉服务时间最长的助理，但最终我成了这个人。

改　变

也许是我童年的某些经历使我与纳尔逊·曼德拉相契合。

在我成长的过程中，母亲经常受困于严重的抑郁症，她会一哭就是好几天，或者躺在床上郁郁寡欢。我们从未被忽视，但我确实记得她的悲伤——令人无能为力，却无法感同身受。

母亲至今仍是我认识的最正派、说话最温柔、最体面的人。她从未在我面前发过誓或说过粗话，也从来没有对任何人说过侮辱性的话，甚至没有对让她生气的人或伤害过她的人说过侮辱性的话。她的性格恬淡，总把极端的情绪藏于心底；她生性温和，我从未见她对任何事过分高兴。她在孤儿院的成长经历显然改变了她，教会她隐藏自己的情绪。我在后来与纳尔逊·曼德拉相处的岁月中，同样意识到了这种压抑自我情绪的行为——他也不得不抑制自己的情绪，以便在监狱中生存。

我父亲经常因为母亲的郁郁寡欢而感到沮丧，他们最后会因为我母亲的冷暴力而争吵、打架。父亲是一个喜欢社交的人，人越多越开心；而母亲则喜欢拥有自己的空间，不喜欢过多的社交。我从母亲那里继承了这种反社会的倾向，但当时我们都没有意识到母亲的症状到底有多严重。

一个星期五的下午，我在朋友家玩后回家却发现家里空无一人。当我打开厨房的门时，我听到母亲把车停在车库里的声音。我没有打开车库的门，只是溜进屋里四处闲逛。过了一会儿，我听见车还在车库发动着，但我没有听到母亲打开车库门离开车库的声音。于是我决定去看看发生了什么。当我打开房屋和车库之间的门时，我清楚地记得我母亲把头靠在车窗上，而车在空转，她似乎睡着了。我冲向车门并试图打开它，但门被锁住了。然后我注意到车窗外有一根连着汽车排气管的管子。直到这时我才恍然大悟——她正试图自杀。我一下子又哭又叫，试图强行打开车门。

我当时只有12岁，弱小的力量根本无法撼动车门。我猛地撞向窗户，但她毫无反应。剩下的事情我记不清了，只记得我给外祖母打了电话，因为她就住在附近可以很快赶到。我不知道我母亲是怎么从车里出来回到她的卧室的，不知道我哥哥安东是什么时候回来的，不知道医生是什么时候来的，也不知道我母亲最好的朋友是什么时候来的；我不记得是谁给我父亲打了电话——他在出差，我不记得他在哪里而他们又是如何联系到他的——当时手机还没有发明。我只记得这是我一生中最后一次闻到东西，而那股味道是气体。医生说由于受到惊吓我的嗅觉从此失灵，这是一种对创伤的身心反应。

我母亲被送进了一家治疗抑郁症患者的诊所，病情得到了稳定。我一直在想，为什么她会决定离开我，就像她母亲抛弃她一样，难道我不够好吗？她对我的爱不足以支持她活下去吗？是我和哥哥无休止的争吵导致她这样做的吗？我从没有对我的母亲生怨，但我很伤心并且感觉自己被抛弃了。

1982年在充满煤气的车库里发生的事情永远决定了我的人际关系。我一直害怕自己会被抛弃，我害怕孤身一人。我习惯于牺牲自己来讨好别人，希望并试图避免被抛弃的情况发生。伴随着对被遗弃的恐惧，我不断地需要被肯定——这并不是浪漫关系的理想配方，但当你把一生奉献给你的工作和世界上最具代表性的政治家时，这却是理想的选择。奇怪的契合产生了，纳尔逊·曼德拉需要有人去帮助他，他需要有人一直在他身边，支持他、依赖他。我们以一种略带依赖的方式互补——我"讨好"的习惯和他绝对忠诚的需求达成了一致，但这都是后话。

1988年18岁的我完成了学业。新闻中充斥着关于警察或自由战士被杀的报道。全国各地没有一个月不发生炸弹爆炸事件，这已经成为一种常见现象，以至于人们后来已不再注意数字。到处都是死亡，南非正处于内战的边缘，暴力事件频频爆发，对于中产阶级南非白人来说，与黑人开战似乎是唯一的解决办法。

对我来说，生活一如既往。我父亲曾问我："你想学什么？"我不知道，但因为我在学校总是参与文化活动，所以我选择了学习表演。他给了我一个明确的否定回答，并说除非你是桑德拉·普林斯露（Sandra Prinsloo）——南非最成功、最受尊敬的女演员之一——否则你就没有机会在表演艺术上取得成功。成为一名演员是我一生的梦想。从孩提时代起，每当周末陪我父亲去他的办公室时，我就会扮演秘书的角色。就像当时大多数南非白人的父亲一样，我的父亲说服我选择一种更有工作保障而非追随激情的职业，于是我决定以执行秘书的身份报名参加比勒陀利亚的理工大学（现为茨瓦尼科技大学）的三年制大专课程。

1989年9月，在我18岁生日（南非公民成为合法选民的年龄）将近一年后，举行了一次大选。在种族隔离制度的法律下，有色人种、印度人或黑人都不允许投票。在南非上一次基于种族的全国选举中，国民党失去了优势，只获得48%的选票。国民党自1948年以来一直执政，其政策基于种族隔离制度，而促进南非白人的发展。支持他们的人被称为国民党人，作为一个比国民党人更保守的坚定保守主义者，我在1989年投票给了保守党。

国民党人开始谈论改革：允许黑人投票，废除《种族区域法》（Group Areas Act），杜绝基于肤色的歧视。保守党反对对种族隔离法进行任何修改，在那一年成为正式反对党并获得31%的白人选票。虽然当时的总人口估计在3 000万左右（由于黑人不被算作公民，所以没有官方数据），但只有大约310万选民（全部为白人）进行了登记，其中仅有100多万人投票支持国民党的改革政策。

　　没有人知道，纳尔逊·曼德拉于1989年7月4日第一次会见了当时的总统彼得·威廉·博塔（P. W. Botha）。众所周知，博塔反对黑人占多数的统治，但他愿意与曼德拉会面，这为他作出的让步奠定了基调。此时，纳尔逊·曼德拉正在监狱中度过他的第26个年头。他已成为南非被压迫人民名义上的领袖，尽管除了他的干部之外，很少有人真正了解他。他正在成为南非大众自由的象征，他的肖像是20世纪60年代时期的或是根据当时人们想象中他的样子绘制的，任何人都不被允许进入监狱给年迈的纳尔逊·曼德拉拍照。

　　1989年8月，在选举前一个月，博塔突然辞去总统职务，因为他觉得当时的教育部长弗雷德里克·威廉·德克勒克（F. W. de Klerk）在与赞比亚的肯尼思·卡翁达（Kenneth Kaunda）总统会晤后没有同他协商，博塔先生觉得自己的权威被削弱因而辞职，德克勒克先生被任命为选举前一个月的代理总统。

　　此时，纳尔逊·曼德拉已被转移到靠近开普敦的帕尔地区的维克多·韦斯特监狱。他定期与德克勒克总统会面，德克勒克先生在成为总统后不到一个月便宣布释放第一批长期服刑的政治犯。这是南非历史上的一个里程碑：变革变得不可避免。我对囚犯被释放的事一无所知，我几乎记不起我是否注意过那个公告。这些囚犯包括沃尔特·西苏鲁、安德鲁·马兰吉尼、雷蒙德·姆拉巴和哈迈德·卡特拉达等人，他们是纳尔逊·曼德拉最亲密的朋友和同事。谁能想到，我后来会崇拜其中的一些囚犯。

1990年2月2日，德克勒克总统宣布无条件释放被监禁27年的纳尔逊·曼德拉。我们家住在比勒陀利亚的北部，2月是我们夏天最热的月份之一。当我在我家的泳池里游泳时，我父亲走了出来，盯着我，我看出他有心事。"父亲，出什么事了吗？"我问。他只是看着我，沉默了一会儿，然后回答说："现在我们有麻烦了。恐怖分子已经被释放了。"我的反应是："那人是谁？"他回答说："纳尔逊·曼德拉。"当时的我并不知道那人是谁，也不知道这对我们意味着什么。我能感觉到他很担心，但我继续游泳，让他继续思考。

　　直到我进入总统府之后，曼德拉先生才告诉我，德克勒克先生在宣布释放他的前几天拜访了他。德克勒克毫不客气地告诉曼德拉可以走了。但曼德拉先生表示自己不能立即离开，他需要给他的人民一些时间来为他的释放做准备。他要求延长几天时间，好让外面的人做好准备。如果有人在囚禁27年后告诉我"你自由了"，我会无所顾忌地破门而出，但曼德拉先生却想留下来，让他的人民准备好。我经常问曼德拉先生，他是否害怕政府会在这些额外的日子里改变主意。他看着我，惊讶于我会那样不信任别人，笑了笑后说"不"。

　　当然，我直到很久以后才明白当时在南非究竟发生了什么。我不知道纳尔逊·曼德拉被释放时已经71岁了，我不知道他在监禁期间失去了他的母亲和儿子，并且他不被允许参加他们的葬礼。当时的我没有想过他是一个有情感的人。我只知道我们有麻烦了，因为父亲这么说的。

　　1992年白人国民政府召集了一次全民公投，以决定种族隔离制的未来，但毫无疑问只有白人被允许投票。1948年开始实施的种族隔离制已然衰落。白人被要求表达对德克勒克总统改革政策的支持或反对。很少有人认为改革会比他们预期的更进一步，但显而易见的是种族隔离制正在失去它在国际社会中仅存的少数支持者。

共有280万白人在公投中投票，190万人支持改革和非白人南非人有投票权的选举，我的87.5万同胞投票反对废除种族隔离制。我也投了反对票并为此感到自豪，我想这是我对保证国家可治理性作出的贡献。南非白人总是担心如果国家由黑人管理就会变得无法治理，黑人会把白人赶进海里以报复白人几个世纪以来对他们施加的暴政。

　　实际上，当1990年曼德拉先生被释放时，一切都已经结束。这标志着种族隔离的结束，标志着一个不论肤色、一律实行"一人一票"的国家的起点。但当我享受学生生活时——聚会和为了赶上因为聚会而落下的功课而熬夜学习，这一切都从我身边溜走了。尽管我知道种族隔离已经结束，黑人可以随心所欲地自由活动，但我没有参与政治，甚至没有想过南非将走向何方。社交聚会中我们有时会简短地提及南非正在发生的事情，但从来没有了解过细节，所有人都在利用彼此身为南非白人的恐惧以确信"我们遇到了麻烦"。这就是我对政治形势的全部理解，当时的我并不觉得有什么问题。

　　我记得1993年4月复活节期间，我们开车去我叔叔在北部埃利斯拉斯的农场，当时我们从广播中听到了南非共产党领导人和非洲人国民大会军事组织参谋长——富有魅力的克里斯·哈尼（Chris Hani）被杀的消息。对于南非白人来说，南非共产党对我们的安全、保障和经济前景构成了真正的威胁。纳尔逊·曼德拉也被认为是一个共产主义者，因为南非或者说我们的白人世界是由宗教和教会所支配的，我们是一个由白人拥有并控制所有资源的资本主义国家，所以无法想象共产党能在南非占据合法的一席之地。

　　后来当我向父母问起克里斯·哈尼的事时，他们告诉我——不管是谁提出要杀他，他的死都是一个巨大的错误，因为尽管哈尼是共产党员，但对白人来说他肯定比恐怖分子曼德拉来得好。我对父母的说法感到困惑，因为对于我来说，任何共产党人都构成了严重的威胁，尽管纳尔逊·曼德拉没有被正式宣告为共产党员，但克里斯·哈尼作为共产党领导人肯定更加危险。据我父母说，克里斯·哈尼对白人表现出一定程度的善意，可能是因为他没有像纳尔逊·曼德拉那样被囚禁在罗本岛，因此他们显然认为他没有曼德拉先生可能抱持的仇恨。

我们几乎不知道也不关注曼德拉先生有没有心存怨恨。他一直在监狱里秘密与政府谈判，以致力于实现和平过渡。正如马迪巴最亲密的朋友之一、同为囚犯的哈迈德·卡特拉达（Ahmed Kathrada）所说："宽恕是一种选择。"人们天生就会做最坏的打算，正如我们设想中的纳尔逊·曼德拉。

就在这令人振奋又危险的政治时期，我坠入爱河并订婚了。一如大多数同龄的年轻南非白人妇女一样，我的愿望局限于结婚和生孩子。我当时只有22岁，但这并不重要。1992年我毕业并开始我的第一个职位——国家开支部秘书。工作几个月后我开始感到厌烦，便要求换一个更有挑战性的职位。于是我被调到比勒陀利亚市中心的人力资源部门做行政职员。

种族隔离已经结束，但生活仍未改变。我们在日常生活中并没有感受到种族隔离的终结。即使政治变革在1994年选举之前已浮现，我们仍然"生活"在种族隔离中。在遥远的社区，暴力和动乱仍在继续，我们不断看到农村地区的死者照片。暴力不再仅仅存在于黑人与白人的对抗，也诞生于非洲人国民大会和因卡塔自由党（Inkatha Freedom Party）之间的剑拔弩张。当时，因卡塔自由党是非洲人国民大会最大的竞争对手。

随后我的婚约取消了。我心烦意乱，不知所措。当一段感情破裂时，我通常会全身心地投入工作中以应对情感挫伤的痛苦。

1994年5月10日，南非第一位民主选举的黑人总统宣誓就职。当时我23岁，为了在国家开支部人力资源部门发展自己的职业生涯，我正在加班加点地工作。尽管他宣誓就职的那一天是公共休假日，我还是在去加班的路上。当时路上几乎没有任何交通工具，人们因担心非洲人国民大会政府就职后会爆发冲突而闭门不出。非洲人国民大会政府被视为所有白人的敌人，甚至包括那些投票支持改革和结束种族隔离的白人。非洲人国民大会政府执政意味着我们的大多数领导人将由黑人担任，这严重挑战了白人至上的观念。这是一个清算的时刻，我们希望黑人能和我们白人算清几个世纪以来受到的压迫。郊区随处可见军车，警车也随时准备根据指示作出应对。尽管如此，这并没有影响我的生活，在就职典礼期间我在自己舒适的办公室里很安全。只要街上还能看到前政权的警察，我们就是安全的。我记得开车回家时看到沿街的黑人微笑着、欢呼着、舞蹈着，他们看起来很快乐。而我的想法很简单——你们现在可以为所欲为了，但请不要因为我们是白人而在今晚杀死我们。

在大选之前，一些白人出于对内战、暴力和混乱的恐惧，纷纷囤积罐头食品和生鲜农产品。我们预计黑人会接管国家并将剥夺我们的基本服务，他们会袭击商店、制造混乱、破坏白人郊区的水电供应。人们囤积和收集瓶装水、蜡烛、罐头食品以及任何能维持他们生命和紧急情况下需要的东西，为我们预期可能发生的报复做准备。

但是那天晚上什么都没有发生，第二天早上我们醒来，回到工作岗位，恢复我们正常的生活，没有被前一天的事件和领导这个国家的人所影响。生活以一种奇怪而不受影响的方式继续着。我们仍然有我们的房子，我们仍然活着，水龙头里仍然有水。没有任何迹象表明——很快我的生活基础、我的无知、我的信仰、我的价值观就会被撼动和考验。我当时并不知道，我将从那个充满恐惧、否定、偏执的白色茧中挣脱出来，而那个温柔地握着我的手带领我走出茧的人就是纳尔逊·曼德拉。

第二部分

新黎明的开始

（1994—1999）

初遇曼德拉先生

1994年选举后不久，新政府需要招募新人，我所在部门的任务是协助开展这个庞大的项目，使前种族隔离政府更具"代表性"，换句话说，我们必须雇用更多的黑人。这是转型的开始，南非将由所有人治理，它将代表其全体人民。

成千上万的人申请应聘。我们花了几周时间才拟定出入围名单。显而易见，严重短缺有技能的人，但南非的人们确实渴望工作。由于许多申请者在种族隔离时期被剥夺了体面的教育，申请无法得到处理。我竭尽所能地处理这些申请，我的天性如此，如果给我一项任务，我必须在尽可能短的时间内完成。我是那种喜欢把事情从脑海中清除掉的人，我经常以不必要的快速度工作。我在寻找一份新的工作，我想有一个新的开始，远离我支离破碎的婚约，但与此同时，我把所有的注意力都放在了处理申请上。

然后一位同事告诉我，新成立的总统办公室附属的行政部门正在招聘一名打字员，该职位一年中有六个月在比勒陀利亚工作，其余六个月则在开普敦工作。每当议会开会时，政治家、他们的家人和工作人员都在开普敦生活和工作，因为我们的议会设在开普敦。每当议会休会时，政客及其家人和工作人员都会搬回比勒陀利亚。这是我一直梦寐以求的事情，虽然这份工作的级别低于我目前所从事的工作级别，但这并不重要。我还觉得有吸引力的是——这个职位是为没有明确职责的部长招人，我认为没有明确职责肯定没有很多工作，因此为他工作不会太辛苦。后来我才了解到"没有明确职责"只是因为部长负责临时问题，因此没有固定的职责或议程。

我很快就开始在自己的部门内讨论并告诉我的前辈我将申请这份工作，他们同意如果我申请成功，就可以按相同的工资等级调职。

工作面试是在联合大厦举行的。一个黑人现在是南非最有权势的人了，他确保像我这样的人——保守的南非白人，被纳入这个新政府。人们都很友好而放松，我注意到尽管新的非洲人国民大会政府掌权，但周围仍然有很多白人面孔。

面试过程中，一位黑人女士走进来了，她显得活泼、开朗。这是我不习惯的画面——一位黑人女士穿着如此时尚，这装束显然比我母亲最珍贵的衣服还要昂贵。她粗鲁地打断我们的面试，对我的面试官大声说："我需要一名打字员，我不在乎她是黑人还是白人，但我现在就需要她。"我笑着想：我就是你要的人。我不知道她的职位是什么，她与我的两位面试官简短地说了几句话便离开了。面试结束几个小时后，面试官给我打电话，询问我是否有兴趣担任总统办公室打字员一职，他们补充解释道，这个职位将涉及总统的私人办公室工作。我只想到开普敦，因为他们向我保证这份工作的条件与广告上的职位条件相同，所以我说我很感兴趣。

他们告诉我，之前打断面试的那位女士是总统的私人秘书。我预计自己将为她——玛丽·姆萨达纳（Mary Mxadana）工作，她看起来相当讨人喜欢。当我还在国家支出部工作时，我受命培训两名黑人初级官员，他们是在政府转型过程启动后加入我们部门的。他们看起来很友好，最终我们合作得很好。我逐渐确信地对黑人有了一些不同的看法，不再自然而然地恐惧所有黑人，并开始用正常的语言和他们交谈，而不认为他们只懂蹩脚的南非荷兰语或英语。玛丽很友好，尽管当时我很紧张，她仍让我感到轻松自在。

我意识到我将在一个离我仍然反对的信仰的政治中心工作，但我认为这只是一份工作，我与真正的政治没有太大关系。我愿意妥协，甚至还有一个想法——我很喜欢因卡塔自由党主席曼戈苏图·布特莱齐（Dr Mangosuthu Buthelezi）博士，他是非洲人国民大会的反对派，我因为竞选期间在电视上看到他而喜欢他，我想既然我已经改变了对他的看法，纳尔逊·曼德拉应该也不会那么糟糕。我愿意试一试，但我也很现实，如果我不喜欢在那里工作，没有什么能阻止我离开。

当我接到电话并得到这个职位时，除了如释重负之外，我不记得有任何其他感觉，面试两周后，我在总统私人办公室担任办公室高级打字员。

10月12日，我第一次以曼德拉总统私人办公室职员的身份走进联合大厦。我看过他的照片，但对他一无所知，只知道他在罗本岛的监狱里待了很长时间，我的家人把他视为恐怖分子。我没想到会和他有任何互动，也没想过会见到他。

我很准时，接待我的是另一位工作人员，她带着我穿过几扇玻璃门后通过安检，到达了总统套房。这是沿着走廊的几间办公室，她向我展示一张桌子和一台电脑，还有另一张属于她的桌子，看起来像是一间联合办公室。她负责接听总统私人办公室电话，并协助临时行政工作。

她介绍道，总统的私人办公室只有玛丽、她本人和埃利泽·韦塞尔（Elize Wessels）。埃利泽来自德克勒克政府，曾为前第一夫人玛丽可·德克勒克（Marike de Klerk）工作。

我感觉到"旧"白人职员与"新"黑人职员之间有一种紧张的气氛，人们仍在划定领地，在新政府中要求职位。同样明显的是，"旧"守卫在那里是为了慢慢地让新领导层掌权，指引和教导他们，不管他们是否愿意。过了很久玛丽才到办公室，她有一种充满自信的存在感。她带着权威，衣着华美，这愈发彰显她充满活力的个性。玛丽像旋风一样进入办公室，拥抱我欢迎我的到来。她非常友好，这让我感到很自在。因为我从前没有为黑人工作过，所以并不想过早地放下心理戒备。黑人和白人之间存在着表面上的信任，但我们仍然不知道应该对彼此有何种期待。虽然我准备为玛丽工作，但我仍然坚持自己的政治信念，认为自己是迫于实际情况和经济压力而待在这个办公室。

这不一定是所有南非白人的特点，但一般来说，我们尊重权威人士或老年人。无论我们是否同意他们的政策，我们总是彬彬有礼。如果你的原则不允许你尊重一个人，你就会忽视这个人，而我发现我很尊重玛丽。她告诉我关于解放运动的事，我也因此开始对自己国家的历史感兴趣，感觉自己仿佛生活在另一个星球上，我完全不知道她所讲述的那些过去，也许正是我表现出的天真和无知让她和我在一起时感到自在。她对我非常热情，我们都对音乐感兴趣。她还给我讲述她的唱诗班并带了一张CD给我听。她的丈夫是唱诗班的指挥，她是创始成员之一，他们歌唱的时候仿佛天使一般。

在接下来的两周里，我对围绕总统的各种行动有了更多了解。他总是无影无踪，我开始假设"有一天"我可能会远远地看到他，但我确实见到了很多人，从代表总统发言的帕克斯·曼卡赫拉纳（Parks Mankahlana）到帮助总统起草所有演讲稿的托尼·特鲁（Tony Trew），以及我们的办公室主任、被称为总干事的雅克什·格威尔（Jakes Gerwel）教授。我花了一些时间才弄清楚每个人的职责并记住他们的名字。

我的主要任务是为玛丽打字，并定期更新总统的日程。她很快教会我如何将程序分发给总统的安全部门，并告诉我要确保同时将程序发送给总统安全部门的白人和黑人指挥官。南非警察局与所有政府部门一样，正在经历一个转型过程，将非洲人国民大会的旧军事组织"民族之矛"和另一个旧的解放运动政党泛非主义大会（PAC）的"阿普拉"（APLA）合并为旧的白人主导的警察部队。并不是每件事都能立刻奏效，我不得不向同一个号码发送两次相同的传真，又要做好标记以引起不同的人注意。这显然是警察部门一次表面的合并，双方在很大程度上独立运作，仍在努力建立信任。但我是个按部就班的人，如果指令下达，我会严格按照指示行事，而且我不会质疑或争论实际情况。

我入职大约两周后，总统按计划第一次来到办公室。这时，玛丽告诉我一些关于总统的情况，他是什么样的人、他的善良和自律。南非白人在成长过程中对任何权威都秉持尊重，因此在见到他之前我便对他心怀敬意，纯粹因为他是国家的总统。而他没有在公开场合做过任何与此相反的事，因此我没有理由不尊重他。

那天早上我一到达办公室，就能感觉到大楼里有一种不同寻常的紧张气氛，但同时也有一种兴奋。守卫我们私人办公室的警察很警惕，他们的制服熨得整整齐齐。很快，一队身穿深色西装的男人来到这里，自称是总统的安保先遣队。这时总统到了，我关上通往我办公室的门，以免打扰走廊里可能发生的任何事情。从过往的脚步声中，我知道总统已经到了，他经过我的办公室，沿着走廊走进他的办公室。来与他会面的客人立即被带到他的办公室，他们都很守时，每件事都进行得像军人一样精确。我静静地坐在椅子上，等待任何人可能下达的指示。我注意到安保人员全副武装，紧张而谨慎地避免作出任何可能被误解的举动。这是我第一次近距离接触武装人员，这让我感到紧张。

几小时后，玛丽让我准备一些材料，准备好了就送到她办公室。于是我照做了，当我正盯着面前的纸时，曼德拉总统正要离开玛丽的办公室走到被安保人员包围的走廊，我差点撞上他。他先伸出手和我握手，我很困惑，不确定我向他打招呼是否合适。我说："早安，曼德拉先生。"接着我不知所措地哭了，正抽泣着，他开口和我说话，我却呆若木鸡没有听懂。我不得不说"不好意思我没听懂，总统先生"，让他重复刚才对我说的话。在我理清思绪又或许是鼓足勇气之后——我意识到他正用我的母语南非荷兰语和我讲话。

他明显老了，看起来很和善。我专注于他脸上的皱纹和他温暖、真诚的笑容。他用关切的语气和蔼地问我的名字。握手后，我准备把手缩回去，但他仍紧握不放。我甚至能感觉到他手上的纹理，并紧张地开始出汗。我不确定是否应该握住这个黑人的手，我想让他放手，但他没有。他问我从哪里来，在哪个部门工作。我不确定是用南非荷兰语还是用英语回答，也不记得我选择了哪一种语言，我们用南非荷兰语和英语混合着交谈，我完全被情绪压倒以至于无法继续谈话。紧接着一种罪恶感席卷了我，在"我的人民"把他送进监狱这么多年后，这位说话和善、眼神温柔的人用我的母语和我说话，这令我倍感内疚。我立刻后悔在公投中投了反对票。我不知道是如何在五分钟内纠正这些偏见，我突然想道歉。我没有想过27年的监禁会是什么样子，但我知道我甚至还不到27岁。我当时只有23岁，即将满24岁，我无法理解体会在监狱里度过的一生。

曼德拉先生注意到我无法继续我们的谈话，他仍然握着我的手，左手在我肩膀上轻轻拍了拍，说："没关系的，冷静下来，我觉得你反应过度了。"首先，我不习惯有人这么直接地告诉我我反应过度；其次，我是对一位总统告诉我这些而感到尴尬。我平静了下来，而他显然有些匆忙，因此我们就此作别。他的临别语是"我很高兴见到你，希望我们能再次见面"。当我们分开时，我想：怎么可能？对总统来说我有什么重要的？毕竟，是南非白人让他经历了所有的苦难。

我一整天都惊魂未定，回到家，我告诉父母我今天见到了总统，他看起来是一个多么好的人，还用南非荷兰语和我说话。我的父母没有问任何问题，继续做他们当时正忙的事情，完全不受我的话影响。可能是习惯了我的夸大其词，印象中他们仿佛认为我在撒谎。当晚我带着与总统相遇产生的困惑入睡，无法确定自己对这位先生的想法和感受，毕竟我的家人和社群都认为他是恐怖分子。

第二天，我询问玛丽为何总统的南非荷兰语说得如此流利。她解释说，他在监狱里为了与狱警沟通而学了南非荷兰语。后来我才意识到，在谈判期间，他显然也用他的南非荷兰语征服了种族隔离的领导人。出乎意料的是一种相当有趣的体验——任何南非白人都不会想到纳尔逊·曼德拉会用南非荷兰语和你说话。很久以后，他告诉我："当你和一个人说话时，你是在和他的头脑说话，但当你用他的语言和他说话时，是在和他的内心说话。"这正是他所做的。我逐渐明白，通过学习狱警的语言，他几乎可以诱导他们。作为压迫者的语言，南非荷兰语在当时是一种令人痛恨的语言，是种族隔离制度的代名词。我后来还了解到，1974年南非荷兰语被强制作为黑人教育的主要语言。这导致了1976年的索韦托起义（Soweto），大约有2万名黑人学生参加起义。尽管官方数据估计起义导致176人死亡，但人们普遍认为有多达700名学生在抗议中死亡。在那些年里，因为南非并不统计黑人人口，也没有现有的官方登记册，因此官方数据和估计数据从未关联。

接下来的几周里，我有几次在总统进出办公室时远远地看到他。我全神贯注于打字和协助玛丽工作，当他在办公室时，我从来没有打扰过他。取而代之的是，我结交了黑人和白人安保人员。他们中的一些人非常关心我，对我的背景很好奇。我不确定他们是否在调查我，是仅出于纯粹的兴趣提问，还是出于工作目的判定我是否会对总统构成威胁。

每次总统经过我的办公室，我都确保我的门是关着的，以避免再次产生情绪化的互动。当我感觉到他走近时，我真的会躲起来，只在他经过办公室时瞥见他的背影。尽管如此，我对他出现在办公室感到高兴，因为这带来了一些兴奋和一系列有趣的访客名单。比起那些来访者，我对他更感兴趣，甚至我几乎没有注意到他们，除了知道其中一些人的名字（我从媒体或杂志上见过）。

我还记得刚加冕的南非小姐巴塞萨纳·马卡加拉梅拉（Basetsana Makgalamela），在她到来之前，我练习她的姓氏发音以便接待她的到访。她会见了总统，会见后玛丽叫我们去见南非小姐。

一天下午，玛丽宣布总统希望第二天在他的官邸与所有员工共进午餐。就职后不久，他将总统府更名为新曙光宫（Mahlamba Ndlopfu），意思是"新黎明的开始"，我觉得这很合适。我非常紧张，完全没做好和总统一起吃饭的准备。我不知道该先用什么餐具，我的一位同事告诉我，只要看着她、模仿她就行，我这才放下心来。午餐会前一天晚上，我还问过我的母亲该如何正确使用一系列餐具，她抓起艾西·肖曼（Emsie Schoeman）的书——一位被认为是礼仪权威的南非女士——我就上了一堂关于餐桌礼仪的速成课。

到达新曙光宫时，我们被护送到一间起居室。总统仍在开会，但有人通知他我们到了。他结束会议，到休息室与我们会合。他和我们每个人握手致意，以一种轻松的方式和大家交谈，然后带我们去餐厅。现在我已经能够控制住自己不哭了。他邀请员工共进午餐是一种善意的姿态，看着我的同事们，我突然想到，当时我们七个人几乎代表了南非的所有种族：他的私人秘书玛丽·姆萨达纳是黑人；助理私人秘书莫里斯·查巴拉拉（Morris Chabalala）也是黑人；另一位助理私人秘书埃利泽·韦塞尔是白人；行政官员艾伦·皮莱（Alan Pillay）是印度人；接待员雷诺斯·库切（Lenois Coetzee）是白人；另一位接待员奥尔加·佐科（Olga Tsoko）是黑人；还有我——年龄和级别都最小的白人。

有人告诉我，总统就职后不久，便召集前总统府的所有工作人员即曾为前政权服务的人开会，减轻他们对被毫无协商余地解雇的恐惧。他请求他们留下来，协助建立新的民族团结政府，但如果他们希望的话也可以选择离开，工作人员非常感谢总统给予他们选择权。总统办公室现在由黑人和白人组成，代表着他在演讲中经常提到的"彩虹之国"。

我也注意到，在开普敦议会旁边的总统办公室泰因海斯（Tuynhuys）里，墙上仍然挂着老总统和总理的照片。我再次感到奇怪的是，他没有因为这些人是如何带头压迫他的人民并监禁他而抹掉过去。但有人告诉我，曼德拉总统坚持不移动这些照片的位置，因为不管这些记忆有多么不愉快，它们是南非历史的一部分。

午餐时，圆桌摆好了，我很快选了一张离他很远的椅子，以避免他提出任何令人棘手的问题，我也不想占据想坐在他旁边的人的座位。当时是下午1点，午餐还没有开始，一位管家拿着一台小型调频黑匣子收音机走进房间，它看起来像一件不经常使用的古董。到了播报新闻的时间，收音机被打开放在窗台上。当广播里播报新闻时，我们都不安地面面相觑。总统全神贯注地听着，显然很认真对待所听到的内容。我隐约记得广播里提到南非在非洲担当维和部队的角色，阿基莱·劳伦号在索马里海岸沉没，辛迪·克劳馥和理查德·基尔宣布分手。我试着把注意力集中在新闻上，但我的思绪却徘徊在总统当时的感受和想法上，尤其是他对午餐桌上的三名南非白人作何感想。

听完广播新闻后，开始上菜。与我预料的相反，午餐菜色很简单，由前菜、主菜、甜点和咖啡组成，都是没什么花哨的家常菜，你完全知道自己吃的是什么食材。总统喝了一杯酒，尽管我们都有酒，我还是决定喝水。午饭时，他开始给我们讲一些他在监狱里的故事，我不得不用指甲掐住手心，以防我再哭出来。甜点端上桌时，我再也无法控制住自己，我的眼里充满泪水，我深切地为他感到难过。他向我们讲述他在监狱里的珍贵番茄园，以及他如何珍惜自己的作物。他还解释了他们是如何在石灰石采石场工作的，以及白色岩石的反射光如何损害了他的眼睛。他用他非凡的讲故事能力，将我们的想象引向了南非"阿尔卡特拉斯"——他在罗本岛的监狱牢房。我试图理解27年的牢狱生活，想象冰冷的水泥地板、与其他囚犯共用一间浴室、从来没有隐私、在特定的时间吃饭、有限且无味的食物……这一切超出了我的想象，以至于我无法真正理解体会。令我震惊的是，当他讲述这些故事时，他似乎并不悲伤。对我来说，这听起来像悲剧，但他以丰富多彩的方式讲述这些故事，与我的冷酷想象截然相反。

午餐很快结束，回到办公室后，我们互相分享各自的感受。我可以自由地表达我的同情，但显然总统并不需要同情，他认为这一切是历史的一部分，而不会决定他的余生。我很快发现了一句能很好地诠释这个观点的格言："生活中发生了什么并不重要，重要的是你如何处理发生在你身上的事情。"

后来我读到他曾写过的一句话，"改变别人比改变自己更容易"。直到今天我还常常在想，他内心对于宽恕与和解的挣扎，试想一个人必须在多大程度上真正与自己和解，才能改变想法和信念——像哈迈德·卡特拉达告诉我的那样——作出宽恕的决定。但正如马迪巴所说，通过决定宽恕，你不仅解放了被压迫者，也解放了压迫者。

同年晚些时候，杰出的进步派南非人约翰·海恩斯博士遇刺身亡，总统召集南非安全部队的所有负责人到他的办公室开会。海恩斯博士是南非荷兰归正教会的高级领导人之一，该教会在种族隔离时代非常显赫，通过宗教为其辩护，海恩斯博士是少数批评种族隔离的南非白人领导人之一，即便那时候批评种族隔离并不时兴。现在人们怀疑有第三股势力在涌动，试图在南非仍然脆弱的时候破坏国家稳定，制造黑人和白人之间的紧张关系。作为一个走过大马士革路并表现出与新政府合作热情的人，人们相信海恩斯博士是被南非白人极端分子暗杀的。而他们是我曾经虔诚支持的保守派人士，保守的南非白人并不欢迎这种改革举措。我慢慢地开始思考自己的信仰，尽管我仍然有点困惑，但我已经改变，至少意识到抵制改革既不符合逻辑，也不合理。

当将军们经过我的办公室走向总统办公室时，当我看到他们穿着制服时，我不禁感到自豪。我们南非白人是骄傲的民族，尤其为我们的将军和那些身居要职的人感到骄傲——天生如此，但也因为我们无条件地、不带偏见地信任他们。我为他们的出现感到骄傲，尽管办公室里气氛紧张。

总统还召见了康斯坦德·维尔容（Constand Viljoen）将军，他是被称为"自由阵线"的右翼政党领导人，在权力分配和土地改革等问题上反对曼德拉。我非常自豪能见到维尔容将军，他是一个纯正的布尔人（布尔在南非荷兰语中是"农民"的意思）。他也很高兴看到总统办公室里有一个女孩看起来像一个真正的南非白人。我想，在总统办公室里看到有着相同文化和背景的人，他会觉得很舒服。总统不想在办公室里和他说话，可能是害怕有监听设备，他在我们办公室女洗手间入口处的沙发上与他会面，就在我办公室门口对面。当他们坐下时，总统打电话给我。我被用南非荷兰语介绍给维尔容将军，总统热情地笑着告诉维尔容将军我是一名真正的南非白人。

我心想：曼德拉总统称我为"真正的南非白人"或"农家女"是什么意思？是因为我讲南非荷兰语吗？或者他觉得我来一个保守的家

庭？还是我只是看起来像一个南非白人？直到后来我才想到，也许我的体重在一定程度上体现了一个真正的南非白人，当时我对此相当敏感。南非白人一般都是身材魁梧、骨骼结构更大的人。他们中的大多数人，包括我的家人都喜欢吃，尤其是面包和肉。纳尔逊·曼德拉真的认为我是一个非洲白人农场女孩的形象吗？

那天晚上，我带着同样的骄傲回家告诉我的父母，我已经见到了维尔容将军。我仍然对政治不感兴趣，只知道他是来讨论约翰·海恩斯博士之死的。我的父母显然对这一消息印象更深刻，因为维尔容将军当时被视为保守派南非白人的代表。后来，一份关于海恩斯博士死亡的情况报告放在我的桌上，但我并没有兴趣读它，这让我在后来的几年里感到很遗憾。

一年过去了，我开始适应新的环境并感到更加自在，协助玛丽了解最新的安全情况、向空军通报总统的动向、与非洲人国民大会的工作人员一起工作。星期一，总统一整天都在壳牌大厦，也就是众所周知的非洲人国民大会在约翰内斯堡的总部〔后来，非洲人国民大会将总部迁至卢图利大厦，以前主席艾伯特·卢图利（Albert Luthuli）的名字命名〕。我们不被允许干涉总统星期一的工作，五年里，除非在国外旅行，总统每个星期一都会前往非洲人国民大会总部。我们不知道他在那里做了什么，也不知道他与谁交往，他的政党政治工作与他作为总统的正式职责是分开的，但他是非洲人国民大会不可分割的一部分，从未脱离这个塑造了他一生和整个政治生涯的政党。在作为总统执行日常公务时，他同样尊重非洲人国民大会的政策和框架。

有一天，我接到玛丽的电话，说总统想让我开车去他在约翰内斯堡霍顿（Houghton）的私人住宅，帮他学习南非荷兰语。他正因为眼睛问题术后在家康复休息。我一到他在霍顿的家，就发现外面停着几辆保安车，总统本人坐在花园外一棵树下的舒适椅子上。他戴着太阳镜，两只脚搁在脚架上，他戴着太阳镜显然是为了保护正在恢复的眼睛。我们握手并热情地打招呼。他让我在他旁边坐下，然后递给我《映像报》（我们地区的南非荷兰语日报），然后他让我朗读给他听。我感到惊慌失措，一度以为自己已经忘记怎么读报了。

我尝试着开始读报，直到他打断我让我放松。他的言语中有种幽默感，他让我从头读起，慢一点读会比较容易。然后我在文章中看到马莫帕这个姓氏，龙尼·马莫帕（Ronnie Mamoepa）当时是非洲人国民大会的发言人。读到姓氏"马莫帕"时，我准确地念出它的拼写，但总统打断我，纠正我的读音，我向他道谢并继续往下读。当我再次读到"马莫帕"时，我试图尽快含糊带过，但总统再次打断我，并耐心地纠正我的读音，让我跟着他重复一遍。第三次读到"马莫帕"时，我意识到我必须注意，他不会因为我没有努力而感到好笑，所以当我第四次读到这个名字时，我成功得到总统对我发音很到位的肯定。我感觉自己像是赢得了奥运会金牌。我放松了一点，但仍然很紧张，以至于读得太快。有几次他让我放慢速度，然后他让我解释一个他不理解的术语，我又读了一遍这个句子并解释了上下文。在读了几篇文章后，总统就让我返回比勒陀利亚。我记得我因为紧张而像马拉松运动员一样出汗，从又一次令人震惊的互动中缓缓地恢复过来，高高兴兴地回到家。

一切如常，但下次总统在办公室时，我面对他就更容易了。我和他没有直接打交道，但我偶尔会在走廊上遇到他，或者看到他经过我的办公室。我不再躲躲藏藏，也不再感到害羞，我接受了这样一个事实：如果他因为我是南非白人而想要摆脱我，我会在事情发生时处理好。就目前而言，我似乎不会成为这种行为的受害者，尽管我对于他对白人的感情仍有些怀疑，但我对他迄今为止表现出的热情感到欣慰。

我试图了解我周围的政治世界。这并不容易，我不得不去上一门南非历史速成课。一名安保人员主动提出带我和我的两个最好的朋友彼得·穆尔曼和安德里斯·埃利斯去索韦托旅游。索韦托是约翰内斯堡郊区的一个黑人小镇，在种族隔离时期，黑人被聚集在一起并被限制居住在那里。我们既紧张又害怕，但也好奇地想看看它是什么样子。

安保人员带我们去了曼德拉总统在维拉卡齐街的第一栋房子，向我们介绍了同一条街上图图大主教（Desmond Tutu）下榻过的地方和赫克托·彼得森博物馆，并讲述了关于1976年学生起义的故事。1976年，当成千上万的学生游行反对将南非荷兰语作为黑人教学用语时，13岁的赫克托参加了起义。游行本来是一场和平示威，但当警察赶到并向学生开枪驱散人群时，游行变成了暴力。赫克托中枪后，另一名学生抱着他逃离现场，赫克托在他怀里奄奄一息，这张标志性的照片让全世界看到种族隔离法下南非的面貌。赫克托是位英雄。

带我们参观的警官向我们介绍了一些在索韦托非洲人国民大会及其军事部门地下活动时藏身的地点，我们对了解这些感到兴奋，但同时也对来到索韦托感到紧张。当时白人很难进入索韦托，但我很放心，因为他带着武器，而且我知道如果在总统的安保人员照顾下，但凡我们在索韦托有什么意外，他会有麻烦。我们开着车转了一圈，发现索韦托并不是我想象中的那种满是棚户区的贫民窟。人们正在建造像样的房子，其中一些是豪宅，显然没有什么可害怕的。我后来才知道，带我们去参观的那位先生与国家情报局联系密切，我常常想，他可能只是想带我们参观以便让他能够稍微了解我们的生活，并评估我们的威胁程度，毕竟我需要在离总统这么近的地方出现。

1994年底，总统前往沙特阿拉伯度假。我无法想象为什么会有人想去沙特阿拉伯度假，我听说总统去了那里的一家医院，并会见了一些南非护士，他在沙特阿拉伯也有朋友，但我无法理解一个人如何在像沙特阿拉伯那样的沙漠里度假。

总统从沙特回来的那天，玛丽邀请我一起去机场迎接他，我很兴奋地抓住这个机会。现在我对他的态度已经改变了，他和我的互动总是很愉快，每当他和我说话时总是非常友好和热情，因此我期待着任何能见到他的机会。玛丽说我得带上电话簿，以防他想从机场打电话，后来他果然这么做了。那时我已经准备好一本电话簿，上面有玛丽或总统可能需要的任何电话号码，她并没有让我这么做，但我认为要高效率就必须随时掌握信息，因此我开始编一本有玛丽经常使用的重要号码的电话簿。

到了机场，总统似乎很高兴见到我，他说他已经想到了我。我心想：哼，谁信呢。总统可比办公室打字员有更重要的事情需要考虑。后来我才意识到，他可能已经开始把我作为一个典例制定策略——让一名南非白人进入他的办公室，以及少数族裔对他这样做的反应。但当时我并没有想到这一点。尽管他所说的话让我受宠若惊，但我并不真的相信。

一大群媒体在总统专机降落的沃特洛夫（Waterkloof）空军基地等待着总统的到来。就在他向我打招呼之后，有人拍下了他和玛丽走向空军基地贵宾厅的照片。这张照片刊登在第二天的《星期日泰晤士报》上，我父亲打电话给报社要了一份原始照片的副本。出乎我意料的是，他们还拍了一张我向总统致意的照片。当我收到这张照片时，它便成为我最珍贵的宝贝。现在我注意到父亲有些自豪，尽管他没有见过曼德拉总统而只是根据我在家里讲述的和总统的互动。纳尔逊·曼德拉正在逐一改变包括我父亲在内的南非人的看法。

为总统工作

　　我们有时会在总统办公室里接到奇怪的电话和请求。有一次，一位先生打电话来说他有一只会模仿总统的鹦鹉，问他能否把这只鹦鹉带到办公室给总统听。我是接电话的幸运儿，我答道："不，先生，我不认为这是个好主意。"有一天，我接到一位阿非利卡绅士的电话，他在电话里说："早安女士，请告诉我你要多少品脱。"我回应道："抱歉，您说什么？"他又重复了一遍："你需要多少品脱，我需要知道数量。"我说："先生，您打错电话了，我完全不知道您在说什么。"他于是解释他是从一个牛奶场打来电话，恐怕他确实打错了电话——他在询问我们乳制品厂当日需要多少品脱的牛奶。我回答他："先生，即使我知道数量，我也不知道一品脱多少钱。"一名在逃的南非连环杀手科伦·乔克（Collen Chauke）也打电话给我们总机，想和总统通话，并且只和总统通话。他希望总统帮助他向警方自首，可能是因为他害怕自己自首时会被警察枪杀。那天奥尔加在总机旁，她便迅速采取行动，用另一台电话向警方报警。警察在几小时后逮捕了乔克，乔克并没有机会与总统通话。因此，我们有时需要处理一些严肃的事件，而在其他日子里，也必须保持理智，因为有人会建议或呼吁一些荒谬的事情。

　　事情发生的速度非常快，尤其是总统在的时候。在他面前，一切都很平静，但在幕后，一切以极快的速度运转和组织。除了工作，我们几乎没有时间做其他事情。开普敦总部的埃利泽管得比我们好得多，她过着更加平衡的生活。但在比勒陀利亚，我们要争分夺秒地度过每一天。正如我所提到的，埃利泽曾为前第一夫人玛丽可·德克勒克服务，是旧政权的工作人员之一。我们其他人真的不知道或不具备在总统办公室工作过的知识或技能，很多工作都是在试错中完成的。

总统任期的重点是实施临时宪法和建立加强宪法运作的结构，该宪法于1996年签署成为法律。他本人非常注重和解与培养因种族隔离而受到伤害的黑人和白人的情感。

除了打印总统的日程安排并分发给安全部门、总统家庭、空军和有关各方外，玛丽还给我布置了一些其他的琐事。她偶尔会让我给总统或他的客人端茶，让我给她的车加满油，给她取干洗的衣服。我不介意做任何事情，不管别人叫我做什么。我经常把文件送到总统在比勒陀利亚的家里、接待访客、学习如何处理总统私人员工的任何询问。我们开始以一种更有条理的方式运作，工作由三位私人秘书负责，艾伦和我必须处理大部分行政事务。总统私人办公室的工作人员更多地处理他的私人事务、日常任务和活动，以及与他直接相关或需要他个人确认的事，而总统办公室是在更大的办公室内运作，主要处理政策、内阁和政治问题。

我现在对总统办公室主任雅克什·格威尔教授有了更多的了解。格威尔教授——我们也喊他教授——从早年起就是一名学者和反种族隔离活动家。他来自东开普省，有着棕色的皮肤。他从西开普大学（University of Western Cape）被招聘，成为总统办公室主任和第一届民选政府的内阁秘书。他是我认识的真正的知识分子，第一次见到他时，我有点惊讶于一个棕色皮肤的人能拥有如此多的学历。他的大部分资格证书都是文学和语言方面的，并且均以优异成绩获得。在我的刻板印象中只有白人才能这样有学问。我见到他之前，已获悉了他的所有资历。他是一个非常讨人喜欢的人，毫无偏见地尊重别人——我原以为会被一个资历如此丰富的人轻视。我被告知他也是南非白人，他的笑容和头发是他的标志。他的头发很乱，是非洲发式，这让我想起阿尔伯特·爱因斯坦的发型。每当总统在办公室时，格威尔教授都会在去看望他的路上经过我们的办公室，并且总会驻足向我们问好。总统在任期内的每一个细节上都非常依赖格威尔教授的建议，他们关系非常密切。总统非常钦佩格威尔教授的冷静和深思熟虑，不仅是处理国家大事，甚至在处理个人生活问题时也是如此。

那是1995年2月，我们都在准备搬到开普敦参加当年议会的第一次会议。

在开普敦，所有议员都住在一个专门为他们建造的村庄里，这个村庄名为阿卡恰公园。根据职级和服务年限，同时也取决于家庭规模，议员可以分到公寓或小房子。对于我们这些单身女孩来说，带小厨房和浴室的单身公寓就足够了。我喜欢这种独立生活，很快我就和一些同事成了朋友，马雷塔·斯拉伯特（Maretha Slabbert）就是其中一位，她当时在总统府的内阁秘书处工作。17年后，马雷塔和我仍然在一起工作，她是迄今为止我生活中最重要的支持者，无论是在工作上还是在个人生活上。到了7月，议会将进入休会期，我们都将收拾行李，搬回比勒陀利亚度过当年剩下的时间。这不是我所期待的，我希望避免回到任何剥夺我独立性的地方，比如住在父母家里必须报备。然而我期待见到我的朋友，与他们分享我的经历，当然还有待在家里的舒适感，比如衣服总能被清洗熨烫好，不必担心这些日常生活琐事。聚会上朋友们经常取笑我，说我现在为"敌人"工作。我把这当作一个玩笑，但随着年龄增长和日益成熟，我们最终开始更认真地讨论历史和政治。我觉得自己见识更广了，至少能够以一种理智的方式谈论一些问题。这些辩论常常以激烈的争论结束，因为我对南非历史事件的看法正在慢慢改变，基于我与总统的互动以及我从一些同事那里了解的知识。

玛丽也花了更多的时间和我在一起，给我讲总统的私人生活；他与温妮·马迪基泽拉（Winnie Madikizela）的失败婚姻，以及他们的女儿津齐（Zindzi）和泽纳尼（Zenani）。除了总统需要携伴出席的官方活动他会邀请津齐或泽纳尼参加外，其余时间我很少看到她们。从他的日记也可以看出，总统没有太多的私人生活时间。我还被告知，他的第一次婚姻中有两位还在世的孩子，但我们从未见过他们，也从未与他们有过任何往来。

　　现在我注意到，每当总统有南非白人访客时，他都会叫我去送文件，或者让我去他的办公室倒茶。我并不介意，因为这是又一次见到他的机会。他一天一天地解除我的防御，凿去我的偏见和层层种族隔离观念，就像他被囚禁在罗本岛时凿开石灰岩一样。他会饶有兴趣地询问我和我的父母近况如何，每次见到我都会问一些不同的问题。任何对你感兴趣的人都会自动变得讨人喜欢，不管你对他或她的看法如何。而这种情况下的问候往往充满真诚，因此我很享受这种关注，我从未想过一位总统会如此关注我的福祉。

　　有一次正在拍摄一部关于总统日常生活的纪录片。那天，我奉命在他的办公室里斟茶，参加会议的还有杰伊·奈杜（Jay Naidoo），他是总统的不管部部长，如果命运没有让玛丽参加我的面试，我就会为他工作。那天我没有做好准备，也觉得自己穿着不够得体，尽管如此我还是端上了茶，然后总统用南非荷兰语向奈杜部长介绍了我。部长不加掩饰地笑了笑。我发现很难确定是否所有前反种族隔离活动人士都和曼德拉一样作出了宽恕的决定。

　　纪录片播出后，有报道称我父母的一些朋友因为我给一个黑人倒茶而决定与他们断绝关系，这让我的父母大吃一惊。整个南非荷兰人社区并没有很好地适应南非的变化。他们与黑人的互动和关系保持在种族隔离时期的水平——主人和仆人。大多数白人的生活仍然没有改变，他们仍然像以前一样享受着物质主义的舒适，并不是所有的白人都在真正地共同努力把这个国家变成一个不分种族的社会。可悲的是，许多人直至今日仍处于泡影之中。

我的父母陷入了尴尬的处境。他们没有理由怀疑我工作不快乐，他们可以看出我努力工作，我喜欢我正在做的事情，但很明显，社区不会支持我的努力。（几年后，同样是这些人想和我谈论由当时退休的曼德拉总统签名的书，我很乐意安排这件事。我不知道他们的观点是否只对总统有所改变。）

那年秋天，我接到总统侄女罗谢尔（Rochelle）的电话，她在约翰内斯堡的家中照顾总统，说总统想让我陪他参加当晚在卡尔顿酒店举行的世界联合学院的活动。1992年总统离开了当时的妻子温妮·马迪基泽拉·曼德拉后，他的第一个常住地在郊区霍顿，罗谢尔搬来照顾他并管理他的房子和工人。接到电话时我正在比勒陀利亚，顿时感到惊慌失措。我问母亲我该穿什么，我们选择了一条简单的黑色裙子和夹克。我原以为只需要在某个时间到达总统家，罗谢尔说他想让我和他一同乘车前往。这让我愈发紧张，坐在总统旁边我该说些什么或做什么？没有人会提前为这些事情做好准备。

我到了总统家，问罗谢尔希望我做些什么。她说我应该跟着总统的节奏走，当他要演说时，我应该把他的演讲稿和老花镜放在他发表讲话的地方，同时确保他有水喝，其他的事情由安保人员负责。我急切地希望被罗谢尔告知总统已经打电话通知玛丽，并告诉玛丽他想让我和他一同前往。不是由玛丽指示我陪同总统，这让我有些不舒服。罗谢尔只简单地和我说了这些情况。

总统下楼来，友好地和我打招呼并邀请我上车。安保人员打开了戒备森严的门，我几乎无法移动它。我不想打扰总统的个人空间，因此一直坐在车的角落里，尽可能地靠近车门坐着，整个人状态紧张。在我们前往约翰内斯堡市中心卡尔顿酒店的路上，总统说我现在将会见约旦国王的妻子努尔王后。我问他我该怎么称呼她，他微笑着解释道："不，你看，你叫她陛下。"因为她是王后。无论答案是肯定的还是否定的，总统总是以"不"开头，然后通常是"你看"。我非常注意他的每一句话，以至于我忍不住注意到这个细节。无论你是谁，他都有一种最能表达尊重的方式，甚至他的用词也表达了这种尊重。以"不"开头的每一句话都没有任何否定含义。这只是一种习惯，是一种比较温和的开头方式。

到达活动现场后，人们很快聚拢在总统周围，安保人员发现很难在他走向活动大门的同时让人们和他保持距离。王后陛下在门口迎接他，总统介绍我时说："陛下，这是我的秘书泽尔达·拉格兰奇。"首先我不是他的秘书，其次我真的认为王后并不在乎我是谁。但令我惊讶的是，她居然对我感兴趣，还问我为总统工作了多久。我答道差不多一年了。事实上我和他并没有长期的关联，但显然没有让她减少对我的兴趣。她是我见过的最漂亮的女人之一，有着王后的姿容气度。她优雅地移步，甚至我不得不掐自己来提醒自己不要盯着她看。我见到了一位王后！

我不知道后面还有一个更大的惊喜等着我。安保人员把我们带到主桌，我从未在人群中经历过这样的混乱，我尽最大的努力尽可能地靠近总统。人们簇拥着我们，阻止我们自由移动，我顿而感到很困惑，安保人员在我们周围形成了一个紧密的圆圈。每个人都想触摸总统，或者近距离地看他。他和王后一站在大厅的椅子后面时，人们安静了下来，准备入座。我转身问安保人员："我该去哪里？"我依靠他们来指导我怎么做。他们指了指我的座位，就在王后旁边。我脸红了，感觉心潮澎湃。我不能坐在王后旁边。我该怎么说？我该怎么办？我甚至不记得我在礼仪速成课上学的应该先用什么餐具。我记得在我心底的某个地方，回响起母亲的声音"从外面开始"。好吧，那就这么做吧。但这仍然不可能发生，我和安保人员说这一定弄错了。与此同时，总统和王后坐了下来，我很困惑，紧张地试图离开，这时我是主桌边唯一一个还站着的人。

总统看着我的样子好像在喊："泽尔达，坐下。"我看着他的眼睛，我的眼睛充满慌乱，好像在说："救救我！叫我走开。"但他却点了点头，示意我坐下。于是我坐了下来。王后和总统寒暄了几句，我不知道谁坐在我的另一边，这个人可能赤身裸体，也可能死了，但我不会注意到的。我用眼睛看着桌布上的图案，然后把手放在桌上，用手指画出图案的线条。我本想表现得轻松一点，但我在紧张的氛围和情绪中几乎奄奄一息。我知道我不应该把手肘放在桌子上，但我再也无法掩饰自己的笨拙，我想把肘部放到桌子上会让我更有底气些。当然，让我坐在王后旁边完全是违反礼仪的，连我自己都知道。

王后转向我，开始和我说话。我笑了笑，又看向她身边的总统，眼神中流露出："哦先生，你应该帮帮我。"我有点生他的气，因为他没有替我解围，只是微笑着，显然没有注意到我的焦虑。王后开始问我关于国家的政治局势、我成长的地方等。我不记得我回答了什么，但我知道我必须看起来像一个乐观主义者，因为我以为如果我和总统在一起，就应该对南非的未来持积极态度。我真的不知道自己说了什么，也不知道该怎么想：我是否真的看到了南非的未来，以及我们的前进方向。我对新南非的看法并没有真正改变，除了我现在有点喜欢总统这个事实。

然后，铃声救了我。会议开始，王后讲话后，总统被邀请发言。他坐在座位上讲话，有人递给他一个麦克风。我把演讲稿和眼镜递给他，他把眼镜放回桌面，开始读演讲稿。我想：如果他不用眼镜，为什么还需要眼镜呢？演讲结束后，他把演讲稿递给我，大声说："谢谢你，亲爱的。"他的话里充满体贴和感激，我不习惯有人叫我"亲爱的"。后来我意识到，这只是他不时对许多女性使用的一个深情的称呼。如果一个女人或陌生人叫我"亲爱的"，我总觉得这带有贬义。但你肯定不介意纳尔逊·曼德拉叫你"亲爱的"吧？血液涌上我的头部，我震惊地脸红——几乎和母亲在公共场合亲吻我时的感觉一样，我对这种昵称感到有些害羞。不过，我认为我已经尽了我的职责，准备放松一下，开始吃东西。

我们坐在那里等了大约五分钟，然后总统说："泽尔达，我想我们该走了。"司仪宣布出发，我们出发了。随着时间的流逝，我也意识到他不喜欢在任何地方吃饭。他只是喜欢为他长期服务的科萨厨师索利斯瓦或格洛丽亚为他准备的家常菜，因此他几乎不在公共活动中用餐。

在返程的路上，有人拿着一本总统的自传《漫漫自由路》走近曼德拉。安保人员把他拒之门外，但那名男子坚持亲自交给总统本人，总统无法拒绝。签完名后，总统把书交给了一位安保人员，然后上了车。当我环顾四周时，安保人员已经把有总统签名的那一页从书上撕了下来，告诉那个人他不应该违反指示。我完全震惊了。我不知道自己是否会成为那些不惜一切代价都要努力维持秩序的人中的一员，幸运的是，我没有把书页撕下来。

在回家的路上，我告诉总统，我认为我坐在王后旁边是不合适的。他笑着说："别担心，没事的。"这让我更加紧张，但总统一点也不担心。到家后他邀请我喝咖啡，但我急切地想回到比勒陀利亚。这真的是两难。他坚持让安保人员开车送我回家，但在门外我说服了他们，认为没有必要。他们很累了，我绝对不会让任何人跟着我回家。后来，当我更经常地陪他时，他会坚持让安保人员陪我开车，我们养成了一出门便将

"协议作废"的习惯。

1995年冬天，总统应邀前往西开普省的一个小镇斯韦伦丹（Swellendam）接受小镇自由奖。这是南非花园公路沿线一个南非白人小镇。对于一个仍由南非白人主导的小镇来说，给予总统这样的荣誉是一种团结的行为，他同意接受这一荣誉。在活动前几天，他再次表示希望我和他一起去。前一天，他把我叫到他在开普敦的官邸赫纳登达尔（Genadendal），我一到他就请我坐下。赫纳登达尔是西开普省南非荷兰人社区的名字。他为自己在开普敦的官邸取这个名字，以向赫纳登达尔社区致敬，直接翻译过来就是"感恩谷"的意思。

他说他想练习南非荷兰语，我不得不帮助他发音，因为他的整个演讲都是用南非荷兰语。他开始滔滔不绝地朗读起来。起初我不忍心纠正他发音中的错误，但后来他会时不时地抬头寻求我的认可，我像一位真正的老师一样点了点头示意，但我讨厌这样的自己——看起来像是一个白人至上主义者。尽管我被要求帮助他，但当时的情况是种族隔离时代的典型范式——白人监督黑人的所作所为，黑人则寻求白人的认可。我也无法真正理解他在读什么，我必须让自己更加集中注意力。然后他想再读一遍演讲稿，我同意了——谁会不愿意呢？——但这一次我鼓足勇气指正了一些他的发音。他朗读时变得越来越紧张，会透过他的老花镜偷看我，这一次他寻求的不是肯定，而是赞许。我还是点了点头。

这是我有生以来第一次坐直升机。我很紧张，但我看着总统的脸，看到他在那架大型军用"大羚羊"直升机上很自在，我放松下来。飞机是由白人军事飞行员驾驶的，我不知道他是否信任他们。在1995年几乎没有黑人飞行员接受过训练并有资格被纳入转型后的军队。在路上，我想着他的演讲，不知道他是否能记住我们前一天练习的单词。我为他感到紧张，而他看起来很放松，就好像他只是去参加聚会一样。

到达斯韦伦丹时，他受到了热烈的欢迎，他坚持要先和民众走在一起。当一个小女孩走上舞台向他打招呼时，他的表情和肢体语言完全向她打开，也用南非荷兰语和她说话，尽管她很害羞，但她还是回答了。他喜欢这种互动，我可以看到他和孩子之间有一种特殊的联系。他发表演讲，并记住了我帮助过他的话。这很完美——通过用南非荷兰语发表他的整个演讲，他触动了社区人的心，人们也因此爱戴他。

回到比勒陀利亚，有一次我在他的办公室里喝茶，尽管这次他独自一人，但他让我坐在他桌子的另一边。我紧张地照做了，不知道会发生什么，毕竟总统不会轻易让你坐在他的办公桌前。我以为我遇到了麻烦，试着回忆过去几周我对谁讲过什么话，以试图评估我为什么会遇到麻烦。然后他说："不……你看，我想让你和我一起去日本。"我的第一个想法是：一起出国旅行会不会不合适？然后我想：哦，不，我确信这和我第一次见到他的经历相似；我只是不明白他在说什么。我想我的回答是："对不起，请您再说一次？"我还在琢磨他说的话时，"我想让你和我一起去日本。"他重复道。我能想到要说的只有："非常感谢您，总统先生，但我现在没有钱去日本。"他突然大笑起来，可能不知道该如何回应这种愚钝。

他看到我因为他的笑声而惊讶，便很快镇定下来，重复了这个话题，这次提到了一些重要的细节："我想让你作为我国代表团的一员前往日本进行国事访问。"我隐约觉得这是一项工作，但他继续说我应该去找总干事、总统办公室主任格威尔教授，他会向我解释一切。我向他道谢后离开他的办公室。我没有对玛丽说一个字，我不记得我经过办公室时她是否在。我回到书桌前回想刚刚发生的事情，我不知道该如何处理脑海里的信息，也不知道下一步该联系谁。虽然总统口中与格威尔教授交谈是件很容易的事情，但他毕竟是我们的办公室主任，我要和他对话可不是仅仅走进他的门然后要求回答这么简单。所以我决定将这件事搁置，不再和任何人谈论这件事，忘记它曾经发生过。我确信那只是一个错误。

几天后，格威尔教授在去见总统的路上经过我们办公室，像往常一样向我们打招呼。他走到我的桌前，告诉我他已经和总统谈过并向他提到我应该被列入代表团。我很紧张。他让我到外交部去办理护照，并告诉我该找谁沟通。他还告诉我，将有另一位来自西开普省的年轻女士加入我们。她的名字是梅利莎·布林克（Melissa Brink）。总统在西开普省与棕色人种社区举行的一次公开会议上与她进行了一场辩论，她的好奇心给总统留下了深刻的印象，她的父母相信，如果非洲人国民大会掌权就会为她提供教育。而在她看来这样进展太慢，她有勇气在有机会的时候挑战总统。他喜欢这样一个年轻人——如此认真地对待自己的教育问题，竟然有勇气就此向总统提出质疑。

我不知道为什么我被邀请参加这次旅行，其他人也不知道。我真正认为的额外收获是，我不需要支付任何费用，而且获得出国旅行的额外津贴。当我听到我将得到的报酬时，我感到很震惊，因为这听起来像是某种危险津贴。我想我的所有问题都让外交部的官员抓狂了——这显然是我缺乏经验的表现。我对玛丽也有一种愧疚感，毕竟，我更多的是为她工作，而不是为总统工作。我不知道谁有责任通知她我将陪同代表团出访，也不知道我的角色是什么，这让我感到不自在，因为她也不确定我的角色。

我随先遣队前往日本的日子到了。我觉得我这辈子从没这么激动过。我带着我的外交护照、新缝制的衣服，牢记母亲教导的礼仪，踏上了我有史以来的第一次出国之旅。在那之前，我从未离开过南非边境，我的第一次海上之旅是去日本，简直就像在做梦一样。

一到东京，大使馆的官员就来迎接我们，随后驱车前往大阪皇宫酒店。我能感觉到所有的官员都对我的出现感到困惑。玛丽晚到了一天，我们之间的关系变得紧张起来。人们小心翼翼地避免冒犯到我，因为他们知道是总统直接指示我参加代表团的。我们被安保人员和礼宾官员包围，我很快就喜欢上了一位外交部的绅士约翰·尼曼。约翰指导我，详细向我解释事情。也是他第一个问我："那么你是如何被安排参加此次旅行的，你的角色是什么？"我解释说，我只是打字员，我不知道我扮演什么角色，但他安慰我说，总统亲自邀请了梅丽莎和我，因此我们不应该被任何事情或任何人吓倒。这让我感觉好多了。

在与同事的交谈中，我了解到我们此行的目的：为了南非政府加强与日本的经济联系。我们由几位部长陪同，在国事访问期间，对这些官员的期望变得显而易见。我正在慢慢培养一种政治意识。

曼德拉总统将会见日本天皇。到达皇宫后，我们就被告知要排队等候。最接近总统的是最高级别的官员、部长，然后按资历顺序排到最下级。毋庸置疑，梅利莎和我应该排在最后。

这是我第一次明白梅利莎和我陪同代表团出访的意义所在。梅利莎被介绍为一位有色人种、混血的年轻女士，我被介绍为南非荷兰人。我看着我的同事，意识到我们的代表团完全具有"代表性"，我很高兴成为其中的一员。总统希望他的团队中有所有种族的代表。他决心向世人表明，就像他向南非公众宣讲和解一样，他对和解的意愿如此强烈，以至于他想在自己的办公室里运用这种方法思维，在他最亲密的环境中实现南非的团结。

当总统找到我时，他把我介绍给天皇，说："这是泽尔达·拉格兰奇，她是我的秘书，是一个真正的南非白人。"我不确定天皇是否知道什么是"南非白人",他似乎很困惑,但在与我握手时礼貌地笑了笑。

我很快发现,每当我不知道该做什么时,我可以用南非荷兰语与总统交谈,他会冷静地指导我正确的礼仪。礼宾官员向他简要介绍了情况,每当他看到我犹豫不决时,他都会用南非荷兰语和我交谈并指导我。总统休息时,我们没有离开客房。其他代表出去购物和观光,但我吓得不敢轻举妄动。如果总统打电话给我,而我不在怎么办?这是不可思议的。在国宴上,我坐在离总统很远的地方,但我能看到他的一举一动。自1994年曼德拉总统就职以来,南非普通民众的生活仍然没有太大变化,尽管人们有一种乐观的感觉。人们在电视上看到的总统总是恭敬地、毫无偏见地与人们打招呼。公众喜欢这样。我们的经济已经稳定,投资者开始对新南非充满信心。然而1995年曼德拉总统任期内出现了一个分水岭,这是一个向世界展示南非将持续生存发展的机会,我们南非很健康。

南非正在举行橄榄球世界杯。在南非,橄榄球仍然被认为是白人的运动,尽管我后来发现黑人,尤其是东开普省的黑人,已经打了四十多年橄榄球,但由于种族隔离,他们从未被允许公开参加这项运动或现场观赛。橄榄球是大多数南非白人虔诚追随和支持的运动,但种族隔离期间,球队和公众比赛的观赛仅限于白人。在世界杯之前,入选者包括国家队跳羚队(Springboks)的一名棕色非洲裔小伙子,名叫切斯特·威廉姆斯(Chester Williams)。

总统在比赛开始前在西开普省的训练营会见跳羚队,在纽兰兹的开幕赛当天,他在那里为他们加油。当切斯特(后来我亲切地称呼他为切西)进入赛场时,观众疯狂地为他欢呼。切斯特在比赛中得分,因此白人开始支持他的选择。

我从来不知道总统居然了解橄榄球的规则,但显然他比我更了解这项运动。在揭幕战跳羚队对阵澳大利亚队袋鼠队时，他坐在SA橄榄球总经理路易斯·卢伊特博士和澳大利亚总理的旁边，总统心情很好，与首相打赌，球队获胜方为赢家，输家则送对方一箱葡萄酒，因为两国都有声誉良好的葡萄酒产业。南非队赢得这场比赛，并进入了约翰内斯堡的历史性决赛。（我们获胜后，葡萄酒从澳大利亚运来，并捐赠给一家慈善机构用于筹款。）

决赛前几天，我听到玛丽打电话来要一件跳羚队球衣，我当时并不知道她为什么这么做，也不知道为谁找球衣。在比赛前一天，当我们在办公室道别时，她告诉我总统将在决赛当天身穿跳羚队球衣进场。我认为那很有创意，但并没有多加留意。

玛丽给了我两张决赛门票，我邀请父亲陪我去。我们准时到达体育场，人们都很兴奋，气氛火爆。比赛开始前不久，官方宣布："女士们、先生们，请欢迎南非共和国总统纳尔逊·曼德拉先生。"他在安保人员和橄榄球官员的簇拥下入场。人们欢呼起来，当他们看到他穿着绿金相间的球衣时，便开始齐声欢呼"纳尔逊！纳尔逊！纳尔逊！"起初，我觉得直呼其名是不礼貌的，但当我环顾四周时，发现人们似乎并没有意识到这一点，他们站起来，开始尖叫、吹口哨，不管他们的政治信仰如何，人们都感到同样自豪。这位身穿跳羚队球衣、头戴帽子的黑人总统向两队致意，唱起了国歌。

这是一场紧张的比赛，我和父亲像老朋友一样兴奋地上蹿下跳。随后在加时赛中，乔尔·斯特兰斯基（Joel Stransky）踢进一记吊球，南非队取得了胜利。人群沸腾了，人们互相拥抱、亲吻，有些人甚至喜极而泣。有那么几个小时，我们的过去变得无关紧要；我们变成了色盲，人们抓住了为南非人庆祝的机会。由于种族隔离制度，南非在1987年和1991年被排除在前两届橄榄球世界杯之外，只有在第一次民主选举后，南非才被允许参加国际体育比赛。这是我们第一次参加比赛，而我们赢得了胜利。

在那天穿上球衣是纳尔逊·曼德拉担任总统期间团结全国的出色战略举措之一，世界将南非视为一个团结的国家。他接纳了"白人的运动"，踏入白人最感性的领域；他超越了种族界限，触动人们的心。他为跳羚队感到骄傲，但他也为这个国家的每一位公民感到骄傲、自豪。他经常提到那一天，说体育能让人们团结起来，超越分裂的界限，但我认为他谦逊地低估了那一天他的表现。

胜利后，总统很快便邀请跳羚队队员共进午餐，从此开始了他与英式橄榄球的密切联系。他很喜欢跳羚队的队长弗朗索瓦·皮纳尔（Francois Pienaar），同样喜欢不仅仅为球队带来胜利，而且为国家带来胜利的其他球员。多年来，总统一直非常支持英式橄榄球运动，直到他因过于支持橄榄球不够重视其他运动而受到批评——总有一个巧妙的平衡需要维持。尽管一开始他必须培养英式橄榄球运动员，但后来他也必须学会保持距离。

1998年南非英式橄榄球联盟前主席路易斯·卢伊特博士将曼德拉总统告上法庭，对总统成立的南非英式橄榄球事务调查委员会提出质疑。南非英式橄榄球联盟是一个独立的私人机构，卢伊特质疑总统设立这样一个调查机构来稽查橄榄球运动中的种族主义和裙带关系的宪法权利。在8月16日的《星期日泰晤士报》上，卢伊特被描述为"最接近英式橄榄球军阀的人，也是球迷最爱最恨的人"。已故的时任体育和娱乐部部长史蒂夫·茨韦特（Steve Tshwete），对总统坚持在法庭上自行辩护感到很担忧。总统的律师和顾问都提出要做他的辩护人，但总统拒绝了。

威廉·德·维利尔斯（William de Villiers）法官当时主持此案。1998

年3月19日，当总统走进法庭时，他首先走到申请人的律师面前并与包括卢伊特博士在内的每一个人握手。之后，他向自己的团队打招呼并就座。我从一开始就对卢伊特博士感到愤怒，我想如果这些人胆敢质问总统，总统为什么要给予他们任何关注，甚至对他们友好相待？当我在茶点时间向总统提及此事时，他给了我一个我永远不会忘记的教训："记住，你接近一个人的方式将决定这个人对你的反应。"我的理解是，如果你一开始就解除了敌人的武装，那么这场战斗已经取得了一半的胜利。检察官们确实对这一举动猝不及防，但当他们发起攻击时，他们很快就恢复了"武装"。他说的另一件事是绝不允许你的敌人主导战场。如果他们希望法庭成为战场，我们必须向他们表明这不是个人恩怨，通过友好方式建立心理优势来让他们趋向中立。我认真对待他所说的话并深信不疑，但对我来说，他们的行为有伤人格。

他们最终把总统叫到了法庭上，尽管法官邀请他坐下，他坚持站着接受讯问。辩护律师以不同的方式向总统提问，然后总统回答道："法官阁下，马里茨先生已经问过这个问题，我已作出回答。"法官则会要求检察官继续，总统会再次作出回应，表示他已经回答了问题；如果检察官以不同的方式连续三次就同一问题提问，他会觉得自己的智力受到贬低。总统生气时，法庭上气氛就会变得非常紧张，作为训练有素的律师就会大显身手。尽管我觉得他们不讲道理，但总统在法庭上表现得很出色。

午餐时，我们从总统官邸新曙光宫将他的食物送过来，总统会静静地坐在房间里吃饭。他边吃边思考，并为下一次会议制定战略。下午，总统回到被告席上，因为我对卢伊特的律师感到厌恶，我不得不掐自己几下以保持冷静。我无法忍受他们嘲笑总统，不止一次，我也想站出来发表我的看法。时代变了！卢伊特博士是一个纯正的南非白人，但现在我站在总统一边。不是因为我为他工作，而是因为我相信他所代表的立场，以及他作为总统要求进行调查的权利。诉讼结束后，我毫不掩饰自己的感受，并告诉了总统。他一如既往平静而镇定，虽然他很累，但不像我那样被诉讼影响情绪。

曼德拉总统败诉，但随后他提出上诉。上诉法院后来推翻了一审结果，但那时南非英式橄榄球事务调查委员会已经失去了发挥作用的空间，再也没有恢复工作。

当我们正从法庭失利的伤痕中恢复时，又将准备迎接法国总统雅克·希拉克（Jacques Chirac）对南非的国事访问。约翰内斯堡正在筹划一场盛大的国宴，总统打电话给我要通过礼宾部确保卢伊特博士及其法律团队被邀请参加宴会。我同意了，但当我放下电话时，我想：除非我死了！否则我会故意忘记这个安排！为什么我们会邀请像他们那样贬低总统的人？总统对白人的种族隔离政策一点怨怼都没有，但他们却非常想证明他错了，而且不是私下，而是在公开场合。我怎么能邀请他们参加每个南非人都想参加的宴会呢？所以我有意忽略了我的任务，没有向礼宾部转达总统的要求。第二天，他特意打电话问我："你邀请卢伊特博士和他的法律团队了吗？"我答道："不，库鲁，还没有。"我也没有透露我的计划——故意忘记这件事。但第二天他再次提醒我，我意识到他不会忘记这个安排，当他在晚宴上找他们，而我们没有邀请他们，那我会有很大的麻烦。我震惊于他居然想和他们打招呼，尽管这一切发生了，他仍然是迷人的，并像老朋友一样和他们打招呼。我学习到最珍贵的一课——你如何对待敌人。

与总统同行

1996年总统要求我再次陪同他出访，这次是他对法国的国事访问。我很高兴有机会出访法国，显然是因为我的家族渊源。不同的是，这次我是唯一陪同他的秘书，因此这是我第一次正式的因公国事访问。在巴黎一位女士拜访了他，她的出现令我感到可疑。她和我们的驻法国大使芭芭拉·马塞凯拉（Barbara Masekela）一同抵达住所，芭芭拉护送她直奔宾馆的总统套房。总统套房有一个餐厅，有独立休息室，有充足的空间供总统使用。芭芭拉很快独自离开，而总统套房的门关着。我知道这是绝对不允许的——他和一个女人单独在一起时关着门。我冲向总统发言人帕克斯·曼卡赫拉纳身边，惊慌失措地宣布门关着但来访的女士仍在里面。帕克斯告诉我这位女士是莫桑比克已故总统萨莫拉·马谢尔（Samora Machel）的遗孀格拉萨·马谢尔夫人。我首先想到的是：哦，见鬼，我不知道这段历史；随即转为：好吧，他们已经关门了，我可能会为此陷入麻烦。

这是帕克斯对我发怒并让我"别管它"的极少数情况之一，所以我照做了。

在我们去参加公众招待会之前，总统叫住我，正式把我介绍给马谢尔夫人。他说了一些让我至今记忆犹新的话，并为之努力坚持多年："这是格拉萨·马谢尔阿姨，她是我的朋友。我们现在就要去参加活动了，我希望你一直和她在一起。任何时候都不允许你看不到她，我需要你照顾她。"这让我感到紧张，因为我不知道在这次活动中我应该如何同时照顾他们两个，但我还是设法做到了。

我们回到南非后，有人向媒体透露马谢尔夫人和总统正在交往。当我在星期日的报纸上看到这则消息时，起初很震惊，担心有人会认为是我把它泄露给了媒体，但帕克斯后来告诉我这是故意泄露的。

1997年2月12日星期三，在几天前总统发表国情咨文后议会进行了辩论。这场辩论围绕种族主义和少数群体指责政府的上述行为展开。总统在辩论中说：

请允许我向每一位尊敬的议员发起挑战，让他们现在和我一起站出来，不是为了抗争（笑声），而是为了向他们展示反驳他们所有宣传的证据。然而，在我提到这一点之前，我被问到了我的朋友弗雷德里克·威廉·德克勒克提出的同一个问题："为什么你们要反过来运用种族主义，让我们的人民失望，惩罚南非白人？"

我说："很好。你能给我一些统计数字吗？有多少南非白人被解雇？什么时候？谁取代了他们？"他说："我不知道事实。"我说："一位教授竟然毫无事实根据地向国家总统提出这样的问题，我感到非常惊讶。"我说我会给他时间，并问他需要多长时间才能向我提供证据。那是我最后一次见到他（笑声）。

我想说的是，在我们为那些受到歧视的人赋权的同时，我们谨慎地对待政权更替后的上任政权留用人员。就在这个会议厅外的是来自种族隔离政权的里安·斯穆茨（Riaan Smuts）警长，我留住了他。我有两位来自旧政权的白人秘书，她们都是典型的南非白人女性（笑声），她们是来自卡卡马斯镇的伊丽莎·韦塞尔和来自乔治市的泽尔达·拉格兰奇。那些尊敬的议员可以查看我的工作人员。

当我听到这件事时，我笑了。伊丽莎从来没有来自卡卡马斯，我也不是来自乔治市，尽管多年后，马迪巴仍然相信我来自乔治市。我的祖父母和父亲来自那个地区，因为我告诉他我们经常去那里，他便接受了我来自乔治市的说法，乔治市是那个地区有名的大城市。这对他来说更易于记忆，所以我也没有纠正他。几年后的一天，马谢尔夫人纠正了他，他对自己的叙述似乎感到沮丧。

辩论结束后，南非一家名为《红玫瑰》（ *Rooi Rose* ）的白人女性杂志的记者联系我，他们想做一个关于白人女安保人员的专题报道，想把我列为总统身边的白人女性之一。起初我说不行，但总统注意到我被邀请却不想接受采访，便把我叫到他的办公室，指示我接受采访。他告诉我他想让我接受采访，我是他的民族团结政府的一部分，如果他向全世界宣讲他在亲近的环境中都做不到的事情，他是不可能成功的。现在我明白了总统对我的要求，对我来说这不仅仅是一份工作。我在情感上变得依赖他，而他给了我一生的机会。我对他要求我做的每一件事都不熟练，但他想确保一个白人、年轻的南非人、一个社区的缩影，与他保持紧密的关联。

我期待着每一次与总统共度时光的机会。他很友善，总是对我的幸福感兴趣，这使我更加坚定地支持他的努力，我尽一切可能确保自己保持勤奋。他会直接联系我让我参与他的事务，这在办公室里引起了一阵紧张气氛。为了办公室的祥和氛围，尽管我在1997年3月被提升为助理私人秘书，我尽量留在开普敦，即使在议会休会期间也是如此。

我的父母对我对总统的承诺和态度转变很感兴趣，他们感觉到我很崇拜我的新老板，因为每当我谈起他时便充满喜悦。我的父亲对此持怀疑态度，但我的母亲支持并对我表达的忠诚表示鼓励。虽然我在家里没怎么讨论工作，但他们看得出我完全专注于工作。他们几乎和我没有交流，每当我没有在工作或没有和总统在一起时，我都会睡觉。我不再和朋友出去玩，出于有意和无意的原因，我疏于社交，我想避免被问及工作。由于没有多少空闲时间，我想在这短暂的时间里孤立自己，消化工作中发生的一切，同时也为自己提供空间，以适应我内心正在发生的变化。当我现在回顾这19年的时光时，这些日子都融合成了我生活中的一部分。时光转瞬即逝，以至于我很难记住个别事件。我几乎没有时间去消化这部分生活，尽管我很骄傲，很感激，也很投入。

我通过为总统服务来拥抱新的南非。尽管我们的肤色、文化或政治信仰以及头发的质地存在差异，但我从内心开始变得更加宽容和尊重他人。这是我的朋友和一些家人难以理解的事情，因为他们没有接触过不同人种。我们不习惯南非的跨种族关系，无论是柏拉图式的、浪漫的还是专业的。我们仍然在舒适的环境中分开经营和生活。随着我逐渐接纳和接受人们的多样性，我与朋友和家人的交谈开始出现问题。我经常无法继续与朋友对话，我认为我合作过的一些黑人和棕色人种比我认识的大多数白人朋友聪明得多，但我的一些朋友仍然保持着比任何非白色人种优越的态度。我对那些不愿意接受改变的人越来越不宽容，但与此同时，我意识到我很幸运，因为我与总统关系密切，并且生活在非种族主义的环境中。

人们经常问我："你记录你的经历了吗？"我想：我该用多少时间和精力去做这件事呢？他们说："你一定去过最壮观的地方。"我想：不记得了。然后他们说："你没有孩子，也没有结婚。"直到今天，我平静地微笑着，作出了恰当的回应。但我想：你能想象在过去的19年里在什么地方、什么时候能做这些事？当你的精力被工作消耗殆尽，醒来时担心未来的事情时，就不会考虑其他类似"正常"的事情。

正是在这个时候，我与总统的关系向前迈进了一步。尽管我大部分时间都在开普敦，但我知道他正在与洛朗·卡比拉（Laurent Kabila）以及当时被称为扎伊尔（现在被称为刚果民主共和国）的代理总统进行谈判。除了履行总统的职责，包括处理国内事务、阻止反对派政客、辩论立法变更等，总统还将于早上飞往扎伊尔，晚上返回，第二天进行即将到来的国事访问。他履行了自己的职责，但他也坚信，不仅南非必须从我们的民主中受益，非洲作为一个大陆也必须取得成功，他致力于实现非洲大陆的复兴。

刚果民主共和国是非洲西海岸资源丰富的国家。但由于二十多年来的统治者和独裁者蒙博托·塞塞·塞科（Mobutu Sese Seko）总统的贪婪以及该地区持续的内战，该国人民陷入贫困。总统的意图是让洛朗·卡比拉和蒙博托在中立地会面并开始谈判，使蒙博托能够体面地下台，并将权力移交给卡比拉，以新的方式有效地管理国家，希望自由、公平和民主的选举随之而来。卡比拉威胁要推翻政府并以暴力手段接管政权，为了确保该地区的稳定，谈判和平过渡，符合各方的最佳利益。蒙博托总统当时已经66岁，患有前列腺癌，他说他永远不会向卡比拉低头，但国际压力越来越大。

为了准备这次会议，南非海军奥登尼瓜号补给舰（SAS Outeniqua）被派往扎伊尔海岸外的国际水域停泊，为受影响各方提供中立的会面场地。几天来，媒体一直报道蒙博托拒绝在船上与卡比拉会面。一旦他们双方同意会面，总统就乘坐总统专机"猎鹰900"飞往扎伊尔的黑角港，参加并协助会面。他原定于当天深夜返回。

我在那个阶段的职责包括分配总统专机的任务：向空军工作人员提供出发和抵达时间、机上乘客、返程航班中的食物和返程时间等详细信息。反过来，他们会向我提供飞行时间，然后可以确定双方的抵达时间，并可以协商当天的计划。由于会谈的敏感性以及奥登尼瓜号补给舰上只能出现男性的事实，总统特意没有在那次旅行中让秘书随行。他可能也预感到事情不会按计划进行。他们抵达黑角港，被直升机带到军舰上，在那里他开始为会议做准备。

我通常与飞机的飞行员保持联系，以便确定他们什么时候起飞，然后使我能够向有关各方提供返回南非的预计到达时间。

那天晚上，他没有回来。没有人联系我，我联系了我们的飞行员，询问他们的计划。他们告诉我，他们仍在等待总统的消息，但现在已经是晚上9点，他们已经不抱希望他当夜能回来。幸运的是，总统打电话给我，告诉我卡比拉和蒙博托都没有来参加谈判，但他已经通过我们的大使馆通知他们，他正在等待。总统有一种方法来指导他的同辈做他觉得必须坚持的事情。他在等待两人的回应。他告诉我他打算在军舰上过夜，等他们第二天到达，但如果第二天他们没有到达，他就会回来。我问他我是否应该帮忙从这边给他们打电话，他笑了，说没有必要。

然后他让我通知马谢尔夫人，我照做了。每次收到最新的指示，我都会打电话给我们办公室主任格威尔教授，然后还会打电话给外交部部长和国防部部长。对我来说，他们都必须被告知我们的总统留在公海的一艘海军舰艇上。这只是常识，我没有受过处理这种严重问题的训练，但我做了我认为应该做的事情。总统还让我给他回电话，告诉他马谢尔夫人的答复。我打电话告知他，马谢尔夫人传递了所有的爱，希望他一切安好并睡个好觉。当我打电话给总统时，一个年轻人接了电话，他们认为我很可疑，我不得不试图说服他我有必要与总统通话。

飞行员们要么住在酒店，要么睡在飞机上，我不知道，但他们被告知当晚航班没有返回。第二天早上我又打电话，这次是为了通知总统，机组人员没有携带个人物品过夜，他们必须返回南非重新集结或派出支援人员。他们也在争分夺秒地工作，因为航空法规不允许他们待命那么长时间，很快他们将不被允许飞行，那么将没有支援人员送总统回家。

我又一次打电话，也是那位年轻人接了电话，我们开始熟悉起来。然后，我让他把电话交给总统，他照做了，总统走下楼梯接电话。"是的，亲爱的？"他回答道。从那时起我开始称呼总统为"库鲁"，这是科萨语"爷爷"的缩写。只有在正式场合下，我们才会称他为总统先生以示礼节，其他人都称他为马迪巴、塔塔或曼德拉总统。我曾经询问帕克斯能让我和总统相处得更自在的称呼，他建议我称呼总统为"库鲁"。

我解释了情况，但又说了一些愚蠢的话："我们能给你送些洗漱用品和衣服吗？"他回答："你想得太周到了，也给我送些报纸吧。"总是报纸！他曾经每天阅读他所在地区的5份日报，包括南非荷兰语的报纸。他经常说，南非荷兰语报纸的报道方式比英语报纸准确得多，我想他的意思是他认为南非荷兰语是一种描述性和表达性的语言。

我们把他的洗漱用品和报纸送上飞机，在机组人员下飞机后飞机立即返回，并为返回的航班带上了换班的机组人员和食物。不知道为什么，新的机组成员可能还有一两天才能到来，所以他们也带上了自己的私人物品。

总统从来没有随身携带过电话号码，但现在他已经记住了我的号码，因为他经常给我打电话（这也是为什么电信公司沃达康总是给我分配一些简单的号码，以便总统记住号码）。所以当他在船上的时候，他一直打电话给我，让我问问题，然后让我给他回复。两天后，蒙博托抵达了。他和卡比拉似乎愿意通过谈判形成和平解决方案，但两周后，扎伊尔军队通知蒙博托，他们不能再保护他。于是蒙博托逃离该国，卡比拉宣布自己为国家元首，并中止该国宪法。

总统回到开普敦后，特意把我叫到他的办公室，以表彰我在他留在军舰上时提供的支援。当然，我为在那段时间里在他的指导下保持各项进展感到自豪。虽然我感到困惑，不过，他考虑得很周到。也许正是这个时候，他开始依赖我，也清楚地知道我会一直在那里。

有一天，玛丽派我去替她拿干洗衣服。我不是那种介意为任何人做任何事情的人，只要这是在法律范围内的。这可能是我加尔文主义教养的结果：我们服务，我们服从，我们对任何比我们更高级职位的人都很谦逊，我们基本上严格按照别人的要求做事。

我正要离开办公室时，总统走进来，我们的命运又交会了。到目前为止，我们已经建立了良好的工作关系，彼此相处得很融洽。他问我要去哪里，我告诉他我正在为玛丽跑腿。他很生气。"你怎么能做这些?"我回答说我一点也不介意。他坚持认为这是不恰当的，我最后恳求他放手，就像一个人如何劝阻父亲使不受管教的兄弟姐妹免受处分那样，我意识到我不应该告诉他这些。这件事会激怒他令我很惊讶，总统欣赏有主见的女性，但玛丽可能过于强势，他从不喜欢别人告诉他该做什么。我发现他想以协商的方式获得意见，而不是被指示安排，这一点可以理解，一个被监禁了27年的人，按照当局的时间表吃饭、睡觉、锻炼和熄灯——这是他赢回自己小自由的方式，至少能控制自己的生活。

之后不久，他把我叫到了他的家。现在我自己开车去了霍顿——只要我不必去约翰内斯堡的其他地方，我就可以在比勒陀利亚和霍顿之间开车，因为我不熟悉约翰内斯堡及其周围环境。这一次我到达时，他递给我几封要我处理的信，后来他让我坐在他的休息室里，告诉我长久以来最有价值的事情："这里没有胆小鬼的容身之处。如果你要成为一个懦夫，你不会在这里待很长时间。我不能总是为你辩护，所以你需要做正确的事来保护自己。"只有当我开车回家时，我才意识到他指的是那周办公室发生的事件，他希望我不要简单地接受指示，而是学会回以质问。这些话将伴随我的余生。在后来的岁月里，当他真的无法再保护我时，无论我面临什么样的挑战，这些话都给了我力量。

在总统的坚持下，当涉及国际旅行时，我必须被考虑在内。由于秘书们轮流陪同他，我现在也被加入其中。很快，我被派陪同他出访印度和孟加拉国，然后在1997年夏天，我们出访英国。

总统到访牛津，我沉浸在小镇的美丽和真正的英国乡村景致中。查尔斯王子出席了牛津大学耶稣学院的活动，这是在他宣布与戴安娜王妃离婚之后，因此我们都有点担心。然而，总统有他天然的魅力，尽管有关于王室成员的负面报道，但他对查尔斯王子非常礼貌和尊重。总统从不评判他人。

当年早些时候，戴安娜王妃访问了安哥拉和南非。总统对她在安哥拉探望艾滋病感染者并坐在病床上与他们交谈的姿态印象深刻。她在帮助消除艾滋病患者的耻辱感，他说："一位王妃坐在艾滋病患者的床上，这表明没有什么可害怕的，我们必须照顾艾滋病患者。"戴安娜王妃在开普敦的官邸赫纳登达尔拜访他的那天，总统穿着拖鞋来到贵宾室。他忘了穿正装鞋，当整个房间的人都意识到他应该把正装鞋从房间里拿出来时，他则谦逊地先向戴安娜王妃道歉。王妃一点也不介意。总统喜欢自嘲，并愿意与他人分享这些尴尬小时刻。

我越来越努力地将过去和现在结合起来。我是在种族隔离背景下诞生的，但我支持和服务的那个人被我的南非白人同胞警告、对抗。总统发言人帕克斯·曼卡赫拉纳和我们办公室的通讯主管托尼·特鲁对我进行了很多指导。有一天我鼓足勇气去告诉他们，我需要找个人谈谈，试着与自己和解，谈谈我在种族隔离制度下的生活方式，以及我如此无知的事实。他们建议我去和贝耶斯·诺德（Beyers Naudé）牧师谈谈。我还见到了罗尼·卡斯里尔斯（Ronnie Kasrils），他曾在曼德拉总统的内阁中任职，是"民族之矛"早期领导人。"民族之矛"是策划1983年教堂街爆炸案的组织，当时我们几个小时都找不到我的父亲。我内心充满挣扎，不知道什么是对的，什么是错的。诺德最初是一名荷兰改革派牧师，但后来在公开反对种族隔离时离开教堂，并因此被软禁了几年。然而，他没有任何怨言。我对他有些了解，但仅限于他被许多白人视为"叛徒"。帕克斯和托尼安排我和"贝伊叔叔"（Oom Bey）一起喝茶，因为他为大家所熟知。

我紧张地独自驾车前往约翰内斯堡看他。我到达后他的妻子来迎接我，我在他的起居室与他会面。这感觉就像被我自己的祖父母接待一样——充满爱和好客热情，尽管诺德一家从未见过我，也不太了解我。我告诉了他我的故事，我们就生活和宗教交谈了约两个小时，他向我强调，我不应该因为想为我周围的每个人和种族隔离导致的后果承担责任而给自己施加太大的压力，我应该接受这样一个事实，即这段旅程可能是我自己觉醒的一部分。我们在我离开之前祈祷，我非常激动。我由衷感谢上帝赐予我生命中巨大的机会和我所拥有的祝福，然而同样是我眼中的上帝让种族隔离发生，让纳尔逊·曼德拉被关在监狱里27年。我的发现之旅展示了关于有组织的宗教作用的问题，我的结论是，人与上帝的关系是一个私人问题，只有个人可以负责。事实上，这段旅程让我产生了一些奇怪的信念，我会和母亲争论人类创造制度的问题，后来我又觉得这些制度是上帝创造的。

有时马谢尔夫人陪同我们出国访问，有时她则忙于自己的工作。到目前为止，她已经成为总统生活的重要部分，总统经常夸耀她正在做的重要工作。她经常出席官方活动，但也会私下与他共度时光。我知道，当她在总统身边时，他很开心，所以我也非常注意保护他们共处的私人空间。

起初，马谢尔夫人对我很谨慎。总统有许多职责要履行，他想实现的目标也很多，全世界都期望他无处不在。他的主要目标集中在和解与教育上，用团结来实现南非的稳定，以创造促进该国经济增长的有利环境。我日常要面对的挑战是：既要确保他对自己的工作节奏感到满意，又要让他留出足够的时间做一位好丈夫。

我努力多年才与马谢尔夫人建立牢固的工作关系。我没想到她会喜欢我，毕竟是我的同胞在1986年击落她的丈夫萨莫拉·马谢尔乘坐的飞机，杀害了他。在后来的几年里，当我们变得更亲近时，我经常同她和她的孩子们探讨关于马谢尔去世事件的细节。这很伤人，但通过争论这些事件，我想她也许意识到我对他们痛苦的理解，他们欣赏我与他们的共情。（马迪巴去世后，我也有机会见到了小萨莫拉的两个儿子——萨莫拉三世和马利克，这是近十年来的第一次。他们的相貌与他们的祖父非常相似。）

马谢尔一家热情好客且富有爱心，起初我们的相处面临很多困难，但现在我们已经很熟悉彼此。我和马谢尔夫人的孩子们一直很亲近。他们说生活需要一点时间，事实上，我和马谢尔夫人确实花了很长时间才建立起如今的关系，我们双方都为此付出了努力。她为我的小世界带来了稳定，我的生活离不开她的影响。我认为自己在我们的关系中应承担的责任和我希望她承担的责任一样多。

起初我认为马谢尔夫人只是在维护自己作为妻子在总统生活中的地位，她对我们的要求似乎太高了。后来有人注意到她是如何让总统微笑的——她再次唤醒了他的感官，她让他跳舞，欣赏美丽的花朵，欣赏美妙的音乐，在每次日落和日出中见证奇迹。在我们的许多次旅行中，她坚持要大家一起看日落——这是总统多年来一直错过的，他总是在日落前被关进牢房里。她再次给他带来了对生活的不同感受，让他比我想象中更热爱生活。如果你真的爱一个人，就像我爱纳尔逊·曼德拉一样，你就要给他最好的东西，你就要希望他快乐。当他和她在一起重新生活时，尽管他的日程安排和工作压力很大，但他真的很开心。慢慢地我意识到，她的目的不是为了维护自己的地位，她在那里是为了让总统开心。因为她，我们有了一个更好的老板。对纳尔逊·曼德拉来说，格拉萨·马谢尔的出现是他一生中最大的礼物。

这与温妮·曼德拉（Winnie Mandela，曼德拉的前妻）在我生活中的出现形成鲜明对比——我直到很久以后才见到她，在马迪巴担任总统期间也从未见过她。他们分开后，她似乎很少出现在总统的生活中。他从来没有对我提起她，我也没有问。没有人告诉我相关的事情，我也认为这不是自己该探听的。随着时间的推移，他更加公开自信地谈论他生活中的事件。然而，有时他似乎很伤心，我常常想了解他正在经历的痛苦。

当我来到总统府时，我经常发现他独自坐在餐桌旁。他通常在开普敦或比勒陀利亚的官邸吃午饭，每当你走进他在霍顿的家而他一个人在吃饭时，你都会忍不住对他的孤独感同身受。只有当马谢尔夫人成为他生活的一部分时情况才有所改变，就好像拉开窗帘让阳光照进阴暗的家中，整个房子顿时充满生机。

当一个人和总统对坐聊天，他就会开始讲他在监狱的故事或者他在特兰斯凯（Transkei）成长的岁月。吃饭是他"反思"和放松的时候，我喜欢听他讲故事，因为我一直喜欢幻想，我很容易想象他在向我描述什么，并几乎身临其境。他经常告诉我关于和他一起长大的男孩佳士提斯（Justice）的事，佳士提斯是他最好的朋友，佳士提斯不仅仅是朋友，更是马迪巴从未拥有过的"兄弟"。当他们俩突然发现自己被"摄政王"安排包办婚姻时，他们一起逃走了，"摄政王"抚养马迪巴成人，就像人们在农村按照当时的传统通常做的那样。马迪巴和佳士提斯逃离特兰斯凯来到约翰内斯堡，而在那里他的生活被塑造成为政治。他深情地谈及佳士提斯，但不幸的是，当马迪巴还在狱中时佳士提斯因饮酒过量去世了。

我时常想到佳士提斯，如果我希望有一个人能活着成为我们生活的一部分，那人就是佳士提斯。我想让他知道他的朋友经历了什么，我想让他知道尽管他们出身卑微，他们会成为什么样的人。我想让时间倒流，警告他不要喝酒，告诉他有一天他会和他的朋友团聚，我想让他见证并分享他最好的朋友的生活。我知道，如果他当时还活着的话，他会被邀请参加马迪巴的就职典礼。我想象着他在他最好的朋友宣誓时的喜悦和兴奋。然而我同样想到，当马迪巴入狱时，佳士提斯可能因此放弃了阶层上升的希望，并开始酗酒。

马迪巴对自己在库努（Qunu）的童年和与佳士提斯在穆克孜韦尼（Mqekezweni）度过的青春回忆充满怀念，这似乎占据了他很多个人时间。这就像他去那里旅行——回到那些古老而简单的日子——以获得一种平静又自我的感觉。一次又一次，我见证他回忆自己的童年。这些经历似乎不仅将他塑造为一个男人，也定义了他的价值观，我认为他对童年的回忆成为一种逃避——这也是他可能在监狱中使用的一种生存机制，那些经历——放牛、打架斗殴、在东开普山上漫步、听村里的长者说话、从蜂箱里偷窃、寻找醋栗——在他脑子里就像电影一样，在监狱或担任总统承受了太多时，他就可以看到。他在脑海中重放那些画面，那些田园风光，并经常重述这些故事，以至于我们中许多常听他回忆的人都能逐字逐句地背诵那些事。这些不是我的故事，而是他的故事。

当马迪巴离开监狱时，每个人都长大了，人与人也都疏远了。他似乎很难在感情上敞开心扉，监狱生活教会他如何隐藏自己的感情。我看到他试着和孙子孙女们在一起，但他是一位拘谨且谨慎的家长，这些特征在孩子中往往不受欢迎。他在狱中渴念自己的孩子，期待享受天伦之乐，但当家长并不容易。

我常去约翰内斯堡的总统府，因为他几乎从不使用比勒陀利亚的新曙光宫。当时，他的四个孙辈和他住在一起，他们是马加托（Makgatho）的四个儿子，马加托是总统与第一任妻子伊芙琳（Evelyn）唯一还在世的儿子：小曼德拉（Mandla）是长孙，在读高中最后一年；第二个孩子恩达巴（Ndaba）十几岁；其他两个小男孩姆布索（Mbuso）和安迪尔（Andile）尚蹒跚学步。他们讨人喜欢又可爱。他们的父亲住在索韦托的某个地方，但总统很喜欢和他们在一起。他们实际上是由管家索利斯瓦（Xoliswa）和总统的侄女罗谢尔抚养长大的，直到罗谢尔离开南非。当时，他们的存在为霍顿的官邸增添了活力，也增添了家庭的温馨。

早些年，我常常发现自己独自在开普敦的总统办公室工作，而其他工作人员都在比勒陀利亚。有一天，当我正在处理总统的私人办公室电话交换机时，接到前台打来的电话，入口处的值班警察告诉我，有人想要进入总统办公室。我不得不前往接待处，因为总统办公室不允许陌生人擅自进入。到达前台后我被介绍给国家情报局的人。令我疑惑的是，有两个人没有预约就出现在接待处，他们告诉我需要"打扫"总统办公室。我不知道他们指的是什么，我天真地告诉他们，我们的清洁工每天打扫办公室。

直到大楼入口处的保安告诉我，他们是国家情报官员，他们使用"打扫"一词是指寻找可能被其他方放置在办公室的监听设备，我才恍然大悟。我感到非常尴尬并允许他们进入大楼。在后来的几年里，安保人员总会用这件事取笑我，我则从容应对。这都是与我的过去完全不同的向我敞开的新世界的一部分。那年夏天，我还被要求陪同总统到巴厘岛休息两天，随后国事访问印度尼西亚和泰国，马谢尔夫人陪同我们出访。现在大家普遍认为，尽管我仍是高级打字员，但我有时也会陪同总统出国访问并履行秘书职责。在那些年里，我太害怕了，不敢尽情享受，不喜欢在泳池或大海中畅游。无论何时，我都待在房间里以方便总统找我。他也确实习惯了我一直都在的事实。结束他的事务后我就开始吃饭和睡觉，并按照他的惯例行事，以确保每次他找我时我都在房间里。

我们的部分职责包括确保总统在正确的时间用餐。每当马谢尔夫人不在时，他的衣服都会被收拾好，周围的一切都按他喜欢的样子布置。在他的日程中，我们还必须每天抽出时间给他按摩，在没有报纸的情况下，新闻剪报每天都要从南非寄来。我确保剪报在早餐前到达，并尽可能保证一切都是他想要的。无论我们身处哪个时区，南非办公室里的同事都必须轮班准备新闻剪报并及时发送。即使在电脑和互联网主导我们的生活之后，他仍然坚持得到同样形式的剪报——无论我们身在何处，报纸都要剪下来、影印并传真给我们。我向总统介绍剪报替代品，希望减轻南非同事的负担，但他只接受以特定字体出现的报纸原件。

如果让总统单独和按摩治疗师在一起，他总是感觉很不舒服。因此当这些治疗师在场时，要么是安保人员，要么是我必须一直和他一同待在房间里。这让我非常沮丧，因为我不是一个能干坐一个小时的人。在我们拥有黑莓或智能手机之前，根本没有什么可以打发时间。有好几次，我试图让安保人员来代替我的位置，但当他注意到我不在那里或他叫我但我没有应答时，他通常会再次联系我。这些年来，我大概中途跑掉了一百多次，而他则找了我一百多次，直到有一天我向他解释说，我真的坐不住那么久，他只能接受安保人员陪同他的事实，这实际上也更有意义。对我来说，一个小时意味着在工作上或某些具体安排上跟不上节奏。重点是我在紧急情况下能发挥什么作用？从安全角度考虑，现场最好配备安保人员。这也给了我至少一个小时的时间去完成一些其他的事情，比如给办公室发邮件、完成项目或者回电话。

总统有用最简单的推理和论证方式理解最复杂事物的惊人能力。他经常告诉我们，另一位解放运动英雄、前非洲人国民大会主席奥利弗·坦博从来不愿意按摩，他坚信，如果奥利弗有按摩的习惯，或许还活着。总统认为死于中风的奥利弗叔叔如果学会享受放松，通过按摩或理疗来确保自己的身体健康，他会更好地应对各种压力和困难。总统有一种独特的讲述方式，每当他重复一个故事时，他都会使用完全相同的单词和短语，并且语言精练。他传递的观念开始让我倍感担忧，以至于后来每当我压力太大时，我常忍不住想我是否有必要接受按摩。

我们从巴厘岛前往印度尼西亚首都雅加达进行国事访问。我们没怎么游览雅加达，只是经受着炎热和潮湿。总统在那里举行了一次秘密的特别会议。他要求与沙纳纳·古斯芒（Xanama Gusmão）会面，这是对印度尼西亚进行国事访问的前提。印尼方面因此推迟了计划中的国事访问日期，可能认为总统会妥协，但总统始终坚持。一天晚上，东帝汶抵抗运动领导人古斯芒从总统客房的紧急通道楼梯偷偷溜了进来。古斯芒被认为是相当于马迪巴在狱中所代表的政治犯，他的手被铐住了。我觉得这次意外非常有趣，想观察马迪巴作为一个前政治犯是如何处理此事的。

古斯芒在困境中看起来不错，待人也很友善。在他被送回监狱之前，他与总统、格威尔教授等人单独相处了一段时间，双方达成一致，允许他在几周后访问南非，在那里他们可以自由交谈。苏哈托总统也表示同意，几周后我们便在南非接待了古斯芒。这次他不再戴手铐，或者说看起来像一个穿着普通衣服的囚犯。几年后，他在约翰内斯堡拜访了退休的马迪巴，并感谢当年的谈判，直到那时我才想起那晚的事情。而当时他已获得自由并成为独立东帝汶的合法总统。马迪巴的干预被认为使苏哈托面临释放古斯芒的压力。

无论世界上哪里发生冲突，人们总要求曼德拉总统介入，通过谈判达成和平解决方案。他经常拒绝干涉其他国家内政，因为对他国面临的复杂问题没有足够的了解。然而，政治意愿总是要求他在可能成功或者有机会成功的地方做相反的事情。

我们从印度尼西亚前往曼谷，住在一家豪华酒店，我意识到我正在成为国际酒店专家。然而，即使我能背诵他们的客房服务菜单，我也看不到多少城市的面貌，我的经历仅限于总统的观光经历。我们不是去度假，而是去工作。总统只提议过几次观光，但通常只限于主要旅游景点。他可能会对曾经了解过的地方感兴趣，但一般来说，他没有时间观光，因为他的日程排满会议，其他时间被留出来休息。他已经79岁了，任何时候都需要休息。

尽管每一个醒着的时间我都用来建立一个完美无瑕的总统日程表，但显然我不是一个外交家。在泰国，我们正参加由川·立派（Chuan Leekpai）总理主持的午餐会，到目前为止，做计划的先遣礼宾团队都知道，总统喜欢与桌上的秘书眼神交流，这样当他需要秘书时，他只要看着我们，我们就会知道。因此，秘书被安排在对应的座位，我能看到他的脸，但幸运的是，他的脸离我不太近，也没法目睹接下来发生的事情。

我穿了一件袖子很宽的长袖上衣。上了第一道菜，我们的侧盘上放着面包，当我伸手去拿桌面前的黄油时，我没有意识到我的袖子挂住了我盘子里的面包。当我拿起装黄油容器，让它靠近我的盘子时，面包突然碰到我的肘部，随后从袖子里滚了下来。我顿时吓了一跳，以为有什么东西爬进我的袖子。我当时因为不知道自己在吃什么而感到害怕了，这显然加剧了我的紧张情绪。我很快把胳膊往后一抽，想把从袖子里爬出来的东西甩出来，突然面包被甩到桌子中间，我的周围顿时一片寂静。幸运的是，泰国人非常友好，他们一笑置之，旁边的那位先生说这意味着好运。我心想似乎这个国家的一切都意味着好运，无论对我们外国人来说多么尴尬。我接受了他的祝愿，悄悄地吃下一块面包，也同时吞下了尴尬。

总统不停地旅行，坚持不懈地工作。当他在家时，他会花时间向全国矿工联盟、南非全国金属工人联盟及全国教育、卫生和社工联盟等工会组织发表讲话。他总是保持平衡，确保自己不被视为以任何方式表现出歧视，并保持公平的心态应对所有可能的情况。他为南非的繁荣未来奠定基础，但早在1996年7月他就公开宣布，他将只担任一届总统，任期五年。他坦诚地相信，年轻人可以比他取得更大的成就，并且通过宣告他只会担任一个任期，希望其他国家元首也因此效仿，不要被权力诱惑而成为渴望权力、任期无休止的独裁者。

在每一次公开活动中，曼德拉总统都会在活动结束后向执勤警察致意，如果有合唱团表演，他也会和每个成员握手。他在人群中发现孩子，会呼唤他们到前面来，这样他就可以和他们打招呼。一开始我觉得这只是他偶尔会做的事情，但当我意识到他在每一次活动中都做到这一点时，我便开始制定计划，确保我到场的所有活动中都能这么做。他总是如此平易近人。

然而，他也会对那些他觉得不忠于他的人过于苛刻。他会不断地给予周围人信任，但如果对方有一点点背叛的迹象，他就会突然与其断绝关系。他是个忠诚的人，同样希望对方也忠诚。这件事发生在玛丽·姆萨达纳身上，玛丽和总统之间的工作关系日益紧张。玛丽与总统的前妻温妮·马迪基泽拉·曼德拉很友好，这让他很不安。他要求她调任至外交部担任外交职位，玛丽优雅地离开了。几年后，她在疝气手术后不幸去世。当我在医院看到她时，我真的很难过，我将永远感激她曾在我生命中扮演的角色。

　　总统将在他长大的村庄库努与他的孙子们一起度过圣诞节假期。库努位于南非东开普省，距离以前称为特兰斯凯的乌姆塔塔镇（Mthatha）西南约30公里。那时，照顾他的侄女罗谢尔已经离家赴美国深造，总统依靠我来处理罗谢尔以前做过的一些事情。其中之一是在圣诞节当天在库努的农场为村里的孩子们组织一个圣诞派对。嗯，这就是圣诞节应该有的样子。

　　他列出几个要联系的人，并要求他们捐赠糖果、玩具和其他简单的圣诞礼物。我参与的第一年是2000年。我负责协调货物的收集并确保他们在圣诞节前几天到达库努。我意识到我们需要袋子便采购了袋子，让社区的孩子们，甚至我们的安保人员，帮助为2 000名预计在圣诞节来总统家的孩子打包礼物。我在他家周围建立了一条合适的生产线，我们在圣诞节前几天开始打包，有时我们累得喘不过气来，几乎失去完工的信心。只有当你打包了2 000个礼物时，你才真正知道2 000意味着什么。总统告诉我，对于许多该地区的孩子来说，这是他们唯一一次吃上一顿像样的饭并收到圣诞礼物，我一开始并不相信他的话，但当圣诞节到来时，总统的话得到应验——数千名儿童涌入库努。

　　南非的大多数黑人生活在并且仍然生活在严重的贫困境遇中，要实现经济转型并以有益的方式影响农村社区的生活，还需要很长时间。现在情况虽有所改善，但仍没有我们期望的那么快，南非农村的人们对尚未从民主中受益感到愤怒和失望。当人群涌向库努时，我意识到这些农村社区的人们还没有尝到我们刚刚实现的自由的果实。当我问他们从哪

79

里来时，总统说他们中的一些人前一天夜里就出发了，以确保及时到达。圣诞节那天早上7点左右，我从镇上赶到农场时——我认为这是一个合理的时间——孩子们已经沿着农场的栅栏一直排到了山上——大约一公里。这是我亲眼所见也是我感到难以置信的状况。我们开始分发礼物，然后孩子们被带到后院，他们被安排在那里用餐。库努的面包店主布雷德（Bread）先生非常友好，他负责为该地区的长辈和贵宾以及马迪巴的长孙准备食物。

很快，孩子们涌进大门。总统一整天大部分时间都坐在外面，在孩子们过来时问候他们，在他们去吃饭之前，把礼物递给他们，与他们握手，并与他们简短交谈。作为一位纪律严明、办事有条理的总统，他很欣赏我对秩序的精确把控。孩子们排成一列经过，志愿者们递给他们一袋礼物，然后他们被引导到午餐区。我确保我们没有忽视任何人，当他坐在外面时，孩子们都有机会与他握手。

由于孩子们生活在偏远地区，他们中许多人的习俗并不包括圣诞老人。对他们而言，这个节日的实质就是——看到曼德拉总统并从他那里收到礼物。当一家公司捐赠了飞盘时，你很快就会看到成千上万的飞盘飞来飞去，到处都有人在躲避它们。下一次可能会有球，球会朝你的头部飞来。我们认为所有的孩子都应该知道什么是飞盘或球，但直到你看到南非农村的孩子们是如何生活的，你就会明白他们并不认识那些我们认为理所当然应该知道的东西。有一年，有人想捐赠塑料游戏枪，我们不得不拒绝，因为我们不想用善意的平台来宣扬暴力。孩子们并不确定他们是因为收礼物开心还是与总统握手开心，但他们珍视这个机会。然后像总统所说这是那些孩子们"一年唯一一顿像样的饭"的证据，证据就在那里。我看到这些孩子感染了疾病、营养不良、畸形、被虐待、被忽视，我终于能理解总统所描述的意味着什么。不知怎的，当你看到孩子们眼中的纯真和感激时，你就会忘记他们的外表。

他们中的一些人以前从未见过白人，有一个孩子揉了揉我的胳膊，想看看我皮肤的"白色"是否是以某种方式散发出来的。我很喜欢抱这些小家伙，尽管我的皮肤有时会让他们害怕。这真是太讽刺了，几年前的我同样遵循过种族主义的理念——因为我们天生就害怕黑人，所以触摸黑人是不合适的。一些孩子害怕我和其他几个白人安保人员，对他们来说，我们一定是外星人。不止一次，某个孩子当了一整天跟屁虫，也许是出于好奇，想看看我后来是否回到另一个星球。

当你在这样一个贫困地区度过像圣诞节这样的日子时，你会真诚而光荣地感谢自己的给予，而这样的事件会给圣诞节带来不同的意义。这是我在父母缺席的情况下庆祝的第一个圣诞节，没有礼物，没有关注"我圣诞节收到什么"，重点转移到我能给予和做什么，这本身就给圣诞节带来了更多的满足感和意义。孩子们的聚会结束后，我们和马迪巴一起吃午饭，他的孙辈和该地区的长辈也参观了这个地区。

第二年，我们意识到为 2 000 名儿童做准备是不够的。我们需要捐赠 5 000 套礼物。这一次，总统让我决定一切。我向他寻求帮助，但现在人们已经熟知他的倡议，因此找到赞助并不困难。12 月，我们又在圣诞节前几天开始做准备，但这次是 5 000 人份的礼物。我们仍然没有足够的礼物和食物。第三年，我们增加到 1 万名儿童，直到最后达到 2 万人。再次强调，打包 2 万个礼包绝非儿戏。然而，该地区的孩子们和总统的孙子孙女参与筹备工作，我们最终筹备成功。在私人聚会的最后一年，我们在圣诞节前整整两周都在收拾行李。我反复鼓励人们帮忙，"记住，对于一些孩子来说，这是一年中唯一能得到一顿像样的饭和一个礼包的机会。这是他们圣诞节得到的唯一礼物"，我一字一句地背诵着总统的话语。倒不是说村里的孩子已经对此更加习惯，但安保人员分担了我手头的工作。

在我们访问芝加哥后，总统邀请奥普拉·温弗瑞（Oprah Winfrey）参加这个项目，他告诉奥普拉我们在库努所组织的圣诞节活动。我估计奥普拉为25 000名库努儿童准备了礼物，与此同时，她还向南非的其他农村学校分发了约25 000份礼物。她做得很好，孩子们除收到糖果和营养丰富的餐点外，还收到了衣服和文具。我们低估了人群的规模，也低估了奥普拉和总统都将到场的宣传力度，所幸最终我们避免了踩踏事件。一些母亲带着孩子从几百公里远的自由州过来，一辆辆满载儿童的大巴被卸下，安全措施显然不足。在侥幸躲过一场悲剧之后，我们决定将这个圣诞项目本地化，由纳尔逊·曼德拉儿童基金会接管。

总统在库努发起一年一度的圣诞派对时，也在年底前开始访问约翰内斯堡和开普敦的学前学校。他喜欢和孩子们互动。在第一年，他再次指示侄女处理事务，当她去美国后，由我接手这份工作。总统给我上了宝贵的一课，教我如何在自身没有足够能力的情况下，帮助急需资源的人获得捐款和支持。赞助商在他访问期间获得回报，他们将在他分发糖果和物品时与他共度一整天，并在电视和报纸上曝光。这个计划很简单，但效果很好。然后，我们会邀请一支媒体代表团在我们参观学前学校的那一天随同我们，媒体代表也可以与他们敬爱的总统共度一天，同时向赞助商提供总统承诺的曝光机会。当天结束时，媒体和赞助商应邀在我们的办公室或附近的酒店共进午餐，总统感谢他们的支持。随着媒体的传播，人们在接下来的几年里都普遍期待提供帮助。

有好几次政客们试图"劫持"或干扰曼德拉总统的安排，但他明确表示，这项倡议不应局限于任何一个政党，而且这些孩子的父母和老师的政治观点也应该受到尊重。因此，我总是要确保所要参观的学校必须具有代表性。如果我们参观了五所学校，那么必然包括两所黑人学校、一所印度人学校、一所棕色人种学校和一所白人学校。南非的学校在废除种族隔离制度后变得更加融合,选择参观哪几所学校成为一个挑战,我们必须提前了解学校的情况,以确保每个种族群体都能够被正确代表。我们还必须小心,不要参观以科萨族(Xhosa)为主的学校——科萨族是总统所属的民族。他对这种性质的事情非常敏感,这在我的脑海中形成一个印象,如果我们为一个群体做了一些事情,我们就必须为另一个群体也做一些事情。他不希望别人认为他有偏见,也不想被指责有所偏袒,就好像他决心继续成为国家建设的领袖,不管人们如何努力将他归入特定的群体、种族、宗教、阶级等。

我不知道为什么我最终承担了圣诞派对或幼儿园访问的任务,为什么他没有把它们交给他的儿童基金会,他在我协助这个项目之前就成立了儿童基金会。我从承担这项任务中受益匪浅,圣诞节也因此有了新的含义,但我有足够多的工作压力和挑战要应对,因此当这项任务被移交给儿童基金会时,我很高兴。

与此同时,总统启动了他的学校和诊所建设项目。他设法说服当地和国际企业在南非最偏远的乡村建设学校和诊所。通过这一举措,他建立了100多所学校和50多个诊所。曼德拉总统从来不是最伟大的管理者,但他的意图和策略是无可挑剔的。

起初,政府没有太关注这些正在建造的新建筑。过程很简单,总统与当地农村地区的传统领导酋长会面,酋长则会请求开办一所学校;当总统在报纸上了解到某公司的财务佳绩后,便会要求我开始寻找其首席执行官或常务董事,邀请他们一起用餐。谁会拒绝总统的邀请?项目接近尾声时,商界人士互相调侃道,如果总统邀请你吃早餐,这可能是你一生中最昂贵的早餐。只有两次,参与者没有实现自己的承诺。政府不可能按照公众期望的速度提供服务,总统尽其所能加快这一进程,让私人部门参与支持这些项目，教育和医疗是他的优先事项。他总是说，教育是战胜贫困的唯一武器。

首先，我们会安排商业代表与我们一起飞往这些农村地区，向他们展示学校或诊所的筹建地点，并介绍负责监督项目的社区领导人。我们花好几个小时前往偏远地区，项目完成后，我们将与商业代表一起返回该地区，总统将亲自为这些学校或诊所剪彩。

在项目后期阶段，随着1999年的政府更迭，人们发现其中许多建筑被遗弃。政府没有提供教师、设备、护士和基础设施来支持这批项目。虽然人们可以理解这些项目面对的挑战，但遗憾的是没有人及时组织协调，无法提供支持以确保这些机构的有效运行。总统有时也会受到指责，因为他太容易屈服于传统地区领导人的要求，而没有对学校或诊所是否建在正确的地区进行任何适当的调查。后来几年，纳尔逊·曼德拉教育和农村发展研究所与东开普省的福特哈尔大学（University of Fort Hare）合作，支持总统发起创办的一些学校。

可悲的是，南非的教育系统，尤其是农村地区的教育系统，往往会辜负学习者。迄今为止，这是南非面临的最大挑战之一：孩子的教育。教师是南非收入最低的职业之一，甚至无力养活自己的家庭，因此它不再吸引对这份工作充满热情的人。而在农村地区，基础设施无法为教师提供合适的教学工具和教科书。由于其中一些学校的地理位置偏远，这些学校几乎得不到国家教育部门的支持，同时该部门也很难对其进行有效管理。

每次参观乡村学校或诊所时，我都会邀请媒体陪同总统前往。任何与该项目相关的公司都能在黄金时间段的新闻上获得与总统一起曝光的宝贵机会。他们中的许多人仍然继续支持他们最初建立的一些学校和诊所，支持总统对未成年人教育的热情。

1998年，比尔·克林顿总统面临他政治生涯中最大的挑战，与莫妮卡·莱温斯基的丑闻危及他的政治生涯，并成为头条新闻。在危机爆发期间，他计划前往南非进行国事访问。在困境中，找不到比纳尔逊·曼德拉更好的朋友了。总统绝不会宽恕克林顿所发生的事情，但他会从人性的角度看待事情。你仍然会感到内疚，但他能让你感到安全，并以温和的方式说服你承担责任而不觉得羞辱。这是我随着时间的推移所观察得出的结论，并意识到自己的想法发生了怎样的变化，以及现在的我是如何看待那些从前的执念的。曼德拉总统从不害怕承认自己的错误，总是抓住机会道歉，然后继续前行。每当人们想歌颂他的时候，他总是告诉人们"圣人就是不断努力纠正错误的罪人"。

这并不意味着他曾经为不诚实的事情辩解，但他天生相信人的意图总是好的，但偶尔会犯错。我也清楚地看到，他关注的是那些犯错的人不会因为犯错而感到被疏远。他正视他们的错误，但也以一种方式向他们保证——他承认他们的人性，同时明确表示，承认自己的错误，比原谅自己和继续前进更为重要。曼德拉总统张开双臂欢迎克林顿总统，承认他在莱温斯基事件中面临的个人困难，但向克林顿总统保证，他仍然尊重他并相信他的领导能力。

1998年3月27日，曼德拉为庆祝克林顿总统访问南非举行了宴会。当时，秘书们轮流出席活动，我被指派到伐黑列亘（Vergelegen）举行的国宴做招待工作，这是一个位于开普敦附近著名葡萄酒庄园的葡萄酒农场，每个人都得到场工作。伐黑列亘距离总统府国宾馆根纳登达尔有45分钟车程，为避免交通拥堵和节省时间，安全部门决定让我们乘坐直升机前往伐黑列亘。

我从来都不擅长打扮（现在依然不擅长），我最喜欢穿牛仔裤、人字拖和衬衫或T恤。然而我意识到为了这次宴会，我真的需要付出努力，毕竟这次国宴是为世界强国准备的。我为这次活动定做了一件黑色的长裙，并不奢华，我决定穿一双有点跟的鞋子，不过不要太高，因为我们通常整晚都站着。

我们的军用直升机很"粗犷"，就像士兵。每当我们坐在直升机上时，我总能想象我们在战斗的路上。"羚羊"（The Oryx）是一种坚固的军用机，被认为是世界上最先进的直升机之一，可容纳16名全身穿盔甲的乘客。现在我喜欢坐直升机飞行，喜欢飞机的声音，尤其是当飞行员操纵它时，我总能感觉到自己喜欢冒险。

我们在伐黑列亘着陆，旋翼桨叶一停，下飞机的钢梯立即就位。按照惯例总统总是最后登机，第一个下飞机。如果马谢尔夫人陪同我们，或者他有一位正式陪同人员，那个人就会紧随其后，谁先到出口，谁先下飞机。由于直升机距离地面很低，安保人员通常会跳下直升机。总统下飞机后，马谢尔夫人跟在后面。当总统走下悬梯时，他会开始和我说话，并在到达地面时问我一个问题。这个问题可能涉及某个项目或克林顿总统抵达的时间，他刚刚转过身来与我进行眼神交流，并得到我的回应，我立刻试图跳下悬梯，结果双膝着地，摔倒在他身后。我的长裙卡在钢台阶的栏杆上，整个人摔了下去。周围的人顿时都笑了，除了总统和马谢尔夫人。这一定是人们见过的最有趣的场景，但也是件令我崩溃的事情，与此同时，我的晚礼服也掉了下来，在直升机里发生的这一幕肯定是一种"景色"。总统仍试图与我进行眼神交流，但发现我躺在他身后的地上。他命令随从"扶她起来，扶她起来"，并非常关心地问我："你把衣服弄坏了吗？"我迅速检查了一下，一切似乎都还好。

由于预计克林顿总统也将乘坐直升机抵达，当地到处都是特勤人员，人们很难镇定下来。他们藏在灌木丛里，看起来就像是一阵突然吹过庄园的风，灌木丛中的人们开始嘲笑入口处的我。总统是唯一一个因我摔倒而担忧的人，其他人都笑了，他们很难让自己重新严肃起来。我冷静下来，我们走进休息室里等待克林顿总统。

曼德拉总统被安排在将要举行宴会的帐篷旁边的房间里，等待克林顿总统的到来，这样他们可以同时进入宴会厅。我留在外面，试图获取克林顿总统预计到达的时间信息，以便向总统反馈。伐黑列亘是一个私人葡萄酒农场，房子以南非荷兰角风格装饰得很漂亮。在外面等待时，我遇到了南非最好的喜剧演员之一皮特·德克·尤斯（Pieter-Dirk Uys），他正在为宴会上的表演作准备，我被之前的意外分散了注意力。总统喜欢他的讽刺表演，他通常不会放过任何对南非政客的喜剧性解读。当我回到总统等候的房子时，我没有看到门前放着一块砖以防止门被风关闭，于是当我进入大楼时便被它绊到，这一次我没有摔倒，但发现自己出现在总统面前的速度快了很多。他只是说："哦，不，亲爱的，不如找张椅子过来坐下。"当晚晚些时候，当我在讲台上向总统递交演讲稿时，我感到非常尴尬，显然比以往任何时候都要紧张。当我踏上楼梯走上讲台时，我祈祷不会发生另一场灾难；好在没有，当晚的其余时间都风平浪静。

当时总统和马谢尔夫人经常期望我安排好他们相聚的日程，但他们的行程很难有交集，因此我们必须找出时间让他们在一起，但这并不容易。马谢尔夫人继续在莫桑比克和世界各地工作，主要倡导儿童权利，经常出差。我常常因为无法安排她和总统相聚的时间而陷入困境，但这几乎是一项不可能完成的任务。他们两人都工作繁忙，几乎都在与时间赛跑。总统恨不得在一周内完成一百件事，当我们设法安排好一切时，马谢尔夫人的日程也排得满满当当。通常情况下，总统同意一些安排，然后这个行程会在出发前一天彻底改变。一般不是因为马谢尔夫人改变，而是因为总统也会有紧迫的优先事项，或者只是改变主意。我们不能很快找到借口来解释我们为什么取消行程，并且担心人们可能会怀疑是因为总统的健康问题而取消行程。

在那些日子里，总统的感冒影响着南非的汇率稳定，一旦听到关于总统健康的任何谣言，货币就会暴跌——全世界都担心南非人会陷入混乱，将国家夷为平地。全世界都知道总统象征着南非所有黑人和白人的稳定。除非事实如此，否则我们从未考虑过以他的健康状况或"不舒服"为借口取消行程。他几乎成为公众眼中的政治风向标。如果他想休息，公众就会开始猜测他的健康状况。

1998年初，总统计划为纳尔逊·曼德拉儿童基金会筹款。儿童基金会是他在1995年成立的，致力于帮助受艾滋病威胁的儿童，尤其是孤儿。除了诺贝尔和平奖的奖金之外，他还捐出自己每年三分之一的工资给基金会，并在时间允许的情况下为基金会筹款。在这个特殊的场合，他计划接待一些顶尖国际名人和模特，让他们乘上刚刚翻新的蓝色列车，这是南非的豪华客运列车，之后他将乘坐QE2游轮旅行。人们可以支付数千美元加入他和马谢尔夫人的行程，这些安排显然为使儿童基金会受益，因此船票被抢购一空。

也正是在这些事件中，那颗备受争议的钻石被当时的利比里亚总统查尔斯·泰勒（Charles Taylor）送给娜奥米·坎贝尔（Naomi Campbel）。娜奥米从儿童基金会成立之初就是其支持者，也是该基金会的首批国际捐助者之一。

在国际刑事法院（International Criminal Court）对查尔斯·泰勒的审判中回顾了这次筹款事件，我对事件的顺序很感兴趣。当时没有人问南非安全官员是哪个安保人员敲了娜奥米在总统客房的门，并递给她"一袋石头"。如果他们是南非安保人员，他们会在把袋子递给她之前先打开袋子。没有任何人，即使是总统，可以在礼物未经搜查的情况下被交付。如果有人询问安保人员，他们很可能已经核实过里面有多少"石头"，而且当晚所有进入房子的人都会被记录在案。南非警察被要求保存他们所说的"随身本"，他们每天都在记录他们所做的一切，精确地记录每一分钟。因为在法律程序中，他们可以提供"随身本"作为证据。我不认为南非警方会允许两名利比里亚安保人员在无人陪同的情况下进入总统客房，整件事情的线索都可以在南非找到。我们对这件礼物一无所知，娜奥米说，她把那袋钻石交给了儿童基金会的首席执行官。这位首席执行官未因持有未切割的钻石而获罪。

我们开始乘坐QE2游轮。这是一次愉快的经历，尽管这艘船显然是为老年人准备的。这是一艘宏伟而老派的邮轮，人们每天晚上都盛装去吃晚餐，但在我看来，他们好像要去教堂。那里没有年轻人的聚会，而是正式的舞厅舞会。看到老年伴侣跳舞并仍然如此相爱，是一件很甜蜜的事。总统和马谢尔夫人虽然没有去跳舞，但很享受QE2的旅程。他们在船上只出席了出发仪式和一次晚宴，他们终于能拥有高质量的私人时间，远离"大陆"的压力。

QE2之行结束后，我病倒了，这是我四年来第二次生病了。我的身体很难跟上工作的节奏。总统受到许多因素的驱动，其中一个因素是，他离退休不到一年，他想利用自己的职位快速实现他希望在总统任期内发生的变化。医生说，这是我在1995年访问日本后再次感染心肌炎，我筋疲力尽，请了四周病假居家养病。大约一周后我接到安保人员的电话，告诉我总统想到我位于政府村相思公园的小房子里看望我。我认为我那间简陋的一居室小房子不适合接待总统，便打电话给总统，试图说服他打消来看望我的念头。我告诉他我很好并且很快就会复工，没有必要来看望我，但他坚持要来探望我，并带着我所收到过的最漂亮的花篮前来。

在鼓励我恢复体力的同时，他还幽默地说："你知道只有弱者才会生病。"我本期待他能表现出更多的同情。他一生都相信，人完全可以控制自己的身体，在治愈的过程中，人的心灵必须比药物更强大，还必须有好起来的决心。

无论事情变得多么困难，我承受着多大的压力，我有多累，看到他的面庞和笑容就仿佛房间都亮了，他的笑容是我每一天的光彩。后来，每当我看到他，我都忍不住笑。当你与某人密切合作时，你不可避免地会开始了解对方的感情和情绪。在最困难的时候，微笑从未远离我的脸庞，即便有时担忧藏在我的心中。

我继续以一种坚持不懈的速度工作，尽管有时压力和疲劳让人无法承受。有一次马迪巴给我读了一篇刊登在报纸上的文章，内容是关于臀部比较大的人的研究，结果发现他们能更好地应对压力。他第一次读到这篇文章时，我就抓住了重点，说："你看，库鲁，这就是为什么我能应付所有的压力，因为我的臀部比较大。"他哈哈大笑，然后又再次读了这篇文章。他在开玩笑，我觉得不好笑，但我能制止他。

他总是非常关注人们的体重和健康。他经常会问一位女士是否怀孕了，即使她的腰部刚刚胖了几公斤。有时他会要求与来访者单独聊聊，然后教育他们应该减肥。我已经记不清有多少次他指着某人的大肚子，然后告诉他"你必须减肥"。有些人觉得讨论自己的体重令人反感，当纳尔逊·曼德拉告诫你"必须减肥"，并暗示你必须减少食物摄入或减轻体重时，这是非常尴尬的。我们尽一切努力避免这些讨论，每当他说他想与人们"单独聊聊"时，我们都会告诉他不应该这样做，这是不合适的。他觉得好笑，并觉得非常有趣，我们会尽量避免访客经历这种尴尬。有时，人们会基于隐私要求与他单独聊聊，他们会坚持与他单独会面，但这些单独会面往往只有几分钟，让人感觉不太满足。

有一次我在一个公共活动中等待他的到来，当他下车时，他问我是否已经等了很久。我答："是的。"他大声回应道："我能看出来，因为你看起来很饿。"我否认了，他总是担心我的安全，总是担心我是否吃过饭。

有一次我在节食，拒绝吃餐桌上的食物，只吃沙拉，他质问我，说我吃得太少。我坦然回应说自己正在努力减肥。他接着说体重并不重要，因为我动作很敏捷。他的意思是，即使我超重，也不会影响我走路或移动的速度。他对待食物和体重的看法很有趣。当你不吃的时候，他鼓励你多吃一点，但当你贪吃时，他又会不赞成地看着你的盘子。我一直对自己的体重很敏感，但不知怎么的，他说这个话题却不让我感到冒犯。当我抱怨我的体重时，他只说了一句："但你很高贵。"

那年6月，总统在新曙光宫与沃尔夫·科迪什（Wolfie Kodesh）共进午餐。总统告诉我，入狱前科迪什先生一直和他住在一起，科迪什在1961年将总统藏在他位于约翰内斯堡的公寓一段时间，这段经历令他印象深刻。当时总统一大早就开始锻炼身体，每天在科迪什的公寓里慢跑10到20分钟。尽管我在他们团聚时目睹了两人之间的友谊，但我还是忍不住想象一个人早上5点在你的公寓里慢跑会带来的烦恼。这些解放运动战士彼此宽容，使他们成为一种特殊的人，我钦佩他们的耐心和坚韧。

我曾经很严肃地对待总统一大早在酒店房间内锻炼的行为。我必须控制住自己，不要在他做练习时大喊"库鲁，你会受伤的"。他又高又瘦，除非你看到他锻炼，否则很容易低估他的力量。他像拳击手一样训练，每一个动作都充满信心。每当有人问他应该做什么运动时，他都会毫不犹豫地提供建议。不止一次，我不得不在国际旅行中为他寻找一个健身球用来锻炼。他建议我也试试，因为健身球可以让胃部变平。有时他的日常锻炼很疯狂，以至于他的安保人员罗里·斯泰恩（Rory Steyn）

和我都会觉得他的行为很可笑。当马迪巴在某个豪华酒店疯狂运动时，我们不得不隐藏自己的笑声。我没有去过世界各地，但我可以为任何地方的人提供哪里有最好的客房服务和哪里可以找到健身球的建议。

玛丽离开后，弗吉尼亚·恩格尔（Virginia Engel）现在是我们办公室的总秘书。总统仍然把我的手机号码记在心上，经常给我打电话询问琐事，我很难向弗吉尼亚报告总统的所有来电。总统会在晚上给我打电话，告诉我要在第二天给他送什么药，或者有时他会打电话给我提醒他第二天的事情。我认真对待我的工作、关注总统，我敢肯定，任何人都很难不被这些事件所影响。在那些年里我尽量和他保持距离。我相信离火越近，越容易被烧伤。我试图创造一个合适的距离，避免他因我的存在而感到局促。在后来的几年里，这变得更加困难，因为每当我在工作场所不够"接近"的时候，他就会变得情绪不稳。他知道我确切地明白他的需求，以及他希望我在他周围，以便他能够轻松处理有关事件。他想知道他能从每一次会议中得到什么，他完全相信我会确保他周围秩序井然，他的需求是我的焦点，也是我工作的重点，但我只是总统的助理私人秘书之一。

我的另一位同事莫里斯·查巴拉拉是我见过的最可爱的人之一。他说话轻声细语，为人和蔼谦逊。从某种程度上说，总统很老派，不容易接受一个男人担任他的秘书。这并不意味着莫里斯做错了什么，而是总统对女性有特定的职业定位。总统从不歧视女性，他关注女性。以飞行员为例，当女飞行员在空军接受训练后，开始驾驶他的直升机时，尽管他从未表示过不同意见，但当他知道有一位女性在驾驶飞机时，他就会更加警觉。我们总是取笑他歧视，但他承认这只是人们必须习惯的事情。他很清楚这些刻板印象，他从来没有公开表示过他对性别的传统看法，但如果你了解他，你能够感觉到他的不安。他承认尽管他支持性别平等，但他必须首先更加努力地改变自己的看法。

有一次莫里斯必须处理一个涉及西班牙和葡萄牙大使馆的特殊外交事件。莫里斯本应亲手向西班牙大使递交一封信，其中包含南非未来将承认西撒哈拉为独立国家的信息。不幸的是，他错误地、完全无意地把信交给了葡萄牙大使，而非西班牙。葡萄牙大使没有通知我们信件有错误，反而打开信件，静观其变几天，总统之后才发现他寄给西班牙大使馆的信从未被收到。莫里斯自己察觉错误，并电话联系格威尔教授，后者向总统报告此事。西班牙人非常愤怒。

这一错误引发一场外交事件，总统立即将葡萄牙大使驱逐出南非，原因是他保留了错送的信件，没有向南非政府报告。保留被错误传送的国家重要信息是不道德的，可能会导致非常严重的国际外交危机。随后，总统觉得他也必须在自己的办公室内采取行动，以证明处理这一问题的严肃性和公正性，便将莫里斯调到外交部。这似乎很讽刺。我恳求格威尔教授和总统再给莫里斯一次机会，但总统坚决认为他必须采取行动，一旦总统决定采取行动，什么外力都不可能改变他的想法。我曾几次探望过莫里斯，他似乎对自己的新工作很满意，尽管他的离职造成了混乱。

无论我们觉得这件事多么令人不安，都清楚地表明了曼德拉总统的外交风格。他在原则性问题上迅速作出回应，采取了果断的公开和私下行动来解决问题。与曼德拉总统迅速回应原则性问题截然相反的是：最近在南非发现现任总统雅各布·祖马（Jacob Zuma）的朋友被允许在未经授权的情况下降落在比勒陀利亚的空军基地，降落到机场的一家人当时计划在比勒陀利亚郊外的太阳城度假村举行一场奢华的家庭婚礼。尽管该地区有国际商业机场和私人机场，但他们还是降落在军事基地里，并由官方警车护送到婚礼现场。这次事件几乎没有任何政治方面的回应。

随着时间的推移，总统的旅行也在继续。他正在努力向世界展示南非是一个兴旺的国家，所以我们前往布基纳法索（Burkina Faso）。这是一次由所有国家元首参加的非洲联盟会议，在最初的几年里，观看并参加世界各国元首的大型会议是一件很有趣的事情，但这次成为我最糟糕的噩梦，因为在遵守流程的过程中浪费了大量的等待时间。布基纳法索新建了宾馆，但除为国家元首提供食物外，即使我们住在这些新建的宾馆里，也需自行解决用餐问题。这类会议通常很混乱，一切都需要等待数小时。其他国家元首都要求与曼德拉总统私下会面，有时他同意，有时则想避免过多的个人会议。总统应按字母顺序出席全体会议，无论是按姓名还是按国家名称，因为资历一直是一个争议点——一些国家元首一直执政，最初是通过选举，后来是通过独裁统治。出于某种原因，我父亲给了我一大包可在旅行中随身携带的牛肉干，这和我们沿路从小摊上买的新鲜面包成了我们的主食。作为一个前法国殖民地，法国的影响力仍存在于布基纳法索，我们从街边小摊上买热法棍，在里面装满牛肉干，两天半的时间里，我和安保人员都靠那批干肉过活。

与其他代表团相比，我们的代表团总是最小的。通常由一名秘书、一名医生、两名贴身安保人员组成，然后是三到五名提前到达的安保人员，最多再加两名工作人员：一位来自总统府，一位来自外交部。部长们被要求参加某些双边会谈，但即使在我们最大的一次国事访问中，我们的整个代表团也从未超过20人，但这次是一个例外，是同与南非有非常密切贸易关系的国家会谈。大部分国家元首带着二十多人的代表团出访，美国代表团人最多，有两百多人，他们有这个预算。我们的总统通过他的行动表明，我们还有其他优先事项，绝对不能容忍浪费。尽管有人意识到这样做也给我们每个人带来更多的压力。

　　由于总统年事已高——他当时已79岁——他怀旧，不喜欢周围有太多陌生的面孔。每当代表团有新的工作人员时，他都会单独问我："那个人是谁？他/她是做什么的？"可以看出，他认真地考虑成本和工作效率。他经常询问所涉及的费用，无论我们是在当地旅行还是在国外旅行，他都会问"你住的酒店多少钱？谁来买单？"不管你的回答如何，人们都知道他关心的是支出。

　　在访问布基纳法索之后，我们前往英国，住在鲁德（Roode）家族乡下的一幢房子里，他们在南非有一家非常大的食品公司。这是我第一次来到英国农村，我很喜欢那里。在正式访问伦敦几天后，我们前往威尔士。

　　我们在白金汉宫礼节性地拜访女王，总统和女王之间建立的友谊令我印象深刻，当他向她打招呼时他会说"哦，伊丽莎白"，而她会回答"你好，尼尔森"。作为一名爱狗人士，我对在白金汉宫入口处发现的柯基犬喂食用的碗很感兴趣。

　　离开威尔士后，我们继续前往意大利进行国事访问，还访问了梵蒂冈。总统先与教皇私下交谈，之后再让我们的代表团进去。总统总是坚持将整个代表团介绍给国家元首和教皇。我们每个人都得以被介绍，当时已经虚弱的教皇与我们握手、祝福我们，并给我们一串念珠。我不知道念珠是什么，还以为是天主教的项链。那天晚上我和母亲打电话，告诉她我认为教皇看着我的时候可以看到我眼中的罪恶。尽管我的一些同事也有同样的经历，但母亲对此一笑置之。

　　有一次在意大利国宴上，一位部长被对虾噎住，他开始咳嗽，然后跌下椅子，现场顿时安静下来。幸运的是，曼德拉总统的医生当时也在场。因为我们出行的代表团人员很少，曼德拉总统总是坚持要邀请代表团的所有工作人员都出席晚宴，而我们的医生在餐桌上恰好救了部长的命。

后来曼德拉总统还坚持邀请总统专机机组人员参加宴会，即使这意味着他必须要求国家元首/政府首脑亲自允许他们参加。他从来没有把他的任何员工当外人。

也是在这次旅行中，我被介绍给优素福·苏尔特（Yusuf Surtee），他的父亲在入狱前曾是总统的裁缝，他们的家族企业继续为总统提供西装和著名的特殊图案衬衫。优素福带着一位意大利绅士斯特凡诺·里奇（Stefano Ricci）向总统致意，这位绅士代表着奢侈品品牌布里奥尼（Brioni）。斯特凡诺是一个典型的意大利人：快乐、活泼、大方。他总是给总统送去最漂亮的衣服，人们总是能感受到他在挑选衣服时的爱和关怀。每当斯特凡诺通过优素福寄送衣服时，优素福的商店都会根据需要进行调整，优素福和斯特凡诺都有特别好的品味。

总统80岁生日临近。非洲人国民大会、曼德拉家族和曼德拉女儿的商业伙伴苏珊娜·韦尔（Suzanne Weil）正计划在7月18日晚举办一场大规模的派对，这是总统真正的生日。总统的全体私人工作人员应邀参加在约翰内斯堡加拉赫庄园举行的这场盛大活动，参加派对的人还包括南非社会各界的精英人物，以及纳奥米·坎贝尔、迈克尔·杰克逊、昆西·琼斯（Quincy Jones）和斯蒂维·旺德（Stevie Wonder）等。

人们开始猜测总统和马谢尔夫人将于7月18日结婚。我想了想，认为这不可能。在我们的工作环境中，没有什么异常的事情发生，我们无法相信这些推测。总统发言人帕克斯·曼卡赫拉纳一再被问道："他们结婚了吗？"帕克斯起初会说他不确定，然后他含糊其词地否认，最后他说绝对没有结婚。我打电话给乔西娜（Josina，马谢尔夫人的女儿），问她是否知道些什么。她说她不知道，我们只是一笑了之。乔西娜在开普敦读大学时，在总统任职期间一直住在总统官邸。因此我们有很多时间在一起，并成为亲密的朋友。我们非常兴奋要为总统庆祝生日，但我们真的不知道关于婚礼的任何消息。7月18日，星期六，我醒来时看到报纸上的标题是："他们结婚了"，我只是笑了笑。那天晚些时候，我和其他几个人一起被要求去位于霍顿的官邸工作，我想他们可能期待家人都能参加生日庆祝活动，因此需要额外的人手。

总统习惯和我通电话，他会给我安排任务，我也会给他留言。我们经常电话沟通，这件事让很多人不高兴。他了解我，因此很容易听懂我的话，他很难在电话里听清楚其他人的话。所以在他80岁生日那天，我决定早上给他打电话祝他生日快乐。如果我没有充分的理由，我不会打电话打扰他。但是在这一天，我认为这是一个如此特殊的生日，我必须电话联系他，尽管我知道下午晚些时候会在他的住处见到他。

总统和马谢尔夫人星期五晚上在比勒陀利亚的总统官邸新曙光宫度过，因为他们更喜欢待在约翰内斯堡。家庭工作人员把我的电话转给他，我说"早安，库鲁"，然后开始唱生日快乐歌给他听。最后我说："我希望今天是你一生中最美好的一天。"我能听到他的笑声，他知道我在寻找其他信息，他只是回答："谢谢你，亲爱的，我们会结婚的。"他们要结婚了！我觉得自己像八音盒里的弹簧，无法抑制自己的兴奋，但我不想对任何人说一句话。我花了一整天的时间想弄清楚在"哪里/何时/如何"。然后，我回忆起几周前总统让我联系一位珠宝商去新曙光宫见他，当珠宝商到达时，他们走到外面，坐在树下讨论。我以为是总统以前认识的人，没有留意这件事的重要性。我觉得总统肯定会在正式宴会上举行婚礼，因为他们的朋友和家人都会在那里，但我不敢随便猜测。

总统全家齐聚在客房共进午餐，没有邀请工作人员。我们前往霍顿家，到达那里时——很明显媒体不会放过这个新闻，到处都是媒体，有人试图跳墙，有人从邻近的地块爬到树上，安保人员忙得不可开交。我们走进去，里面的气氛肃静。我们待在后面，开始放杯子和茶具。不久，总统和马谢尔夫人抵达，随后还有其他几位客人。我不想打扰总统夫妇，希望留给他们更多的私人空间。消息就像一场大火迅速传遍整个房子——"几分钟后这里就要举行婚礼了"。

只有少数人出席了这场美好的婚礼，而且是真正与他们最亲近的人：德斯蒙德·图图大主教、塔博和扎内莱·姆贝基、沙特阿拉伯王子班达尔·本·苏丹、优素福·苏尔特、乔治·比佐斯、哈迈德·卡特拉达和西西卢斯家族等。南非所有宗教派别在婚礼上都有自己的代表，这是马迪巴的典型作风，尽管他们由卫理公会主教姆武梅·丹达拉（Mvume Dandala）主持婚礼，但其他宗教在婚礼中都能发挥作用。婚礼非常庄严和时尚。我们看到马谢尔夫人一个人款款走下楼梯，一如她名字的含义——优雅。我们中的大多数人都无法控制自己的情绪，从隔壁房间偷看，忍不住擦眼泪。婚礼如此华丽，总统值得这样的婚礼，他应该永远快乐幸福。

那天晚上的典礼如此完美，当马迪巴在生日晚宴上发言，他说的第一句话就是："我和我的妻子……"全国都在为他们庆祝。

这是一个伟大的夜晚，也是一个精彩的庆祝活动。我不断问自己，这一切都是真的吗？我从来没有想过我会参加纳尔逊·曼德拉的80岁生日和婚礼庆典。当时和他短暂的旅行已经让我改变了很多。幸运的是，我们太忙而且压力太大，我无法自满或自负。

9月1日至9月12日，南部非洲发展共同体会议在毛里求斯举行，成员国包括南部非洲国家，南非领导人在这个特定时间点主持了会议（国家元首轮流担任主席）。当总统和夫人在会议前几天抵达毛里求斯时，已经有消息称被南非包围的小国莱索托（Lesotho）正处于政变边缘。我们经常与莫西西里（Mosisili）总理与莱齐耶（Letsie）三世国王沟通，尽管我不明白为什么，但我知道他们面临困难。当时总统和副总统姆贝基都在国外，曼戈苏图·布特莱齐部长是南非代理总统。

曼德拉总统就职后，国家党（National Party）加入新当选的非洲人国民大会政府，合作执政的任期被称为民族团结政府。但此时，民族团结政府已在国家党离开政府后解散。因卡塔自由党是议会中最大的反对党，因此，在总统和副手都在国外时任命因卡塔自由党领导人布特莱齐部长为代理总统，是对非洲人国民大会的信任。

我记得总统对国内发生的事件感到极度疲惫和不安，据报道，南非入侵莱索托导致约134人死亡，这是曼德拉总统任期内的最大错误。总统整夜都在电话中与布特莱齐部长和莱索托政府进行协商。

第一次访问毛里求斯并不有趣，我们没有在美丽的印度洋水域游泳，而是参加宴会、会议，参观植物园等。我想游泳，而不是盯着一朵稀有的花，即使它每75年才开一次花。我们深感疲惫并因国内的事情而感到不安。

在我们到达的第二天，南部非洲发展共同体会议召开。会议原定于上午10点开始，但津巴布韦总统穆加贝晚了一个多小时才进入会议室。曼德拉总统不喜欢主持会议，通常会先召开会议，然后将主持工作交给其他人，以确保遵守规则。从来没有人质疑这种特殊的安排，他只会偶尔对程序发表评论或点头表示同意。当穆加贝总统进入会议室时，另一个国家的元首正忙着在会议上发表讲话。曼德拉总统打断他的发言，让他停止讲话。这对曼德拉总统来说是不寻常的，当大厅里寂静下来时，气氛顿时变得紧张起来。这是曼德拉总统打断别人讲话的少数情况之一。

曼德拉总统等待穆加贝总统就座，然后开始约20分钟的即席演讲，内容是关于"不尊重他人，浪费他人时间"的话题。他说，"一些国家元首"认为自己更重要，就以为迟到是合理的。他一次都没有提到穆加贝总统的名字，但我们都心知肚明。随后，他说了一些我一直铭记在心的话："你拥有一个特殊的职位，并不意味着你比任何人都重要。你的时间并不比任何人的时间更宝贵。如果你迟到，说明你不尊重别人的时间，也不尊重别人，因为你认为自己比别人更重要。"

曼德拉总统演讲结束后，穆加贝总统在会议中待了一会儿，之后便悄悄离开了。那是我最后一次看到他们之间有互动，我知道他们没有再接触过，除了在一个全非洲活动的共享舞台互相致意。

曼德拉总统经常讲述这样一个故事：在南非民主化之前，津巴布韦被认为是非洲大陆的明星，但当南非成为民主国家时，他们说太阳出来了，星星要消失了。我认为这是穆加贝总统对南非在非洲大陆的努力感到痛苦的原因之一。最近，在一次采访中，穆加贝总统评论曼德拉总统自以为是圣人，为取悦白人而牺牲了黑人。当时曼德拉总统由于年龄太大，已无法再为自己辩护，我认为穆加贝已经等了很长时间，想通过公开羞辱曼德拉总统以寻求报复。他的评论显然缺乏对南非局势的理解，如果当时没有把重点放在和解上，我们的国家就会陷入火海，最终会像今天的津巴布韦一样。

总统原定国事访问沙特阿拉伯，我被邀请陪同。总统府礼宾主任约翰·莱因德斯（John Reinders）和我以及一些安保人员提前几天出发前往利雅得。我收到南非驻沙特大使馆的来信，工作人员主动为我"租"了一件阿巴亚——穆斯林妇女用来遮掩自己的黑袍。由于我不知道他们说的是什么，我同意了。

抵达利雅得后，很明显，这个国家的文化和宗教与我想象的大不相同。我在机场时有人递给了我一件黑袍，并被告知我出现在公共场合时都要穿上黑袍。在前往总统招待所的路上，我接受了伊斯兰信仰和穆斯林文化的速成课程，在得知所有适用于女性的规则后，我大为震惊。当晚晚些时候，我和一些官员交谈，他们告诉我利雅得仍然公开处决犯下"宗教罪"的人。我决定以一个"西方人"的身份来探索这个信仰体系的界限。

我们出去逛夜市时，当我跳上第一辆开着车门的豪华轿车时，我听到很多人开始用阿拉伯语围绕汽车争论。显然，争论的焦点是谁可以和我一起出行。当地不允许未婚女性与任何非亲属的男性同车出行，尤其不允许乘坐已婚男人的车，所以我决定自己开车。

按照惯例，商店只在上午10点左右开门，每天中午都会关门，因为他们都会去清真寺祷告；下午1点商店再次开门，大约一小时后一些商店关门，人们再次去祷告。你会发现自己还在商店排队买东西，但当代表祈祷时间的警笛响起时你就会立即被赶出商店。因此最好去夜市，那里会一直营业到很晚，不会像白天那样被打断购物。

在文化情况简介中，我还被告知要提防宗教军事警察马塔瓦，他们的目的是强制维护穆斯林文化。他们穿着与普通警察相似的制服四处走动，但随身携带蘸有红色油漆的棍棒，如果发现有人不遵守穆斯林文化规则，就会用脚踝上的棍子和红色油漆棒打人；如果有人第二次被抓，就会被立即逮捕。谁也不知道之后会发生什么。有一次我在市场上被军警训斥，但在他们用油漆标记我之前，我迅速逃跑，我没看到他们的油漆棒。有那么多漂亮的地毯可以看，有那么多东西可以买，它们会分散你对周围事物的注意力，这使我很感激在南非我们生活得如此轻松。尽管如此，我还是很享受这段与我所熟悉的文化完全不同的经历。普通人当时不被允许以游客身份访问沙特，签证过程受到沙特当局的彻底控制和检查。因此我认为能够访问沙特是一种幸运，也是一次独特的经历。

曼德拉总统抵达该国的前一天晚上，我们安排了与礼宾司司长的第一次会面。这绝对不是最容易开展工作的国家之一，尤其是对女性来说。我们等了好几天，才得以确定与他们的礼宾主管讨论方案的时间。唯一回应是："等等。"所以你等着，你哪儿都不能去，你坐在那里好几个小时，苦等官员们的通知。

会议定于曼德拉总统下榻的总统府举行。起初，这位穿着传统阿拉伯服装的绅士看起来很友好，正如别人告诉我的那样，我避免了眼神接触。沙特礼宾部负责人以通常的礼节开始会议，他们很荣幸能接待曼德拉总统。我们感受到尊重，但我想让他停下来，先具体讨论行程的细节。当时已经很晚，我已精疲力竭。但直至午夜，讨论还没有接近该计划的任何细节，而曼德拉总统的专机已经离开南非。

约翰·莱因德斯会向礼宾部负责人提出问题，他拿起电话用阿拉伯语与另一端的人交谈。之后他会结束通话，转到下一个问题。两个小时后，我真的受够了。约翰决定出去抽烟休息，我也跟着走了出去。我们讨论之前发生的事情，我告诉他当我们回到办公室时，我想我必须介入了，于是我这么做了！约翰完全有能力独自谈判，但我们已经没有选择，我们需要得到答案。我完全不顾习俗，直视那个人的眼睛。我说："先生，曼德拉总统现在正在来这里的路上，就在飞机上。这是我有生以来第一次听说，当国家元首已经在来的路上时，我们会在没有确定行程的情况下进行国事访问。总统希望我们知道他到达后将会发生什么，到现在为止，你没有帮助我们获得这些信息。"

那位负责人试图避免和我目光接触，他再次拿起电话，随即离开。我和约翰开始大笑起来，这真的很荒谬。30分钟后他回来了，那时已是凌晨1点多，我怒不可遏，猛地一拳打在桌子上说："先生，如果你现在不告诉我们任何细节，我们将立即通知总统的专机掉头，因为我们不能让我们的总统在没有确定访问计划的情况下抵达外国。"我觉得他不让我们履行对总统的责任，他根本不愿意分享信息。那人显然讨厌我。毕竟在那个国家的女人不能那样与男人说话。他对我说："夫人，请冷静。"这也是我讨厌听到的话。我说："除非你现在告诉我们具体的行程细节，否则我不会冷静下来。"

他拿起电话，通知另一个人赶紧来办公室，很明显他说的话我一句也没听懂。约翰平静地用南非荷兰语对我说："我想他们明白了。"没过多久，另外两位先生来了，我们搬到一个更大的会议室并开始制定行程，尽管时间尚未完全确定，但至少有迹象表明总统可以预期会发生什么。

第二天早上，我注意到宫殿里的工作人员都不再和我说话。我想这是因为我前一晚的行为，但我一点儿也不在乎。在总统抵达前大约三个小时，也就是在我们前往机场前一个小时，整个宫殿都因王子抵达的消息而陷入停滞。每个人都冲到前门，排成一队。我们不知道谁会来，我被告知这可能是 2 000 位王子中的一位。最后到来的是当时担任沙特驻美国大使，曼德拉总统的密友班达尔王子。显然，他受到皇宫里所有人的尊敬。

当他走进来时，他点头致意，然后径直走到我面前吻了我："你好，泽尔达。"我用余光注意到周围人的脸都沉下来。我是人群中里唯一一个未婚的女人，而这里有一位王子吻我。"泽尔达，你好吗？欢迎。"他说。我们互相寒暄了几句，他把我带到一个起居室，问我总统的到达航班、未来行程等。当他离开后，我受到了公主般的待遇。

沙特人非常好客，如果你遵守规矩，他们会不遗余力地确保让你感到舒适。只要你遵守他们的文化并尊重他们的信仰，他们通常都是友好的。有几位女部长陪同马迪巴，但我们了解到，即使她们也不被允许参加国宴或与国王会面。随后，所有女性都被要求去参加某个商人家的私人晚宴。总统一行参加的国宴在午夜才开始，他们在凌晨2点后才回到总统客房。第二天早上尽管我们都已筋疲力尽，总统还是像往常一样在早上7点吃早餐。虽然当时他已80岁了，但他有年轻人的热情和精神。

第二天当我们离开时，我已经受够了清规戒律，我想回到自己的环境中。当我们在机场办理登机手续准备搭乘商业航班回国时，安保人员被拦下并被搜查行李。他们通常携带持有东道国政府许可证的枪支，以及履行职责所需的无线电和自己的金属探测器等安全设备。然而，他们被拦下、搜查，必须拆开每一件设备。我毫不掩饰对沙特官僚主义的厌恶，看在上帝的分上，我们要离开这个国家！为什么我们带回家的东西对他们来说很重要！

奇怪的是，在接下来的几年里我喜欢上了利雅得。我们来过几次，一旦你熟悉一个地方，你知道该期待什么，不该抗拒什么，一切就变得容易。我喜欢这里的食物，我知道在这里做事情需要冷静和耐心。我想随着年龄的增长，一个人也会变得成熟，更有耐心。在我们访问的所有阿拉伯国家中，我发现他们的政府都不习惯于提前提供细节。他们是匆忙和等待的国度。

紧 追 时 代

1999年2月1日，总统访问了北开普省的一个学校和诊所。那是一个星期五的下午，当时我正在开普敦工作，弗吉尼亚陪同总统访问。由于我与开普敦总统保卫部指挥官海因·伯泽伊登霍特（Hein Bezuidenhout）交了朋友，我们决定在他们的食堂喝一杯，结束这一周，同时也避免回家时的晚高峰。这是前社交网络时代：并不是人人都有手机，人们也没有因互联网而不间断地获取新闻更新。

当我准备和海因一起去食堂时，我接到前总统彼得·威廉·博塔打来的手机电话，他想和总统通话，告知沙尔克·维萨吉（Schalk Visagie）被袭击。"女士，我现在想和曼德拉先生谈谈。"他用南非荷兰语和我说话，但他显然很生气。他从来没有称呼曼德拉"总统"，而是一直叫曼德拉"先生"，就好像他无法实现对曼德拉总统的无条件尊重。我告诉他总统在飞行中，我觉得他不太相信我。他断然挂了电话。沙尔克是博塔先生的女婿，是一名警察，因为他思想进步，总统很喜欢他，沙尔克显然对他的妻子罗赞（Rozanne）有一定影响。罗赞非常保守，早些时候，总统曾试图让他们说服她的父亲参加1995年成立的真相与和解委员会的会议。

1998年2月11日，总统出狱八年后，他邀请罗赞和沙尔克·维萨吉、罗赞的妹妹艾尔莎以及她的丈夫共进晚餐。总统让我安排晚餐，我有点不自在，因为我很清楚这个家族对纳尔逊·曼德拉的看法。我花了几个小时才回应总统的要求。总统要求某人与他共进晚餐，通常受邀者会非常感激。我知道在这种情况下可能会有所不同。总统邀请罗赞共进晚餐显然不是什么大事，但我意识到，博塔家族仍然充满愤怒，因为博塔被迫在种族隔离结束时放弃权力，并将权力移交给前总统 F. W. 德克勒克，他后来在南非举行了第一次民主选举。

总统在晚餐时会见了他们，试图游说他们说服他们的父亲出席真相与和解委员会的会议，该委员会是曼德拉总统政府设立的，目的在于让人们有机会申请赦免他们在种族隔离时期可能犯下的罪行。如果肇事者坦白并陈述他们可能参与的不公正行为，他们可以申请赦免。这是为了让种族隔离制度下的双方有机会和解，但也为那些失去亲人的家庭，以及那些不知道亲人去向的家庭获得解脱。南非成千上万的人希望获得关于亲人死亡或失踪的确切消息。这不是一个只需要任何一方解决的问题。南非作为一个国家需要治愈，而只有当所有各方都决定参加真相与和解委员会的听证会时，南非的治愈才可能实现。博塔家族在这件事上无法达成一致意见——罗赞因担心父亲可能被起诉或羞辱而强烈反对此事——前总统博塔多年后带着许多本可以给无数人提供慰藉的答案走向坟墓。

我知道总统会关心沙尔克，所以我试图联系他，但被告知总统一行刚刚从他们访问过的城市起飞，正在返回比勒陀利亚的途中。沙尔克被枪杀事件被广泛传播，我能感觉到空气中的紧张气氛，因此我认为必须通知总统。我知道，如果一个人拖延，可能导致一个更大的政治问题。我打电话给位于比勒陀利亚的南非空军控制塔联系飞行员，要求他们通知总统沙尔克·维萨吉被枪击。我打算在总统抵达比勒陀利亚后，再告诉他博塔先生坚持要与总统对话的事。

海因和我喝了第一杯，我告诉他发生了什么，他打电话给警察局的一些同事，试图获得更多信息。沙尔克之前是警方一个与帮派有关的调查小组成员，根据警方当时掌握的信息，他们怀疑这可能是一个帮派因为他曾将其中一些成员绳之以法而采取的报复行为。

然后我接到空军的电话，告知我总统决定在空中掉转飞机，前往开普敦。他指示他们告知我此事，并说我会知道该怎么做。海因和我开始行动时，其他人开始打电话，告知任何需要知道"总统预计抵达开普敦"这个消息的人。我们决定开车去机场。那是星期五下午，车流的速度如同蜗牛。海因设法组织半支车队和一支先遣队前往离机场不远的医院。我们当时都很紧张。这是一个重要事件，我们要认真面对。总统的专机降落了，在我们开车去医院的路上，我向他简单说明了情况。

我们抵达医院后，罗赞也被送到医院，她仍处于休克状态。沙尔克在手术室，情况稳定。总统把罗赞的其他家庭成员叫到一个私人会议室。博塔先生当时不在，因为他住在距离开普敦大约5个小时车程的怀尔德内斯（Wilderness）小镇。总统表达了对这一家人的同情，并以一种真诚的方式向他们提供帮助。我们也给博塔先生打电话，总统在电话中对此事表示同情和悲伤。博塔先生言简意赅，他表示已经警告过总统，南非的犯罪率正在失控，总统必须真正站出来解决这一问题。我听不到整个对话，但总统似乎很平静，而我可以听到博塔先生在另一边提高音量。当我们离开时，罗赞陪我们走到出口，如同她父亲一样指着总统，对总统说："曼德拉，如果沙尔克今晚出了什么事，你会受到良心的谴责，这件事会在你的余生中困扰着你。"她显然很情绪化，我无法想象她当时的心情，但我认为她没有礼貌，完全不尊重别人。

当有人不称呼马迪巴先生或总统，只是用他的名字或姓氏称呼他时，我总是很生气。我认为这在某种程度上是一种贬低。按照南非荷兰语的习惯，我们用尊称称呼他人（不用尊称就是不尊重对方）。我转过身对她说："够了，罗赞。我们必须要离开……"我和总统离开了，当我们走到外面时，总统拉着我的手，但他很安静。我明显感到不安，回想那一天，我意识到对那时的我来说整个世界都改变了。这位黑人总统拉着我的手安慰我，与此同时，大众正经历着巨大的情绪压力。他真的很关心沙尔克，但我认为他没有很好地处理周围的情绪压力。沙尔克后来活了下来，我们再也没有收到他的消息。

　　像这个国家一样，我从博塔的种族隔离时代起已经走了很长一段路。南非的许多人，尤其是黑人青年，认为马迪巴为统一我们国家所做的努力被过分赞扬。他们认为，南非统一的时刻仅限于体育赛事，当时南非正处于短暂的庆祝状态。根据他们的说法，这些只是没有实质意义的瞬间，并没有持续下去。我理解他们的感受，尽管在我看来这种想法也带有偏见。我们在经济转型方面并没有取得我们所期望的进展，人们普遍感到沮丧和愤怒。一些年轻人甚至说，马迪巴被白人收买了，因为他没有逼迫他们迅速转型。然而，南非当时需要的是"修复"，并向世界展示一个团结的形象，以获得国际投资者的信心。马迪巴就像指南针上的"真北"：我们都知道我们应该去哪里，但他知道我们必须先采取稍微不同的方法来实现稳定。

　　一些愤怒的年轻人觉得事情没有改变，但我这个年龄的优点是我可以证明我所看到和经历的改变，我自己就是这种变化的例子。

　　一个时代即将结束。1999年5月，南非计划举行第二次民主选举。曼德拉总统在整个任期内一再表示，他只会任一届，之后他将交出权力。他这么做主要是希望其他人也能效仿，但我认为他自己也希望获得更多的自由。1997年，副总统姆贝基当选为非洲人国民大会主席，并被投票支持为非洲人国民大会总统候选人。曼德拉总统在任期两年后将权力交给副总统，他坚信副总统姆贝基是掌舵人，他自己的角色纯粹是仪式性的，事实上，这个角色也不容易做好。尽管南非的日常运作主要由副总统姆贝基负责，但曼德拉总统仍然合法地担任国家行政首脑，他必须履行很多义务。

我们与姆贝基副总统几乎没有任何私人关系，也很少在我们办公的大楼里碰到他。曼德拉总统经常打电话给他，向他通报事件，甚至征求他的意见。作为一个善解人意的人，曼德拉总统不希望任何人感觉不如他。我们确实在某些场合见到了副总统，但他们的互动仅限于正式交流，我个人认为副总统觉得总统做错了一些事。这是我的旁观者印象。我还了解到，姆贝基副总统的父亲曾与曼德拉总统一起被监禁，他在获释后希望在政府中担任更高级的职位，但最后只成为议员，这显然是他们关系紧张的原因，但我从来没有考虑过这些。扎内莱·姆贝基夫人总是友好、严肃，且很安静。

我一天一天生存下来，总统比以前更加依赖我，即使已任命一位新的私人秘书，也不妨碍总统日夜给我打电话。他有时会在凌晨2点给我打电话，让我提醒他第二天早上做点什么。这并不是说他更体恤那些有家室的秘书，而是他知道我不介意他来找我。

根据多种来源的记录，非洲人国民大会内部对于谁将接替曼德拉总统存在分歧。西里尔·拉马福萨（Cyril Ramaphosa）和塔博·姆贝基也是竞争者，非洲人国民大会高级成员在此事上意见分歧。从我第一次见到拉马福萨先生开始，我就喜欢他。姆贝基先生与我疏远，似乎对我不屑一顾。尽管我对非洲人国民大会缺乏了解，但我一直试图在公众面前维护非洲人国民大会的形象。我想知道，在总统退休后，当政府对他不是很友善的时候，总统是否后悔曾支持姆贝基被提名为非洲人国民大会主席或他的继任者。但我很快就知道，总统认为后悔是最无用的情绪，问"如果"是没有用的。

曼德拉总统一向直言不讳，他并没有在管理国家，大部分工作都是由副总统完成的。曼德拉总统的角色是优秀的国家建设者。时至今日，我认为历史已经在正确的时间为我们提供了正确的领导人，否则南非很容易陷入水深火热之中。我经常把南非的民主与一个孩子的成长过程相比较，5岁前，你只需要喂养孩子、照顾孩子、爱孩子，这就是曼德拉总统做得最好的地方。从5岁到15岁，你必须开始教育孩子并塑造孩子的性格，这正是姆贝基总统所做的。虽然有所不同，现在南非的民主正处于青少年阶段，我们的国家面临着与任何青少年类似的问题。年轻的南非民主和青少年一样，我们不能再责怪我们的年轻人，我们必须开始负责任地行动。

在1999年年初的几个月中，总统的工作速度足以使任何年轻的国家元首相形见绌。他为非洲人国民大会竞选，修建学校和诊所，履行官方义务，在抽出时间和坚持在机场接送妻子的间隙处理儿子和孙子的问题。然后在他退休之前，开始向他的幕僚、工作人员、企业、机构告别。准确地说，那是他第一次尝试退休。总统的私人秘书弗吉尼亚·恩格尔身体状况不佳，她一直请病假，所以大部分的旅行和工作负荷都压在我身上。但我已准备好采取一切必要措施，以帮助总统度过任期的最后几个月。改变是不可避免的，我已经准备好冲过"终点线"，这可能是我人生中第一次全速前进。我经常坐在飞机上，回想发生了什么。那时，我的心里会有某种悲伤。当时我还没有完整体验到所发生的事情，因为我总是痴迷于工作，超额完成工作，以至于我可能错过了一些宝贵的机会，无法更深入地了解我周围发生的事情。

1999年4月1日，总统带着麦当劳、DATATEC和诺基亚的代表前往东开普省，访问了三个不同的地区，他希望这些公司在特兰斯凯农村地

110

区，包括非常偏远的比扎纳（Bizana）、姆邦韦尼（Mbongweni）和巴齐亚社区（Baziya）建设学校和诊所。总统从来没有吃过麦当劳汉堡，他从不吃快餐，所以不知道汉堡包是什么。他的成长过程中没有快餐，他现在与社会的距离也意味着他不能理解很多日常生活中的事物。我们总以为每个人都知道汉堡包是什么，但在曼德拉总统介绍麦当劳的社区演讲中，他忘记了麦当劳的名字，并称他们为"制作这些三明治的人"。我非常喜欢这句话，麦当劳的代表也非常喜欢，这个有趣的表述也给社区带来了很多笑声。这些时刻对现在的我来说是如此遥远，你会完全忘记这是纳尔逊·曼德拉曾带来的快乐。

总统擅长召集竞争对手一起合作。在他的学校和诊所项目中，他很容易将竞争对手召集到一起，比如当时的两个手机运营商，或者宝马和奔驰。当我有一次问到这件事时，他说，当人们竞相行善时，这会激励他们做得更好。虽然我认为只有纳尔逊·曼德拉才能让一些竞争对手坐在一起，但这很有道理。观察商业公司如何竞争以展示他们的能力和意愿，这是一件很有趣的事情。

曼德拉总统确保他在任期内最后的工作未必是做得最好的，但一定是最重要的。他的最后一次国事访问定于1999年4月，范围包括俄罗斯、匈牙利、巴基斯坦和中国。他希望在卸任公职前加强与这些国家的联系，并为未来巩固贸易关系铺平道路。他还想借国事访问感谢俄罗斯和中国在种族隔离时期给予的支持。

1999年4月28日，我们大张旗鼓地抵达莫斯科，鲍里斯·叶利钦总统是东道主，我们住在克里姆林宫。我仍然认为这是我最尴尬的经历之一，也许是我的幻想，我总是觉得自己被人盯着，即使是一个人在房间里。那里的人行道和高速公路一样宽，人们的行为就像机器人一样，看不到任何情绪流露，所有的事情似乎都排练过一千遍，这一切都让我不安。但我自己也是一个讲规矩的人，我其实有点喜欢这样的环境。语言是个大问题。我很难向对方说明总统喜欢的食物，而当涉及我们自己的食物时，情况就更糟了。早餐是丰盛的食物和伏特加，我早餐要吃到鸡蛋的唯一方法就是模仿鸡叫几次，在克里姆林宫一边说"咯咯"，一边挥舞想象中的翅膀，这从来都不是一件优雅的事。

我们参观了前非洲人国民大会领导人约翰·马克思（J. B. Marks）和共产主义者摩西·科塔内（Moses Kotane）的墓地，他们在总统的人生中发挥了重要作用。我们敬献花圈，并在他们的墓地周围默哀几分钟。

随后我们参观了红场上的陵墓，那里陈列着列宁遗体。与总统一起出行的待遇是，接待方会为我们的参观而对外关闭陵墓，这样我们就可以在不受周围游客干扰的情况下闭门游览。在我们真正进行观光的少数几次中，我们避免排队买票，而且可以直接去想去的地方。礼宾官在进入墓地前向我们说明：禁止交谈或饮食，在任何情况下都不得拍照。我们安静地走下台阶，直到看到列宁遗体。没有人说话。

我们当时忘记总统的听力已经受损，当俄罗斯礼宾官向我们通报情况时，总统很可能没有听见指示。我们都很安静，几乎是在悼念这位已故共产党领导人。然后在没有提示的情况下，总统用洪亮的嗓音问道："那么，他在这里躺多久了？"礼宾官显得非常震惊，看着我们寻求解释。没有人回应，大家都很震惊，总统重复了这个问题，这使得情况更加混乱。陪同我们参观的总统女儿泽纳尼对他说："父亲，这里不允许说话。"他低声回应："哦，好吧，对不起。"他的声音非常大，几乎所有人都能听到。

我们还去大剧院欣赏了世界著名芭蕾舞剧《天鹅湖》。我很开心住过克里姆林宫，在大剧院观看了《天鹅湖》。这是我和纳尔逊·曼德拉的一段共同经历，这让我更加开心。对于一位南非白人来说这是一件非同寻常的事情。芭蕾舞完全是我想象中的样子，舞蹈、装饰、音乐，一切都很精彩。我坐在总统的正后方，因为他总是想知道我在哪里，以防他有什么需要。演出开始前，我轻拍了一下他的肩膀，告诉他我就在他身后，以防他需要水或其他东西。

俄罗斯人有一个习俗，他们在男人的姓氏后面加上"娜"（ina），说明这是那个人的妻子，因此叶利钦的妻子被称为叶利钦娜。在访问前，我听说在马普托（Maputo，莫桑比克的首都）有一次关于我名字的讨论。马谢尔家族中的名字，如格拉西娜（Gracina）、乔西娜等，引发了这次讨论，总统认为我的名字应该改为泽尔迪娜。在俄罗斯，随着这些姓氏末尾出现"娜"，他想起马普托的这场讨论，于是他一直叫我泽尔迪娜，我们都觉得这很有趣。我的这个名字一直被沿用至今，他一直叫我泽尔迪娜，就像现在其他人一样。每当有人叫我这个名字，我都会想起他。

总统从未意识到他的声音有多么响亮，多么容易辨认。在两个芭蕾舞节目之间，他把头转向我，在观众停止鼓掌后的沉默中，他说："泽尔迪娜，你和我应该这样做。"并指着舞台和芭蕾舞演员。我们都笑了起来，幸运的是，我认为只有少数南非人和观众中的外国人能够听懂。这太有趣了，几分钟后我们都笑出了声。幸运的是，我们的笑声被音乐淹没，但他很喜欢自己的笑话，笑了很长时间。

这也是我唯一一次看到总统喝烈酒，比如伏特加。他坚信不能冒犯主人，所以他完全按照主人的要求喝了。国宴当晚，他与叶利钦总统进行了热烈的交谈。叶利钦总统是一位戏剧性的演说家，我不知道他们在讨论什么，但他们看起来像是在争论。其间他们喝了几杯伏特加，尽管曼德拉总统只是小口啜饮。随后叶利钦总统突然离开房间，把曼德拉总统单独留在桌子旁大约15分钟，这让我感到紧张，因为我认为他们真的吵了一架，因此叶利钦离开。叶利钦后来回来说，他接到克林顿总统的电话，必须即刻接听，并在他的公开演讲中向总统道歉。回到克里姆林宫后，我向总统表达了我的担忧，总统嘲笑了我的担心。总统确实告诉叶利钦列宁应该被安葬了，叶利钦总统则坚决认为列宁遗体应该留在红场。曼德拉总统不同意他的观点，但他们仍然保持着良好的关系。

我们从俄罗斯前往匈牙利，我认为总统对结束他的任期感到轻松，因此这次访问十分愉快。匈牙利的礼宾官员介绍了布达佩斯大约20次：首都布达佩斯实际上是两个分开的城市，布达和佩斯，被一条河分隔开。我们最后互相取笑，反复问周围的人："你知道布达佩斯实际上是两个不同的城市吗？"甚至总统也被问了几次是否知道布达佩斯是两个不同的城市，我们很喜欢拉他参与我们的玩笑，他的幽默感让他每次都能抓住笑点。

我们从布达佩斯前往巴基斯坦开展为期两天的国事访问，然后继续前往中国北京。如果说在俄罗斯有食物和语言障碍的问题，那么在中国就更是如此。当时的我们被告知，在参观前两天所有工厂都停止活动以清除空气污染。我不知道消息是否属实，但我觉得可能是事实。我再次注意到，北京的一切都像机器一样有序运转。代表团中的一些人参观了中国的长城，但我认为总需要有人陪着总统，尤其是在一个还未普及英语的国家。我们的同事筋疲力尽地回来，我因为没有看到长城有点难过，但我认为一切牺牲都是值得的。

回到南非，曼德拉总统正准备在选举后辞去总统职务。卢西亚诺·帕瓦罗蒂（Luciano Pavarotti）在比勒陀利亚主持一场音乐会，总统和马谢尔夫人出席了音乐会。这对我们所有人来说都非常激动，以庄严的方式宣布总统任期结束。总统期待着退休，我几乎没有意识到，他期待着少做他必须做的事，多做他想做的事。

5月14日，总统出席总统府为全体工作人员举行的告别活动。这是一个精彩的聚会，也是我们的派对。总统离开宴会厅后，我们一直跳舞直至深夜，最后互相道别。到目前为止，我们已经建立深厚友谊，我们正在庆祝一个成功的任期圆满结束。在任何正常的办公环境中，你都会与人成为朋友，但在总统任期内，你似乎知道特定的组织结构是有"保质期"的，当截止日期临近时，你会变得多愁善感、情绪激动，即使你觉得这个过程充满了挑战。你甚至不一定喜欢每个人，但你会与人建立联系，这可能是因为你被迫处于这种高度紧张的环境中，你学会为这一届政府的成功而"共存"。与随后的其他总统任期相比，我们的办公室相当小，但我们的团队非常有效率。尽管我们会犯错误，但我们对支持总统在关注民族和解和建立民族团结方面的工作做得很好。

　　我们日夜为选举奔波，在选举前的几周里不停地在全国各地旅行拉票。我疲惫不堪，情绪也极度低落。总统一次又一次地重复同样的讲话，我完全可以预料他之后会说什么。这是最后的冲刺，当你看到终点线时，你决定全力以赴，直到你越过终点线。我看到他在那里，我大约落后他两圈。人们经常会问："如果总统能够以这种节奏工作，你为什么会累？"人们没有想到的是，没有人帮我买面包，没有人帮我洗衣服，也没有人开车送我从A点到B点。你必须想出办法来处理工作和生活，同时代表总统处理他的生活。我不会说这对他来说更容易，而且他的年纪比我大得多，但如果你像我们一样不间断地工作，你会低估生活中最平凡的事情可能带来的压力。

　　5月19日，沙特阿拉伯王储阿卜杜拉·本·阿卜杜勒-阿齐兹·阿勒沙特（Abdullah bin Abdulaziz Al Saud）殿下抵达南非进行告别访问。总统要求我到机场，以确保一切顺利。王储的飞机定于晚上7点左右抵达，到了晚上11点，我还在机场等他。我们等了又等，飞机降落时我很烦躁，因为我们还要参加晚宴。我一直给总统打电话，告诉他沙特人的抵达时间。尽管他很累，但他愿意等待王储到来，并愿意在任何时候参加晚宴。午夜时分，王储带着五十多位随从抵达比勒陀利亚总统府，晚宴开始了。我的一位同事，礼宾部的莉莎娜·范·奥德肖恩（Lizanne van Oudshoorn）那天晚上也在值班。当总统在晚宴上起身开始演讲时，我请莉莎娜在我快要崩溃的时候替我发言。快到凌晨2点时，我意识到我太累了，那天早些时候我已经听了四次总统的竞选演讲，实在不能坚持听完第五次演讲。尽管曼德拉总统很累，但他对南非的选举和未来持乐观态度，无论何时，当谈及新南非的前景，他都显得有底气。总统并不担心如何安排时间，他很欢迎王储的到访。

1999年6月2日，南非举行第二次民主选举。曼德拉总统前往他家附近的投票站投票。旁观这次活动非常有趣。当总统没有做任何令人印象深刻的壮举时，没有人围观。他的日常生活很少有人感兴趣。但在他投票的那天，最奇怪的人群出现了，他们想陪他去投票站。很少有人真正花时间和精力去关注对他来说具有挑战性的事情，即使在他退休之后，他们依然只追求个人利益最大化。投票后，媒体问他："总统先生，你投了谁的票？"他回答道："投了我自己。"我觉得他的回答很有趣，尽管人们可能有所误解。

选举前的一天，曼德拉总统把我叫到他的办公室。他让我坐下，我知道接下来会有重要的事情发生。他几乎从未如此正式地邀请我坐下。像这样的正式邀请是有特殊含义的，他的语气是严肃的："泽尔迪娜，我想让你和我一起退休。"我的回答是："好吧，库鲁，我退休有点年轻，但如果你是说你想让我继续为你工作，我当然会的。"他只是笑了，相处五年后，他比任何人都了解我。他看到我的成长，回想早些时候，当他独自一人时，回忆起我的无知和愚钝，他一定会笑。无论如何，他认可我的坚韧和责任感。

尽管我们的生活如此不同，但我意识到这个人不会抛弃我。纳尔逊·曼德拉没有丢下我，他带着我，选择我在他退休后为他服务，这显然是我一生中的无上光荣。

南非每一位即将退休的总统都享受退休权利，其中之一是在总统办公室工资表上保留一名全职秘书，然后任用他/她。除了一些行政支持，还包括配置如传真机等，但这是南非境内除安全和公务用车外的基本设施。在曼德拉总统退休前几天，我们开始在联合大厦办公室收拾个人物品。

6月11日，总统向即将上任的大使们授权最后一套全权证书。我观察到他真的很享受这最后的典礼。当谈到国家元首的名字时，我总是惊叹于他的记忆力。

6月13日，"兄弟领袖"——利比亚的卡扎菲上校拜访总统，向他告别。自20世纪90年代初以来，总统一直参与审理导致270人死亡的洛克比（Lockerbie）空难事件。曼德拉先生在20世纪90年代初要求乔治·布什总统同意在中立国开展审判，布什总统同意曼德拉先生的建议，但遭到英国首相约翰·梅杰拒绝；当托尼·布莱尔成为首相后，同意根据苏格兰法律在荷兰海牙审理此案，随后是一个漫长的过程。在此过程中，总统与卡扎菲谈判，将两名嫌疑人交付海牙。最后，来自沙特的班达尔王子和杰克斯·格威尔教授成功说服"兄弟领袖"将两名嫌犯交付审判。

2002年，我们访问苏格兰的巴林尼（Barlinnie）监狱，利比亚人阿卜杜·勒巴塞特·迈格拉希（Abdelbaset al-Megrahi）在那次审判中至少被判27年。迈格拉希对自己的生活条件感到不满，向卡扎菲表示想与马迪巴通话。卡扎菲也无能为力，因为尽管他信守诺言，交付洛克比爆炸案嫌疑人并赔偿飞机失事遇难者家属，但他仍被西方视为敌人。是的，补偿永远无法挽回生命，虽然卡扎菲已经兑现他的承诺，但西方仍然没有停止制裁。马迪巴无法说服西方暂停制裁。他非常赞赏卡扎菲的行动，并愿意在被要求时调查迈格拉希的生活状况。

当我们走进被苏格兰监狱官员包围的监狱时，气氛很阴沉。迈格拉希的牢房里面有一个起居区、一个浴室和厨房。与马迪巴在罗本岛的旧牢房相比，我觉得迈格拉希的住处更像一间套房。他很激动地接待马迪巴，我们和他交谈了很长时间。他向我们出示他认为法庭上没有考虑的证据，抱怨说，他很难实践自己的伊斯兰信仰，因为他被单独监禁，无法与他人一起做礼拜。马迪巴带着同情仔细地倾听，但显然他不会为此案的重新审理而争辩。之后，马迪巴在一场大型新闻发布会上发表讲话，恳求将迈格拉希转移到穆斯林国家的另一所监狱。（迈格拉希后来被移送至格林诺克监狱，不再单独监禁，最后因身患绝症而获释。2012年，他在的黎波里去世，享年60岁。）

班达尔王子和格威尔教授因成功组织这次在海牙的审判而被授予南非最高荣誉"希望勋章"。由于这些谈判，总统与卡扎菲得以建立密切关系，卡扎菲信任马迪巴所以和他合作。我怀疑，马迪巴对"兄弟领袖"公开表示对西方无所畏惧的态度而感到高兴。在种族隔离时期，西方国家并不支持曼德拉总统，总体上他们与种族隔离政权保持联系。因此，对卡扎菲来说，向在任的曼德拉总统告别的那天是一个令他感动的日子。

我们只在曼德拉总统退休后见过卡扎菲几次，最后一次是在祖马总统就职典礼上。我特意问他是不是不想拜访马迪巴。他没有回应。2011年他被杀时，总统感到震惊。没有人应该没有尊严地死去。我永远不会宽恕他对自己人民的所作所为，但在我看来，他一直对我们很友好，他赢得了我们的尊重，并在谈判中始终兑现承诺。马迪巴忠于那些与他有交情的人，"兄弟领袖"就是其中之一。他从未忽略卡扎菲的错误，他们也有分歧，但他们相互尊重。马迪巴的另一个信念是：你可以与他人产生意见分歧，但这绝不是不尊重对方的理由。

我们前往开普敦参加新总统和议会的宣誓就职仪式，并为6月16日姆贝基总统在比勒陀利亚的就职典礼做准备。参加位于议会大楼的就职典礼时，我第一次看到马谢尔夫人和温妮·马迪基泽拉·曼德拉之间的互动。

到那时为止，我只在远处见过温妮几次，我们与她没有任何联系。这是一条潜规则，当你为总统工作时，你不能问他与家人或前任妻子的关系。除了与总统生活在一起的四个孙子外，我们只偶尔会看到津齐和泽纳尼，这是总统与前妻的两个女儿。当我看到温妮和马谢尔夫人在就职典礼的人群中擦肩而过时，她们的眼神让我害怕，我无法想象她们会保持友谊。

多年来，我学会了欣赏温妮。马迪巴获释后，温妮与他保持距离，与此同时，她与达利·姆波夫的恋情被广泛谈论。我当时对她感到愤怒，认为她伤害了马迪巴。然而，马谢尔夫人让我接受这样一个事实：如果不是温妮，马迪巴可能会在监狱的漫长岁月里放弃希望。除此之外，温妮还是两个孩子的母亲，她代表了马迪巴的希望，她一定是他监狱岁月里梦中的人，是他当时渴望接触和陪伴的人。我也知道没有马迪巴的她会多么孤独。只有当我们自己真正体验到孤独时，我们才能完全理解它。

在姆贝基总统就职典礼当天，我们像往常一样醒来，为仪式做准备。参加仪式后，曼德拉总统回到他位于联合大厦的办公室，领回他的私人物品。因为是公共假日，办公室里人去楼空。回想起五年前第一次走进他的办公室，我开始悄悄地抽泣起来。他握着马谢尔夫人的手沿着通道走向办公室，我走在他们前面。我们的办公室已搬空了，他们在检查总统的文件柜，清理他留在办公室的物品。后来我给他们拿了一个小箱子，把他的东西放在里面。他看到我在哭，便看着我说："泽尔迪娜，你反应过度了。"他在1994年我们第一次见面时说过同样的话，他在不同情况下说这句话，而我哭的原因却正好相反，在1994年我因为内疚和对未来的恐惧而哭泣，现在我因为一切的结束而哭泣。我不知道接下来会发生什么。

第三部分

当世最负盛名之人的守门者

（1999—2008）

旅 行 与 冲 突

我们计划在总统位于霍顿的老房子里设立办公室。1998年，总统已经与马谢尔夫人结婚并搬进一栋新房子。他的老房子是一栋双层住宅，只住了五年多，房子已经破旧不堪，当初也没有好好装修。虽然那里空荡荡的，但我知道这是一个设立办公室的好地方，因为它离他的新居很近。我征求了马迪巴的意见，问他我在约翰内斯堡找地方住的时候，是否可以住在这里。

起初他想让我到他家住，但我拒绝了这个提议，因为我很清楚我需要与他保持距离，而且我不会受到他的家人的欢迎。我安排人从开普敦运家具送至总统位于霍顿的老房子。

我打扫楼上唯一一间可以居住的卧室——马迪巴的旧卧室，它被漆成人们能想象到的最难看的蓝色，我想这样的事情从来没有困扰过他。一切都是蓝色的，尽管我喜欢蓝色，但它太蓝了。这是一个普通但绝对不适合总统的房间。我很高兴马谢尔夫人出现在他的生活中，既启发了他，也让他获得更多的物质享受，比如一个更大的房间和一个有尊严的居住空间，让他可以透过卧室的窗户欣赏阳光，一个让你感到被欢迎，而不是让你感到沮丧的房间。尽管如此，与其他拥有类似职位的人所能享受的条件相比，他始终保持低调。

我给公共工程部打了电话，要求他们派一名官员负责为马迪巴的办公室购置家具。他们同意了，并答应尽快安装电话和传真机。

在接下来的几天里，我收拾行李，安顿下来，并开始打理总统卸任后的工作——纳尔逊·曼德拉基金会，他将继续他的公共服务。格威尔教授起草了一份关注要点大纲，基金会的信托契约帮助总统进一步实现他的雄心壮志，比如建设学校和诊所、抗击艾滋病流行、提供对话空间，以及建立实体建筑以容纳他的著作和纪念品。混乱接踵而至，很快整个世界都在寻找曼德拉，并试图让总统关注他们的事业。我不知道我们将如何支付他们的项目费用，但我必须雇用助手，因为我自己根本应付不过来。格威尔教授定期来访，请我们的一位前同事路易斯·迪佩纳尔（Loïs Dippenaar）协助收拾混乱局面。我说服莉迪娅·贝利斯、马雷塔·斯拉伯特和杰基·马格特加入我们，尽管这一安排计划了很多年。

他们有时会在下午回家，把我一个人留在办公室，第二天早上发现我还在那里。有几天晚上我没睡，整夜都在看信件、打字回复，隔日再发传真。我的观点是，我们越快作出回应，就越少有电话跟进。主动解决问题会提高效率，这样办公室整体的压力就会小一些。很多次我想放弃，离开这里，这里工作量太大，我当时正处于崩溃的边缘，这种情况或多或少已经成为我的常态。

我只会在早上7点左右，在其他工作人员回到工作岗位之前上楼冲个澡，然后断续工作一天，不睡觉。连续工作三天之后，我会崩溃一整天，然后重新开始。

很快，马迪巴卸任后，开始更经常地来往于这个办公室，他提醒称他为"总统"的来访者他现在已经退休，不再想被称为"总统"，他想被称为"马迪巴"或"曼德拉"。

自从我叫他"库鲁"之后，我只是在我对他说话的方式上作出调整，而非称呼。现在，我不得不学会称呼他"马迪巴"或"曼德拉"，而不是"总统"。当人们称他为"总统先生"时，他经常会问别人："我退休时你在哪里？"于是，他想要表达的信息被传播开，最终人们停止称呼他"总统"。他也不想被授予任何荣誉称号。他满意自己被称作"曼德拉"或"马迪巴",并在无数场合告诉人们:"就叫我马迪巴吧。"他说,头衔不会改变谁——尽管截至上一次统计,他已经被授予1 177项荣誉,其中697项是某种奖励,120多项是荣誉博士学位。当人们想用荣誉博士头衔称呼他时,他很快便向他们解释说,他没有攻读任何博士学位,这些只是荣誉头衔。

1999年年末,我收到总统府的一封信,晋升我为总统办公室助理主任。尽管我仍然被借调给马迪巴,这是因为现在的总统府班底有更高的职务可以被分配。

很明显,基金会需要资金。为了管理,我们从借钱开始运营,唯一的担保人是马迪巴和格威尔教授的口头承诺——"我们会尽快偿还,请不要向我们收取利息。"马迪巴仍然是世界的偶像,但与其他国家不同的是,前总统没有得到用于公共生活的政府资助。然而,对我们来说,无论他的官方职位如何,全世界都对他抱有同样的期望。

很明显,马迪巴也希望事情像以前一样继续下去。他在退休的第二天早上醒来,好像什么都没有改变。他一如既往地决心对南非进行社会改造,直到它摆脱任何形式的歧视。他打电话来布置任务,当我挂断电话时,我惊慌失措,不知道该如何完成。他对格威尔教授也如此指示,格威尔教授开玩笑地告诉马迪巴,自己不再为他工作了。格威尔教授将担任纳尔逊·曼德拉基金会董事会主席,尽管我仍受雇于政府,我不知道如何在没有政府平台的情况下实现目标。我也不相信我有能力经营基金会。但马迪巴做到了,他耐心地指导我,我很幸运能向这位伟大的导师学习。

1999年8月,马迪巴说他很累,需要休假。这是一个挑战,我们要去哪里?我们又要如何到达那里?我突然意识到,我们失去了奢华的私人飞机，乘坐私人飞机前往美国的花费超过100万兰特，我们没有那么多钱，马迪巴也绝对不会同意在度假时花这么多钱。他和马谢尔夫人应亨氏公司前老板、当时的独立新闻和媒体公司老板托尼·奥莱利（Tony O'Reilly）与他的妻子克里斯（Chryss）的邀请前往巴哈马群岛，住在他们位于拿骚（Nassau）的家中。一旦我们到达那里，他们就会照顾我们，但我不知道我们如何到达那里，并因此而恐慌。

马迪巴不能乘坐小型飞机，因为他需要适当的睡眠，他需要能够站直而不必弯曲他受伤的膝盖，并且能够在飞机上使用沐浴设施。由于在罗本岛受的伤，他的膝盖出现了问题，随着年龄的增长，情况越来越糟。他几乎无法爬楼梯，一次只能走几个台阶。

我给托基奥·塞克斯韦尔（Tokyo Sexwale）打了电话，他是南非最富有的商人之一，也是马迪巴的老"战友"，我知道他和拥有私人飞机的人有联系。他把我介绍给几个人，但他们都帮不了我们。我问遍南非所有拥有私人飞机的富人，奥本海默（Oppenheimers）夫妇、鲁伯茨（Ruperts）家族，我甚至打电话给迈克尔·杰克逊，询问我们是否可以借用他的私人飞机。由于当时所有飞机都被租用或是由其所有者使用，因此没有一架飞机可供我们使用。最终唯一的解决方案是乘坐商业航班。我不知道我们是怎么做到的，但我们还是做到了。随着时间的推移，我们完善了与马迪巴出行的安排，只要头等舱为他提供一张合适的平床供他睡觉，而且机场有乘客登机辅助设备，可以将他送至机舱，避免爬上任何台阶，我们就可以进行商业飞行。我们只需要挡住乘客和机组人员，避免他在整个飞行过程中在菜单或其他物品上帮他们签名留念，但最初的商业飞行安排对我们来说依然是一场噩梦。

于是我们出发前往巴哈马度假，这是我们五年来第一次度假。马迪巴、马谢尔夫人、乔西娜·马谢尔、我、安保人员和一名医生。我们都很紧张，但一切都很顺利。我们在亚特兰大转机，然后前往拿骚。我们必须找到一种既能满足马迪巴的需求，又能兼顾机场设施及其辅助人员能力的方法。我们一直在谈判和妥协。在每一个机场，在长途飞行后下飞机，人们都想和他合影或索要签名。81岁的老人历经16个小时飞行后，不应该被要求拍照或签名。他需要在每一次休息中恢复体力。尽管我不想说过分的话，但我会不遗余力地解释，他年纪大了，需要休息，不应该被索要签名。在大多数情况下人们都能理解，当然也有些人不能理解。

巴哈马之行结束后，我们周游世界，试图为新成立的纳尔逊·曼德拉基金会筹集资金。在德国，马迪巴会见了当时的总理格哈德·施罗德（Gerhard Schröder），请求他支持我们的基金会。我们从德国前往突尼斯，见到了本·阿里（Ben Ali）总统并向他寻求支持，他用最精美的马赛克装饰了美丽的宫殿。

我们从突尼斯前往的黎波里，拜访"兄弟领袖"卡扎菲（他从不想被称为总统，因为他觉得这是西方人的称呼，他拒绝接受。最后，我们称他为"兄弟领袖"）并请求他支持我们的基金会。西方无视马迪巴与卡扎菲的来往。见到"兄弟领袖"总是很有趣，我们等了好几天才收到他的消息，然后每个人都不得不立刻前往他藏身的地方。有时他藏在沙漠里，他总是害怕西方因为洛克比爆炸案突然袭击他。在这次特别的访问中，他邀请我们共进晚餐，下午我们与他会面时，他问我们晚上希望吃什么。那时我已经跟随马迪巴在几个场合见过"兄弟领袖"，我的脸对卡扎菲来说已经很熟悉。他对我非常尊重，总让我感到宾至如归。

下午早些时候，当我们开车遇见骆驼时，马迪巴和我讨论骆驼肉的问题，当"兄弟领袖"问我们晚餐想要什么时，马迪巴觉得骆驼肉是合适的。"当然。""兄弟领袖"回答道。骆驼肉的味道和羊肉一模一样。

后来我被告知，随着骆驼年龄的增长，肉会变得越来越硬，因此他们不得不屠宰小骆驼。我不希望鼓励屠杀小动物，所以我再也不想吃骆驼肉了。这是一个罕见的场合，国家元首会问马迪巴晚餐想吃什么，我很喜欢卡扎菲如此体贴。他们之间的谈话仅限于寒暄和对时事的总体看法。他们在一起总是回忆起洛克比空难，"兄弟领袖"显然对西方不满，因为西方没有兑现解除所有制裁的承诺。每当马迪巴访问美国时，这也成为美国讨论的焦点。

回到家后，我们很快就开始工作，照常处理事务。我们在第一天参加了南非商会并参加了晚宴，第二天是关于南非贸易学院在库努的重建。格威尔教授仍然是我们的主持人和顾问，他仍然是我们决策过程的核心。我们还参加了告别仪式。工作照常进行，其中一项活动是由达林德耶博（Dalindyebo）国王主持的欢迎仪式，达林德耶博国王是马迪巴的部族成员。他们希望马迪巴在退休后回到库努，但我们意识到，即使在那里，他也不会完全退休，因为人们会不断向他提出琐碎的问题。马迪巴被认为是所有苦难的解决者，无论是严肃的事务还是宗族之间的分歧。马迪巴从不过分传统，但他尊重家族的传统文化。

马迪巴的日常工作还包括：接待身患绝症的孩子们，他们的最后愿望是与他见面；与老朋友和老同志共进午餐和晚餐；为学校和诊所甚至为本地布什巴克足球队筹款。虽然他们在足球联赛中表现不太好，但他仍然觉得有义务帮助他们，因为他们是他的"主队"。他会去看望已故狱警的家人，参加孙子孙女的毕业典礼。在这期间，他也会尽量抽出时间与马谢尔夫人共度时光。他可以飞往博茨瓦纳获得荣誉博士学位，并于当晚回到家中与海伦·苏兹曼（Helen Suzman）共进晚餐。苏兹曼是他的长期支持者，是来自进步联邦党的朋友，现已不幸离世。马迪巴从不考虑节奏。他希望尽可能多地工作，把需要26小时完成的工作压缩进

24小时。

　　一个月后，我们再次踏上出国之路。虽然我们之前得到了外交部的全力支持和大使馆的推荐，但我现在不得不处理行程计划、礼宾车安排、住宿需求等杂事。除了安排与总统、国家元首和重要人物会面，我几乎都是自己一个人面对。在约翰内斯堡的家里，我开始为下一次出国旅行作准备。我怀疑马迪巴只是喜欢旅行，所以接受了不重要的邀请，他不断在寻找机会为基金会筹款而旅行。

　　我曾经想过对马迪巴说"我要找其他人和你一起出行"，我的这个建议很可能会引起他的不满，不是因为他偏爱我，只是因为他相信我在任何情况下知道如何行事。如果他指示我，我不害怕拒绝任何部长或高级官员，我很容易理解他的表情和未言明的手势。在国外，我经常不得不拒绝媒体的请求，而我的防御机制也在超速运转。我在扮演我想成为的女演员，做一些我永远不会为别人做的事情，除非职位和相关的人需要我这样做。

　　马迪巴打电话给格威尔教授，告诉他访问中东的打算。他们已经讨论了一段时间，并就要访问的国家和推进议程制定战略。尽管马迪巴是我们指南针的"真北"，但格威尔教授在战略规划层面是马迪巴的政治"真北"。马迪巴钦佩格威尔教授的才智和洞察力，他像对待儿子一样对待格威尔教授。

　　我们的第一站是伊朗。出于对穆斯林文化的尊重，我遮住自己，并尽可能保持穆斯林文化要求的距离。然后，我们出发前往哈塔米（Khatami）总统官邸共进晚餐。当我们进入他的住所时，我挡住一些在拍摄马迪巴时使用闪光灯的摄影师。众所周知，由于采石场的明亮反射，马迪巴的眼睛变得敏感。在18年岛上监禁的大部分时间里，他不得不在罗本岛挖掘石灰岩。当他的眼睛暴露在太多的闪光灯下时，就会变得红红的，甚至泪流满面，以至于即使在室内和晚上他也不得不戴上太阳镜。我们都非常注意保护他的眼睛，因此有权阻挡任何摄影师。

哈塔米总统看到我与摄影师的"战斗"，但在马迪巴步入他的住所后，我一直躲在代表团的后面，以免冒犯任何对女性在场敏感的人。我离开他们后，独自上楼吃饭。哈塔米总统府国宾馆内没有其他女性。大约10分钟后，我们的食物已经上桌了，我被一个惊慌失措的管家叫来，跟着他上楼，来到总统和马迪巴就座的地方。我原以为马迪巴只是像往常一样介绍我，但后来他说哈塔米总统坚持让我坐在他们的桌子旁。我非常不舒服，不知道该怎么做，这与我1995年坐在努尔皇后旁边的感觉相似。唯一不同的是，这次我们房间里仅有三个人，我受到两位政治家的审视：一位现任总统和一位前总统。

哈塔米总统不断问我有关成长经历和南非文化的问题，就好像马迪巴根本不在那里一样。我不停地把视线转向马迪巴，但马迪巴决心让我回答，他平静地享受着这顿饭，只是偶尔点头表示赞同我的话，或者说："泽尔迪娜，你觉得怎么样？"我为了阻止他对我的继续发问，很想说："嗯，我实际上什么都不想思考。"但这是不可能的。印象中这一定是马迪巴在晚宴上讲话最少的一次。

我记得我们在1995年对法国进行国事访问时，我很开心总统们可以讨论进出口商品的价格，仅限于橙子和香蕉，以及南非愿意从法国订购多少架空客。但在伊朗，整个对话仅限于南非荷兰语文化，马迪巴非常享受我受到的煎熬，他偶尔会带着支持的微笑来拯救我。多年后，他会提醒大家我的重要性，愉快地谈及这段往事来取笑我，告诉人们伊朗总统坚持邀请我去他的餐厅，而我会回应说，马迪巴只想享受他的食物，因此当晚就让我待在那里。这当然是开玩笑，总有值得回忆的时刻。

在起草此类访问计划时，我必须确保此行的政治正确性。我们在已故阿亚图拉·霍梅尼（Ayatollah Khomeini）的纪念地举行敬献花圈仪式。然后我们访问了前总统阿亚图拉·拉夫桑贾尼（Ayatollah Rafsanjani）以及伊朗最高领导人阿亚图拉·阿里·哈梅内伊（Ayatollah Ali Khamenei）阁下。由于我是所有这些活动中唯一的女性，最高领袖在满满一屋子的摄影师中注意到我，并大声问道："后面的那位年轻女士是谁？"马迪巴知道我是房间里唯一的女人，知道这位领袖可能会让我难堪，他回答道："哦，那是泽尔迪娜。我的秘书。"

按照这位领袖的指示，我坐在马迪巴旁边，离他更近，他可以看到我。不知怎的，我的出现逗乐了这些人，他们对我很感兴趣，他们可能从未见过一位白人女士与著名的黑人自由斗士坐在一起。

我在任何讨论中不在乎谁在政治上正确与否，也不在乎谁似乎是进步的，我只在乎接下来的5分钟，之后是马迪巴生命中的24个小时，确保一切都能以一种适合的方式为他安排妥当。尽管我对世界的总体认识有所提高，但我并没有足够的时间去理解我们访问的这些国家的复杂性。

我们从伊朗前往叙利亚的大马士革，在那里我们见到了年迈的阿萨德总统。这是他去世前的几年。我们还见到了他的儿子，他当时是一位令人印象深刻的年轻人。阿萨德总统显然在总统位上待得太久了，现在他在自己的国家受到叛乱分子的挑战，迫使他辞去总统职位。在提到那些久居高位的人时，马迪巴经常会说，"领导人沉醉于权力"，而当一位国家元首如此境遇时，我常常会想到这些话，无论这些话是否适用于他的情况。

我们从叙利亚经约旦飞往以色列。由于叙利亚和以色列之间的紧张关系，我们不被允许直接从叙利亚飞往以色列。每当我向马迪巴诉说我们所面临的政治困难时，他总是对我说："不，泽尔迪娜，你看，它们只是让生活变得有趣。"他总是鼓励我勇敢面对。可怜的是，在那一刻，它们对我来说并不是那么有趣。

一到以色列，以色列警察就像赶绵羊一样将我们赶上汽车，他们差点丢下我和医生查尔斯。我被他们对待我们的方式激怒了，这是我多次尝试证明个人立场的其中一次，也是试图说明医生和我必须接近马迪巴的原因。这就是非组团出访的挑战，只有我、医生和安保人员。没有备选方案，你必须当场杀出一条血路，你唯一关心的是马迪巴。在我的私人生活中，我不是一个有对抗性的人，但在这种情况下，我变成了另一个人，扮演着一个想要保护所有人的角色。

我们住在大卫王酒店，第一天晚上，我从客房服务部为马迪巴点了一份肉，为自己点了奶酪沙拉。我下单后，很快一个管家就按响了我的门铃。"夫人，"他对我说，"我们来是想向您解释一下，这是一家符合犹太教规的酒店，您不能在同一个房间里吃奶酪和肉，这么做是不被允许的。"我真的没有余力再为此争论。于是我先陪同马迪巴吃晚餐，然后回到我的房间吃奶酪沙拉。第二天早上，我们参观了伊扎克·拉宾（Yitzhak Rabin）的墓区，人们相信如果不是因为他遇刺，他本可以通过谈判解决以色列和巴勒斯坦之间的问题。在那里，我们访问了魏茨曼总统和时任总理埃胡德·巴拉克（Ehud Barak）。我喜欢魏茨曼总统，巴拉克总理似乎对马迪巴有些不宽容。

我们行走在耶路撒冷老城的多洛罗萨大道上。当我作为一名基督徒，被告知耶稣背着十字架走过这条路时，我很感动。他们对马迪巴在多洛罗萨大道上行走大惊小怪，几乎没有给他足够的空间在鹅卵石上舒适地行走。我们都很紧张，因为他有问题的膝盖可能会在鹅卵石上绊倒，然后严重受伤。他已经站不稳了。我摸了摸古老的鹅卵石，然后问我们的向导："那么你的意思是耶稣曾在这些鹅卵石上行走？""不。"他回答道。在原来的道路上，显然有大约17层楼的建筑，但这或多或少是耶稣走的路。

　　然后我们去了大屠杀博物馆，一个会让人感到忧伤和不安的地方。当我们离开博物馆时，麦克风被推到马迪巴的面前，有人问他对博物馆的印象，尽管我在外面向记者解释说他不准备回答问题。他从不喜欢被推到角落里，任何意外都会激怒他。他的回答很简单："这是发生在犹太民族身上的悲剧，但我们永远不应该忘记，这个负担也由德国人民承担。当代德国人正在努力摆脱这些事件给他们带来的耻辱，在这个时代，他们也无法对此负责。"这些言论以色列人并不欣赏。我感觉到有一些敌意，并因此感到不安。（当我们回到家时，马迪巴收到了几封美国犹太朋友关于这些言论的投诉信。）

　　第二天，我们与以色列总统和总理举行会议讨论政治问题，马迪巴坚持不懈地致力于解决中东冲突。他认为在达成任何和解之前，双方必须遵守以下条件：1. 以色列必须承认巴勒斯坦是一个独立的国家；2. 巴勒斯坦必须承认明确界定的以色列国界；3. 必须确认一位双方都信任的调解人。马迪巴一再重复这些要求，但双方都置若罔闻。马迪巴与埃胡德·巴拉克、外交部部长戴维·利维（David Levy）无法建立信任。而魏茨曼总统年纪更大，在回应这些建议时态度更为宽容，也没有那么咄咄逼人。

　　我们从以色列前往巴勒斯坦，会见了此前我们曾多次会面的亚西尔·阿拉法特（Yassar Arafat）。他对马迪巴非常尊重，但现在我对该地区人们普遍的受害者意识感到纳闷，这里每个人都认为自己是受害者，我认为这是该地区问题的根源所在。无论过去发生过什么，现在人们都应该逐渐开始感到有尊严。虽然马迪巴向我解释说，目前的冲突始于1967年六日战争期间（当时以色列占领了戈兰高地、约旦河西岸和加沙地带），但我清楚地认识到，冲突已经升级至我们这一代人看不到解决方案的程度。于我而言，它在视觉上呈现了一幅比种族隔离更糟糕的画面——相距500米的家庭被铁丝网隔开，三十多年来一直无法相互探望。只要有一片绿草，就被宣布为以色列土地，并由全副武装的警卫保护；如果一个地方什么都没有，那个地方就会被宣布为巴勒斯坦领土。我觉得这很难理解，但以色列人对领土的要求显然超出合理的范畴。

马迪巴原定在我们出发前一天在巴勒斯坦议会发表讲话。格威尔教授在南非编辑了演讲稿，并将新版本通过电子邮件发给了我。我没有时间读它，不知怎么的，一种病毒悄悄地潜入了计算机程序。演讲的最后一句以一个数学公式结束。马迪巴也没有阅读最后的版本，因此他在演讲结束时宣读了数学公式。它们是用字母写的，虽然我记不清确切的措辞，但大致是这样的："每2等于4减去7乘以8。我谢谢你。"我们都感到困惑，但在他的演讲之后，整个巴勒斯坦议会都起立鼓掌。演讲是同时翻译的，译者要么没有翻译数学公式，要么把它翻译成深奥的东西。我们都对这种病毒的出现感到惊讶，对没有人发现讲演中的错误感到好笑。在接下来的几年里，我和教授回忆起这件事又笑了很多次。正确的做法是我们应该在马迪巴发表演讲之前校对演讲稿，但这次没有代表团，我们受限于时间和压力，这是我们工作的不足之一。

我们从中东前往华盛顿与克林顿总统会面。他仍然在任，这是我第一次进入白宫。克林顿总统对马迪巴来说非常有风度，他恭敬而放松。他听取了马迪巴对中东的评估，大体上同意他对局势的建议。他决心设法找到解决冲突的办法。在我们看来，克林顿总统是领导和平进程的正确人选，因为我们猜测他得到了两党的信任。

在华盛顿逗留的当晚，我们住在水门饭店。我觉得很奇怪，因为正是水门丑闻见证了尼克松时代的终结，我也相信莫妮卡·莱温斯基——一位挑战克林顿政府未来的女性也住在水门事件的公寓里。

我们与马迪巴的老朋友摩根·弗里曼（Morgan Freeman）共进晚餐。第二天我们与班达尔王子一起出发前往得克萨斯州的达拉斯（Dallas）。王子买下达拉斯牛仔队，我们和他一起参加了一场真正的美式足球比赛。这是一次多么美妙的经历，但也是混乱的一天，体育场里的每个美国人都想和马迪巴握手。第二天，班达尔王子带我们去一家得克萨斯州的咖啡馆，在那里我们品尝墨西哥玉米卷和玉米饼，这是马迪巴以前从未吃过的东西。如果事后被问及此事，他一定不会记得吃了什么，这些食物对他来说很奇怪。这里的饮食传统从来没有像吸引我那样吸引过他，他喜欢简单的科萨家常菜。他对班达尔王子的陪伴更感兴趣，并与之交谈、讨论世界问题，在几次谈话中他成功地总结出如何实现世界和平。

之后，我们从那个咖啡馆前往亚特兰大接受有线新闻网（CNN）的采访，然后从亚特兰大出发前往休斯敦进行大学演讲。我们的日程安排很紧，但马迪巴享受其中的每一分钟。如果他觉得自己做不到，他就不会承诺做某件事，如果行程日志里有空缺，他必须找个理由来填补。由于班达尔王子的参与，这次访问的安保非常严密。当我们到达大学时，我和医生乘坐的汽车被保安拦住，我们试图告诉司机坚持通过与马迪巴的车所驶入的相同入口，但他遵守了交警的指示。结果，查尔斯和我不得不下车，步行与马迪巴会合。步行路程大约有600米，虽然我们不介意距离，但我们确实介意马迪巴消失在我们找不到他的地方。

查尔斯背着沉重的医疗包，我带着我的暴躁脾气，快步前进。当我们走近大楼时，看到马迪巴已经和班达尔王子一起进去了。一个光头、身材魁梧的美国保安拦住我们，我们告诉他，我们必须进入，因为我们是曼德拉先生代表团的成员。他直截了当地拒绝了我们，既没有给出解释，也不准备听我的争辩，只是说"不"。查尔斯让我保持冷静，并明智地说，最终马迪巴会来找我们的。他仿佛未卜先知，下一分钟，马迪巴就出现在门口，他来找我们——这对他这样身份的人来说很不寻常。我们看到他站在台阶上，他可以看到我们，但保安正对着我们，拒绝为纳尔逊·曼德拉作出通融，即使他就站在大楼的台阶上呼唤我们。

当班达尔王子的保镖内格夫（Neigfh）向我们跑来"营救"我们时，我忍不住要用一只张开的手捂住他的光头。由于之前与班达尔王子的交往，我们认识了内格夫，他是一位非常善良的绅士。我转过身对保安说："你现在满意了吗？需要纳尔逊·曼德拉到外面来接我们吗？你很清楚我们没有美国口音。你可以看到医生有医疗设备……"我回想那天的事情，那位保安只是在做他的工作，我才是不讲道理的那个人，但有时人们只是不愿意接受劝说。人们总是会评论马迪巴任命一名热情的南非白人担任助手这一不太可能发生的事，教授会说，"她善良又健康"，马迪巴会补充说，"她有逻辑且很干练"。

我觉得我要对马迪巴负责，我感觉到他知道这一点，总是询问我们在哪里，并为我们着想。我们的存在让他感到安全，因为他知道我们会迎接任何挑战，这是一种职业依赖。不知道为我们负责的人在哪里，我们同样会感到不安全。

因为我们一起旅行，年龄相同，又有共同的经历，查尔斯和我成为亲密的朋友。像许多其他医生一样，查尔斯也非常关心马迪巴，但人们会戏称查尔斯为我的"奴隶"。在我们所有的出国旅行中，马迪巴只有一两次生病，因此查尔斯大部分时间都站在一边，没有什么事可做。我们作为一个团队合作得很好，我经常让查尔斯做一些小事，比如帮我拿衣服、找份报纸、检查马迪巴的客房服务订单、包装礼物、找一台打印机等等，所以他就成了我的"奴隶"。我们为此开过很多次玩笑。

有时我还未打开行李，或者我刚坐下来正准备打电话回家，就会有外国礼宾人员或酒店工作人员敲门——"曼德拉总统这件事怎么办，曼德拉总统那件事怎么办？"我是我们代表团中唯一的联络人。查尔斯有时需要守在我的门口，让我一次只完成一件事。压力是无情的，我感觉自己快疯了，无法应对压力，但之后我发现查尔斯通过帮助大家解决琐碎问题来缓解我的压力。他是我们团队另一位半永久固定队员。医生们也轮流和我们一起旅行，但由于我们繁忙的旅行日程，并非所有人都想牺牲他们的工作时间来陪伴我们。我们的安保团队也参与了团队的轮换，同一个团队陪同我们连续出国旅行的情况并不常见。当你花那么多时间和某人在一起时，你会感觉大家像家人一样。

当我们返回南非时，我们都非常疲惫，我们乘坐了班达尔王子的豪华飞机，飞机上有合适的床可以睡觉。班达尔王子总是不惜一切代价确保我们尽可能得到最好的食物和服务，他总是让人惊喜。作为一位和蔼可亲的主人，他宽容地对待马迪巴所提出的需求，并且非常尊重马迪巴，这一点让我很欣赏并珍视。

回国后，马迪巴打电话给美国一些有影响力的犹太人，如埃利·威塞尔（Elie Wiesel），警告他们美国杰出的犹太领袖鼓动美国站在以色列一边是有风险的，只要调解人明显偏袒一方，在该地区就不会实现和平。

我们听说姆贝基总统对马迪巴访问中东很不满意，认为我们对那里的访问干扰了南非政府的外交议程。在这种情况下，无论你做什么，都要面临挫折。马迪巴希望在中东和平进程中提供帮助，并不断被要求伸出援手，但最终似乎是南非政府中的敏感情绪占了上风。格威尔教授不得不像在过去的许多场合一样进行干预，以缓和局势。很明显，来自人们的外部压力会给我们在南非制造很多冲突，但最终马迪巴对朋友的忠诚使我们陷入了这种困境。

1999年11月6日，纳尔逊·曼德拉和他的团队险些一起丧命。

我们当时在北开普省的一个小镇波斯特马斯堡。正值仲夏，天气非常炎热。豪登（约翰内斯堡和比勒陀利亚所在地）夏季常降雨，该地区以盛夏下午的强烈雷暴而闻名。尽管我们试图早点完成地面工作，但我们的起飞时间比预期要晚。我们乘坐一架双螺旋桨轻型飞机——空中国王（King Air）前往比勒陀利亚的沃特洛夫空军基地。这是一场持续不断的"战斗"，他们试图说服政府允许马迪巴使用喷气式飞机，但由于姆贝基总统及其副手的繁忙日程，他们无法找到合适的飞机。马迪巴不再被优先考虑，但在这一天，由于波斯特马斯堡（Postmasburg）的跑道太短，无法使用更大的飞机。

在降落比勒陀利亚大约30分钟前，飞行员转过身把我叫到驾驶舱。他告诉我水峡空军基地和约翰内斯堡国际机场因雷雨而关闭，我们可能不得不前往其他地方降落。我把消息转告马迪巴，他平静地坐着，系着安全带，注视着飞行员的一举一动。很快，飞机开始遇到气流，机舱内的气氛变得紧张起来。我坐的位置既能看到马迪巴的脸，也能听到飞行员的交流。飞行员通知控制塔，由于燃料耗尽，飞机无法盘旋太久，他们决定降落。这时，情况变得越来越紧急。所有邻近的机场都已关闭。当我们的飞机在云层中俯冲时，气流变得越来越严重，每隔一段时间，飞行员不得不放弃对飞机的控制，让飞机由气流引导。这一切太可怕了。

马迪巴眉头紧锁，噘起嘴唇。安保人员之一韦恩·亨德里克斯（Wayne Hendricks）开了几个玩笑试图缓解紧张情绪。起初我觉得韦恩很有趣，但后来我出于恐慌开始对他生气。韦恩总是能以一种迷人而有趣的方式用他的幽默感缓解紧张，在这种情况下，尽管他没有成功，我还是非常感谢他的尝试。

马迪巴一句话也没说，他的一个孙子也在飞机上，当我们撞上一个

"气袋"时,他看起来有点不舒服,"气袋"把飞机弹开了几米。我手提包里的东西在机舱里乱飞,我们试图紧紧抓住。马迪巴孙子的手机从衬衫口袋里飞了出来,韦恩熟练地接住了手机。我能听到飞行员们惊慌失措的声音,他们尝试将飞机降落在水峡空军基地。机场的服务人员被叫来紧急待命,一时间我的眼泪无法控制地流了下来。我在痛哭,韦恩安慰了我,试图告诉我我们会好起来的,但我看不到活下来的希望。最后飞机降落了。当飞机停在地面上时,飞行员们汗流浃背。马迪巴把手放在我的肩上,他说:"别担心,泽尔迪娜,我们现在安全了。"我们下了飞机,上车前往霍顿。

之后,我开车回家,但当我开车绕着街区时,我接到马迪巴家中厨师索利斯瓦(Xoliswa)的电话,说马迪巴让我回去和他一起喝咖啡。于是我折返,他把我叫进休息室,他的孙子和他坐在一起。马迪巴让我也坐下,他看出我依旧惊魂未定,便说:"泽尔迪娜,今天是一次可怕的经历,但我们应该尽快忘掉这件事,对我们来说最好的办法就是尽快再次上飞机。"他把它比作从自行车上摔下来,你能做的最好的事情就是尽快重新开始。他继续说道:"我再也不想坐那样的小飞机了,我也不想再和我的孙子们一起旅行了。"他暗示的是,乘坐螺旋桨飞机对他来说风险太大,他也不想让孙子们冒生命危险。从那天起,我们拒绝让他乘坐螺旋桨飞机旅行。这给我们的空军制造了很多麻烦,因为他们没有大型喷气式客机机队,而且他们经常需要承担重要任务。这导致了我们和总统之间的紧张气氛,但我在这次经历后不愿意在这件事上妥协。

几年后,我们也遭遇了直升机事故。马迪巴前往特兰斯凯的一个农村地区参观我们的一所学校和诊所,在去那里的路上,飞行员们表达了他们对发动机过热的担心。尽管他们确信,一旦着陆他们能够修复它。飞机着陆后他们也设法修复了发动机,但我们在返程之前依旧感到紧张。我们把担忧告知地面上的安保人员，飞机再次起飞，飞往乌姆塔塔（Mthatha）。大约飞行了15分钟，飞机上的油溅满窗户，我们看不清窗外，你可以清楚地看到这是直升机漏油，显然成了火灾隐患。飞行员告诉我们必须降落，他们慢慢地操纵"羚羊"直升机降落到地面。

直升机降落在一片开阔的草地上，由于整个地区都是农村，看不到房子或人。当我们降落的时候，我打电话给正在前往机场的安保人员，告诉他们我们必须紧急降落。安保人员大约20分钟后到达，但在他们到达之前，我担心我们在该地区的安全。飞行员试图找到问题，但他们无法解决。随后，我们驱车前往乌姆塔塔，返回约翰内斯堡的航班从那里起飞。马迪巴认为可能是有人蓄意破坏，但我设法打消了他的疑虑。

千禧年之际，世界各地都在筹划大型派对，南非同样也在为庆祝活动做准备。到目前为止，马迪巴和姆贝基总统之间的紧张关系似乎正在加剧。我们听到传言，姆贝基总统似乎认为马迪巴的行为更像国家元首。马迪巴一直在做他一贯做的事情——响应临时请求，尽力取悦所有人。尽管我们有时不同意这样的决定，但他是"命运的船长，灵魂的主人"（正如他在狱中背诵的《无敌》一诗），他想继续做他灵魂的主人。我们很难集中精力于我们所希望的南非前总统私人办公室工作及其工作重点。然而世界各地的人们总是有一种"他有特权"的感觉。在某种程度上，他们觉得马迪巴是有特权的，他们中的一些人支持反对种族隔离的斗争，他们希望马迪巴做一些事情，马迪巴也会迫不及待地履行义务，觉得可以偿还自己的"亏欠"。我私下认为他非常喜欢旅行，被监禁那么长时间，我认为他喜欢旅行并借此弥补失去的时间是很正常的。因为这些因素的影响，无论他的目的是什么，这些因素都在不断地引导他的行动，并使他不时陷入困境。

我不确定马迪巴和姆贝基总统之间所谓的裂痕有多深，也不知道在其他人心中想象的有多深。例如，1999年11月，马迪巴接到姆贝基总统的电话，要求他在饱受战争蹂躏的布隆迪领导谈判。我个人认为马迪巴已不能承担更多的工作，但他同意了，因为马迪巴在担任总统期间对扎伊尔（现称刚果民主共和国）进行了干涉。我还觉得，这可能是政府让马迪巴继续停留在国外的一种方式，他完全被这些任务占据。他们转移他的注意力，干扰他在中东或在南非国内的行动。

　　我有点同情姆贝基总统，他被寄予厚望接替南非历史上的一位偶像。然而，我认为非洲人国民大会创造了这个偶像，将他视为被压迫者获得自由的象征，非洲人国民大会现在认为马迪巴的行为出格是错误的。在公开场合，马迪巴仍然坚定地表示，南非历史上从未有过比姆贝基总统更好的总统或总理。有时我认为姆贝基总统可能觉得马迪巴以恩人自居，但马迪巴相信姆贝基总统的承诺。几年后，南非经济方面的愿景开始被实现，南非的经济从未像姆贝基总统任期后那样稳定，因此，我们完全没有受到2000年代末全球经济衰退的影响。

　　马迪巴做任何事情都没有恶意或蓄意，因此我认为人们没有理由认为马迪巴抢了姆贝基总统的风头。正是那些末日预言家们把不安全感表现了出来。我不知道是姆贝基总统本人还是他的幕僚形成了这种看法。马迪巴经常要求与姆贝基总统通话，他总被告知姆贝基会回电，但实际上这种情况从未发生过。我觉得这些人越来越不能善意地对待年迈的马迪巴。我们会被要求提前预约，被告知姆贝基总统太忙了。非洲人国民大会本应该为马迪巴安排一项议程，因为马迪巴有如此强烈的意愿和决心去做让他喜欢的事情。

　　艾伦·皮莱是马迪巴担任总统期间我们办公室的行政官员，也是姆贝基总统的私人秘书之一，除非艾伦充当中间人，否则两人之间的沟通极其困难。不知怎的，当艾伦帮忙的时候，事情总能顺利地解决，并且没有被政治化。

尽管如此艰难，马迪巴一如既往地对姆贝基总统保持良好的公开评价。每当马迪巴和姆贝基总统在一起时，我都有责任确保马迪巴遵守礼节，表现出必要的尊重，确保我们不会被视为破坏礼节和贬低总统的人。大众仍然会为马迪巴鼓掌，给予他最热烈的欢迎，并对他的事情大惊小怪。

姆贝基总统和马迪巴计划于千年之交在罗本岛相聚。起初，只是口头邀请，当我们听说姆贝基总统将到场时，我们拒绝了出席，我们担心马迪巴的到场会让姆贝基总统陷入困境。然后，我们接到总统府的电话，姆贝基总统希望确认马迪巴能够出席，马迪巴再次拒绝这个请求。我们必须说服他，告诉他所有的老同志都会在那里，他有必要去看他们，因为全球会有现场直播，他最终同意了。

这是罗本岛上一个美好的夜晚，我记得我把围观者赶回帐篷，试图使他们表现出对总统的尊重，当姆贝基总统还在里面时，我谢绝人们在我们准备离开的时候跟随送行。无论我做什么，我都越来越不受欢迎。当我试图忠于马迪巴时，我承担了他必须对姆贝基总统表现出尊重的责任，但公众让这变得困难。我必须这样做，不让马迪巴在任何方面感到难堪。因此，每一个小动作都变成一个复杂的情境，思考各种场景，分析所有提议，花费大量的精力，取悦每个人。无论如何，你必须坚定立场，做正确的事情，实现雇主对你的期望，接受批评。我必须学会不做懦夫。

人们经常写信给马迪巴，要求他干预显然属于姆贝基总统管辖范围的事务。然后，当我告知对方这些事情属于姆贝基总统管辖，并将其转交给总统办公室时，我经常被指责过度保护或控制了马迪巴。我被称为他的"保姆",我开玩笑说确实如此,我不介意。然而,马迪巴本人并不想参与很多事情。他希望继续为他的慈善机构筹集资金,建设他的学校和诊所,但也希望有自由就他所熟知的问题——道德和人权问题发表意见。人们坚持请求获得马迪巴的关注和个人干预,这时候无论我做什么都注定是一场失败的战斗。

众所周知,马迪巴是一位杰出的筹款人。在20世纪90年代非洲人国民大会解散后,他为该党筹集了数百万美元。现在他专注于他的慈善事业。迪拜统治者同意支持他的基金会,但由于南非驻迪拜外交官的干涉,这件事最终没有成功。我们只能推测干涉的原因以及这位外交官的立场。

马迪巴经常吹嘘自己的筹款能力,他说,只要目的是好的,筹款很容易。他的做法是无私的,而且因为他从来没有为自己要钱,所以他很容易通过关于筹款目的重要性的公共讨论向某人施加压力。一开始我不知道他做这件事情怎么这么容易,但在看到他实际行动后,我明白了,如果你相信你为之筹款的事业,那么成功是必然的。

多年来令我困惑的是,马迪巴经常重复筹款故事,并竭尽全力向姆贝基总统和其他非洲人国民大会官员报告。马迪巴从来不是一位伟大的政务管理者,他真诚地信任人们,直到出现相反的显而易见的证据。他讲述筹款活动的方式和他考虑筹款过程的简单程度会让我感到惊讶。在他为非洲人国民大会筹款的日子里,钱只会从一名官员手中交给一名官员,在这个过程中,他相信所有人。

我认为这一安排听起来很实际,也很有道理。马迪巴会收到这笔钱,交给当时的非洲人国民大会财政部部长汤姆·恩科比(Tom Nkobi),让汤姆把钱存起来。(在我们的筹款活动中,马迪巴拒绝亲自收钱,并坚持将钱存入或直接交给曼德拉基金会或儿童基金会,无论他当时想帮助哪一方。）马迪巴离开社会27年，他对银行或投资知之甚少。我问马迪巴，当他筹款的时候，是否有人记录过这笔钱。我并不怀疑任何人，但令人惊讶的是，马迪巴本人并不知道他真正筹集了多少钱。

毫无疑问，这笔钱到达了最终目的地，但随后他会补充说，汤姆·恩科比后来突然死于不明原因。我不知道这与筹款有什么关系，但这让我感到困惑，我会躺在床上好几个晚上都睡不着，想象到底发生了什么。马迪巴告诉我们，当他试图寻找汤姆突然生病的原因时，他是如何被赶到各处的。当他设法去德班（Durban）看望汤姆时，他并没有单独和汤姆在一起。马迪巴说，有一个"尴尬的家伙"在场，他是照顾汤姆的印度男护士。汤姆住在约翰内斯堡，但当他生病时，他被送到德班，而在约翰内斯堡我们应该有一批世界上最好的医生。

近年来，当南非商人沙比尔·沙伊克（Schabir Shaik）被指控腐败和欺诈时，我只是注意到他的公司名为"恩科比控股"（Nkobi Holdings）的巧合。然而，马迪巴担心时任副总统雅各布·祖马与沙比尔·沙伊克的友谊。我不知道这算不算第六感——沙伊克的部分欺诈指控是，他注销了向祖马提供的超过15万美元的贷款。在南非，如果每年向个人捐款超过1万美元，则捐款的人需要纳税。有人辩称，这些款项支付给雅各布·祖马是为了影响一项有争议的南非军火合同的招标结果，该合同旨在向政府提供世界级的火炮。

沙伊克被判腐败罪，在法庭诉讼中，法官表示"雅各布·祖马和沙比尔·沙伊克之间存在腐败关系"。

马迪巴多次不遗余力地试图与几名非洲人国民大会官员讨论此事。在官员们试图找时间让马迪巴提出此事并要求对此进行调查后，我们四处奔波。没有人回复他，我慢慢地理解了政治的虚伪。他们会坐在他面前，听他说话，有时甚至同意他的意见，但我们一离开，事情就没有下文了。在数以百计的场合，我听到他在人群和演讲中说，人们必须谨防只做符合自己最大利益的事情，要忠于事业和良心。甚至在今天，你越来越多地看到马迪巴所警告过的"虚伪"，就好像他能看到它的到来。党的事业的宗旨：代表人民，但有些人失去了对党的热情。这已经成为南非政治中的一场自私自利、自以为是的战争。在南非，自利是唯一的议程，并已然成为腐败的毒瘤。

作为马迪巴在布隆迪和平进程谈判的一部分，我们首次访问了坦桑尼亚的阿鲁沙（Arusha）。之后我们前往纽约，这也是我第一次到纽约。我们住在华尔道夫阿斯托利亚（Astoria）酒店，我记得房间的大小令我印象深刻。我们是当时美国驻联合国大使理查德·霍尔布鲁克（Richard Holbrooke）的客人，并没有住在酒店的普通客房。我在纽约的经历仅限于在华尔道夫酒店吃了一顿正宗的华尔道夫沙拉和参观联合国。由于我们周围没有礼宾或媒体联络人员，我更加坚定地不离开酒店，以防我不在的时候马迪巴需要我。

马迪巴对与霍尔布鲁克大使会晤十分感兴趣，这既为了帮助我们筹集资金，也为了讨论前一年访问以色列和巴勒斯坦时涉及的问题，并向他介绍布隆迪的情况。在我们访问期间，霍尔布鲁克大使在他的公寓里举行招待会。这是我第一次见到乌皮·戈德堡，马迪巴告诉我，她在监禁期间为反对种族隔离做了很多事。1988年，她在英国温布利体育场举行的被广为宣传的"自由曼德拉音乐会"上发表了强有力的演讲。

我也第一次见到罗伯特·德尼罗，他带着他的妻子格雷丝和他可爱的儿子们去见马迪巴。马迪巴完全放松下来，但其中一个男孩不想和他建立任何联系。多年来，我得出的结论是，由于媒体的曝光，马迪巴几乎变成了一个虚构人物。孩子们不知道如何对他作出反应，他们通常不会像父母期望的那样作出反应。这与孩子们面对圣诞老人或穿着迪士尼角色套装的人时的反应类似。罗伯特把儿子拉到一旁，说："你会后悔一辈子的，现在好好表现。"这个7岁左右的小男孩对这句话的意义几乎一无所知，我和马迪巴都被罗伯特努力让儿子作出反应而感到好笑。小男孩拒绝回应。

访问联合国给人留下了深刻印象，我们会见了时任秘书长科菲·安南，我感受到他们两人之间的尊重。

马迪巴原定在美国有线新闻网接受拉里·金（Larry King）的采访。在我与节目制片人的谈判中，我无数次要求他们为我们提供一系列采访主题，以便马迪巴为采访做准备。他们拒绝了，并表示拉里在采访之前从未提供过此类材料。这不是对马迪巴最好的采访，这其实是拉里的损失。马迪巴表现得惜字如金，他的回答简短而中肯。他回答了问题，但并没有真正融入互动。很明显，制片人更感兴趣的是在拉里的节目里介绍马迪巴，而不是在他节目做好准备的情况下获得内容。当马迪巴与奥普拉一起出现时，这是一种非常不同的体验。她热情友好，支持他的工作，她的团队事先提供话题，结果马迪巴的反应更好。

人们总是问马迪巴非常相似的问题，无论是在采访中还是在活动中与他互动。他们通常会问他几件事中的一件，他的回答会是标准的，有时会根据访问中的情况调整，但通常或多或少都是一样的："你认为一个好领袖的特点是什么？"他会回答："为人民服务。"并对此进行详细阐述。"在监狱里待了这么久，你没有痛苦或遗憾吗？"他会回答："后悔是最无用的情绪，因为你不能改变任何事情。我做出这些选择，是因为当时这些决定让我的灵魂感到慰藉。"然后他们经常问："你想如何被人记住？"他会毫不犹豫地说："让其他人来决定他们想如何记住你。"我觉得这很有趣，他本可以说"一个人道主义者""一个为人民服务的人"或其他什么，但他只是想让其他人来决定，而不是自己垄断历史。

当他在2013年去世时，我发现有不少人有关于马迪巴的故事要讲——其中一些故事令人难以置信，有时甚至有些离谱，这让那些很了解马迪巴的人很难真正相信。然而，在这一点上，我想起了他的愿望，即人们应该自由地按照自己的意愿去记住他。无论他们的回忆是好的还是坏的，甚至是虚构的，前提是这些故事不会背叛他留下的精神遗产。

我们还参观了乔治·索罗斯（George Soros）的庄园，因为马迪巴请求他为基金会捐款。可悲的是，他没有捐款，我们空手而归。后来我听说索罗斯先生对基金会的战略方向并不完全清楚，因此他在财政上是否支持曼德拉基金会时犹豫不决，我认为这是公平的。基金会试图迎合马迪巴不断变化的议程，首先是学校、诊所和他退休后的总统办公室，然后其重点转向艾滋病和教育，后来项目里增加对话平台，这让公众感到困惑。

在这些宫殿、大酒店和我们以前只在电影中见过的房子里，我们经常等着马迪巴。刚开始，你会羡慕别人的成功，但后来你不会再留意这些事情，这些宏伟的建筑失去了魅力。我唯一担心的是，马迪巴去的地方会不会有楼梯，因为他很难爬楼梯，而且永远不要留他一个人独处，以防当他觉得自己受到威胁时找不到我们。我通常让他在会上安顿下来，然后开始看手表。他从不想在任何地方停留超过三四十分钟，而且通常很快切入讨论要点。30分钟后，如果我不在会议室里（我通常会尽量避免在外面等待时做其他事情），我会进去提醒他注意时间。然后，他会开玩笑地告诉主持人，"不，你看，这是我的老板，我必须听她的话，否则我会失去工作"，人们会用奇怪的表情看着我，从"哦，这很有趣"到"哦，是的，白人都是种族隔离政权的支持者，所以我相信他们仍然这样做"，我完全被这种言论搞糊涂了。通常我会对他的评论大笑，试图缓解房间里的紧张气氛，因为不是每个人都能立即理解他的幽默感。所以不管这个笑话是否有趣，我都试图让人们知道这只是一个玩笑。如果我第一次提醒他时间后的20分钟里他还在那里，我会再次提醒他，他一定会站起来宣布他该离开。

他有时也期待"获救"。在一些会议上，他会打电话问我"我们还有多少时间？"这对我来说意味着我应该注意时间，不要让事情拖得太久。因此，时间总是别人和我之间的激烈竞争。不是针对马迪巴，而是针对那些觉得他不尊重他人的局外人或者是那些觉得他可以待更长时间的人。若想取悦这么多人，一天需要36个小时，这根本不可能。然而，他从来不是一个会做任何违背自己意愿的事情的人，他是一位天生的领导者，即使他让其他人觉得他们的意见对他的决策过程至关重要，他也希望继续负责。他过分自律，但同时也有一种非常强烈的意志，有时甚至有点顽固。

2000年4月28日，我们访问了布隆迪（Burundi）的布琼布拉（Bujumbura）。它是非洲最美丽的城市之一，周围有树木和美丽的风景。可悲的是，道路和基础设施已被内战破坏。显然，不仅需要修复基础设施，还需要修复潜在外国投资者的信心。该地区局势紧张，尽管布隆迪人民很开心地接待马迪巴，但我们必须非常小心，不要与参与谈判的任何一方结盟。我们直接进入战区，在那里马迪巴向难民发表讲话，并给他们带去最需要的——希望。

5月3日，我们在伦敦开展为期一天的访问，以便在他的朋友伊丽莎白女王任命马迪巴为女王顾问后，他出现在伦敦的白金汉宫。我们试图说服他不要为了一日游去伦敦，但他坚持要去。他想表达他与女王的友好情谊。我想他是极少数几个直呼她名字的人之一，她似乎被这个名字逗乐，这些互动让我很开心。有一天，当马谢尔夫人提及他不应该直呼女王的名字时，他回答道："但她叫我尼尔森。"有一次当他看到女王时，他说："哦，伊丽莎白，你瘦了!"不是每个人都能这么直白地与英国女王对话。

我们像商人一样旅行，经常去欧洲一日游。然而因为马迪巴年事已高，因此这种行程越来越困难，后勤工作也不像跳上飞机在海外进行一日游那么简单。我们只能待一天，因为我们计划第二天晚上在开普敦大学参加马迪巴的密友曼菲拉·拉普赫勒（Mamphela Ramphele）博士的告别晚宴。她被任命为世界银行行长，即将离开开普敦。她是他出狱后第一位照顾他的医生，她把他介绍给当时南非最好的心脏病专家。

即使如此忙碌，生活也在继续。马迪巴的好朋友和同事伊芙琳·梅尔（Ismail Meer）博士去世了，我们飞往德班，慰问梅尔一家。我注意到他越来越多的朋友相继去世，他也清楚地注意到这一点，这对任何一位老人来说一定是不安的。他认识很多人，我们经常连续不断地在周末参加葬礼。尽管如此，这也是人们对他的期望，他们没有考虑到几乎每周都要参加葬礼对老年人的影响。

2000年5月，我们应南非亿万富翁约翰·鲁伯特（Johann Rupert）的要求前往摩纳哥。约翰提供一架私人飞机将马迪巴送往摩纳哥，在那里他参加了有史以来第一届劳伦斯体育奖（Laureus Sports Awards）颁奖典礼。我们还会见了雷尼尔亲王和年轻的阿尔伯特王子。这是我们第一次见到歌手波诺（Bono），由娜奥米·坎贝尔介绍。我不得不花时间向马迪巴解释波诺是谁，他在种族隔离期间用音乐抵制南非，他是我这一代人的音乐传奇。作为一名大奖赛球迷，我很难过地离开摩纳哥，因为离摩纳哥资格赛只有一天的时间。我们可以听到一级方程式赛车在街上测试，我离开时感到很失望，因为我当时很快就有机会参加一场大奖赛，但我实在无法留下来。

2000年年底，马迪巴应邀访问澳大利亚，参加"是什么造就了冠军？"的会议，他还计划获得悉尼大学和悉尼科技大学的荣誉博士学位。每当我们必须为荣誉博士学位做准备时，需要提前将他的测量数据发送给特定的大学，以准备他的学术长袍，包括他的头部尺寸。每当我要求他量身的时候，他都很宽容，但他渴望尽快完成。在摆弄他的时候，他不是最有耐心的人。他会同意，但敦促我快点。

到现在为止，我已经改变了很多，我在他身边很舒服。他设法消除了我对黑人的所有偏见。我对他有一种深切的关心，就像关心你自己年迈的祖父母一样。每当我一两天没见到他，再次见到他时，我们打招呼，我会亲吻他。后来，即使我连续几天见到他，也变成每天都亲吻他。我改变了许多！每当我们不工作时，我就开始想念他。他走路的时候经常抓住我，上下楼梯的时候经常牵着我的手。我可以毫不在意地抚摸他的头发，每当风或帽子把他的头发弄乱时，我都想把帽子按在他的乱发上。

马迪巴总是很擅长修饰自己，非常小心地确保自己的皮肤得到很好的滋润。我记得在他担任总统期间，我有时不得不挣扎着去买一种当时南非市场上没有的特殊乳液——他在狱中使用的帕尔默身体乳液。我认为这种乳液可能在南非已经停产了，我们不得不请在美国的人批量购买，然后寄到南非给我们。他喜欢的眼药水也是一样的：亮视（Refresh Plus），蓝白相间的盒子。他只是对某些特定的事情一丝不苟。

在澳大利亚，他计划与总理约翰·霍华德（John Howard）以及著名而富有的帕克（Packer）家族会面，讨论捐赠者的互联网门户网站，为纳尔逊·曼德拉儿童基金会和曼德拉基金会筹集资金。他与首相的会面只是一次礼貌的拜访，试图说服帕克一家向他的慈善机构捐款，这是从未实现的目标之一，我也不知道原因所在。

飞往澳大利亚的航行很累，但我们的商务飞机机长为马迪巴提供了机组休息室，让他可以睡一张平板床。我觉得这很好，我们非常感激。

抵达悉尼后，我们安顿下来，在调整时差后，我们带马迪巴去悉尼著名的动物园，我们被允许喂食长颈鹿，抱袋鼠宝宝和考拉，看投喂野狗。我相信如果没有纳尔逊·曼德拉的陪伴，我们不会享有这些特权。我们乘船游览歌剧院，然后去霍华德总理的住所吃午饭。我喜欢他，他真的是一个善良的人，没有任何伪装。他们就原住民问题展开辩论，马迪巴感到了压力，被要求公开反对政府对原住民的差别待遇。马迪巴坚持他经常说的话——他会倾听人民的不满，但不会干涉一个国家的内政。尽管他承认并尊重他们，但他拒绝卷入任何争议中。那是悉尼奥运会前不久，我们在奥运村拜访南非队，马迪巴在那里向他们致辞并祝他们一切顺利。

我们从悉尼前往堪培拉，在那里我们受到相当于国家元首的待遇。我们住在漂亮的招待所，在餐厅吃早餐时，可以透过窗户看到袋鼠。在这些场合，当我们一起吃饭时，马迪巴会回溯他关于某个特定主题的所有知识。关于袋鼠，他给我上了一课，他讲了很多知识，直到我问了一个他不知道答案的问题。这通常是特殊谈话的结束，他不喜欢我问太难的问题。

我们还访问了墨尔本，我清楚地意识到，除非跟着一个普通人搬家，体验另一个环境，否则很难理解为什么这么多南非人搬到澳大利亚开始新生活。住在政府招待所并由他们招待，永远不会给你在另一个国家的真实生活感。

回到国内，压力在增加。对马迪巴的需求比以往任何时候都大。他正在成为每个人的救世主。任何人都有问题要解决，每当人们得不到政府满意的答复时，他们就会求助于他，他被视为可以干预任何事情并解决任何问题的人。人们把他提升到圣人般的地位，他会提醒他们："圣人是不断改错的罪人。"我喜欢这句话。

当人们没有获得政府的解决方案时，他们常常纯粹出于沮丧而写信给他。我们绝不能干涉政府领域的事务。我们没有义务，也没有时间。然而，人们必须明白，当一个人求助于纳尔逊·曼德拉时，这几乎是最后一次尝试。即使是从监狱给他写信的人，也必须得到应有的尊重。

作为一个公众人物，马迪巴收到大量的信件，他们需要学校、诊所、医疗、经济援助、奖学金和各种可以想象的帮助。有时候，事情很简单："亲爱的曼德拉先生，你能给我买辆自行车吗？"根据写信人的说法，马迪巴是他们唯一的希望，无论是贫穷、教育、社会问题还是其他争端，他仍然是他们的总统，也是世界的总统。

我们如何达成一致最终取决于马迪巴实质上想做的事情。然而，他从来没能亲自拒绝邀请，因为他从不想让人失望，如果有人必须决绝拒绝，那么这个人就是我。我经常依赖格威尔教授给我们提供的指导和意见，但事情基本上由马迪巴自己决定。但马迪巴经常会相信陌生人，有人在会上见到他、和他沟通，就说服他开启另一次旅行。这其实是荒谬的，我们都筋疲力尽了。像马迪巴这样年纪的人，没有一个人像他一样，遵循着如此繁重的行程安排。然而，他从不抱怨累，总是寻找另一次行程或做更多事情的机会。

除了布隆迪和平进程、学校和诊所项目，马迪巴还受到来自农村地区的领导人的依赖。有一天，他接到庞多族长、国王桑迪祖鲁·西格考（Thandizulu Sigcau）的电话。这通电话简短而中肯："我想请您为我的女儿安排两个奖学金，让她们去美国学习。"在那次谈话中没有其他的话，而马迪巴已经知道该怎么办。因此，他通过可口可乐公司安排了这两项奖学金。他和庞多国王的关系很奇怪，我很难理解。每当我们在圣诞节前往库努时，国王桑迪祖鲁都会带着一只羊出现，并把羊作为圣诞礼物送给马迪巴。这对马迪巴来说意义重大。

国王的女儿们在美国顺利完成了学业，她们已经成为榜样，让我们感到骄傲。可悲的是，国王于2013年去世，当时马迪巴正在住院治疗，我们无法及时与他们联系以表达我们的哀思。目前，我仍然与他们保持联系。

2000年，我满30岁，我觉得我的青春似乎结束了。一个人在那个年纪可能会很傻。马迪巴有时会和我开玩笑，他会微笑着反复问我的年龄，我每次都会说30！！他会笑着说："哦，不，你还很年轻。"他会假装忘记，只是为了继续取笑我。我觉得自己不年轻了，所以每次他问我的年纪，我都会很难过。他知道这一点，但他喜欢和我开玩笑，尽管他没有任何不良的意图。他还会问："你有过几个男朋友？""是否给所有的男朋友都打过电话？"我会顺其自然地说，我找不到其中一两个，但和其他人都有联系。我的回答会令我们双方开怀大笑。他对所有女性员工都有一套标准问题，他有他的幽默方式。

即使在今天，在我四十多岁的时候，由于这些年的紧张状态和压力，我在感情上仍然不成熟。对我来说，当时的我太年轻不足以承受我所能承受的压力。在我开始为马迪巴工作后，我一直在工作。除了我的同事之外，我从未接触过年轻人，我也从未在同一个地方待过足够长的时间，甚至无法和同龄异性维持稳定的柏拉图式友谊。因此，我仍然缺乏处理情感的能力，但我越来越理解政治，了解世界如何运作，善于照顾马迪巴。妥善安排世界上最著名人物的后勤与行程，这是我当时唯一关心的问题。尽管如此，我永远不会用为纳尔逊·曼德拉工作的机会换取任何特殊优待。

我们再次接到南非前总统 P. W. 博塔的电话。他似乎坚持要纳尔逊·曼德拉亲自为他与南非的恩恩怨怨负责。许多没有接受新南非的人都这样做，无论什么时候出问题，都会推到马迪巴身上。有人在事情不顺心的时候总想找一个替罪羊，说"我早就告诉过你了"。对于已经放弃权力的白人来说，他们总是会对黑人政府过于挑剔，当事情不再让他们满意时，他们会指责黑人效率低下，无法像他们那样高效管理国家。有些人喜欢抱怨，而真正关心政务和无能、仅仅为了抱怨而抱怨是有区别的，种族问题总是使事情复杂化。

　　又一次，我接到博塔先生打过来的电话，被告知他想与马迪巴通话。我从来都不是博塔先生的支持者，因为他没有以我喜欢的方式恭敬地称呼马迪巴，所以他打电话时我总是袖手旁观。每当有人把马迪巴称为"曼德拉"或"纳尔逊"时，我都会头皮发麻。然而，马迪巴对博塔先生总是过于友好和礼貌。我想起马迪巴的一句广为人知的话：改变别人比改变自己更容易。我必须改变我对博塔先生的看法。

　　他们简短地交谈了一下，之后马迪巴让我去找警察部长。他告诉我，博塔先生抱怨马迪巴和前总统德克勒克接受了一支完整的安保人员队伍，但他们都是前总统。在我看来，年龄越大，在公共场合活动的次数越少，威胁就越小，所需要的安保人员就越少。所以，我也不明白这为什么是马迪巴的问题。尽管如此，我还是照办了。

　　我打电话给那个部长，告知他马迪巴要求他调查此事。马迪巴还答应博塔先生，我会在几天后回电，并给博塔先生一份进度报告。两天后，博塔先生再次打来电话："我什么时候能收到来自曼德拉的报告？"

　　我在回应中故意过度强调称谓，说："博塔先生，曼德拉先生已经与那位部长谈过，我们正在等待反馈。我相信，曼德拉先生会在我们收到部长的回复后尽快给你答复。"他坚持要我提醒马迪巴与"他们"交谈，暗示是指政府。在南非白人中，谈论"他们"和"我们"是司空见惯的事，"我们"指的是南非白人，"他们"指黑人。我对某些事情越宽容，我就越不能容忍使用那些表现出对我的人民缺乏尊重的语言。

在旧南非，人们用"k-word"（kaffir）来指代黑人。这是一个贬义词，现在在我们的新宪法中被认为是仇恨言论。奇怪的是，在我的周围环境中，每当我在他们面前时，有时会使用"k-word"的朋友都会停止这样做，或者在我身边时都会回避使用这个词。如果他们真的使用它，我会谴责他们，并可能避免再次见到他们。这是我无法忍受的。不仅是这个词的使用，还有人们对黑人的总结和判断，这些概括毫无根据，我经常与其他白人就尊重问题展开激烈辩论。每当黑人在社交媒体上对白人使用贬义词时，我也会向他们指出这一点，但这很容易失控，因为我是白人，会因为试图斥责黑人而引起愤怒，这会曲解最初的争论原因。

我告诉博塔先生，马迪巴已经和部长谈过了，但博塔先生以"告诉他我在等"结束和我的通话。放下电话，我想：我不这么认为。我真的没有必要向马迪巴报告这件事并激怒他。我知道他正在等待部长的反馈，部长将对此采取行动。两天后，博塔先生打来电话，提出同样的问题和命令。这一次我告诉了马迪巴，问他能否与博塔先生通话让他冷静下来，也许他会停止给我打电话。马迪巴说不。我不敢相信他的回答。起初我以为他在和我开玩笑，并不是他不愿意帮助博塔先生或我，而是他不想再和他说话。事情结束了。我知道，当马迪巴对某件事或某个人有这样的感觉时，试图说服他是没有用的。他不经常这样回应，所以当他这样做的时候，你就知道事情已经结束了。我不知道这件事是否解决了，但我们没有再收到博塔先生的消息。我把这件事抛在一边，不在乎他有多少安保人员，就好像他打算对马迪巴说："围绕着你被释放和非洲人国民大会被解除禁令，我开始谈判，现在我甚至没有足够的安保人员。"博塔先生想让马迪巴也承担责任。

我们越来越多地致力于在世界各地的和平使命。2001年3月，我们前往首尔，与韩国总理就连接朝鲜和韩国的和平公园的倡议进行会谈。和平公园基金会协商并建立跨越国界的保护区，创建一个恢复生态社区的区域。马迪巴是和平公园基金会的赞助人，该基金会由荷兰伯恩哈德（Bernhard）王子和安东·鲁伯特（Anton Rupert）博士领导。伯恩哈德王子和鲁伯特博士是世交，他们一起成立世界自然保护基金会，并取得巨大成功，随后成立了和平公园基金会。在我们访问韩国时，金大中总统接受了这一建议，但明确表示他不相信朝鲜方会参加会议。我们要求会见朝鲜国防委员会委员长，这是金正日当时掌权的最高权力机构的负责人，但我们没有得到回应。

公众可能会认为马迪巴在世界任何地方都受到欢迎。不，朝鲜就是这样一个地方——对我们完全不感兴趣。我们试图避免我们觉得有可能失败的情况，但由于伯恩哈德王子和鲁伯特博士介入这起特殊的案件，马迪巴想至少尝试一下调停。我们在韩国待了几天，当我们发现朝鲜人无视我们时，我们干脆打道回府。远离南非的乱局，不介入公共事务，让我们获得了一种奇怪的疏离感。在这次特殊的访问过程中，当按摩师到马迪巴的房间对他进行治疗时，我再次被要求陪同。像往常一样，我试图把这项任务交给其中一名安保人员，直到我注意到按摩师是盲人。尽管我用南非荷兰语告诉马迪巴她是盲人，但他在接受按摩治疗的过程中始终保持警惕，完全没有放松。我担心马迪巴会突然叫停按摩师，不禁放声大笑。结果我猜错了，她非常专业。有种说法，如果人生来就缺失一种感官，那么其他一些感官可能会过度发达。很明显，她是一名拥有"治愈之手"的优秀按摩师。

马迪巴有一个奇怪的习惯，无论我们在世界哪个地方旅行，他都会按照南非时间作息。因此我们经常在特殊的时间醒来，如此，马迪巴才不会因时差而过度调整自己的生物钟，也就不需要返程后倒时差。同时，无论我们在世界上的任何地方、任何时区，我们都必须在早上和晚上给马谢尔夫人打电话。我记得在首尔时，我们没能立即联系马谢尔夫人，马迪巴就坚持不睡，直到我们联系到她。这是他作为丈夫的坚持，他必须在早上吃早餐前和晚上睡觉前打电话给她。"'妈妈'，你今天过得怎么样？"他会问。之后我会离开房间，留给他几分钟的独处时间，然后再继续我们的工作。这也让我有机会分享当天发生的事情给"妈妈"。

随后马迪巴受邀，计划前往巴登巴登（Baden-Baden）接受德国媒体奖，此次行程由梅赛德斯-奔驰公司资助飞往德国。这时我已聘用助理玛丽安·穆齐瓦（Marianne Mudziwa），马雷塔也填补了必要的空缺，助手们极大地减轻了我的行政压力。我仍然指导办公室的工作人员如何回复给马迪巴的来信。由于办公室不设置礼宾部或媒体关系部门，所有马迪巴的私人联络都交由我负责，包括回复媒体的咨询。马迪巴和格威尔教授是我的导师。当马迪巴没来办公室时，我有时可能会在一天内打20次电话询问他对事情的建议，他会耐心地回答我，告诉我怎么做、怎么回应；如果他不能给我答案，他会告诉我如何找到答案，然后我总是咨询格威尔教授。

马迪巴会向我解释他的策略，他的独特方法，或者实现他的目标的细节。我被要求执行他的任何决定。他说，我听，我总是做笔记，记下关键词。我经常在他指示我之后再向他重复我的理解。如果有必要或他怀疑我误解了他的意思，他会纠正我或更详细地复述一次。"语义学"后来成为我的一种爱好，对于一个母语非英语的人来说，流利地说英语并不容易，我意识到我必须非常小心我想要表达的是什么、怎么表达。有时候我说得对，有的时候我也会犯错，但马迪巴很有耐心，他从不直接指出我的错误，他会用一种特殊的表达指出我的错误。"不，你看……"然后他开始解释。大多数时候我都能理解他的解释，我不能给他制造麻烦。

2001年3月，巴登-巴登之行即将到来，由于行程安排得满满当当，我必须集中精力开始计划将要到来的行程，确保旅行、住宿、飞机、火车和汽车的安排能满足纳尔逊·曼德拉的需求，让他感到舒适。我的压力越来越大，在出发前的两个晚上，我通宵达旦地为访问做准备工作，并试图避免出现因为我离开办公室而导致信件积压的情况。

从南非飞往欧洲的航班一般在傍晚起飞，星期四晚上，我们启程前往德国。如果马迪巴旁边的座位必须要坐人，或者马谢尔夫人没有陪同我们，我通常会坐在他旁边。这次汉莎航空的航班已经满员了，因此我的座位就在他旁边。上飞机后，我通常会让他安顿下来，照顾好他的饮食，然后在头等舱里尽可能为他准备好床铺。通常航空公司都很乐意为他定制食物，并确保有足够的枕头和毯子能让他感到舒适。在安顿好他后，我系好座位上的安全带，很快便入睡，直至第二天早上飞机降落时才醒来。我睡了一整晚，没有理会马迪巴，甚至没有刷牙或洗脸，这种情况前所未有。

我对自己很生气，询问安保人员马迪巴的情况。实际上，机组人员和安保人员一起照顾着马迪巴，他在航程中一切安好，但这次的疏忽对于我来说是不可原谅的，我没有做好我的工作。那一段时间我都感到很内疚。

我注意到当我醒来时自己被毯子盖住，而且头颈后还有一个枕头。当我问安保人员谁帮我盖的毯子，他们说是马迪巴。他实在是太宽厚了。本来应该是我来照顾他，但他却在照顾我。马迪巴担心我睡眠不足，他会经常向格威尔教授抱怨我工作太辛苦，但这并没有让马迪巴减少找我的频率。

我记得有一次在英国航空公司的夜班航班上，我被周围的嘈杂声吵醒。马迪巴在安保人员的照顾和保护下去了洗手间，我躺在那里等他回到座位上，看他有什么需要。当他返回座位经过我时，他停下来用毯子盖住我的脚。这些细节触动了我内心深处，我不记得小时候父母给我盖被子的场景，却记得在20世纪80年代末我们恐惧的那个人担心我的健康，用毯子盖住我的脚。有时我感到疲惫，便会默默地哭泣，这个男人对我的关爱让我感动。我感觉没有人像马迪巴那样爱我，他像关心自己一样关心我。我的过往经历让我无法接受这样的关心和爱。

我们从来没有真正的休息时间，每天都在一起度过几个小时。当没有马谢尔夫人或马迪巴的女儿陪同旅行时（因为他不想独自用餐），我经常不得不和他坐在一起。我想给他空间，但他会坚持让我来。

我喜欢在旅行时和他坐在一起吃饭，听他讲故事，也听他谈论对很多事情的看法。他仍然坚称"我们的人民"面临的最大挑战是教育，我完全能理解他信念背后的理由是完全合理的。我理解这届政府所面临的所有挑战：没有执政经验，必须应对金融系统改革和偿还过去因维持种族隔离制度所产生的大量财政亏空。很少有人意识到，种族隔离政权是从国家养老基金借钱来支持种族隔离，而现在新政府掌权，没人知道重建这些养老基金的钱从哪里来。非洲人国民大会上台前并不知道这些情况，但现在他们不仅要兑现对人民的承诺，还要找到资金以补充养老基金。

马迪巴的这些解释对我非常有价值，用我能理解的术语言简意赅地切中要害。他的言论改变了我的思维方式，很快我就学会了在与朋友的辩论中为非洲人国民大会辩护。我开始疏远那些比较保守的南非白人朋友，因为他们中很少有人理解新的政治理念。

马迪巴是每个人的英雄。黑人歌颂他为他们带来了自由；白人为他欢呼，只是因为他在1995年的橄榄球世界杯决赛中穿了一件跳羚队球衣。他实现了团结全国的目标，但这并没有给最贫穷的人带来救济。尽管他被大多数白人所接受，但正如他所描述的那样——仍存在"种族主义的温床"。可悲的是，南非政府仍在辜负年轻人。例如，2012年，北部贫困的林波波省（Limpopo）有一些学校在整个学年内都没有收到政府为其学生提供的教科书，尽管由于一个非政府组织采取的行动，法院下令要求行政部门履行责任——他们只是在仓库里找到了要送到学校的书。正是在这些旅行和交谈中，我对政治、政治机制以及非洲人国民大会的运作方式有了更多了解。

我们从巴登巴登前往印度，马迪巴在那里获得甘地和平奖。我们还访问了印度喀拉拉邦（Kerala）。我们搭乘直升机从德里到喀拉拉邦，虽然这让我们得以欣赏印度风景如画的景色，但我并不完全确信我们乘坐的巨大直升机是安全的。（每当我缺失安全感，我都会在脑海中编造悲剧的故事。虽然这很愚蠢，但当你经历这么多外国旅行，且时常面临危险时，你会难以自控地想这些事情。而你永远不能告诉接待人员你感到不安。）这架直升机显然很旧，比我们以前乘坐过的一些固定翼飞机还要大。与此同时，我知道印度政府不会在他们的国家让马迪巴有生命危险，这让我感到安心。

印度人民热情好客，他们崇拜马迪巴。我和马迪巴都很喜欢吃印度香饭（Biryani）——一道由大米、香料、肉、鸡肉或鱼制成的印度菜。马迪巴在入狱前就很喜欢它，和他的印度朋友一起享受这道美食。这是他在被监禁期间非常想念的美食之一，在监狱里，他吃不到自己喜欢的美食。在印度，我们期待着吃印度餐，并抓住一切机会吃印度香饭或咖喱饺（Samosas）。直到他建议我试试，我才知道印度香饭是什么，而在那之后，我完全理解了他对它的喜爱。

2001年4月我们访问爱尔兰时，马迪巴应邀为托尼和克里斯·奥莱利主办的独立报业集团（the Independent Newspaper group）的一个活动发表演讲，其间，有消息称南非板球队队长汉西·克朗吉（Hansie Cronje）卷入假球事件。奥莱利博士当时是独立报业集团的主席，也是一位伟大的体育人，他与我们讨论了这件事。马迪巴和我都坚信这些指控没有真实性，但奥莱利博士对汉西有所怀疑。我们打电话给汉西，要他坚强。汉西·克朗吉当时是南非每个人心中的英雄。当他承认操纵比赛时，他无地自容。

第二年，2002年6月1日，我和马迪巴在香巴拉（Shambala），那是商人杜夫·斯泰恩在北部的一个驯化农场建造的房子，马迪巴打算在那里写他的回忆录。凌晨我接到媒体的电话，请我评论汉西在飞机失事中丧生的传闻。我当时十分震惊。前一周，汉西在电话上给我留言，祝我生日快乐。我当时想给他打电话，告诉他现在距离我的生日还有几个月，我的生日在10月底，现在是5月，但我当时没有机会给他回电话。我们是朋友，我不敢相信我听到的。

几个小时后，汉西丧生的消息确认。当我把消息告诉马迪巴时，我难掩悲痛。汉西是一个善良、温柔的人，诚然他犯过错误，但谁不会犯错？马迪巴几个月前最后一次见到汉西，当时汉西承认打假球并被终身禁赛，他伤心欲绝。之后我们去了毗邻庄园的范考特（Fancourt）度假酒店休息了几天，马迪巴让汉西去看望他，因为汉西在庄园里也有房子。马迪巴对他说："孩子，你犯了一个大错。现在你必须勇敢面对后果，但这并不意味着我们不会原谅你。你已经承认你的错误，现在要继续前行。"汉西刚刚重新"站起来"，就在那个寒冷的冬日之晨去世了。

我还被教导说，无论一个人犯了什么错误，如果你不愿意原谅，你自己就不能指望得到原谅。这让我想起马迪巴在监狱里写的一篇文章，后来发表在《与自己的对话》一书中，他写道："不要逃避你的问题，面对它们！因为如果你不面对问题，它们会一直陪着你。"

这是一个极其悲伤的冬日，因为我接到父亲来电，告诉我他一直很喜欢的侄子埃蒂安（Ettienne）在开普敦发生了摩托车事故。他快速骑着摩托车去归还孩子们租的DVD时，撞上了迎面而来的汽车。一周后，埃蒂安在医院去世。那是一段悲伤的时光，我不明白为什么两个如此年轻的生命会如此悲惨地结束了。我当时非常情绪化，那天晚上在那栋大房子里我感到极其孤独。马迪巴从来不是一个过度情绪化的人，因此我很难在他面前表达我的悲伤。他会保持沉默，这是他处理事情的方式。我想发泄我的情绪，但有时我觉得这样做是不对的。我感到很孤独。

回到南非，日常生活包括与家人和商务人士在一起的时间。马迪巴总是有筹款的理由，如果不是为一位年轻的艾滋病患者，那就是为一名在校表现很好但很难找到奖学金的年轻人，甚至包括为遭受严重洪灾的地区提供救济。马迪巴还坚持与普通人保持联系，因此他经常去一家在约翰内斯堡拥有并经营一家大型干洗店的家庭吃午饭，他们一直为他提供干洗服务，多年来尽管他始终坚持付钱，但他还是觉得有必要经常和他们一起吃饭。

在我看来，关心所有人，包括不是他圈子里的人，是马迪巴最大的美德。他承认并真正尊重小人物，没有人被当作仆人对待。

他也希望保持老同事和同龄人的圈子。他会要求与他那一代的音乐家和明星共进午餐，如肯·甘普（Ken Gampu）、米里亚姆·马克巴（Miriam Makeba）、休·马塞凯拉（Hugh Masekela）、多萝西·马苏卡（Dorothy Masuka）和多莉·拉特比（Dolly Rathebe）。午餐结束后，他决定为那些经济困难的歌女筹集汽车。这些妇女在斗争年代都用她们的音乐传达过政治信息，马迪巴觉得他欠她们一个表示感激的方式。他觉得自己对身边的每一个人都有责任——他的家人、同事、员工，包括在他被监禁期间支持反种族隔离运动的人。他在监禁期间被他们的艺术所激励，并对他们心存感激。然后，我们便会给南非主要的汽车公司打电话，说服他们向这些奋斗英雄捐赠汽车。

一天，一个8岁左右的小男孩以相当正式的语气写信给马迪巴，要求会面。他说与马迪巴会面的"唯一原因是讨论与南非有关的问题"。这封信很正式，这让我们很开心，因为他还说他的父母认为他没有机会见到纳尔逊·曼德拉。我把信给马迪巴看后，我们同意给他会面的机会。他拜访了马迪巴，在与马迪巴的互动中，他和信中一样正式："不，先生，我没有特别的理由请求占用您的时间，我只是想和您见面。"这个孩子的坦诚让马迪巴感到欣慰，也让我们感到非常高兴。马迪巴很高兴能有机会与普通人接触，他们没有任何动机，只是因为他们对他感兴趣并想见到他。

马迪巴同样需要照顾孙子孙女。每当我们出国旅行时，男孩们（他大儿子的三个孩子），恩达巴、姆布索和安迪尔，都会给我一张购物清单，上面列着他们希望祖父像所有家长一样出国时给他们带礼物。然后，他有时会派我到陌生的街道上，试图让我找到我以前闻所未闻的东西。我没有孩子，很难区分动画角色，更不用说电脑游戏了。当索尼推出最新款PS游戏机时，我们不得不打电话给日本大使，请他将游戏机运到南非，因为孩子们根本等不及它在那里发布。纳尔逊·曼德拉的孙子们拥有为数不多的特殊优待之一是——他们永远是第一个拥有最新游戏和小玩意的人，比他们的许多同龄人都要早。

在开普敦的一次访问中，马迪巴在一个个柱子前摆好姿势，试图满足他们的要求。在录制一次电视采访后，他感到头晕，差点晕倒。由于他平常都很健康，每当他感觉不好时都会引起很大的关注。尽管如此，他还是继续上节目，直到第二天，在参观克林卡鲁（Klein Karoo）的一个必须建造学校的地区后，他才同意在返回开普敦时去看医生。他很固执，坚持要先去学校，而不是取消计划先去看医生。医生为他检查心脏，没有发现任何异常，就是疲劳过度。

马迪巴原定当晚启程前往伦敦，我们反对并恳求他不要去，但他坚持。他说他很好，他不想因为取消访问而让任何人担心。我们启程前往伦敦，随后访问摩洛哥（在那里我们见到了国王，并请求他为基金会捐款），然后访问沙迦，沙迦是阿拉伯联合酋长国的成员国，也是阿联酋的文化之都。在那里我们联系上之前访问迪拜时打过交道的外交官（当时我们未能获得掌权者承诺的捐赠）。在飞机降落之前，我确保大使馆收到了我们的信息——我们不需要任何外交支持，访问期间也不需要外交官陪同。然而，当飞机降落时，上次的陪同人员已经在地面等候。

马迪巴对这位陪同人员非常不满，出于某种原因，他把这事交由我处理，当时我能看懂他的表情，这位陪同人员直率而不友好。我们到达酒店时，外交官坐在马迪巴的休息室里。我进去告诉马迪巴，现在他应该休息了。然后，我告诉这位外交官，他可以自行离开，外交官回答他要待一会再走。他还要求了解我们接下来几天的日程。我很生气，当着马迪巴的面告诉外交官，虽然我们理解他肩负重任，但如果我们需要任何帮助，我们会给他打电话。马迪巴一时瞪大了眼睛，几年后他仍然拿这件事取笑我，并警告人们说，如果他们不听我的话，我会处理他们。我真的没有那么严厉，但马迪巴很喜欢我有勇气直截了当地对待这样的人，这样他就不需要出面了。

5月，马迪巴在马谢尔夫人的陪同下拜访泌尿科医生古斯·格塞尔特（Gus Gecelter）。第二天，他被带到约翰内斯堡的柏丽（Parklane）诊所，在那里作了检查，但他没有告诉我们结果，我也不想干涉或过问他的私事。我知道如果可以说，他显然会告诉我们。

2001年6月，南非可口可乐公司负责人邀请马迪巴在该公司穿越地中海的游轮上向非洲可口可乐集团发表讲话。此时，该公司已经在南非农村地区建立了一所学校，并在他要求时帮助其他项目捐款。马迪巴觉得有必要表示感谢。我显然不会抱怨五天的豪华游艇之旅，这也意味着我们将远离约翰内斯堡无休止的电话和传真，至少我们会有五个晚上睡在一艘没有人能找到我们的船上。

我把一些客人的名字念给马迪巴听，当他听到有世界著名拳击手舒格·雷·伦纳德（Sugar Ray Leonard）时，顿时变得兴奋起来。他年轻时经常打拳击，现在仍然喜欢这项运动，也经常引用穆罕默德·阿里（Muhammad Ali）或桑尼·利斯顿（Sonny Liston）的话。他最喜欢的阿里语录是"像蝴蝶一样移动，像蜜蜂一样攻击"。我问他是什么意思，马迪巴会详细地解释在拳击场上轻盈的步伐是多么重要，阿里的攻击像蜜蜂一样轻盈。"很痛。"他会一边说一边做出痛苦的表情，让我明白如果阿里打到谁，那个人一定感到很痛。他喜欢谈论所有的拳击手，其中一些人的名字我甚至闻所未闻。

游轮之旅真是太幸福了，我们享受了高水准的服务。船长告诉我："多喝香槟，如果可以的话，你尽管泡在里面，因为你再也找不到哪艘游轮上能有这么多香槟。"但我们真的不能喝太多，因为我们必须每天24小时"守候"马迪巴。马迪巴预计将在船上参加两个活动，并在其中一个活动上发表演讲，鼓励员工的忠诚和奉献精神，祝贺可口可乐公司在非洲取得的成就，同时他鼓励他们继续他们的慈善项目，以帮助弱势群体作为他们的首要目标。

那晚，随行医生查尔斯和我决定参加庆祝活动。当马迪巴睡觉时，我们偷偷溜出去参加甲板上的聚会。这次旅行与我们之前的任何旅行都不同。我们不能走很远，因为我们被困在船上，安保人员随时都知道在哪里可以找到我们，所以我们可以在船上自由活动。这一天早上，我们跳完最后一支舞，回到各自的客房，准备和马迪巴一起吃早餐。查尔斯没有义务在早餐期间陪同马迪巴，但我有这个责任。我几乎睁不开眼睛，一整天都很痛苦。我们正在巡航，我把马迪巴带到外面欣赏美景。当他看报纸时，会时不时地凝视着大海，望向海天之间。我坐在他旁边不时地打盹。在船上待了五天后，马迪巴逐渐变得不安起来，我们都开始患上"船舱热"，是时候重返快节奏的生活了。

　　我们原计划返回南非途经巴塞罗那停留，以支持纳尔逊·曼德拉儿童基金会的一项名为"复古摇滚"（Frock and Roll）的倡议。这是一场由娜奥米·坎贝尔和波诺组织的音乐会兼时装秀，U2乐队的其他成员也在场，他们一起表演热门歌曲时，马迪巴决定入场。我对纳尔逊·曼德拉是我们国家的一员感到如此自豪。当波诺上台时，观众们完全疯狂了，我们可以从舞台侧面感受到他们的热情，直到马迪巴被宣告入场。当他出现时，人群中立刻再次爆发出喜悦的欢呼。没有人提前预告他的出席，他的出现让公众大吃一惊。波诺试图向观众介绍马迪巴，但观众欢呼声太大，几分钟后，声音小了，他才能介绍马迪巴。登机准备返回南非时，马迪巴在飞机上坐了下来，盯着波诺看了一会儿。然后，他俯身对我说："泽尔迪娜，我感觉这个波诺小伙子很受欢迎。"我忍不住大笑起来，并告诉马迪巴，波诺是世界级音乐英雄之一，拥有全世界最大的粉丝群体。马迪巴似乎对这个"波诺小伙子"很感兴趣，一个音乐人在年轻人中如此受欢迎，这让他印象深刻。这是他第一次目睹波诺的粉丝群体。

与世界领导人合作

　　尽管马迪巴看起来健康强壮，但实际上并非如此。2001年7月，他被诊断出患有前列腺癌。一天我在家吃过午饭后，他把我叫到他家，我能听出他的语气很严肃，我几乎忘了几周前的体检。我跑过去，发现他像往常一样坐在舒适的椅子上看报纸，脸上带着问候式的微笑。他说："泽尔迪娜，坐下。"我照做，然后他说："你知道我们过去几周一直在做检查。我不想让你惊慌，但我们现在得了前列腺癌。"他的沟通方式让我哭笑不得。时至今日他已经非常了解我，知道我永远不会说任何不尊重他的话，但他也懂得我的幽默感。我回答说："库鲁，哦，不。听到这个消息我真的很难过，但我相信你会得到最好的治疗……"他微笑着表示赞赏，然后我说："但我不得不告诉你，'我们'不能患前列腺癌。"他笑了，然后大致说明了后续治疗方法。他在公开病情之前和我分享了他的病情，这个举动真是太体贴了，这也真切地让我明白他知道我有多么关心他。

　　他永远不会用单数或第一人称说话，他永远不会说"我"。这是他谦逊的一种表现，包括他对周围的所有人。这也是非洲人国民大会集体精神的一部分，这一精神在被监禁期间深深地烙印在他身上。他下定决心将癌症当作一个很快就能克服的小小绊脚石，并指示我召开新闻发布会，他的医生迈克·普利特（Mike Plit）博士将解释他的病情和后续治疗方案。他总是坚持对自己的健康或任何医疗状况保持开放的态度。第二天，他开始每天接受放射治疗，治疗需持续六周。到了第二、第三周，他开始衰弱，我非常担心他。我不再陪同他和马谢尔夫人一起去肿瘤中心，我实在做不到。马谢尔夫人在这个过程中始终陪伴在马迪巴身边，他们以约翰内斯堡为据点，放慢节奏，给马迪巴时间从治疗中恢复过来。他一切尚好，但每天都必须接受治疗，并承受着很大的压力。

人们每天祈祷并送上祝福。我们满怀祝福，但这也带来了问题。2001年7月24日，约翰内斯堡日报《星报》（The Star）标题写道："曼德拉罹患癌症。早期前列腺恶性肿瘤不会缩短寿命。"但事实并非如此。时至今日，我确信"蝴蝶效应"与他的康复有很大关系。当然，除了上帝的恩典之外，所有的祈祷和美好的祝愿、公众对他的思念和倾注的爱，都治愈了他。虽然在六周的放射治疗期间我们没有出国访问，但他坚持照常安排日程。他上午有公事，下午早些时候才去诊所。大约四周后，我们不得不减轻他的工作负担，因为无论他多么想继续推进工作，他已经疲惫不堪。他在工作中无法专注，他的工作其实是为了确保他在接受治疗时不会感到孤独。

治疗结束后，马迪巴和马谢尔夫人需要休假。问题是我们要带他去哪里？感觉不仅南非甚至世界上没有任何地方可以让他们在那里享有和平与宁静。但我们找到了解决方案，一年前意大利通讯网（Elitalia）邀请马迪巴和马谢尔夫人访问罗马并在威尼斯度假，我们决定接受邀请。他们邀请马迪巴和马谢尔夫人没有什么目的，只是希望他们能享受意大利之旅。旅途很完美，马迪巴参观了竞技场，意大利方设法关闭整个场地来为他安排私人参观。我对此很感激，因为那时我意识到他只是另一种生活的囚徒，他不能做我们认为理所当然的事，因为他在公众面前引起了太多关注。从逻辑上讲，没有人不想要靠近他，和他合影、触碰他、试图和他说话，因此他不可能在没有人跟随的情况下四处走动。虽然他并不介意吸引人群，但有的时候事情会比较出格。

168

日常生活对马迪巴来说很遥远，他也很少能享受到这种快乐。多年来，他几乎被自己的抱负和为他人创造更好生活的信念所束缚，我想知道他会在什么时候停下脚步，为自己做些什么。他的一生的确是在服务，他总是尽他所能服务于他人。当马谢尔夫人和他在一起时，他总是很高兴，有时对他来说这已足够。她说服他尝尝当地的美食，做一些普通游客会做的事情，比如乘船游览威尼斯。他尽力表现得像一个游客的样子真是太难得了。我们的接待方很亲切，非常尊重马迪巴的隐私。

不久之后，我们访问洛杉矶，马迪巴曾希望在那里为基金会筹集一些资金。事实证明，好莱坞当时不是很慷慨，或者是没有为我们的访问做好准备。我们得到的唯一支持来自那些公开反对种族隔离的人。再一次，我没有离开酒店，我错过了真正的洛杉矶之旅——因为担心马迪巴可能需要我，好在我们的酒店房间很漂亮。可悲的是，一些向马迪巴承诺捐赠的人从未兑现承诺。

2001年9月11日，我在开普敦参加一个课程，流程比预期的时间要长。当我回到父母家时，父亲告诉我有两架飞机撞入纽约世贸中心。我看了美国有线新闻网的报道后，立即给马迪巴打电话，因为除非他在车里否则他不习惯白天看新闻，当时他已经不再在午餐时间收听新闻广播。他很震惊，我趁机问他的看法，因为我知道媒体会呼吁他发表评论。（每当世界上发生重大事件的时候，媒体都会立即给我们打电话，希望马迪巴对某件事发表评论、建议或意见。）我很快接到媒体的电话，我向他们转述马迪巴的话，"向美国人民表示哀悼"。我们通过工作人员得知，此举激怒了姆贝基总统，他觉得马迪巴发声的速度太快，认为马迪巴应该等到总统发表声明后再对外发言。

虽然我理解他的想法，但我觉得马迪巴从未代表国家发表声明或讲话，而是作为一名人道主义者。为什么他不能表达他的悲伤和同情？我不知道这究竟是姆贝基总统还是他的幕僚所关心的。

我们的团队小，使我们可以立即对情况作出反应。我从来没有拿过处理媒体关系的额外工资，但除担任马迪巴的私人秘书和管理他的办公室之外，担任他的发言人也成为我工作的一部分。但凡发生任何事情，我都有两个选择，首先问马迪巴想说什么，其次征求格威尔教授对此事的意见。我们没有被官僚主义束缚，因为我们是一个高效的小团队。

尽管媒体知道我没有经验，但他们还是容忍我、尊重我。当我们结束新闻发布会，但媒体仍想提问时，马迪巴有时会开玩笑地告诉他们："你最好听她的，她是我的老板。"

当时，我给当地一所大学的传播学教授打电话，向他寻求一些在与媒体打交道时的建议。他给了我一些要遵守的规则和程序，其中最重要的是：在你负责的领域不要让媒体说了算，定好规矩，在一定程度上你可以控制他们。

我把这些建议牢记在心。然而在很多人看来，我就像一个悍妇：我被描述为一头母狮、一个女巫和一只斗牛犬。作为世界上最负盛名的男人的守门人，我有时不得不强硬和粗鲁。很少有人意识到除了我的其他任务外，我与世界媒体打交道时所面临的挑战。然而，我也结交了许多媒体朋友，并与他们建立了相互信任的关系。我从身边其他人犯的错误中吸取教训，并试图避开这些陷阱。我也明白对外说的每句话都得扛着压力努力应对，因为它们必然会导致后果，这令人殚精竭虑。每个人都告诉我，永远不要对媒体撒谎。事实上有一百万种方法可以应对任何情况，马迪巴是指导我学会这些方法的最好老师，我从来不会选择撒谎。

我们原定2001年9月下旬访问美国，参加联合国特别会议。起初，我们以为会议会因"9·11事件"而取消，但他们还是坚持如期举行。当我们参观世贸中心时，清理工作仍在进行中，这非常让人感动。就在

"9·11事件"发生几周后，该地区上空出现了雾霾，我仿佛能感觉到成千上万人的灵魂仍在空中飘荡。工人们看到马迪巴时都停下来，开始为他鼓掌。当我们站在世贸中心时，这场悲剧的严重性被逐渐意识到。马迪巴显然对目中所见感到震惊和不安，我们与朱利安尼市长交谈了一会儿，他向我们介绍了清理工作的进程。

在我们访问纽约之后，我们试图与布什总统取得联系，但他从未回过电话，我们意识到他正面临着巨大挑战。我给白宫战情室打电话并要求安排曼德拉先生与布什总统谈话的时间，我被要求解释谈话的主题。我解释说，我们在美国，马迪巴只是想为总统面临的挑战提供支持。我们无法知道是战情室的人替布什总统作了决策，还是总统本人不想见马迪巴。

我们当时仍然在坦桑尼亚阿鲁沙参加关于布隆迪问题的谈判。谈判的行政负责人博马尼（Bomani）法官随后将敌对各方带到南非，马迪巴在约翰内斯堡与他们会面，听取他们在冲突中的立场。一部分叛军以前从未去过南非，他们显然对来到约翰内斯堡印象深刻。很明显，他们离达成和平协议还很远。和平谈判持续了两年，在接下来的两年里，我们将前往靠近坦桑尼亚乞力马扎罗山脚的城镇阿鲁沙举行和平谈判。各方有必要在中立国家举行会议，马迪巴在谈判中对各方均态度强硬。由于阿鲁沙设施有限，我们的访问时间很短。他会在会议上一连坐好几个小时谈判，也会严厉谴责各方。有时，因为马迪巴对一些人很严厉，格威尔教授和我会因此而紧张、尴尬。然而，他从不无礼，尽管他决心坚定，但各方都没有让步。我们只去过布隆迪的布琼布拉几次，但当我们在那里时，可以听到远处山里持续战斗的枪声。在《与自己的对话》一书中，马迪巴写道："领导力分为两类：一类是言行不一，行动无法预测的人，他们今天在承诺某事，第二天又会否认；另一类是那些言行一致、有荣誉感、有远见的人。"我很清楚，如果这些领导人始终如一地寻求本国的和平方案，如果他们致力于寻求解决方案，他会对他们有更多的耐心，因为这是他所尊重的领导风格。

坦桑尼亚总统姆卡帕（Mkapa）和邻国乌干达总统穆塞韦尼（Museveni）、肯尼亚总统莫伊（Moi）经常会在阿鲁沙与我们举行联席会议。他们都把马迪巴称为"姆兹"（Mzi）——我理解这是"伟大的"的意思。人们热情好客，但这个过程耗费马迪巴太多的精力，我认为，他本来可以投入更多的精力改变我们的国家，帮助政府更快地对群众实现承诺，这对投票支持非洲人国民大会的人民来说变得至关重要。但姆贝基政府似乎并不想让他帮忙，不希望马迪巴介入。

在坦桑尼亚进行了两年谈判后，马迪巴呼吁美国前总统克林顿、法国总统希拉克和其他人支持布隆迪各方与过渡时期的国家元首布约亚（Buyoya）总统签署临时和平协议。就我看来，我不认为他们会签署协议，但马迪巴夜以继日地坐在那里与相关各方交谈，有时甚至持续到凌晨3点，并说服他们不能因为不尊重美国总统而不签署协议。他说，这不是一个领导人的态度，也说明他们对待和平不认真。

回想起来，其实马迪巴用美国总统的头衔来说服他们非常有趣。他们拒绝签字的理由是不合理的，那时他已穷尽所有途径试图说服他们和平是唯一的解决办法。和平谈判是有预算的，每个参与者在阿鲁沙谈判时都得到每日津贴、食物和住宿。对于许多在布隆迪丛林中生活和战斗的叛军来说，参加这样的和平谈判显然是值得的，因为他们可以筹集资金支持他们的战斗。因此，他们将谈判拖得尽可能长，有时会持续两三周，而我们最多只参加其中三天的议程。不论是谈判中的人，还是敌对集团的领导人，都受过高等教育，其中许多人在欧洲受过教育，他们不可能不理解和平协议的好处。但和所有类似的情况一样，他们不一定愿意为国家的未来而放弃个人的权力。马迪巴会不断提醒他们，这本身就是缺乏领导能力的表现。马迪巴不断批评他们，但谈判没有取得任何进展。

布约亚总统是一位令人印象深刻的迷人又聪明的绅士，除了他穿的白色袜子。2001年4月18日，一些反叛分子入侵布琼布拉的一家电台，消息传遍全球，称这是一场政变的开始。马迪巴不知道在什么地方，好几个小时都联系不上他。我也联系不到格威尔教授，博马尼法官的电话也关机。媒体开始致电我们的办公室，要求确认政变是否属实。起初，我对此感到讽刺，问第一个打电话的人他（她）是否认为我坐在约翰内斯堡的办公室里就应该知道这次政变。然后，我决定给布约亚总统打电话，因为我只有他的电话号码，他能证实这一传闻。我和他交谈，他一如既往地友好。"很高兴听到'姆兹'办公室的消息，泽尔达小姐，我也很高兴听到你的消息，'姆兹'怎么样了？"他问道。他解释说，只是一些叛军占领了一家电台。我告诉他国际新闻公报报道的内容，敦促他发表声明辟谣，我们这边可以确认没有发生政变。我清楚地记得，那天晚上我原本有社交安排，但整个晚上都在接听媒体电话。马迪巴一有空，我便向他简单报告事态，他对他错过的这场毫无必要的骚乱哈哈大笑。

有一天，珀西·尤塔（Percy Yutar）博士请求看望马迪巴。珀西·尤塔当年是检察官，参与了将马迪巴判处终身监禁的审判。他当时经济困难，希望马迪巴可以帮助他出售里沃尼亚审判的文件。从那次审判直至马迪巴担任总统，他们仅有一面之缘，马迪巴就任总统时曾邀请尤塔博士在比勒陀利亚的总统官邸共进午餐。尤塔博士解释说，他曾试图说服政府从他那里购买审判的文件。我们同样拒绝提供任何帮助。我其实完全不能理解他是如何最终拥有这些文件的。他表现出他本该拥有这些文件。幸运的是，这些文件后来被奥本海默夫妇和杜夫·斯泰恩夫妇买下，其中大部分现存于国家档案馆。

20世纪90年代，马迪巴获释后第一次要求会见尤塔，我觉得尤塔很可怜，因为他知道在这一切之后，他必须面对自己，但现在不知怎么地，我对此人感到厌恶，这个人把马迪巴送进监狱，自己却过着美好的自由生活，而他仍然希望马迪巴帮助他出售那些把马迪巴送进监狱的文件以获利。这些文件本应属于政府，他退休后是如何把这些文件带走的？我很不满，甚至在马迪巴拒绝帮助出售文件之前，我就决定我不会参与这笔交易。

2001年11月2日，杜夫在林波波省的禁猎区为马迪巴建造了一座名为"香巴拉"的度假屋。香巴拉在藏语中是"人间天堂"的意思。20世纪90年代初，马迪巴与温妮·曼德拉夫人分居，离开索韦托后，杜夫·斯泰恩依然慷慨地收留马迪巴6个月。有一次，杜夫邀请马迪巴和马谢尔夫人去他位于沃特堡的香巴拉农场。那是一次轻松的午餐会，原计划只有杜夫、他的妻子卡罗琳和农场的工作人员。当马迪巴和马谢尔夫人回来时，他们告诉我，杜夫已经提出在农场上建一座房子，供马迪巴与马谢尔夫人使用，他们可以在那里放松身心，农场很私密，没有人可以打扰他们。马迪巴和"妈妈"（我们模仿马迪巴给马谢尔夫人打电话时的称呼）知道不能拒绝这个提议，因为杜夫不接受拒绝。很快，杜夫就在农场上建造了最漂亮的房子，那时他自己的房子还没有造好。

在很多方面，杜夫·斯泰恩让我联想到杰·盖茨比，他总是会临时通知在自己的一处住所举办盛大派对。马迪巴只参加过其中的几场，但他始终重视与杜夫共同度过的时光，接受这种奢华的生活方式。杜夫会告诉马迪巴他奢侈的交易，马迪巴对一个人能拥有这么多财富很感兴趣。马迪巴获释后，非洲人国民大会成员将他介绍给杜夫。20世纪中期，当马迪巴离开索韦托，与妻子温妮·马迪基泽拉·曼德拉夫人分居后，杜夫为马迪巴提供了6个月的住所，马迪巴在那里完成了他的回忆录《漫漫自由路》，并定期会见非洲人国民大会官员，为南非制定临时宪法。这座属于杜夫的住宅后来被改建为萨克森酒店。

终于有一个我们可以藏身的地方了。尽管马迪巴热爱人群，喜欢和人们在一起，但在城市里很难静下心来思考。他在城里需要面对许多他人提出的要求，但如果有一个人们很难找到他的地方，我们就可以创造一个他可以思考和写作的空间。香巴拉距离约翰内斯堡有一段很长的距离，我们都觉得很少有人会真的跑到这里来见马迪巴。他在那里住过几次，每次都指示我取消几周的活动，让他能够在那里度过一段时间。

香巴拉之家的启动恰逢世界小姐参赛者访问南非，杜夫在农场接待了她们。马迪巴曾决定每年会见南非小姐冠军。有一年，马迪巴表示他想见一位正在南非访问的世界小姐，但当时他还没有见到那届的南非小姐。我提醒他现在不能见世界小姐，因为他还没有见到南非小姐，我们要先见自己人。他最后接受了我的提醒。我更愿意被人们认为是一个帮助他防范失误的顾问。他对我关于世界小姐与南非小姐谁更重要的建议印象深刻。马迪巴的朋友和同事抱怨他花太多时间和选美冠军在一起，这对他的形象产生了负面影响，这只是我们必须面对的问题之一。他欣赏美女，这些看似轻浮的互动纯粹是因为他喜欢和这些美丽的女人在一起，这些女人当然都崇拜纳尔逊·曼德拉。

2001年11月初，我们访问布鲁塞尔，在那里我们与韦尔霍夫施塔特（Verhofstadt）总理谈论布隆迪正在达成的解决方案以及欧盟如何支持该国。11月1日，我们前往布琼布拉参加新临时政府的宣誓仪式，尽管我觉得这项和平协议有些勉强，但如果马迪巴没有坚持，他们的谈判仍没有结果。一切都结束的时候，他松了一口气。时至今日，一支南非维持和平部队仍驻扎在布隆迪。

12月，我们前往的黎波里（Tripoli）拜访"兄弟领袖"，之后我们前往美国参加马赛克（Mosaic）基金会筹款活动，该基金会由班达尔王子的妻子经营。我们还访问了马里兰州，并向联合国提交了布隆迪问题报告。随后我们前往多伦多和渥太华，在那里马迪巴被让·克雷蒂安（Jean Chrétien）总理授予加拿大最高荣誉。这是漫长的一年，我们都很疲惫，马迪巴的年龄也越来越大。然而，他渴望有所作为的紧迫感并没有减弱。他想继续向世界传播新南非的好消息，想鼓励外国人对我们的国家保持信心并继续投资。与此同时，他也想与友人保持联系。

在前往的黎波里之前，我们再次访问沙特、阿曼、巴林和科威特，为基金会筹款。我喜欢阿曼和巴林（Bahrain）王国，巴林国王非常热情好客，阿曼的埃米尔（Emir of Oman）也是如此。在科威特发生了一些奇怪的事情，当我们去豪华酒店时，酒店服务人员都会在我们的浴室里放上一些肥皂或洗漱用品。在这个特别的酒店客房里，马迪巴的浴室里备有非常昂贵的肥皂、须后水、沐浴露等。当我们在酒店外会见客人的时候，有人，大概是安保人员，因为他们是唯一留下来的人，从马迪巴的浴室里拿走了一些洗漱用品。他们几乎没有察觉，在我们离开之前，马迪巴已经注意到他浴室里的每一件物品。我们回来后，马迪巴发现有东西不见了，于是召集所有安保人员站成一排，他打电话给我，让我作为"证人"进来。"律师马迪巴"正在庭审。我真的替安保人员感到丢人。

马迪巴质问他们，并给"坏人"退回赃物的机会，否则当我们回到南非时，他会向警察部长报告；如果他们不主动承认，那么他将解雇所有人。他当时想让我立刻给警察部长打电话，通报这件事，但我认为最好还是等到我们返回南非再处理（并假装我无法立即联系上部长）。马迪巴将这件事看得很严重。第二天早上，那些洗浴用品被归还，马迪巴也就忘记了此事，正如他承诺的那样。他不介意你从自己房间的浴室拿走洗漱用品，但不能从他的浴室拿东西。当我们离开时，他不想带走浴室里的任何物品，他从不想占东道主的便宜，也希望每个人都这样做。

还有一次，有人从东道主那里偷了餐具，这个人被他的上司抓住时，我知道我必须谨慎处理此事，因为马迪巴不会容忍这样的事情。我决定内部处理此事，而不是让"律师"成为"检察官"。我们的团队经常换人，当我们在国外旅行时，团队成员都不熟悉彼此，因此，这个特殊的团队并没有与"检察官马迪巴"打交道的经验。在这种情况下，我坚持要求这名男子在我们回国后在部队内部被惩罚，同时在我们离开前把餐具交还给主人。马迪巴完全不能容忍不诚实，无论是涉及肥皂还是政治议程。

对我来说，马迪巴有一个善良、慷慨的灵魂，但他说的每个词都包含着原则和纪律。我不知道是因为我接受的加尔文主义教育，还是因为我敏感的性格，我在一栋房子里长大，父亲的大嗓门是我唯一经历过的"暴力"，因此每当有人提高嗓门，我都会感到害怕。我个人总是避免对抗，经常安静地退缩。这并不是因为我恐惧，而是每当别人提高声音时，我都会感到紧张，当马迪巴提高音量时也是如此。他天生嗓门很大，但调高一点就让我紧张。他其实并没有暴怒，在我与他共事的几年里，我只在几次场合听到他提高嗓门，通常只有在真正激怒他的情况下，比如有人背叛他、不诚实或因为个人问题。我会为了其他人而退缩，对方走后，我会努力缓解这种紧张情绪。接近马迪巴的人知道他什么时候会生气，他不会拿别人出气，他只会变得安静而内心不安。

在曼德拉总统任期的后期，我一个人在比勒陀利亚"管理"办公室时，经常会在安保人员罗里·斯泰恩值班时给他打电话，让他在总统到达办公室之前评估一下马迪巴的情绪。安保人员会把总统从霍顿的家送到比勒陀利亚的办公室，罗里熟悉总统，知道他什么时候是认真的，什么时候只是思绪被其他事情占据的状态。罗里的评估帮助我理解总统的不当的评论或过于友好的问候，从而使我轻松地度过与总统相处的一天。

根据我们所有的旅行记录，纳尔逊·曼德拉基金会看似筹集了数百万美元，但实际并非如此。显然，马迪巴为非洲人国民大会这一解放运动筹款要比为基金会筹款容易得多。该基金会存在问题，或者说，它的方向在不断变化，我认为人们对捐赠犹豫不决，不确定这是一个家庭基金会还是一个实施项目的非政府组织。

2002年初，我在总统办公室碰见礼宾部的人，这人告诉我，有马迪巴形象的画作和照片已经从西开普省斯皮尔葡萄酒庄园（Spier wine estate）的展示区移走，为姆贝基总统访问那里做准备。我没有理由不相信这个人，一周后，本地的《邮报》和《卫报》证实了此事。这证明了我的观点，即便不一定是姆贝基总统助长了某种针对马迪巴的特殊情绪，但工作人员的这种做法显然加剧了这种情绪。当然，姆贝基总统在报纸上读到这样的文章一定很尴尬。这不是大事，我无法相信总统会指示他的工作人员移除任何与纳尔逊·曼德拉有关的物品。

2002年3月，马迪巴给我一个任务，想让我为"抗争老兵"（struggle veterans）组织一次盛大晚宴，就像他担任总统期间那样，邀请"抗争老兵"的妻子们在新曙光宫喝茶。尽管这些老兵不再是解放运动的焦点，但他觉得有必要尊重他们；尽管他的生活已经摆脱了斗争，但他并没有忘记他们。这次活动大约有 1 500 名客人。我们迅速筹集资金，并为活动成立了一个工作组。

有关这次活动的记忆和我们在组织活动时所面临的困难我将终生难忘。尽管如此，当看到老兵们见到多年未见的战友时，他们的脸上闪烁着光芒，这一切都是值得的。多年来，他们常常不知道在斗争中自己亲近的战友是否还活着。尽管他们是解放运动的斗士，但大多数人仍然生活在贫困的环境中，没有基本的福利。我当时也为他们感到愤怒，并尽我所能，确保至少能以节日的方式向他们致敬。

我做不到让每个人都开心。简单来说，马迪巴从不热衷于在任何地方停留太久。他需要不断地工作，我认为是一种紧迫感驱使他在衰老之前尽可能多地工作。当时，他每周至少参加 5 到 7 次公共活动，每一次活动都差不多，他没有理由在一个活动中坐两个小时听没完没了的演讲。我记得他有一次粗鲁地打断一位牧师的祈祷，当时他要求主持人去阻止牧师继续祈祷。当我事后问他这件事时，他说他的祈祷本身没有问题，但牧师没有必要花这么多时间的祈祷来改变我们所有人的信仰。他是对的。那次祈祷不仅仅是祝福或开启仪式，它甚至比布道还要长！

在显得不尊重和允许活动发挥其有效功能之间存在着某种微妙的界限。2003 年 2 月，马塔塔·策杜（Mathatha Tsedu）在《星期日泰晤士报》上发表社论，批评我们不允许马迪巴在学校开幕式时停留更长时间。马塔塔写道："这很尴尬，这里的很多人都说，因为曼德拉的生活是由一位白人女性掌控的，当他参加黑人活动时，他总是很匆忙。一位组织者告诉我：'众所周知，当他参加白人活动时，他会待得更长。'"他继续谈道："我认识泽尔达·拉格兰奇，曼德拉的私人助理，我相信她不会因为这是黑人活动而怠慢。问题的重点是，曼德拉的办公室人员是否正确地管理他的日程，以确保他不仅能迅速处理问题和事件，而且能停留足够长的时间，不会被视为只是路过。"

说起来容易做起来难。马迪巴会在我们参加活动之前看一份日程方案，告诉我哪里需要坚持让对方削减活动安排，然后由我来确保他离开活动现场，通常是在抵达后30分钟左右。是的，这就是所谓的"路过"，马迪巴希望匆匆而过，而不考虑种族、活动性质或举办地点。

事实上，我是白人这一事实永远不会被大多数人忽视。种族仍然是一个问题，许多人没有接受这样一个事实——我们都是南非人，不分肤色。种族隔离所造成的损害被低估，这表现在：只要找不到其他借口来解决问题，种族就是最容易被质疑的因素。我从马迪巴那里了解到，如果你提及种族和侮辱，就会立即破坏你论点的有效性。当你的论点基于原则时，你就没有理由纠结于种族问题，或试图侮辱你的对手。坚持原则，如果你做不到，这说明你没有真正在辩论。（2008年，我被南非的两家周日报《城市新闻报》和《和谐》评为十大年度女性之一。马塔塔当时是《城市新闻报》的主编，不管我们之前的分歧如何，我都很感激他对我的认可。我确信他本人并没有为我争取这个奖项，但它一定是他批准的，而我也很感激他没有否决这个奖项，他有权力否决。）

马迪巴完全不能容忍两件事：简报会和等候室。他会争辩说，如果我们能准时，每个人都能准时。因此他多次拒绝去等候室，而是直接进入活动现场，并通过他的到场强制开始议程，无论人们是否准备好。

2002年4月，南非迎来了第一位太空旅行者马克·沙特沃斯（Mark Shuttle-Worth），马克因发明一个网上银行安全软件程序并在海外售卖而赚到数十亿美元，因而闻名全国。他是南非最年轻的亿万富翁，当然，他也被请求建一所学校。马克有几次拜访我们，当时双方商定他进入太空后会给我打电话，联系马迪巴，这非常令人兴奋。我们都守候着他飞上太空，但第二天我们继续日常生活。尽管他的旅行成为头条新闻，我们的日子还是照旧。

我们说好了，马克会在特定的日子从太空打电话过来，结果我忘了记下这件事。当时我的手机响了，来电显示是"私人号码"。通常我不会接这样的电话，但我接了，因为马迪巴在隔壁办公室，他会听到电话铃响。电话另一端的人说："喂，是泽尔达吗？"这听起来像是一个来自美国的电话，我很恼火，因为我讨厌白天有人打手机打扰我，说他们的冗长的建议，或者在我要去见马迪巴时长篇大论。我说："我是，我能为你提供什么帮助吗？"对方答道："我是从国际空间站打来的。"我想：国际空间站是什么？我又一次有些恼怒了，再次问他我能帮他什么忙。他重复道："我是国际空间站的马克。"我心想这可能是一个组织，并试图快速思考，以免作出愚蠢的回答。他最后一次尝试道："泽尔达，我是马克，我是从太空打来的。"啊！我恍然大悟，我说："哦，马克，你怎么样呀？等一下，我去找马迪巴。"

我冲进马迪巴的办公室，他一开始也不知道我想告诉他什么，我说："是马克，马克·沙特沃斯，他是从太空打来的。"当时的场景很好笑。马克回来后曾来拜访我们，告诉我们他的经历，他也很喜欢我们的这个小插曲，我们为他感到骄傲。

大约在那个时候，马迪巴在一次访问库努时宣布，他希望在自己的农场种植树木，以保护自己的房子免受穿过农场的2号国道影响。他让我做这件事，我毫无头绪，不知从哪里找能做这件事的人，于是我打电话给我父亲，问他是否知道该联系谁。父亲说他需要打几个电话，然后回复我。父亲理解我对生活中每件事的紧迫感，便很快给我回电话，说他会尽力帮我找人。一天后，他打电话给我说，他设法从某人那里得到一份报价，他会把它转发给我们。我向他反馈这个报价过高，他说他会设法解决。作为女儿，我一直期望父亲能为我的所有问题找到解决方案，他也是这样做的。他回电表示他愿意自己去做。

我对此感到犹豫和怀疑，我请父亲写下他的建议，并把它交给马迪巴。马迪巴接受这个建议，并要求和我父亲谈谈。他们见面了，马迪巴喜欢我父亲朴实无华的态度，由于马迪巴对我生活的影响，我父亲对他的态度已然发生变化。然后我向马迪巴明确表示我不想参与这些交易，我父亲必须接受马迪巴的律师伊斯梅尔·阿约布（Ismail Ayob）的指示，他负责所有的款项。马迪巴理解我的担忧，我不想因为裙带关系而被任何人指责。

正如我所期望的那样，我父亲全心全意地投入这个项目中，很快树就种好了。之后，马迪巴总是问候我的父母，特别是关心我父亲的近况。我父亲没有向马迪巴收取他所做工作的费用，只收取他从其他地方购买树木、地基和劳动力的费用，马迪巴对此非常感激。我们取笑我父亲说："你看，时代变了。你来了，老保守派，在黑人的花园里种树。"我们都会为此大笑。我父亲为他的工作感到非常自豪，每次我去库努时，他总是要求我报告那棵树的情况。我的父母非常感激马迪巴给我的机会，这改变了他们，也"软化"了他们的心。这些互动、马迪巴真诚的感谢和他对我父亲的尊重，永远改变了我的父亲。

2002年2月，我们回到纽约，参加由简·罗森塔尔（Jane Rosenthal）和罗伯特·德尼罗（Robert De Niro）创办的特里贝卡电影节启动仪式。在曼哈顿下城的双子塔遭到袭击后，华尔街急于重建其安全环境的声誉。我们应邀参加新任市长迈克尔·布隆伯格（Michael Bloomberg）在市政厅举办的鸡尾酒会。我们讨厌与马迪巴一起参加鸡尾酒会或其他的非正式活动，人们会完全淹没他。此外，在这种情况下无法和他对话，一旦周围有太多人在说话，或者周围太嘈杂，他的助听器就会完全切断所有外部声音。

我们进入约200人聚集的房间，没有人来迎接我们，我们试图穿过人群，直到我们遇到一群孩子。马迪巴立刻开始和他们交谈，因为所有的孩子都像磁铁一样吸引着他。他必须弯下腰才能正确地听到他们的话，而我正尽力重复他所说的话，以便他能够恰当地回应他们。他弯腰时，一名男子从背后走近他，拉着他的衬衫试图引起他的注意。我想：这到底是要干什么？他继续拉着曼德拉的衬衫，我转过身对他说："对不起，先生，你拉扯曼德拉先生的衬衫干什么？他正忙着照顾孩子们。"他环顾四周，似乎想寻求某人的帮助，然后对我说："我想让曼德拉先生问候这些人，他们是我的朋友。"我的血压立刻升高，我说："嗯，你能给他一个机会，让他先和孩子们说完话吗？"然后他开玩笑地说："你认识我吗？"我突然回应道："不，我不认识您，但请不要这样做。"第三个人出现了，在我耳边低声说："他是布隆伯格市长，他是这次活动的主持人。"生活总有让你猝不及防的时候。我立马道歉了，但还是请这位市长不要拉扯曼德拉先生的衬衫，因为他已经站不稳了，他和孩子说完话自然会转过身来。这位市长不喜欢我，但我别无选择。

　　过了一会儿，当我们穿过房间的时候，我看到另一张熟悉的脸，那是英国演员休·格兰特（Hugh Grant）。房间里的每个人都想和马迪巴合影，场面很快就变得很混乱。休·格兰特没有要求会见曼德拉先生，但他笑了，从他脸上的表情我可以看出，他看到曼德拉先生后显然很兴奋。格兰特走到马迪巴旁边，当他站在马迪巴旁边时，他仍然拿着自己的相机并把相机转过来拍照，我们现在管这叫自拍。然后我说："对不起，格兰特先生，我是曼德拉先生的助手，需要我帮您拍照吗？"我已经成为当之无愧的官方摄影师了，因为我总是会拍摄人们想要的照片，并且成了相机专家。我不介意时间和地点是否合适。他很感激，我没有向马迪巴解释他是谁。

2003年2月1日，马塔塔·策杜发表另一篇社论，抨击治疗运动（TAC）在T恤上使用了马迪巴的肖像。治疗运动旨在推动政府帮助穷人获得治疗艾滋病的药物，这是马迪巴支持并准备公开争取的政策。当时，南非正迅速成为世界上艾滋病发病率最高的国家，但政府没有能力让人们免费获得治疗艾滋病的药物。马迪巴曾几次试图与现在已故的卫生部部长曼托·沙巴拉拉·姆西芒（Manto Tshabalala Msimang）博士会面讨论这个问题，他为她对此事的关注如此之少感到沮丧和反感。南非因其艾滋病政策而成为全世界的笑柄，而在幕后，马迪巴正试图代表无名的人群与疾病作斗争。他不介意治疗运动使用他的肖像，马塔塔以未能采取正确的方式保护马迪巴的肖像不被滥用为由再次攻击马迪巴的办公室成员。我开始对许多问题感到反感，这就是其中之一。在我看来，真正滥用权力的行为是使那些没有发言权和平台的人无法获得药品，数百万的人正在死去。政府不提供治疗是在剥夺人民的人权。

我们对政府的不作为感到沮丧，马迪巴呼吁与他们会面，共同讨论治疗艾滋病药物的问题。有一次，姆西芒部长只与马迪巴谈了30分钟，然后她告诉他，她必须结束会议，因为她有一个试衣的预约。

政府的"视而不见"达到了顶峰。姆贝基总统表示，他从未见过艾滋病患者，但马迪巴帮助无数人获得了艾滋病药物，这些人后来得以康复并过上了有质量的生活。总统还否认艾滋病毒与艾滋病之间存在的关系。我们帮助过一位向马迪巴求助的年轻女士，当时她生命垂危，已经不能进食。马迪巴帮她安排住院治疗，当她服用的药物产生副作用时，医院使用"鸡尾酒"疗法。她完成治疗后出院，如今她已结婚生子，过着正常人的生活。由于当地公众和国际层面的压力，政府现在向公众提供抗逆转录病毒的药物，南非的艾滋病发病率已经降低。

2003年5月5日晚上，我接到电话得知马迪巴最好的朋友沃尔特·西苏鲁刚刚去世。他们从小就是朋友，曾一起被监禁。我立即打电话给我尊敬和喜欢的卡莱马·莫特兰蒂（Kgalema Motlanthe），请他确认此事。卡莱马当时是非洲人国民大会秘书长，他也不知情，但另一位消息人士很快证实消息属实。当时已是深夜，马迪巴已经入睡，但我知道如果沃尔特叔叔出事，他一定会想马上知道。马谢尔夫人在莫桑比克的家乡，我联系不到她。于是，我驱车前往马迪巴的家，走进他家并向家庭工作人员说明来意。我知道不能在电话里通知他，因为这会给他很大的打击。我第一次走进他的卧室，并担心惊醒他。我经常在我们旅行时叫醒他，但这次情况不同。我先摸了摸他身上的羽绒被，说："库鲁，库鲁，我需要和你说话，请醒来。"第二次叫他的时候，我轻触他的肩膀，他醒了。他只说"是泽尔迪娜吗？"好像他猜我要问些什么。我说："我很抱歉，但我不得不告诉你这件事——沃尔特叔叔去世了。"他要么一开始没听见我的话，要么已经极度震惊。我复述了一遍。他用一只手摸了摸额头上的发际线，惊呼道："上帝啊！"他花了一些时间才坐直。我决定坐在他的床边等一会儿，以确保他没事。我重复着说抱歉听到这样的坏消息，并告诉他我所知道的一切。我还告诉他，我深夜前来是因为觉得他会希望立刻被通知。他回答说："是的，当然。"

我们同意他第二天一早就前往西苏鲁的住所，他让我在凌晨叫醒他。看到沃尔特叔叔的妻子阿尔贝蒂娜姨妈如此悲伤，马迪巴很痛苦。他认识这些人一辈子了，他们是他的一部分。他非常尊重沃尔特叔叔，并总是称赞沃尔特叔叔的谦逊和朴实，也钦佩他出色的领导能力，总是乐于在后面助力他人前进。我默默地意识到，在他们被监禁的那些年，一定是沃尔特叔叔把马迪巴推到了前线。马迪巴经常讲述他们之间互动的故事，以及他们是多么频繁地共同讨论事情。对每个人来说，这的确是一个悲伤的日子。南非失去了最重要的英雄之一。

现在是马迪巴放慢脚步的时候了，他根本无法跟上自己的时间表，无法继续回应朋友、同僚和同事向他提出的每一个请求。他会在约翰内斯堡、库努和马普托之间分配时间，然后在香巴拉度过一段安静的时光——当他想写作时。香巴拉的房子也为他提供了一个招待那些不能去普通场所的重要客人的私密场所。

一些著名艺术家建议用马迪巴在监狱里的编号来发起一场艾滋病运动，它将被称为"46664。"马迪巴一直强烈反对将他的肖像、形象或名字商业化，无论是出于慈善还是商业目的。因此，艺术家们想出这个主意——用他的监狱号码来为艾滋病运动筹集资金。他们提议在开普敦举行的一场大型音乐会上推出这个品牌，毫无疑问所有人都提供免费表演。当一些歌手在开普敦排练时，基金会的首席执行官决定，马迪巴应该向艺术家们致谢，感谢他们为支持马迪巴所关心的事业付出的不懈努力。

当时我们在香巴拉，歌手们聚在一起，马迪巴通过电话和他们所有人沟通。在向马迪巴简要说明后，我把他们的名字打出来，比如"布莱恩·梅（Brian May）-皇后"和"戴夫·斯图尔特（Dave Stewart）-舞韵"。我试图向他解释每个人都是谁，并把那张纸给他，让他记住名字。布莱恩·梅是第一位。我站在他旁边，用那张纸提示他在和谁沟通。当布莱恩回答时，他说："你好，马迪巴，你好吗？"马迪巴礼貌地说："嗨，布莱恩，我很好，谢谢你，你好吗？"布莱恩回应说，他很好，他们很高兴能参加这次活动。马迪巴回应了，然后问道："皇后怎么样？"随后，他与戴夫·斯图尔特交谈，问他"舞韵怎么样？"他不知道这些是乐队名。长久的监禁岁月让他失去了对当下的了解，我甚至很难向他解释CD是什么，更不用说我们熟悉的音乐家和乐队了——我给他提供了错误的信息。见证这样的纯真是很珍贵的，但其背后的意图也是纯粹的。

那年早些时候，马迪巴年满85岁。基金会首席执行官委托我组织马迪巴的生日庆祝活动。我为这次活动筹集资金，超过1 200名嘉宾被邀请参加这场"黑领带"活动。来自世界各地的马迪巴的合作者都受到邀请——支持者、朋友、政治家、王室成员，等等。我猜想，当人们开始打开客人名单时，我会成为众矢之的。我邀请的人从园丁到王室，以确保邀请对象具有充分的代表性。我没日没夜地工作，任务很简单：我们需要确保马迪巴在生前得到所有祝福。活动当晚接近午夜，当我们走到电梯旁送马迪巴离开时，马谢尔夫人说："做得好，泽尔迪娜，马迪巴今晚真的很荣幸。"尽管我不得不忍受各种批评，但这些话依旧让我难以忘怀。人们抱怨马迪巴被"爆红"——成为明星——因为许多名人出席了活动，但没有人关注作为嘉宾出席的园丁、司机和安保人员，这显然是因为他们不够出名或重要，无法得到媒体的关注。此外，当我们需要国际社会帮助的时候，名人们总是被要求无偿付出时间和努力。

马迪巴喜欢聚会。他已经几次翻阅客人名单，对在场的每一个人都表示接纳。一些家庭成员因为他们没有围坐在主桌旁感到愤怒，但毕竟有王室成员和国家元首出席。后来，我没有被邀请参加马迪巴在库努农场举办的90岁生日庆典。当马谢尔夫人坚持要我去的时候，我故意坐在帐篷后面的一张儿童桌旁，并不是说我希望能坐在主桌上，但这清楚地表明我在他们父亲生活中有一些价值，也表明了被期待的是什么。我从来没有和马迪巴讨论过我的事情，因为我觉得他已经有太多的麻烦了。其实那天我应该和他谈谈。

11月7日，马迪巴前往香巴拉，我们为他安排与前罗本岛居民和前同事共度周末的活动。这次是一个较小的团体，都是些在斗争年代与他关系密切的人。看到他们在互动，回忆旧时光，至今仍然是我最美好的回忆之一。他们都喜欢参观香巴拉，我们确保他们得到良好的待遇和"宠爱"。我喜欢听他们的故事，看他们互相取笑。这些人推动了斗争，这些有计划的行动试图让种族隔离政府恢复理智。他们在监狱里度过了一生，现在他们都是老人，享受着自由的晚年时光。这是一次"恰当"的重聚，也是每个人都试图超越彼此的故事，这是一个非常珍贵的时刻。

我们在南非经历了这么多事情。在这里，我很享受与前罗本岛居民在一起的时光。我喜欢上了他们中的许多人，比如哈迈德·卡特拉达（Ahmed Kathrada）、埃迪·丹尼尔斯（Eddie Daniels）、麦克·马哈拉吉（Mac Maharaj）和安德鲁·马兰吉尼（Andrew Mlangeni）。这些人是我们必须感谢的，因为他们在监狱里让马迪巴的精神永存。我经常想知道，他们在狱中是否曾失去希望，或者他们是否曾想象过自己某日会在一个私人农场与马迪巴一起回忆往事。

假期和朋友们

到目前为止,我们已经在香巴拉度过数周漫长时光。马迪巴经常邀请人们来农场看望他,我们必须注意不要让香巴拉成为人们蜂拥而至的另一个地方,以免很快被访客淹没。有一次,他邀请南非工会理事会的主席兹韦林齐马·瓦维(Zwelinzima Vavi)和南非共产党秘书长布莱德·恩齐曼迪(Blade Nzimande)。马迪巴很喜欢和他们共进午餐,之后他请我陪他们一起狩猎,我同意了。香巴拉猎场主要有五大猎物,人们可以很容易地找到其中的四种,包括狮子和大象。我喜欢布莱德和兹韦林齐马,因为他们一直对我态度尊重,尽管在马迪巴的生活中有很多关于我这个白人存在的传闻,但他们从来没有把我当成雇佣的帮手。到目前为止,南非工会理事会和南非共产党与非洲人国民大会结成三方联盟。布莱德和兹韦林齐马很享受狩猎的乐趣,有一次我转过身来对他们说:"你们不要被腐蚀!"他们笑了,我接着说:"共产党人和社会主义者是不允许享受资本主义的,所以如果你们享受资本主义,就不要表现出来!"

2003年年底,马迪巴接待了南非酒店大亨索尔·科兹纳(Sol KerzNer)的来访。过去人们对南非的了解通常是两个符号:纳尔逊·曼德拉和太阳城。索尔在20世纪80年代中期建造太阳城引起很多争议,因为这处产业位于当时被称为博普哈茨瓦纳(Bophuthatswana)的地方,是南非种族隔离制度下的"黑人家园"之一,于20世纪80年代由被认为支持种族隔离政府的曼戈普(Mangope)总统管理。获释后,马迪巴打电话给索尔,说服他支持重建南非,索尔很乐意支持。最终,索尔卖掉他在太阳城的股份，并在国外创办科兹纳（Kerzner）国际公司。他告诉马迪巴他们在毛里求斯的度假胜地，并邀请马迪巴去度假，我们安排马迪巴、马谢尔夫人和他的孙子孙女一同前往。

就像是到了天堂。索尔在毛里求斯唯一的圣杰兰酒店（the One & Only Le Saint Géran Hotel）为马迪巴和马谢尔夫人预订了私人别墅，我们其他人则住在别墅旁边的酒店。索尔当然知道马迪巴和马谢尔夫人是有随从的，任何总统或前总统旅行时都有随行人员。无论他们多么富有，我们都不能让他们觉得被占便宜。除了马迪巴的孙子孙女，他们还愿意为我和医生付钱。我一直非常欣赏我的老板，因为他很清楚无论对方多好客，自己都要克制。因此，尽管他们为我们付钱，我们并没有清空房间里的迷你酒吧，也没有在房间里打国际电话，而是以最大的敬意对待这些热情款待。

我现在已经为马迪巴工作了10年，我从未见过他如此享受假期。他与妻子和孙子孙女有私人时间，我们像一个大家庭一样享受美食。第一次没有匆忙，这甚至很难习惯。马谢尔夫人不得不不断提醒我们正在度假，好让我们放松。我们观看毛里求斯舞者的表演，这是我记忆中仅有的两次与马谢尔夫人跳舞的场合。马迪巴还开玩笑地坚持要我们唱《帕塔帕塔》（Pata Pata）。《帕塔帕塔》是南非已故传奇歌手米里亚姆·马克巴（Miriam Makeba）的一首歌曲，与另一位传奇歌手多萝西·马苏卡（Dorothy Masuka）共同创作。这首歌于马迪巴入狱前的1957年发行，并在马迪巴已经入狱的情况下，于1967年登上美国公告牌热门100强排名。这首科萨人的歌曲意思是"触摸"，在唱这首歌的时候，你应该展示你如何"触摸"你的舞伴。其中一名安保人员西德尼·恩科诺安（Sydney Nkonoane）向我展示怎么跳帕塔帕塔舞，这让马迪巴很开心。他非常喜欢这首歌，以至于我可以想象20世纪50年代马迪巴伴着这首歌跳舞的画面。

安保人员和我会在早上锻炼，与此同时，马谢尔夫人在散步，吃一顿"迟到的"早餐，然后开始游泳，在马迪巴附近晒一整天的太阳。马迪巴会坐在草坪上的阴凉处，俯瞰大海，向走过的"半裸"游客——穿着泳装的人——挥手致意。他喜欢我们一直在他身边，但我们都在忙办公室的事情，几乎没有时间真正享受在一起的时光，只能期待一起用餐。

新闻剪报是与家乡的唯一联系。每天早上在他醒来之前，我必须确保约翰内斯堡办公室的工作人员从报纸上挑选新闻剪报并传真给我们。马迪巴对度假区的刊物不太感兴趣，坚持从国内获得新闻。好吧，我希望他快点读完剪报，这样我们就可以及时了解国内的新闻报道。基金会办公室的工作人员必须时刻在办公室里准备剪报，无论我们身在何处，都要寄给我们。几天后，马迪巴宣布他想下水。我们犹豫不决，因为我们不确定他是否能站在水中，毕竟他走路有困难，需要用拐杖。安保人员把他带下露台，来到水里，他坐在水里的椅子上，让海浪拍打他的脚。他脸上纯粹的喜悦以一种难以形容的方式触动了我的心。如此寻常的事情，我们认为理所当然的事情，怎么能给某个人带来如此快乐？

之后，我们发现马迪巴已经四十多年没有在海里游泳了。他最后一次下海是在罗本岛上清除水中的海藻，但那是在狱警监视下的体力劳动，而且是在寒冷的大西洋。当时他在岩石上滑倒，膝盖也因此受伤。但这次不一样，马谢尔夫人帮助他重新体验一些简单的事情，比如家庭聚餐、沐浴阳光以及在鲜花、风景和音乐中欣赏生活的美好——这些事情在他获释后似乎就和他无关了。

马迪巴已经厌倦繁忙的日程，他想在香巴拉花更多的时间写作。他开始说他想"退休"，我提醒他他已经退休了。我们与格威尔教授讨论此事，并召开新闻发布会，宣布他将退休。马迪巴在2004年6月1日的新闻发布会上说："不要打电话给我，我会打给你的。"嗯，他们从来没有停止过打电话给马迪巴，公众的压力继续迫使他接受这些额外的活动，参与他们的项目，或干预人们认为无解的局面。每个人都认为自己是个例外，马迪巴应该在退休生活之外为他（她）服务。马迪巴让每个人都感到特别，因此人们总是觉得和他有着某种特殊的关系，这些抱怨他太忙的人恰恰就是需要他破例的人。在那种环境下，你有时会濒临失控。许多声称与他有特殊关系的人就是这样做的，正是这一点让他很难退休，直到他的身体状况和年纪已经不允许他做任何事情。

非洲人国民大会也打来电话，下一次选举在即，向马迪巴表示他们陷入财政困难。大企业不愿被认为支持任何一个政党，因此马迪巴也"捆绑"了前总统 F. W. 德克勒克。这两位前敌人联合上街为新国家党（前国家党）和非洲人国民大会筹款。我不得不为他们和大公司首席执行官们约好时间，他们一起毕恭毕敬地请求为他们曾经领导的政党提供财政援助。毫无疑问，任何一家公司都喜欢让马迪巴和德克勒克先生同时出现在自己的办公室里，募捐活动很成功。

2004年3月，查理兹·塞隆（Charlize Theron）凭借电影《怪物》（*Monster*）中的角色，成为首位在洛杉矶奥斯卡颁奖典礼上获得奥斯卡奖的南非人，很快她返回原籍国。马迪巴当时在马普托，但他同意返回约翰内斯堡与塞隆女士会面，媒体一片哗然。查理兹提到她希望在南非品尝美食，我们便点了南非美食酷希斯特（koeksisters）。马迪巴与她分享酷希斯特，虽然她接受了一个，但她并没有吃。她宣布打算创办一个艾滋病慈善机构，但我不确定她对这种疾病的复杂性有多了解。他们见面后出现在媒体面前，她在世界媒体面前告诉马迪巴她有多爱他。女人们总是喜欢马迪巴，因为他很迷人，他很大方地赞美女性，是一个真正有魅力的男人。

马谢尔夫人听到人们向马迪巴示爱不是很开心，虽然马迪巴对这些人充满魅力，然而，她从未抱怨过。我记得在总统任期内发生的一件事，当时事情有些过火，所有的女性工作人员在向马迪巴打招呼时都亲吻了他。后来女性员工被要求不要在公共场合亲吻总统。每个人都很崇拜马迪巴，无论他走到哪里，每天都会被女人亲吻，这对他来说已经成为一种负担。

大约一年后，我们试图寻找查理兹，请她录制一条支持马迪巴"46664艾滋病宣传活动"的宣传片。一开始我们联系不到她，但当我们终于找到她时，她的公关经理告诉我们，她正忙着拍戏，无法录制一个长达20秒的宣传片。我坚持说她可以用五分钟来做这件事，但我被告知这不可能。我们感到被冒犯了，因为在她访问南非时，马迪巴从另一个城市飞往约翰内斯堡与她会面。只有当她亲自听说拍宣传片的前因后果时，她才同意介入。

马迪巴在其内阁中任命的一位部长，即情报部部长乔·恩兰拉（Joe Nhlanhla）中风两次，卧床不起。当时的非洲人国民大会秘书长卡莱马·莫特兰蒂向马迪巴报告说，乔身体不好。我们去医院看望他，被告知他没有足够的经济能力以转送临终关怀医院。马迪巴动员企业为乔·恩兰拉设立一个基金，很快他就被转移到一个高级护理中心。听到他去世的消息后我很难过，但更让我难过的是，这些事情的责任不断回到马迪巴身上，就好像他永远都要偿还人们过去为他所做的一切一样。有时这些要求是无情的，似乎每个人都希望他亲自帮助他们摆脱陷入的财务困境。

2004年3月24日，我们再次访问沙特阿拉伯。有时是为了筹款，有时只是为了满足沙特人的要求。我现在拥有自己的黑袍，穿着它在利雅得到处走动很舒服。鉴于我之前的经历，我知道自己必须缓和对沙特人的不满。我越来越喜欢我们的沙特之旅，因为我清楚地知道该期待什么，知道该做什么和不该做什么，我很乐意遵守他们的规则，因为我不再有不切实际的期望。我仍然很难与一些官员沟通，因为他们不会轻易接受女性的指示，但我和马迪巴在一起时，最终他们还是照办了。

我们原定会见国王，像往常一样，我被告知不允许我陪同马迪巴，因为从来没有女性被允许会见国王。马迪巴坚持由我陪同，令人惊讶的是，信使回复说我确实可以陪同他。预约时间到了，我们起身前往国王的宫殿，到达后，马迪巴就像往常一样害怕我找不到地方，他一下车就问："我的秘书在哪里？"人们会跑来跑去寻找秘书，然后把我赶到他身边。我有时会故意在车里多待几秒钟，因为我知道我无法独自通过安检，除非马迪巴给我打电话，否则我会被拦住。当我们进入宫殿时，他拉着我的手，我们迅速被一群人包围。我很不舒服，在那个地方，那个年代，这种行为对他们来说闻所未闻。其次，无论如何，未婚女性被看到与男性有任何身体接触是不合适的。但他没有放开我的手，虽然他很清楚规矩。

我们被护送到贵宾休息室，在那里我们等待国王的召唤。马迪巴再次拉着我的手，我们走进国王的会议室。他向国王打招呼，留下我站在他身后，我想转身逃跑，但我没有。我只是觉得很不舒服。马迪巴转身说："陛下，这是我的秘书兼孙女泽尔达·拉格兰奇。"我知道我不应该和国王有眼神交流，我也没有这么做。我低头微笑着，尽管我知道不要屈膝，马迪巴非常不能容忍人们在这种情况下唯唯诺诺，但我真的很害怕。我唯一想到的是：国王看得出我不是黑人，我不可能是马迪巴的孙女。国王伸出手来和我握手，我看到马迪巴点头赞许，所以我也伸出手，国王握着我的手，我能感觉到自己已汗流浃背。

国王显然很老了，但看起来很友好。他通过翻译和我们交谈，并对我表示欢迎。我想让他放开我的手，但他没有。他问我过得怎么样，马迪巴打断我的话，告诉他，就在我离开约翰内斯堡前往沙特的路上，我在车上被卷入一起抢劫事件，暴徒从前排座位上抢走了我的手提包。前一天晚上我们登机时，我确实很难过——我的生活必需品就在被抢的手提包里，我第一次登机时连手机都没有。然而，在那个地方我更担心的是——我和国王同处一室可能被视作对沙特文化的反抗。马迪巴告诉他，说我很震惊，国王也表示同情。他终于放开我的手，我们一同坐下来喝茶。国王年迈多病，不经常接待来访者。尽管如此，我们还是在出发前与他简短交谈。他显然非常喜欢马迪巴，对这次礼节性的拜访表示感谢。

马迪巴还要求会见沙特王储，下午我们出发去见他。很明显，这个人已经统治沙特阿拉伯。他在时间安排方面更加严格，他的办公室和环境都比较新潮，对于我出席会见也没有提出任何质疑。我们在沙特有几天的空闲时间，马迪巴有一个主意，让我们去麦地那和麦加，穆斯林每年都会去那里朝圣。当我被告知因为我不是穆斯林，所以我不被允许与马迪巴一起前往麦加的时候，我们已经安排好旅行的一切。我对官员的回应是："马迪巴也不是穆斯林！"他们惊呆了，因为他们认为他是穆斯林。我从未停止过对马迪巴的惊讶——他能与人们交往和相处得如此融洽，以至于人们开始相信他是"自己人"。

我们最终既没有去麦地那，也没有去麦加。从沙特出发，我们前往突尼斯，然后访问伊朗，在那里他将获得由哈塔米总统颁发的该国最高荣誉。在突尼斯，马迪巴本应出席非洲基础设施基金的理事会会议，但马迪巴很累，因此他没有参加理事会会议，只是短暂地参加了招待会。西里尔·拉马福萨陪同我们，他解释说马迪巴很累，无法参加理事会会议。这是我第一次看到马迪巴只是因为累了而缺席会议，我不知道该如何向人们解释。幸运的是，西里尔做了所有解释，我不必承担责任。我还打电话给格威尔教授，他和西里尔都异口同声地说："如果马迪巴不想出席，他就可以不出席，他有累的权力。"随后，马迪巴宣布他不再想去伊朗，他想回国。他以前从未取消过任何一次国际访问，也从未对访问感到厌倦。我们通知伊朗政府，他们显然非常失望。马迪巴想在家里和妻子待在一起，不想让自己的生活被时间表所左右。我早就预料到这些迹象，由他自由决定什么时候说出来，然而这件事本身仍然让人意想不到。

当我们回到南非时，马迪巴决定给沙特阿拉伯国王和王储送一份礼物，以感谢他们多年来的盛情款待。他向我征求意见，沙特人如此富有，送什么礼物成为一个难题。我建议给他们每人送两只羚羊，我做过调研，知道它们能在沙特郊区生存。我了解到他们都很喜欢动物，因此羚羊将是一件受欢迎的礼物。马迪巴同意了。

我们请当时香巴拉的农场经理德里斯·克罗格（Dries Krog）帮助我们，这些动物在离开之前必须接受检疫，需要几周时间来准备所有必要的文件和出口许可。多年来，人们经常问我我的工作到底需要做些什么，我不知道如何描述，但我会说："我会打字、接电话、召开新闻发布会，还能把羚羊出口到沙特阿拉伯。"

在国内，我们参加了选举前的又一次非洲人国民大会集会，但到目前为止，马迪巴已经失去积极参加竞选的兴趣。他们将举行非洲人国民大会全国委员会会议，会上人们将表达对所谓的他不尊重总统的不满。这些人从不愿意直接与马迪巴对抗，他不得不从其他与会者那里听到这些议论。

南非正在申办2010年国际足联世界杯。马迪巴被告知这个计划，但我们认为我们能发挥的作用很小，应该由国家元首来推动这些计划。

2004年4月下旬，托基奥·塞克斯韦尔，南非前总理，当时在豪登（Gauteng）省经营着一个数十亿兰特的商业帝国，他以申办委员会成员之一的身份拜访马迪巴。托基奥宣布，他们希望马迪巴前往特立尼达（Trinidad）和多巴哥（Tobago）帮助游说这个项目。马迪巴很累，他不想访问。一开始他拒绝了，但托基奥没有罢休。事实上，两天后我们就动身前往特立尼达和多巴哥。作为他的顾问，我们无法在执行马迪巴的决策时保持一致。公众对谁掌握着他周围的权力结构感到困惑。我在很多场合都拒绝承担这一责任，尽管我努力实现他的愿望，但决策确实取决于很多外部影响以及基金会首席执行官、马迪巴、格威尔教授的决定。最终，马迪巴必须作出决策，一旦他同意或被说服，就很难让他改变主意；这同样适用于他拒绝做任何事情，马迪巴会表现得很固执。

我坚持要缩小这次访问的规模，尽量减少日程。访问的目的是说服居住在特立尼达和该地区的国际足联成员投票支持南非申办世界杯。我们此行的航班比较舒适，但马迪巴睡觉时习惯没有任何声音。机舱内的结构导致他睡得不好，这让我很担心。当飞机降落时，当地政府已经为马迪巴的到来准备了仪仗队。在如此漫长的飞行之后，指望马迪巴履行任何仪式职责是不现实的。当我注意到仪仗队的时候，托基奥和我沟通了一下，我请他介入这件事。他也能看出马迪巴很累，于是他把特立尼达的国际足联成员杰克·华纳（Jack Warner）叫上飞机迎接我们。我们被告知，仪仗队只是迎宾队列，马迪巴可以立即离开机场。

这次出访是一场"战斗"。在我们访问后仅仅两周，我们前往特立尼达州苏黎世，南非最终获得2010年世界杯的主办权，我们的努力是值得的。苏黎世之后，我们前往杜夫·斯泰恩在英国乡村的庄园，在那里我们可以休息几天。

我不记得是哪一年，但在一次访问伦敦的过程中，我们礼貌地拜访了首相托尼·布莱尔，就像我们在许多场合所做的那样。我很喜欢去唐宁街10号，尤其是它在2003年的电影《真爱至上》中出现之后。当休·格兰特在唐宁街的一个房间里以首相的身份跳舞时，我笑了，因为我以前也去过那个房间，但不是跳舞。这次，我们匆忙前往唐宁街赴约。布莱尔首相对马迪巴总是很热情，我们回到下榻的多彻斯特酒店，对会面感到满意。

那是秋天，太阳升得晚落得早。除此之外，外面通常阴云密布。当我们回到多彻斯特时，我从车里走出来，注意到我穿着两只不同的鞋子。你这个白痴，我想。我为自己感到羞愧，不敢向任何人承认我的错误，但后来我向医生分享这个经历并和他一起嘲笑我的愚蠢。每当我和马迪巴在一起时，我总是待在多彻斯特的一个特别的房间里，这是南非移民奈杰尔·百明顿（Nigel Badminton）的友好安排，访问期间他成了我的密友。这个房间有一个小更衣室，但它更像一个角落，而不是一个房间，里面很暗，我只能依靠灯光。而当我们离开时我非常匆忙，试图召集所有人，并确保马迪巴已经准备好离开，但我没有注意到我穿了两只不同的鞋。我穿的这两只鞋或多或少风格相同，鞋跟相似，因此我在走路时没有感觉到有什么不同，一只是黑色的，另一只是深棕色的。这可能是迄今为止我犯过的最愚蠢的错误。

我们从伦敦出发前往西班牙，在那里，马迪巴和马谢尔夫人参加西班牙国王胡安·卡洛斯和索菲亚王后之子的婚礼，这简直是一个童话故事。大部分来自其他国家的王室成员参加了庆祝活动，几乎没有其他政治家被邀请参加所有庆祝活动。我们因此取笑马迪巴，而他会提醒我们，他确实也是王室出身。对我们来说，这可能只是科萨王室，但仍然是王室，他喜欢被提醒自己是王子。

2004年5月24日，我们接待了著名拳击推广人唐·金（Don King）的来访。他是一个有争议的人物。当然，作为一名拳击手，马迪巴并不反对。当接待员打电话说"国王来了"时，我正在办公室。我一时忘了我们在等他，回答道："什么国王？"我们都笑了，果然是国王——拳击之王。有许多这样的时刻，在某种程度上照亮了我们的生活，让我们保持清醒。

果不其然，在短暂休息之后（尽管他退休了），马迪巴决定参加在泰国举行的国际艾滋病会议。他希望即使在退休后也能继续战斗，并给大家传递一个强有力的形象。这是他86岁生日前不久，在我们从泰国回来的路上，我为《星期日独立报》写一篇文章为他的生日致辞。星期日，这篇文章出现在头版："库鲁，我对你86岁生日的愿望是'有时间'——泽尔达"。我真的希望他有时间独处，有时间和妻子在一起，有时间进行反思。但一旦事情变得太平静，他就会要求行动。很快，退休状态转变为"允许他选择做他想做的事"，我们又出发了。我感觉到，他内心在"待在家里"和"与世隔绝"之间挣扎。我们得出的结论是，他永远不会停下来，只要他发出信号表明他可以做事，"嫌疑人"就会再次接近他。

我觉得他的一些家人和同事并不赞成我出现在他的生活中。对某些人来说，这似乎只是个人恩怨；而对另一些人来说，我觉得他们对他依赖一个白人女性感到不舒服。我觉得自己夹在"我对马迪巴的责任"和"我是他的负担"之间。如果我试图让自己消失，他会打电话给我，有时他会因为我不在自己的岗位上而变得恼怒。他越来越依赖我，原因很简单：他老了。当他参加会议时，他需要有人在场，因为他需要有人提醒他会发生什么或将要发生什么，他的记忆力不如从前。我感到有压力，他也发现了。

马迪巴会让我坐下，给我上一课，告诉我我为他工作，我必须按照他说的去做，我不应该让别人分散我的注意力。现在回想起来，我应该告诉当时的一些人，当马迪巴在为我辩护时，他们必须直接向他表达他们的抱怨，但我从不想因为我的个人原因给他造成负担。我不得不面对这样一个事实：一位年轻的白人南非妇女照顾他却不受公众欢迎的实际情况。然而我下定决心，只要他还需要我，我就永远不会抛弃他。他告诉我，有几次来访者对他雇用南非白人女性在身边非常不满。当他第一次告诉我这个事情的时候，他传达信息的方式十分谨慎，但几次之后，只要他重复一遍，我们就都会笑起来。

索雷斯华是马迪巴长期雇用的厨师，我和她通过电话交谈了很多，因为每当我必须通过电话与马迪巴联系时，她通常也在官邸工作。我们得出的结论是，每个人都想要我们的工作，但很少有人愿意投入时间和精力。

早在2003年初，我就注意到马迪巴对一些事情感到不安，他整天沉默寡言。马迪巴告诉我，他唯一在世的儿子马加托去找过他，说自己得了艾滋病。我对这个消息感到震惊，但我向马迪巴保证，我会尽一切努力支持他。

2004年12月，马加托入院的第一天下午，我和马迪巴一起前往医院去看他。在那里，我们发现马加托已经在重症监护室。马迪巴坚持让我陪同他一起进去。我们只是偶尔才见到马加托，他只在马迪巴晚年才真正成为马迪巴生活的一部分。我很喜欢他，尽管我和他交往有限，在与我打交道时，他总是很有礼貌并尊重我，每当我请他帮忙处理马迪巴周围的事情或代表他父亲参加活动时，他都很乐意帮忙。我不知道为什么他第一次婚姻中生的孩子没有出现在马迪巴的生活中，但我确实看到马谢尔夫人如何努力让这个家庭团结起来。她不断地试图与家族的不同成员沟通，调停问题，并坚持让马迪巴的所有孩子都成为他生活的一部分。这对她来说并不容易，因为马迪巴的一些孩子怨恨他。我是一名员工，从不干涉雇主的家庭事务，也从未忘记我是一个员工的事实。

在医院里看到马加托，我很难过。他不能说话，但马迪巴坚持和他说话。就在我们离开之前，我弯下腰对他低声说："嗨，马加托，我是泽尔达。记住，我们非常爱你，要坚强。"我以前见过一个艾滋病患者康复，我希望他也能康复。在我们离开马加托之前，他的妹妹马卡齐韦（Makaziwe）走进来，我问护士马加托体温多少，以便给马迪巴一些安慰，马卡齐韦告诉我："别管我哥哥的病情。这与你无关。"我伤心地告诉她，我知道她哥哥患有艾滋病已有两年了，我从未做过任何伤害他或和别人谈论他病情的事情。我不想和她吵架，我这么问纯粹是想试着给马迪巴一些安慰。

12月，我在南非西海岸的一个海滨小镇帕特诺斯特（Paternoster）度假。马迪巴的管家建议我最好还是回去，因为情况越来越糟。我知道如果是这样的话，我们必须支持马迪巴，因此我缩短假期，返回家中。在我开车回家的路上，马加托去世了，在那次见面之后我再也没有见过他。我从来没有被要求离开，但我知道我的存在是不受欢迎的。我通知马谢尔夫人我已经回到家，但我过了两天才去马迪巴的家里表达我的哀悼。当马谢尔夫人问我为什么不来时，我说我很关心马迪巴家人的伤痛，我不想加重他们的负担。她被我的说法激怒了，但理解我的感受。马加托是小曼德拉、恩达巴、姆布索和安迪尔的父亲。我为这些孩子感到难过，因为他们是我们日常生活的一部分，我觉得我是和他们一起长大的。那几年，他们大多把我当家人一样对待，我们关系很好。

当马迪巴家人哀悼时，我试图远离他们，但我确实尽力帮助他们安排好后事。这是一场极度悲伤的葬礼，我为马迪巴伤心不已。在非洲传统中，尸体在下葬前必须被带回家中"守夜"。死者最后一晚"睡"在卧室里，第二天早上在房子的门厅或入口处举行祈祷仪式，在葬礼开始前最后一次展示遗体。马迪巴坚持要我在那里参加最后的告别仪式。马谢尔夫人紧邻马迪巴，在整个仪式中紧紧握住他的手。我以前只见过一次逝者，在我还是个孩子的时候奶奶去世了。这段记忆困扰了我很多年。马加托看起来很平静，马迪巴埋葬了自己的儿子，这一定是他最难过的时刻之一。在整个过程中，马谢尔夫人紧紧握着他的手。

20世纪初，马迪巴拜访了杜夫·斯泰恩，请他想办法创造一些额外收入。马迪巴作为前总统，只领取养老金，但这不足以维持他的住所和大家庭的开销。他感觉有责任为身边的每一个人提供帮助——他持续支持人们——每当有人需要帮助时，他们就会求助于马迪巴，即使在监狱里。《与自己的对话》一书中的信件也表明，马迪巴一直是一个供养者。

当时，马迪巴的律师是伊斯梅尔·阿约布，他过去负责处理马迪巴的所有财务。马迪巴本人没有任何处理财务问题的经验，只会要求他的律师代表他处理财务问题。当马迪巴被监禁时，世界已经发生了变化，他甚至不知道如何操作网络银行。

马迪巴有能力无条件地信任人们。我在他担任总统的早期就认识了伊斯梅尔·阿约布。每当马迪巴需要花钱时，就会打电话给伊斯梅尔。伊斯梅尔非常认真地履行他的职责，还负责处理马迪巴的所有知识产权，包括肖像权。每当有人向马迪巴承诺为他们商定的任何项目提供资金时，在谈判开始之前，资金必须先存入银行。马迪巴从来没有亲自处理过类似事情，根据我的经验，他有一半的时间不知道伊斯梅尔代表他在谈判什么，但伊斯梅尔在处理马迪巴的财务问题时很强硬。

每当有人需要钱时，马迪巴就会把他们送到伊斯梅尔那里，但他会先给伊斯梅尔打电话，告诉他如何处理此事。在许多情况下，伊斯梅尔都会认真地质疑支出。这激怒了很多人，据我所知，没有人最终与他保持良好的关系。大家都说："伊斯梅尔必须走。"但他没有。马迪巴也是一个非常忠诚的人，所以不管其他人的意见如何，马迪巴坚定地信任伊斯梅尔。

马迪巴的另一位律师是乔治·比佐斯，自马迪巴入狱前起，他已经为马迪巴当了几十年的律师，他甚至是参加里沃尼亚审判的团队的一员。乔治是一个凭借法律经验和知识掌握权威的人，是少数几个与马迪巴有着特殊友谊的人之一，也是马迪巴非常喜欢的人。

在马迪巴提出请求后，杜夫·斯泰恩回复了马迪巴。然而，这个想法在一定程度上涉及马迪巴形象的商业化。当该提案交给律师审阅的时候，遭到了强烈反对。这将给未来试图阻止其形象的非法商业化带来巨大困难，因此杜夫的想法被否决。然而，他的意图是好的。我们一贯坚持马迪巴的愿望，不让他的形象或名字被商业化，这是他卸任后交给纳尔逊·曼德拉基金会的任务。

多年来，我们收到了很多来源的收入，但有一些不成文的规则，无论提供的金额是多少，任何人都不会在原则问题上妥协。

有些事情马迪巴从不愿意妥协，伤害他与女王的关系是其中之一，烟草和酒精是另一个，而且他从不出卖自己的时间。有一次，一个著名的酒类品牌出价200万美元，他们并不想从马迪巴那里得到任何回报，但酒精和纳尔逊·曼德拉作为人道主义者的形象联系到一起并不合适，我们拒绝了。还有一次，南非啤酒厂向我们捐款，伊斯梅尔也拒绝了。

　　在巴黎，一家知名奢侈品牌向我们出价500万美元，让马迪巴为他们做广告。我喜欢这些人，但我知道我们永远无法将他的名字商业化。人们想付钱见他，我们拒绝了。有时，马迪巴也会见他们，但我们还是会拒绝收钱。对我来说，如果你不相信纳尔逊·曼德拉的理念，只想从曼德拉这个人物形象上获得收益，这意味着你的意图并不纯粹。这个标准确实让我们这些年来损失了数百万，但我们成功地避免了商业剥削或与任何无关纳尔逊·曼德拉理念的事情联系在一起。至少我们试过，并且大部分都成功了。这并不意味着我们不喜欢造酒的人，或者有钱的人，有时人们并不会展现他们真实的品格。世界各地的大多数名人，甚至是领导人，都会把自己的形象用于广告，或通过拍卖与他们共进午餐或晚餐的机会来获益。这是一种很好的赚钱方式，但不适合像纳尔逊·曼德拉那样负有道德责任的人。

　　然而这次提议是为了马迪巴的个人利益，为了养活他的大家庭，而且背后的原因非常复杂。拒绝杜夫的提议几天后，伊斯梅尔找到马迪巴，建议马迪巴可以通过接受指导来创作绘画艺术品，并在所有作品上签名，然后出售。随着马迪巴年龄的增长，他不断提醒身边的人，他有一个大家庭需要供养，说明这件事很迫切。他为一个教育信托基金筹款，因为他坚信他的孙辈都应该接受良好的教育，这并没有什么不合理之处。人们知道他被监禁了很长一段时间，觉得他必须以某种方式养家糊口，以补偿这些年他的缺席。

　　伊斯梅尔的提议被采纳，很快他就代表马迪巴与商人罗斯·考尔德达成协议。他们带着一位艺术家来到马迪巴的家，帮助他为一些绘画上色，并画一些木炭素描。这个项目是基于另一个世界级偶像的类似项目而提出的，他们做了类似的业余艺术，最终为他们带来了很大的利润。

第一阶段完成，随后复制，然后马迪巴开始着色，再次复制；下一阶段是让他在数千张画上签名。我必须安排马迪巴留出签名时间。每隔几天，马迪巴就会花上一两个小时在成千上万张草图上签名。由于马迪巴完全信任伊斯梅尔，我没有出席所有的签约会议。这些签约有时在家完成，有时在办公室完成。没有人保留记录，也没有理由质疑这个项目。毕竟，正如马迪巴指出的那样，在你有充分的理由之前，永远不要质疑一个人的诚信。此外，我在1994年为马迪巴的服务中认识了伊斯梅尔，我从来没有质疑过他们的关系，也没有质疑过伊斯梅尔的权威，因为他们有共同的经历，正如我经常被人指出的那样——我没有和马迪巴共患难过。

2005年4月，调查杂志《新闻周刊》（*Noseweek*）刊登了一篇标题为《马迪巴家族内战》的文章，作者写道：

> 如果想理解曼德拉家族正在爆发的内战，想象一个中世纪的君主濒临死亡的场景很有帮助。皇族以及皇族内部派系都在为君主死后的地位而骚动。皇宫中充斥着窃窃私语和阴谋。

这场"内战"的核心问题是谁控制了马迪巴未来的收入，更重要的是，谁拥有他的名字和形象的控制权。马迪巴想要他的律师比佐斯（Bizos）、巴利·丘恩（Bally Chuene）和维姆·特伦戈夫（Wim Trengove），而不是他的家人来控制他的财产。更重要的是，他对伊斯梅尔的行为感到失望。有人在马迪巴心中埋下了一颗种子，认为伊斯梅尔应该报告进展情况，当他开始质问伊斯梅尔并询问项目时，在我看来，他们的关系开始恶化。马迪巴改变了他对这个项目的决策。他指示乔治·比佐斯和其他一些人停止该项目。伊斯梅尔和考尔德的公司收到文件与停止出售艺术品的命令。这使得那些从该项目中获利的人倍感愤怒，随后"战争"一触而发。

在2013年最新的一场法律诉讼中，马迪巴的两个女儿——马卡齐韦和泽纳尼联合伊斯梅尔控诉巴利·丘恩，认为他任命律师乔治·比佐斯和托基奥·塞克斯韦尔为控制艺术品收益的信托人是不合法的。该案于2013年9月被撤销。

现在，我们经常在香巴拉。香巴拉不仅为马迪巴创造了完美的写作环境，而且还提供了他需要的平静。马迪巴经常说他怀念监狱，我对此感到困惑和惊讶。他接着解释说，在监狱里他有时间阅读和思考，我这才理解他的意思。他会一次去香巴拉几个星期，因为他希望完成他的回忆录。这是一项漫长而乏味的任务，他会用手写体写下每一页，完成大约五页便让我打字，我打完以后，他就会修订内容。然后他会坚持用手写的方式重写，而不是把批改后的打印稿交给我。我建议采用他口述我打字录入电脑的方式，他拒绝了，他想用笔写在纸上。我甚至建议他简单地对着录音机说话，我可以根据他的录音打字，但对此他说："不，你知道，我不喜欢这样。"我们还找了一名研究员帮他，但马迪巴根本无法胜任这样的写作。

手稿的摘录发表在《与我的对话》中，希望未发表的部分很快被用于《漫漫自由路》的续集，这次仅涉及他的总统任期。

事实上，我们正在缓慢但坚定地"踩下刹车"。即便如此，2005年5月，马迪巴还是最后一次访问美国。我们第一站在纽约，在那里，高盛前董事长组织了一场募捐活动，马迪巴参加了一场筹款晚宴。马谢尔夫人不能在纽约和我们在一起，因为她不在，马迪巴变得脾气暴躁。他通常在有活动的下午午睡，当我叫醒他准备参加晚宴的时候，他表示身体不舒服。我的心脏仿佛顿时停止跳动，我联系了医生，医生没有发现他有任何严重疾病的迹象，表示很可能是纯粹的疲惫。我们同意把主要捐赠者带到房间里让马迪巴与之打招呼，这样他就不必去参加宴会了。当他决定取消某项活动时，我们都对人们的反应感到紧张。

尽管赞助商非常理解，我希望所有人都能对这个安排表示宽容。第二天，马迪巴正在健身。他起床与克林顿总统会面，很开心能像往常一样见到他。离马谢尔夫人加入我们又近了一天，这总是能让马迪巴高兴起来。之后，我们参加了由索尔·科兹纳和罗伯特·德尼罗主持的晚宴，由杰里·因泽里洛在特里贝卡组织。这是一次很愉快的晚餐，有很多好朋友参加，也有来自音乐和娱乐圈的名人——其中一半我不认识。他们围着马迪巴的桌子向他致意，我们必须坚定地让这些人远离桌子，不得不"指导"马迪巴集中精力吃食物以保持体力。马迪巴对许多名人不了解，他从报纸上看到的名字和照片中认出了一些，但大多数对他来说都是陌生人。我认为这对他们来说可能是一个很大的打击，因为当他第一次见到他们中的一些人时，他并不像他们的粉丝那样作出反应。观察这些本身就是一种乐趣，他们聚集在马迪巴桌前。当我们走出去的时候，我们遇到了理查德·基尔并停下来打招呼。当马迪巴介绍我的时候，我想他可以看出我已经呆若木鸡。

这让我想起另一次我们前往爱尔兰支持残奥会。当我们正要进电梯时，我看到一名男子急忙在拐角处试图找机会截住某个名人。当我张望的时候，我发现对方是皮尔斯·布鲁斯南（Pierce Brosnan）。我低声对马迪巴说："即将进入电梯的人是一位著名演员，他在詹姆斯·邦德电影中扮演007。"我本该在"著名演员"之后停下脚步，但我惊讶地发现，他在没有任何人陪同的情况下到处走。当然，当他进入电梯时，马迪巴仍在问："他扮演谁？"我没有回应，而是说："库鲁，你还记得著名演员皮尔斯·布鲁斯南吗?"马迪巴说:"哦,是的,当然,很高兴见到你。"当电梯停在我们楼层的时候,我松了一口气。布鲁斯南先生口若悬河地向我们打招呼。

布拉德·皮特为支持探雷者项目访问南非时也发生过类似事件,该项目由理查德·布兰森(Richard Branson)发起,旨在资助在战乱地区探测和销毁地雷。纳尔逊·曼德拉的生活围绕着政治,而不是娱乐,除了在监狱里放映的几部电影外,他根本没有时间去电影院看电影,他也没有可以看DVD的空间。他为政治和人道主义努力而吃、睡、住。我试图向马迪巴解释布拉德·皮特是谁,但很难。第二天,当他们终于见面时,马迪巴像往常一样问布拉德是否带着名片,布拉德当然没有带。马迪巴问道:"那你是做什么的?"我很幸运地向布拉德解释说,请他理解,马迪巴并不了解好莱坞和整个电影行业的发展。布拉德的回答非常客气,他说:"我试着以演戏为生。"我补充道:"他非常谦虚,他是世界上最好的演员之一。"布拉德没有大惊小怪,也没有感到惊讶或尴尬,他是一位真正的绅士。

在布拉德来访的前一天晚上,我接到一位朋友的电话,他是探雷者项目的一员,他说布拉德想让我和他们一起吃晚饭。起初我拒绝了这个邀请,后来我分享了这件事给我的一位同事,她问我是否"正常",到底有谁会拒绝与布拉德·皮特共进晚餐?虽然我很感谢这次邀请,事实上,晚餐的目的是让他对南非有一个大致的了解,以及对会见马迪巴有什么期待。我受够了被邀请讨论我的老板。虽然我很爱马迪巴,但我不希望感觉自己必须和马迪巴一起招待他人。我不得不重新考虑这个邀请,我很高兴自己接受了。布拉德是一个非常谦逊的人,我们都热爱摩托车,我甚至发现我们当时开的是同一款摩托车。他不仅对听到马迪巴的消息感兴趣,而且对与能让他了解南非及其未来的人进行真正的互动也很感兴趣。

　　纽约派对结束后，我们继续美国之旅。这一次，乔治·W.布什总统回了我们的电话，马迪巴前往华盛顿会见他。我们第一次住在乔治城四季酒店，酒店用史密斯先生和夫人的笔名来称呼马迪巴和马谢尔夫人。我觉得这很讽刺。在南非史密斯姓被认为是白人姓氏，这是在安吉丽娜·朱莉和布拉德·皮特饰演的电影《史密斯夫妇》上映后不久，这部电影讲述了一对坠入爱河的间谍两人组。总有这样的时刻给最紧张的情况提供了很多幽默。我的幽默感也很有帮助，因为我可以静静地笑，保持理智。

　　在华盛顿期间，马迪巴在美国国会黑人核心小组发表讲话。我们无法向任何一位与会者致意，因为他们是一大群人，我们取悦一些人就会冒犯另一些人。马迪巴向黑人核心小组发表演讲后回到酒店，我听说当时身为参议员的巴拉克·奥巴马没有参加核心小组会议，因为他不同意他们对某个具体问题的看法。参议员希拉里·克林顿也要求见马迪巴，由于我们多年来与克林顿夫妇的关系，我们知道这更多是一种社会使命，而不是政治或商业使命，所以我们同意了，尽管事实上马迪巴在纽约繁忙的日程结束后已经筋疲力尽。这次长途旅行对他来说已经过于疲劳。他还需要去拜访布什总统，因此我们必须保证他的体力。我们还收到一条消息，奥巴马参议员希望有机会向马迪巴致意。我们当时的首席执行官约翰·塞缪尔（John Samuel）、格威尔教授和我一致拒绝这一要求，因为马迪巴太累了。

　　马迪巴的一位美国朋友弗兰克·法拉利（Frank Ferrari）告诉我们，这只是一次"握手会面"，奥巴马参议员可能会成为未来第一位黑人美国总统，我悄悄地想："可能"成为。我们最终同意他们的礼仪性会面。

奥巴马对年迈的马迪巴过于尊重，我也很惊讶他对每个人的关注，从门卫到"秘书"，与纳尔逊·曼德拉的性格非常相似。马迪巴没有站起来迎接他，因为他实在太累了。我不记得是谁拍下马迪巴和参议员的照片，但那张照片显示马迪巴坐着，只有当时还是参议员的奥巴马弯腰与马迪巴握手的侧影。

这是在马迪巴宣布美国入侵伊拉克是错误的，首相托尼·布莱尔表现得像美国外交部部长之后，我们第一次见到布什总统。马迪巴说，布什总统不尊重联合国的决议，因为科菲·安南是黑人。马迪巴有许多问题要与布什总统讨论，他们计划在会晤后共同出现在媒体面前，向世界表明他们"同意保留不同意见"。在发生了许多事情之后，他们依旧表现得很友好。马迪巴经常说，一个人永远不要去隐藏你和别人的分歧，但你应该记住，你们之间特定的分歧不会决定你们的关系。同样，马迪巴与卡扎菲有意见分歧，但从未因这些分歧而怠慢他。

我担心马迪巴太疲劳，无法参加这种性质的会议，所以我为他准备好会谈要点。我们像以前一样进入白宫，然后前往椭圆形办公室。在等候室里，我们遇到一位试图与马迪巴闲聊的实习生。我通常会流露出我的情绪，这人很快明白了这一点。布什总统迅速到场，会议开始，我很感激他们的准时。当马迪巴第三次重复自己的观点时，我可以看出布什总统变得不耐烦了。马迪巴没有拘泥于我的会谈要点，一直在谈论，然后回到会谈大纲时，他会重复他的观点。我感到紧张，因为我看到布什总统对马迪巴晚年的"局限性"几乎一无所知。马迪巴还没说完，布什总统就说，"好吧，总统先生"——意思是马迪巴——"是时候让我们去见媒体了"。马迪巴没有停止，因为他还没有说完。布什总统打断了他的话，重复要求见媒体。此情此景让我不太舒服。

在我看来，布什总统似乎对出现在媒体面前更感兴趣，而非倾听马迪巴想说的话。值得称赞的是，布什总统同意增加对非洲的援助，但这并没有改变我对他的看法。我感到无能为力，我为马迪巴感到难过，因为在这种情况下，我无法做任何事情来支持他。马迪巴意识到自己开始变得健忘，而且他经常走神。他会说，"你知道我现在快一百岁了，我已经忘记了一切"。我很心痛，有时会捏他的手或抚摸他的肩膀，试图给他一些安慰。我们理解他，即使他变得健忘，我们也会支持他。

当时我住在约翰内斯堡的西兰德（West Rand），距离我们的办公室和马迪巴的住所霍顿大约21公里。在正常交通情况下，我需要花大约40分钟到达霍顿或返回住处。下班高峰时，我甚至需要大约两个小时。这简直要了我的命。此外，马迪巴会为任何事情联系我。一个星期六的早晨，当我在花园里工作时，马迪巴打电话问："泽尔迪娜，你忙吗？"当然，我不会说我很忙，而是问："我能帮库鲁什么忙？"然后他会说服我，这不是他可以通过电话讨论的事情，他问我可以到他家来吗？于是我收拾着装，前往他在霍顿的家。当我到那里时，他十有八九不记得为什么给我打电话。我试着让他写下当时他在想什么，这样我去找他的时候，他就能记得为什么给我打电话，但他不会这么做。然后，我试图说服他告诉一名家庭工作人员他为什么联系我，这样我到了那里就可以提醒他，但他也不会这么做。我不得不制订另一个计划，开始寻找离他更近的住所。当时我买了第一辆摩托车，父亲说服我说我长大了，应该卖掉"玩具"，投资房地产，所以我买了一个离办公室和马迪巴都比较近的房子。

实际上，我再也无法保持日常工作和旅行的节奏了。管理工作不堪重负，我经常与马迪巴一起参加活动，这给我造成了工作积压。幸运的是，基金会的首席执行官批准任命三名助手来帮助我。他们是从天堂派来的天使，额外的人手帮助了我，我设法下放一些职责，这样我就可以有足够的时间来制定有关马迪巴的一切计划，从媒体沟通到时间管理。但一切都没有按计划进行，马迪巴想知道我对他每天的安排。然而，无论我多么注意细节，计划从来都不是完美的。有人告诉我，我是一个苛刻的人，一个不容易相处的人。我确实是一个完美主义者，我对别人的期望过高。随着马迪巴年龄的增长，我对有关他的细节变得更加执拗，但奇怪的是，我对其他人也变得更加耐心。

有时马迪巴很难取悦。如果我没有给予他足够的关注，或者没有参加足够多他喜欢的活动，他就会找到一个理由让我做某事，而不是委托别人做。然后我会被夹在员工中间，试着不去伤害他们的感情，试图让他们不要觉得自己被冷落了。我不再是那个害羞的白人女孩，他已经习惯于我的"强迫症"和完美主义。这些工作人员更适合给马迪巴工作，他们会容忍别人迟到，但我不会。

2005年10月，我们启程前往肯尼亚两周，与马谢尔夫人共度时光，当时她正在内罗毕为非洲"同行评审机制"工作。这可能是我生命中最长的两周。在家里，我有一个朋友帮助我收拾我的房子；在肯尼亚，我只想回家。马迪巴说话少了，但即使如此，他也从来不是可以闲下来的人。他很沮丧，但这是一个令人难以捉摸的局面。他想和妻子在一起，但不想被困在一个地方。

我们第一次住在内罗毕的酒店里，周围环绕着茂盛的绿树，但这些绿树挡住了照进他房间的阳光。由于马迪巴没有自由行动的机会，走到什么地方都有人跟随，我们大部分时间都待在室内。几天后，我们决定搬到一个高尔夫庄园，那里至少有阳光，他可以坐在外面。然而，除了阅读新闻剪报和接待一些访客之外，他没有什么其他事情可做。马迪巴住的房间对面是一个湖泊，周围是树木和灌木丛。当我无所事事的时候，我的想象力变得丰富，我想象这个湖看起来像尼斯湖。这是一个相当怪异的湖泊，我告诉马迪巴，我以为是尼斯湖，并告诉他关于湖中怪物的苏格兰神话。几天后，当马谢尔夫人在家吃午饭时，我把这个湖称为尼斯湖，她让我停下来，因为我在吓唬马迪巴。我当时吓到马迪巴了？我们笑了。

在朋友的帮助下，我一回到南非就搬回家了。我觉得要过正常人的生活，因为我一直是个爱狗人士，所以我决定养两只波士顿梗犬，它们被称为温斯顿和罗西。我早就决定，我永远不会养名字平庸的狗，它们必须代表著名的政治人物。温斯顿看起来有点像温斯顿·丘吉尔，只需要一支雪茄看起来就完美了。罗西与任何政治人物都没有相似之处。事后看来，我本可以用克里斯蒂娜·奥纳西斯的名字叫它"克里斯蒂娜"，或者用玛德琳·奥尔布赖特的名字叫它"玛德琳"，而不是"罗西"，但"罗西"也很适合它。很快它们就成了我的"孩子"。由于马迪巴不再渴望旅行，我更容易给予我的宠物所需的关注。

马迪巴在马普托停留了很久，但放弃了写作。在家里，他仍然想和有趣的人见面。在南非偶像比赛结束后，他会在报纸上看到这件事，并表示他想和年轻人见面，我们便会安排。随后，一名警察在执勤时身中11枪却奇迹般地活了下来，马迪巴在报纸上看到这件事后想去见他。有时他会说他想见某些人，但当他们到达时，他根本无法与陌生人互动。很难预测他想要什么，很明显我们需要更多的耐心和理解。这是一个自然过程，是衰老的一部分。随着年龄的增长我们逐渐老去，你会经常拿不定主意。

从这个时候起，一切都开始平静下来。马迪巴大部分时间都和妻子待在马普托，只有当他有重要安排的时候才会来南非。马谢尔夫人要继续她的工作。作为一个充满活力的人，她必须继续工作。我们的大部分时间则无聊地待在家里。我个人认为，马谢尔夫人之所以吸引马迪巴是因为她充满活力与热情，她有决心并承诺不仅在莫桑比克而且在整个非洲实现变革。她雄心勃勃，虽然他想和她共度时光，但他从未希望她放弃自己的事业。她热爱儿童，并热衷于改善莫桑比克人民的生活。她于1995年获得联合国颁发的南森（Nansen）奖章，以表彰她在难民儿童方面的工作，她决心继续追求这一目标，为无声者发声，这为马迪巴所欣赏和钦佩，并经常夸耀她。2006年1月，我们应索尔·科兹纳邀请再次启程前往毛里求斯。这一次，我们确定马迪巴的日程安排，他可以待10天，而不是一周。和第一次旅程一样愉快，像往常一样，科兹纳国际公司的杰里·因泽里洛确保我们的所有需求都得到索尔·科兹纳的支持。管理这处房产的经理人毛罗·戈维纳托（Mauro Governato），全力以赴确保马迪巴度过一生中最美好的时光。我们在这里享受着完完全全的私密生活。马迪巴回到南非，重新恢复活力，为迎接下一年做好了准备。

我在健身房遇到一位年轻的毛里求斯训练师普拉卡什·拉姆苏伦（Prakash Ramsurrun），他声称自己是一位训练有素的生物运动学家，当他问起马迪巴现在的健身情况，我告诉他，如果没有手杖，马迪巴就无法自由行走。普拉卡什希望能和马迪巴一起做一些伸展运动，他向我保证，通过一些阻力训练，马迪巴将能够再次行走。当人们提出这样的建议时，我通常非常恼怒。马迪巴身边一直有医生。我的挫败感来自我认为人们低估了我们对他的关心。他们难道不知道我们已经尝试了所有可能。医生不想听这些建议，所以我不得不编造借口，解释为什么这个建议行不通或不可能被批准。

我在别墅里再次与马迪巴和马谢尔夫人讨论了普拉卡什的建议，他们同意他可以过来指导马迪巴做一些伸展运动。第二天早上，普拉卡什开始训练。当然，他必须先在我身上示范，让马迪巴认可他接下要做的动作，我是小白鼠。马迪巴很快就同意这个项目，他与普拉卡什合作。我们离开时，马迪巴没有用手杖也可以独自行走，他看起来容光焕发。事后我写了一张纸条感谢索尔的盛情款待，说他的慷慨"延长了马迪巴的寿命"（我真的相信这一点）。我们把普拉卡什带到南非来培训我们的按摩师，但这需要决心和坚韧才能让马迪巴继续下去——这不是马迪巴一直愿意接受的。所以几个月后，他放弃了。

回国后，马迪巴在客厅里度过了更多的时间。有一天他宣布，是时候摆脱那些悬挂在那里的殖民艺术品了。马谢尔夫人让我去寻找非洲艺术品。我在一年前为我的新家购买过一些类似的艺术品，这些艺术品是某个科萨女性的个人作品。我回到商店，请店主来给马迪巴展示一些非洲艺术品。起初，他对一幅描绘三名科萨女性的画作很满意，它是五颜六色且明亮的。两周后，他开始对作品不满，并说："不，你看，这不可能是对的。这幅画只画了女人，也必须有男人，必须增加一个人。"于是这幅画被归还给艺术家，让他在画中添加一名科萨男子。我意识到，马迪巴的思维已经定式，在任何情况下都具有代表性和平衡性。这不再是一个有意识的决定，而是一种自然而然的反应，一切都必须完美平衡。

当你每天都见证这些的时候，你自己也会变得有点像这样。在马迪巴这样的人身边，你的整个人生都在随之改变。诚如人们所说，善待你遇到的每一个人，因为我们不知道他们的苦难。我学会了理解陌生人，学会了恰当地感谢一个人，学会了尊重他人。时刻记住，你对待一个人的方式将决定他对你的态度——这是马迪巴给我上的重要一课。通过这些年的观察，我逐渐意识到"人们会忘记你说过的话，但他们永远不会

215

忘记你给他们的感觉"。即使只是以友好和尊重的方式问候某人，也向我展示了这个道理。

克林顿总统定期访问南非。2007年，他同意参加一个有利于基金会的筹款活动。这是我联络我们的一些朋友举办的筹款活动，他们也确实参加了活动以支持我们。克林顿总统和基金会都捐赠了一些要拍卖的纪念品。我们仅在一个晚上（在到场人数不到100人的情况下）就筹集到高达1 800万兰特的资金，这在南非前所未有。这笔钱被捐赠到基金会，以确保项目的可持续性。

可悲的是，截至目前，纳尔逊·曼德拉基金会是三个曼德拉慈善机构中唯一一个未能获得捐赠的慈善机构。我们经常不得不与其他慈善机构分享收益，这些慈善机构的重点领域是儿童和奖学金，很容易吸引人们帮助。我从来没有因为筹款而得到额外的薪水，安排活动或筹款从来不是我工作的一部分，但这是我对自己的期望。我坚信我们有必要保护马迪巴的遗产，让他的子孙后代能够向他学习，即使在他去世后，我也要不遗余力地确保成功。然而，令人难过的是，我后来被他的一些家人问道："为什么一个秘书要做这做那？"我无法回答他们，我猜最好的答案是，因为没有其他人这样做。我永远感谢那些接听我电话的人，在我提出要求时给予支持的人，以及多年来和我建立的友谊和联系。

在筹款活动前一天，克林顿总统访问基金会时，他发表了一个非常感人的演讲，他谈到了马迪巴：

> 我非常后悔从来没有像罗伯特·肯尼迪那样，在我的朋友（马迪巴）遭受这么多年苦难的时候，站出来做任何事情帮助他。但他确实活了下来，我相信上帝这样做是有原因的。现在在他美好的晚

年，他甚至不用说什么就能让我们知道，如果你认为我们共同的人性比我们利益的差异更重要，你会看起来更好，你会感觉更好，你会活得更好。

这是克林顿总统在我们面前所作的最棒的演讲之一。

我们也开始与戈登·布朗（Gordon Brown）以及他的工作人员成为朋友。我们知道他是一位英国政治家，但他作为英国首相对非洲充满热情，并努力推动各国政府尽其所能实现千禧年发展目标。他正准备接替英国首相托尼·布莱尔，后者因英国介入伊拉克战争而在政治上备受煎熬。戈登是一个非常谦逊的人，马迪巴很喜欢他。非洲人国民大会是英国工党的盟友，但只要它支持暴力或战争，就不会获得支持。戈登有从伊拉克撤军的想法，但就像奥巴马总统和布什总统同样面临复杂的局势一样，戈登也和托尼·布莱尔一样面临同样的挑战。托尼很有魅力，我和他的办公室职员很亲近，但他的真人和公众形象并不一致。在私下谈话中，我喜欢他和他的想法；但在政治领域，在公开场合，他作出的决定与私底下的他完全不同。戈登对我来说是一个"慷慨的巨人"，他访问了莫桑比克，与马迪巴和马谢尔夫人一起发起了教育项目。

几年后，曼德拉·罗德斯基金会（Mandela Rhodes Foundation）的首席执行官肖恩·约翰逊（Shaun Johnson）希望马迪巴在我们访问伦敦的行程中与戴维·卡梅伦会面。他是当时英国反对党保守党领袖。肖恩还表示，戴维可能成为下一任首相。这一次我想：大概吧，就好像在我有生之年，保守党人将再次成为英国首相——正如我被告知巴拉克·奥巴马可能成为美国第一位黑人总统时的反应一样。但最终两人都做到了，所以我也很高兴我们当时同意与戴维·卡梅伦会面。

尽管如此，马迪巴向我们发出了与他"退休"状态相矛盾的信息。一个例子是"长老会"成立，这是一个由领导人和"舆论制定者"组成的全球团体，他们共同就和平与人权问题发表意见。2000年代初，企业家理查德·布兰森在伦敦家中吃午饭时产生了这个想法。音乐家彼得·加布里埃尔（Peter Gabriel）和理查德·布兰森共同提出这一想法，这是一个由年长官员组成的组织，为全世界寻求正义与和平的持续斗争提供指导。尽管这是一个出色的倡议，但马迪巴已经太老，也太累了，无法积极参与其中，然而他却坚定地表示支持。他同意在他的支持下发起这项倡议，该实体将成为一个有影响力和受人尊敬的人士组成的独立团体，并就全球问题提供急需的咨询意见。

　　事情越是变化，马迪巴就越是一成不变。有时马迪巴会在家里待几天，然后说他想去商店买支钢笔，我会主动提出去帮他买，因为我知道他喜欢用哪种钢笔——普通的塑料圆珠笔。当我提出要去买钢笔时，他会反对并说我会买错笔，我知道这是他想去购物中心的完美借口，也是安保人员和我最糟糕的噩梦。让他进出购物中心对我们来说很麻烦，但带他去文具店也不行，那一定得是个购物中心，然后他会带着他简单的笔回来。

　　有一次，他去约翰内斯堡郊区的大型购物中心桑顿城，下定决心要买一支钢笔，安保人员把他带到万宝龙商店，不知怎的，他不知道一支圆珠笔就足够了。当时我没有和他在一起，他选好笔准备付钱时，才意识到没带钱，而且安保人员也没有足够的钱，即使他们把所有的现金加在一起，也无法支付这支笔的钱。他们当然没有足够的钱，南非的警察是收入最低的一些人，但他们被期待提供"保护和服务"。马迪巴从来没有真正带过钱，只是偶尔会向某人索要现金，但他会忘记某一刻他把钱给了孙子，结果钱包总是空的。他钱包里唯一的固定存在是马谢尔夫人的名片，这是一种甜蜜。

然后我便接到安保人员疯狂的电话呼叫，说马迪巴认为自己应该付笔钱。我要求和店主谈一下，但这位先生说他稍后会电话联系我，并给我寄发票。

万宝龙属于鲁伯特家族，家族成员与马迪巴是多年的朋友，先是父亲安东·鲁伯特博士，后来是儿子约翰·鲁伯特，他现在掌管着世界顶级奢侈品牌，如卡地亚、万宝龙、梵克雅宝。马迪巴不可能记得或知道万宝龙是鲁伯特家族的，当他们带他到那里时，安保人员真诚地想给他找一支好钢笔并以为他有钱支付。当然，约翰不会允许马迪巴为这支笔付钱，当他听说这个消息后，他将这支笔作为礼物赠送给马迪巴。马迪巴不想接受，但最终约翰赢得这场"战斗"，马迪巴别无选择。在生病之前，马迪巴一直把钢笔放在口袋里，称之为"总统笔"。它是一支经常需要重新填充墨水的钢笔，而且常常没有墨水，因此我们尽量避免使用钢笔，因为需要寻找墨水并重新填充。

马迪巴很少有某种神圣的个人物品。他有两支笔、手表、空钱包、象牙手杖和老花镜架，还有助听器。这些物品每天晚上都要整齐地摆放在他床边，这些是他醒来后立刻要找到的物品。当然，最重要的是他的结婚戒指，无论是在室内还是室外，无论是工作还是休息，他都戴着这枚戒指。每当我们乘坐商务飞机飞往海外时，他都会把钱包交给我保管，直到我们抵达。他认为钱包由我保管更安全。然而，我通常与他只隔几个座位，钱包由我保管并不比由他保管更安全，更何况它总是空的。有一次，他的行李里装了一些东西，而不是装在他的手提包里，于是他坚持要在飞行途中随身携带行李。机长让我和安保人员进入货舱寻找我们的行李物品，这需要一些说服力，因为没有行李他不会休息。他总是对某些事情很执着，这就是其中的一些。

另一件被认为神圣的东西是他的报纸。他要求第一个读报纸，他不喜欢已经打开的报纸，因此我们必须在不打开报纸的情况下取出里面的广告小册子。如果其他人读过了那张报纸，他会直截了当地拒绝接受打开过的报纸。他读过的报纸你永远不能重新折好它们。他坚持自己做这些事情，哪怕是女王或上帝在等他，他永远会用最精确的时间折叠报纸和飞机上的小毯子。我得出的结论是，这些都是一个人27年与世隔绝的证明，我们没有理由也没有必要尝试改变这一点。很明显，他当时有时间能做到一丝不苟，但后来这变成他个人日常生活的一部分。

我经常帮他脱鞋，然后帮他把脚放在搁脚板上。如果鞋子没有整齐地放在他目之所及的地方，我会不舒服。不要以为你可以把它们藏在椅子下，或者把它们随便放置，你很快就会被要求重新摆放，这是他自律的部分体现。"泽尔迪娜，过来纠正一下。"他会喊我回来把鞋子放在他能看到的地方，两只鞋正好挨在一起并朝向同一个方向。

在各种场合，马迪巴会说想去书店，他拥有的书比很多图书馆都多，我会试着问他在找什么书，因为我可以去为他买，以免我们在公共场合会遇到的各种麻烦。然后，他要么会说想去看某本特定的书，而我知道不要问书名；要么他会完全诚实地说他只想去看书，但他的意思是他也想见见人。很快书店便会一片混乱，人们会忘记来书店的初衷，而我则试图让马迪巴专注于书店里的书，以便我们能尽快离开。人们会围绕着他，我们常常担心他会出意外。

他有时会翻阅一本书，如果印刷品太小，即使这本书很有趣，他也会把它留下。我们不止一次要求南非最大的出版公司纳斯珀斯（Naspers）以更大的字体为他重印一本书，他们很高兴地应允。当然，马迪巴总是带着几本他免费得到的书离开，虽然他通常坚持付钱并会威胁经理，如果不让他付钱，他将永远不会再来。其他人可能会免费接受任何东西，无论是在什么地方获得的，但纳尔逊·曼德拉不会，他坚持付费，只是偶尔接受免费赠品。有时他会买一本书，有时我们会带着几盒书离开。

马迪巴喜欢南非作家和传记，最喜欢的书是南非诗人C. 路易斯·莱波尔特（C. Louis Leipoldt）（1880—1947）的诗集，并一直热爱他的作品。有几次，他要买南非著名作家安杰·克罗格（Antjie Krog）的书《我的骷髅国》（*Country of My Skull*），我试图让他安心，告诉他家里已有两本，我知道他已经有了这本书，但他坚持认为这是毫无意义的争论。有一次，当我说我们已经有这本书时，他甚至对我生气，于是我们当时又买了第四本或第五本。

他有时也会宣布他需要一本词典，我们在不同场合买了几本词典后，我意识到我做的蠢事之一就是和他争辩，就在几周前，我们已经买了一本词典。这本词典其实只是让我们去书店的借口，我想我可能已经和他一起买了20本牛津词典。即使在国外，他有时也会说他需要一本词典，我们便会出发去寻找离酒店最近的书店买词典，然后带回家，一页也不翻。他只是无法直接说出"我想和人待在一起"或"我想看看这座城市"。我想他可能以为如果他那么做会显得很虚荣，所以他宁愿选择以书店或一支笔作为借口。他永远不会做我们认为理所当然的事情，但只有当你也同样被剥夺自由时，你才懂得如何理解自由。

奇怪的是，书店里的南非荷兰语区总是吸引着他，他在《与自己的对话》中提及他对南非作家兰根霍夫（Langenhoven）作品的热爱：

> 首先，他的写作很质朴；其次，他是一位非常幽默的作家。当然他写作的部分原因是为了让南非白人摆脱模仿英语的欲望，他希望弘扬南非人的民族自豪感，所以我非常喜欢他。

我认为马迪巴的这些话，试图向年轻的南非人灌输"他们是谁"和"他们为什么"的自豪感。对他而言重要的是，一个人虽然是一个个体，但需要能同时接受你的历史和祖先。当我发现自己在与年轻的南非人交谈时，我经常重复这些话。

我们还去过比勒陀尼亚大学附近的一家书店。那次，我们正打算出发参加他孙子的毕业典礼，在路上车队忽然完全停住了。我跳下车（因为我通常是开自己的车）问安保人员为什么要停车——答案很简单，我们要去书店。到达书店后，我们翻阅了几本书，然后马迪巴在陈列着外语材料的书架前停了下来。在书店，你可以购买磁带和书来帮助你学习不同的语言，所以我们买了一套葡萄牙语学习材料。马迪巴在莫桑比克住了很久，因此他想学习这门语言，想了解在马普托时那些葡萄牙人说了什么。他让我保证不将他正尝试学习葡萄牙语的事告诉马谢尔夫人，因为他想通过学习她的语言给她一个惊喜，这是个非常浪漫的举动。但是这个学习材料从来没有被打开过，我也不知道这些材料后来去什么地方了，我们只学会用葡萄牙语说"早上好""谢谢"和"请"。

2006年11月14日，马迪巴前往萨克森酒店与摩根·弗里曼共进午餐。我们像往常一样在车队中行驶，我也像往常那样开车跟在车队后方。我们迟到了，我一直在努力催促马迪巴周围的人，确保他不迟到，因为我知道他多么守时。我们紧张地试图避开拥堵，希望他能及时赴约就餐。到处都是蓝灯和警笛试图穿过静止的车流。在一个十字路口，我们必须右转（南非道路靠左侧行驶），警察像往常一样用他们的车堵住了来往的车辆。我们的车队开始进入十字路口，一位驾驶跑车的绅士戴着耳机疾驰而来，显然他没有听到警笛声，也没有注意到前方发生了什么。他全速驶向堵住十字路口的安保车辆，一切似乎像是慢动作。我看到宝马车在剧烈撞击后腾空而起。我们的车队停了几秒钟，这是我第一次看到总统安保部队全部开始行动，他们非常出色。

　　被跑车撞到的那辆车上，安保人员带着他们的枪和包下车，钻进其他车，包括我的车，让我们尽快将马迪巴从现场送走。我们留下损坏的汽车和两名善后的安保人员，径直前往酒店。事故发生时马迪巴正朝另一个方向看，他没有听到撞击声，因为他的车装甲很重，在一定程度上起到了隔音作用。安保人员护送马迪巴到酒店，然后折返帮助他们的同事。我打电话给一位办公室在事故现场对面的朋友，她派了一些员工出来帮助我们的人。马迪巴和摩根共进了午餐，好像什么事都没发生一样。摩根的商业伙伴洛瑞（Lori）和他在一起，他说，当我们到达时，除了马迪巴，我们都明显神色惊慌。这是马迪巴的典型生活，这些几乎没有影响到他，因为无论他身在何处，都会有层层保护。

　　那一年，电影《苏格兰最后的国王》（Last King of Scotland）上映，我想不出如何让他在不用工作的情况下有事情可做，于是我问马迪巴是否想去看这部电影，因为它与他非常熟悉的历史有关。米娜顿影院为马迪巴安排了一场私人放映，我们从后门进入电影院。当有人向他提供爆米花时，他说："不，我这辈子受够爆米花了，现在轮到像他们这样的年轻人（指着我和安保人员）吃了。"我怀疑马迪巴没有吃过爆米花，但由于他一生中从未吃过"零食"，他当时可能也不急于吃东西。他非常喜欢这部电影，当我告诉他在电影中饰演伊迪·阿明（Idi Amin）的福里斯特·惠特克（Forest Whitaker）正在南非访问时，他很想见到这位演员。另外两次他去看电影，一次是看《华氏911》——迈克尔·摩尔（Michael Moore）的电影，还有一次是看《女王》。在《女王》放映的过程中，他几次转向我，当他在屏幕上看到海伦·米伦时低声说道："对了，那是女王，对吧？"看到像马迪巴这样的人在看电影是很少见的，他并不习惯看电影，但对我们而言，这是日常娱乐。

我记得南非电影导演加文·胡德（Gavin Hood）凭借南非演员特里·费托（Terry Pheto）和普雷斯利·奇韦内亚格（Presley Chweneyagae）主演的电影《左西》（Tsotsi）获得奥斯卡奖。三人从洛杉矶回来后，到开普敦拜访马迪巴，我们为他们感到无比自豪。这是南非人第二次获得奥斯卡奖（继查理兹·塞隆之后），并在之后的几天占据新闻头条。马迪巴对举办奥斯卡颁奖仪式感到非常兴奋，他开玩笑地问他们是否会考虑把奥斯卡奖送给他，加文·胡德一脸困惑。当然，你应该把奥斯卡奖颁给纳尔逊·曼德拉，或者不。

2007年初，摩纳哥的阿尔伯特亲王提议晚些时候在摩纳哥为曼德拉基金会和他自己的基金会举办一次募捐活动，前提是马迪巴出席。马迪巴厌倦了旅行，只想待在家里和马谢尔夫人共度时光。然而，当王室邀请他时，他很开心就答应了。偶尔他会提议去某个地方旅行，但又会忘记，我们知道他对此不太热衷，否则他一定会记得。我被基金会当时的首席执行官阿赫马特·丹戈尔要求，与一位同事和摩纳哥王室一起参与此次活动。

我每个月都会前往摩纳哥，我们与阿尔伯特亲王办公室成员举行会议，但很快便明白，他们和任何政府一样都有自己的权力斗争。这是困难的谈判任务之一。

我联系了我所认识的有钱人，为了这个活动向他们出售席位。我给这些年来认识的人发电子邮件，向他们介绍将要拍卖的拍卖品，并表示希望他们能支持我们，他们确实支持了我们。最后，马迪巴多年来的大多数朋友都回应了。我花了9个月的时间与世界各地的人们沟通，说服他们支持这项倡议，并请对方自费前往摩纳哥支持拍卖。这是一次成功的筹款活动，一切都得到了回报，我为我们所取得的成就深感骄傲。基金会筹集了大量资金，建立了一个必要的捐赠基金，以确保其未来的可持续性，但仍不足以让人感到有安全保障。

我在一次访问摩纳哥时因病住院接受X光检查，我以为我得了肺炎。这家医院不怎么样，没有人能听懂一个英语单词，这使得像检查病人这样的简单流程变得很难。我一下病床，便迅速乘飞机前往伦敦，我的两位前同事——一位医生和一位安保人员住在那里，我不得不寻求他们的帮助。颇具讽刺意味的是，我以为自己快死了，唯一能帮助我的人是前同事。在我的生活中，除一起工作的人之外，几乎没有其他的支持者，我意识到我已经逐渐与一般意义上的生活隔绝了。

前往摩纳哥之前，马迪巴和马谢尔夫人在伦敦停留，在议会广场为马迪巴雕像揭幕。在摩纳哥工作期间，我还必须定期与已故的唐纳德·伍兹的妻子温迪·伍兹（两人都是反种族隔离运动人士）会面，商讨揭幕仪式的安排。温迪和理查德·爱登堡（Richard Attenboroug）一起领导组委会。我崇拜她也喜欢和她见面。马迪巴很少能被说服为自己的雕像揭幕，他从不赞成以他的名字命名事物或竖立雕像到处纪念他。他总是不断提醒我们，还有其他斗争英雄也必须得到承认和尊重；而如果他同意竖立像这样的雕像，他不希望亲自揭幕，因为他担心这会显得自负。

我们与布朗夫妇及其工作人员关系密切，访问他们总是令人愉快。尽管几天后戈登·布朗将出席雕像揭幕仪式，但在揭幕仪式上与他见面之前，我们还是应该礼貌地打个电话。2008年8月28日，在进入唐宁街10号之前，我向马迪巴简要地介绍了等待我们抵达的媒体，我们与首相办公室工作人员达成一致，即首相会见马迪巴和马谢尔夫人时，将有一个与媒体合影的机会。马迪巴变得非常健忘，甚至在公开场合他也承认了这一点。他需要被不断提醒人们对他的预期，并一分钟一分钟地告诉他接下来要做什么。但总有这样一些时刻，他会以敏锐的幽默感让我们大吃一惊，他完全意识到他在做什么、要做什么。

我曾告诉他，在他抵达唐宁街时，他不需要回答媒体的任何问题，但他可以简单地表示，他很高兴能在那里与戈登·布朗会面。当我们进入交换礼物环节，马迪巴转向媒体，开玩笑地说："我和我的妻子很高兴来到这里，因为这里的主人曾经是我们的统治者之一，但我们推翻了他们。我们现在已经平等了。"大家都笑了起来，除了我。我很震惊，不知道媒体会如何看待这种说法。马迪巴有很好的幽默感，他在强调我们已经远离殖民主义。

我们尽量小心，避免让他感到不知所措，否则这样的环境会增加他的压力和紧张感。我已经不再担心替他发表演讲，现在我的不安全感围绕着他。他会没事吗？他能承受压力吗？但每次他走上讲台，从前的马迪巴就回来了，一如既往地坚强。我们必须一直适应和调整，思考、规划，为每一个可能的场景做好准备，以确保他没事，并能保证每一种可能性都有解决方案。多年来，为他预约会面的话语，从"是的，肯定已经确认了"到"让我们等日期更临近一点再确定"，再到"现在很难预测哪一天"，最后变成"根本不可能"。话语有自己蜕变和老化的时间线。

在摩纳哥成功筹款后，我们前往巴黎。萨科齐总统到机场迎接我们，马迪巴被他的友好姿态所感动。多年来他一直反复表示，一位在任国家元首亲自到机场迎接一位前总统是非常有礼貌的。这是戴安娜王妃去世后，我们第一次参观丽兹酒店。我偷偷地让经理告诉我她走过的路线，并讲述那天晚上发生的事。我并不是想调查这件事，只是想了解那天晚上的情况。

我意识到我所爱的许多人都在变老。2007年，马迪巴年满89岁。我们不会忘记别人的生日，当有人生病时，我们会送花，有时只是问候他们，并非想从他们那里得到什么。这是我处理人际关系的简单方式，于我而言，抱着想从别人那里得到什么的目的去拜访他们是粗鲁而没有意义的。我最近读到，"生活需要一点时间，需要很多关系"，这即是要点所在。

我想人们经常想知道我在基金会忙什么，因为除了我负责的具体筹款活动之外，很难衡量基金会的工作成果。我在维持关系——参加早餐会、午餐会，喝了比任何人都多的咖啡，以真诚地表达我们对人们的感激和兴趣，无论他们是否资助我们。有时候，我觉得自己已经被过度的社交压倒，我并不是一般意义上的社交达人，但我还是表现出与人交往的兴趣，而且是真诚且善意的。我确保他们都收到了圣诞卡或斋月或犹太节日的美好祝愿。随着马迪巴日益年迈，他不再能亲自做这些事情，而基金会也不再能负担印制数千张卡片的费用。尽管如此，我还是努力保持姿态。毕竟，马迪巴教会我，任何人能给你的最重要的东西就是他/她的时间。1981年3月1日他在狱中给女儿津齐的信中写道（后来发表在《与自己的对话》）：

> 每当我在小牢房里走来走去，或者躺在床上时，我的思绪就会四处游荡。其中一个想法是，在监狱外美好的日子里，我是否对那些在我贫穷挣扎时对我友善，甚至帮助过我的人的爱和善良表示过足够的感激。

我从信中读到的是，对他来说，时刻保持礼貌和感激是至关重要的，因为我们永远不知道我们是否有机会感谢对你好的人，或者在他们对你好的时候给予尊重。

那一年我父亲70岁，第二年我母亲也70岁了，为此我们决定全家一起度假，我哥哥与他的同伴决定和我分摊父母度假的费用。自20世纪70年代末以来，他们就没有去过毛里求斯，我们几乎没有家庭度假的时间，所以我们决定前往毛里求斯的糖海滩（Sugar Beach）度假村。度假期间，我哥哥的同伴里克（Rick）接到他父母的电话，他们正在照顾我们的狗，我想当时在比勒陀利亚郊外的小农场里大约有10只狗。我记得他在桌前接电话，等我取了自助餐的食物回来，气氛很沉闷，我询问我的狗状况如何，他们回答一切都很好。不过我哥哥显得很奇怪，他似乎在对我生气，我能感觉到有些不对劲。我们到家的那天晚上，我急忙前往小农场看我的狗。当我把车停好时，我发现我父亲已经到了，他比我先从机场赶到小农场。他走向我，拉着我的手说："泽尔达，罗西死了。"我的宝贝，我可怜的小狗死了。当我们离开时，它正处于发情期，母狗们都被关在一个小地方，它们爆发了一场剧烈的打斗。

这是我一生中悲伤的日子之一，我为没有和罗西在一起感到后悔，我责怪自己没有花足够的时间陪罗西。如果我连陪狗的时间都挤不出，我怎么能有孩子呢？罗西就是我的孩子，是我最亲近的孩子，我觉得我辜负了它。我不得不枯坐良久，这些都是我在生活中做出的选择。除了我自己，没有其他人好去责怪，但我不能用"责怪"这个词，因为我曾有这么多选择和机会。我因为罗西的死而哭泣，三天没有去上班。五天前，"46664"项目组织在约翰内斯堡举办一场音乐会，而我无法振作起来，这是我当时经历的最伤心的事情。我用至少一年的时间才从罗西的死中走出来，直到今天，它在我的房子里始终有着重要的地位。

罗西一年前生下一窝小狗，我卖掉了它的小狗（其中两只小狗在很小的时候就死了）。它们在离开我之前都有自己的名字，都是政客的名字，包括英迪拉，以印度第三任总理英迪拉·甘地的名字命名，她于1984年遇刺身亡。然而，在罗西去世后的那年4月，购买英迪拉的人打电话给我，说他们要杀了它，因为它不太适应环境。他们想告诉我，如果我为它找到另一个家，他们愿意把它交给另一个主人，否则他们会杀了它。我当天就把它接回我家，除它的父亲温斯顿外，它现在是我一生的挚爱。养波士顿梗犬对我来说是一种治愈，它们帮助我度过人生中最困难的时刻，是我旅行时的思念，是我白天工作时的牵挂。我喜欢开玩笑说，至少我不必为我的"孩子"付学费，这样就可以将这笔钱省下来花在我的摩托车上了！

我一生中最大的筹款活动

马迪巴90岁时，我38岁。我从未想过他会活到90岁，也从未想过我在38岁时仍和他在一起。然而时间过得太快，我开始意识到并理解我所经历的全部价值。而且，我比以往任何时候都愿意尽一切努力，确保他的90岁生日是我们组织的历史上最大的筹款活动。

马迪巴不再热衷于离开这个国家去度假，与往年1月一样，霍顿的房子必须关闭几周让员工休假。工作人员也将在库努为马迪巴服务，这意味着去库努不是一个好选择。马谢尔夫人让我考虑一些其他选择，我联系了一位好朋友——约翰内斯堡太阳酒店（Tsogo Sun）董事长贾布·马布扎（Jabu Mabuza），并征求了他的意见。于是我们决定前往诺伊齐（Noetzie），那里有几座建在岸边的古老城堡，不对公众开放。城堡周围是克尼斯纳（Knysna）森林，马迪巴喜欢坐在户外看森林。假期过后很久，他会问我："对了，泽尔迪娜，你带我们去了克尼斯纳森林，对吗？""是的，库鲁。"我回答。他的意思是说我做了安排。

年初，我们接到种族隔离时期前外交部部长皮克·博塔（Pik Botha）先生的电话，他表示斯蒂芬·霍金教授计划访问南非，想会见马迪巴。博塔先生通过南非一所大学与霍金教授取得了联系。2000年，博塔先生离开以前的国家党加入非洲人国民大会，这让公众非常开心。马迪巴当然欢迎这样一个有利于非洲人国民大会的举动，无论其动机是什么。一开始我们对见面的请求说不，然后我们被说服推翻这一决定（很多时候都是如此）。

我们与博塔先生就见面协议达成一致。马迪巴再也无法应对会议中的任何意外。他衰老得很快，需要明确的方向和指导。陪同博塔先生的是来自约翰内斯堡大学的一位绅士布洛克教授，他以物理学和分发"月球岩石"碎片而闻名，多年前他曾将其中一块送给马迪巴。

与霍金教授会面是一次神奇的经历，但要让一位对技术知之甚少的90岁老人通过电脑与霍金教授进行交流，需要一定的专注力。博塔先生不知道马迪巴沟通有困难，一直在插话，我对他说："博塔先生，请停下来。"我们不能总是告诉马迪巴怎么做，正如我向他解释的那样，要给他时间让他自己去想一想。这常常是人们的问题，他们要么认为马迪巴完全不聪明，要么房间里不同的人认为必须告诉他该怎么做，因为他年纪大了。马迪巴的助听器很快就会切断房间里所有试图告诉他该做什么的声音，他会因此表现得很困惑。

当你试图告诉人们不要干涉时，他们认为你小心眼，但他们自己却没有与一位试图坚持职业生涯的90岁老人打交道的经验。因此，与霍金教授的会面并不是一次成功的交谈，更重要的是，尽管他们同意在会面期间不会给马迪巴带来任何"惊喜"，但我得到的信息是，布洛克教授和博塔先生希望马迪巴在书籍上签名并题字。对此我很生气，很明显他们不尊重双方在会议前签署的协议。

马迪巴惊讶不已，然后用无助的眼神看着其中一个人，这个人会和来访者解释或争论。时至今日马迪巴已经足够了解我，我是真诚的。我们制定了一些流程，仍然需要面对各种特殊的要求，一旦他们坐在他面前，他们会提出一个完全不同的议程。人们知道他很难对他们说"不"。很快，当这些特定流程为人们所知时，一些人说你们怎么能这样做？我们坚持，因为我们别无选择。访客们不断试探我们的底线。

也是在2008年6月，我们得知马迪巴总统任期的礼宾部主任约翰·赖因德斯突然生病。马迪巴非常喜欢约翰，并感谢他的付出。我们去看望约翰时，他已经在布隆方丹（Bloemfontein）的一家医院陷入昏迷状态。马迪巴前往布隆方丹看望一名住院的白人，这在我们的核心圈子里引发了强烈抗议。这是任何人都不敢亲自面对马迪巴的事情，但我也没能幸免。我最后并没有派人去找他抱怨这些，只是简单地接受这些抱怨，然后走开。到现在，我已经有了犀牛宝宝一样的皮肤，一想到马迪巴将被剥夺拜访他喜欢的人的权利，我就很难过，但现在对我来说，这已经变得无足轻重了。

我特意对报纸上有关种族问题的文章作出回应，提醒人们马迪巴经常重复的话，如果我们继续以肤色来评判人，那么我们很可能要走很长一段路才能建设我们梦想的彩虹之国。他是对的，我也厌倦了被贴上基于肤色的标签，我是南非人，这才是最重要的。

由蒂姆·梅西领导的"46664"项目于7月在伦敦海德公园组织了一场大型生日音乐会。我们再次依靠朋友和私人关系开始为马迪巴90周岁庆典筹款活动做预算准备。蒂姆和我提议在音乐会期间举行一次募捐晚宴。

尽管在外国为马迪巴安排一场活动常常令人厌烦和乏味，但我确保南非元素始终存在，哪怕是食物的细节。受邀客人名单是另一个问题，每个人都想去那里，但我们只有有限的空间。

席位是分级出售的，我们在海德公园竖起一个巨大的帐篷。人们总是想被邀请参加这些晚宴，但他们并不总是想付钱，你只能接受这个事实。有些人永远不会明白这样一个常识——你送出去的免费席位越多，你筹到款的机会就越小。有100个免费客人而不是20个免费客人会增加你的开销，筹款也就越不成功。一些人几乎没有为马迪巴的任何工作筹集资金或提供支持，但他们总是想成为获得免费席位的一员。

我们与我在白宫时认识的朋友萨拉·莱瑟姆以及英国的纳尔逊·曼德拉儿童基金会成员一起制定了一份嘉宾名单，以确保这是一场有利可图的活动。活动门票已经售罄，我们邀请马迪巴的一些朋友、家人和其他"抗争老兵"，以确保嘉宾的代表性。在马迪巴抵达伦敦的前几天，伦敦热闹非凡，我简直不敢相信马迪巴的生日就要到了。人们兴奋不已，甚至是普通人也是如此。

　　在为这次旅行准备时，我们陷入另一场权力之战，姆贝基总统还在南非总统任上，政治上，这对许多人来说都是一个不确定的时期。2005年，在德班高等法院裁定沙比尔·沙伊克和雅各布·祖马之间存在腐败关系后，姆贝基总统和非洲人国民大会"解除"了副总统雅各布·祖马的所有职务。2006年，祖马的一位朋友对他提出强奸指控，而祖马辩称他们两个人的性行为是自愿的。审判结束时，祖马被判无罪，外界普遍猜测，姆贝基政府正在发动一场政治战争，以阻止祖马试图在2007年四年一度的非洲人国民大会全国会议上推翻姆贝基。事实如此，2007年12月，姆贝基总统被当选为非洲人国民大会主席的雅各布·祖马赶下台。

　　领导斗争在社会的各个层面都表现出来，你不是姆贝基派就是祖马派。尽管在马迪巴担任总统后全国团结一致，但社会的各个阶层都存在着根深蒂固的明显分歧。祖马担任非洲人国民大会主席后，非洲人国民大会还以非常羞辱的方式"收回"姆贝基总统的南非总统头衔，声称他不再为该党及其人民的利益服务。当时的副总统卡莱马·莫特兰蒂被任命为总统，直至下一次全国选举，雅各布·祖马当选总统。

　　纳尔逊·曼德拉基金会是非政治性的，马迪巴本人也已脱离政治。退休后，他不再参加非洲人国民大会会议，并宣布他永远不会离开非洲人国民大会，他将永远是一名忠诚的成员，但该党的运作由年轻一代决定。然而，人们倾向于认为我们是反姆贝基的，因此也被认为是祖马的拥护者。正是在这场权力斗争期间，在为马迪巴访问伦敦做准备时，我们向南非驻伦敦代表处通报了我们访英的计划。

在我们抵达伦敦参加马迪巴90岁生日庆典的前三天，我接到南非驻伦敦代表处的电话，委员会后勤办公室人员表示，他们不会像往常一样为马迪巴提供希思罗机场国内抵达贵宾室的礼遇，也不会支付数百英镑的相关费用。我顿时怒不可遏："什么？你是认真的吗？在过去的九年里，你允许他付费使用贵宾室，因为他是南非前国家元首，现在你希望他做什么？像普通乘客一样穿过航站楼？"我甚至写了一封电子邮件讽刺地指出，如果不是纳尔逊·曼德拉，我们很多人都不会有这份工作。我几乎不讲道理了，我已经愤怒到极点。

我向我们的首席执行官和董事长说明我的"斗争"，因为我愿意尽一切努力遵守我的原则，我从来没有因为我的问题给马迪巴带来负担，在这种情况下，我也知道这件事会伤害他、让他不安。贵宾休息室的费用是几百英镑，原则上我不会允许基金会支付费用。就我而言，南非前国家元首不再被允许在本国外国使团支持下使用贵宾室，这一突然的变化必须在内阁一级做出决定。这不是一个可以由行政人员做出的决定，他们只是告诉我，因为这不是南非政府的正式访问，他们付不起钱。他们在其他许多场合都会付款，而这次访问并没有任何官方消息。

人们普遍认为，在非洲人国民大会的权力斗争中，马迪巴与雅各布·祖马结盟，这些人因此做了一些可以被视为得到姆贝基总统批准的事情。姆贝基先生自己决不会如此小气地决定撤销对前总统的特权，很明显，这一事件表明南非人之间的分歧，无论是姆贝基的人还是祖马的人。（我最终打电话给首相戈登·布朗的办公室，请他们安排使用贵宾室，他们同意了。）

这次活动取得了巨大成功，我们筹集到超过1.05亿兰特的净利润，迄今为止，这是曼德拉慈善机构中最成功的一次募捐。这笔钱由纳尔逊·曼德拉儿童基金会、曼德拉·罗德斯基金会和纳尔逊·曼德拉基金会分配，以推进各自的任务。我最喜欢的拍卖品是索尔·柯兹纳以290万英镑买下的马迪巴之手的铸造复制品，索尔成为当时曼德拉慈善机构的最大捐赠者。

马迪巴看起来似乎被别人的财富和名气所吸引。然而，这从来不是他与人打交道的考虑因素，他只是觉得有人能像比尔·盖茨或索尔·柯兹纳那样富有是一件很有趣的事情。他经常吹嘘自己在南非富有的朋友们——帕特里斯·莫特塞、托基奥·塞克斯瓦尔、杜夫·斯泰恩、鲁伯特和奥本海默等，他们都对他很好。每当他呼吁他们支持他的慈善事业、建造学校或诊所时，他们都会支持马迪巴所倡议的项目。然而，对他来说至关重要的是，即使他没有去拜访他们，他们也总是受到尊重和礼遇。《与自己的对话》一书中引用他写给泽纳尼·曼德拉的一封信，信中写道，"关注小事和欣赏礼仪的习惯是一个好人的重要标志之一"。因此，我们从来没有忘记过他们的生日或周年纪念日，我们确保马迪巴在没有什么需求的时候也能花时间和这些人在一起，因为这些都是"小事"的一部分。为了尊重马迪巴，你必须尊重他与其他人的关系。

马迪巴坚持在筹款活动中停留比预期更长的时间，我护送他回到酒店，让马谢尔夫人在活动中停留更长时间，所以他们两人似乎没有同时离开主桌。之后，我再次回到活动现场，这无疑是我职业生涯中重要的事件之一。我不想获得荣誉或奖项，但我非常希望马迪巴能感受到荣誉和敬意，我觉得我们已经做到了。从酒店驱车返回活动现场，我的内心充满自豪和喜悦，因为他能够见证人们对他的尊敬。马迪巴的名人朋友帮助我们吸引了大量的捐赠者，他们都自己承担旅行费用，抽出时间来致敬马迪巴，并帮助我们让他的事业获得更多帮助。是的，他们也从协会的活动中受益，但这是共赢。第二天晚上的音乐会同样成功，尽管旅途奔波对马迪巴造成了影响，他累了。人们像往常一样争先恐后地走向马迪巴并向他致意，我远远地看着。我感到对不起他，因为我觉得他真的只想欣赏艺术家的音乐，他们都在为他的生日表演。我记得我们在挪威特罗姆瑟观看南非乐队马菲基佐洛的演出，他很喜欢看到他们在国际舞台上为他演奏。毕竟，这次是他的生日。

在马迪巴上台之前，一个女人走近了我，我没有立刻认出她是前辣妹歌手爱玛·伯顿。爱玛是在音乐会上讲话的名人之一。爱玛告诉舞台导演，她坚持在马迪巴上台前或上台时亲自送他礼物——一个巨大的盒子。我无法想象他会接受一个巨大的盒子，然后整晚带着它到处走。此外，当我得知辣妹乐队在马迪巴担任总统期间拜访他，吹嘘她们偷了马迪巴官邸的卫生纸后，我已经对她有了先入为主的看法，不允许她把礼物递给他，因为他需要随时保持双手自由。

当她走上舞台时，我可以清楚地看到她很不安，我告诉安保人员她是要被密切关注的人之一，她推开别人走向马迪巴，而其他非洲艺术家则被推到后面。她可能是一位无辜的女士，但在这种情况下，我会挺直脊梁，必要时甚至会指责名人。我的职责是积极主动地在问题发生以前解决问题。我知道马迪巴希望在场的非洲艺术家在舞台上有一个鲜明的位置，我想确保他不会因为相反的情况发生而感到沮丧。当马迪巴走上舞台时，人群欢呼起来，有些人哭了，声音震耳欲聋，我为他感到兴奋和喜悦。

媒体和公众对马迪巴施加了越来越大的压力，要求他就穆加贝总统任期内津巴布韦严重忽视人权问题发表意见。我们一直在承受来自世界各地的压力，要求马迪巴发表某种声明，因为此前的事件中，他曾因独立于南非政府工作而受到批评，他们认为他的行为可能会干扰官方外交进程。而他用几句简单台词结尾："在我们的家园旁边，我们看到了针对非洲同胞的暴力事件，以及邻国津巴布韦领导层的悲惨失败。"寥寥数语意味着更多的言外之意。世界各地的媒体抓住这一点，并在几天内成为新闻头条。

第二天，马迪巴会见了他的一些老同事，他们都是在20世纪60年代与他一起参加里沃尼亚审判的人。自审判判处马迪巴终身监禁以来，已经过去四十多年，从那时起他再也没有见过他们中的一些人。他能清晰地记得所有当时的情景，并喜欢与他们共度时光。在这里，他们共同在伦敦的多彻斯特酒店喝茶，而四十多年前，他们在等待审判的牢房里看到的对方仍是阶下囚。在国内，基金会还为他安排了一次与他在里沃尼亚审判中的前政治同僚以及其他前囚犯重聚的活动，他们仍然活着，生活在南非。看着这些人的互动令人感动，我希望我能和他们中的一些人聊上几个小时，问一些问题。这次活动的主要交谈内容是"你见过某某吗，某某怎么样了？"

马迪巴在伦敦的90岁生日庆祝活动是他国际政治生涯的完美收尾。二十年前，他的70岁生日在英国温布利球场举行，全世界有超过两亿人收看，这场音乐会被命名为"自由曼德拉"，两年后他成了一名自由人。尽管这些庆祝活动规模较小，但这是结束我们旅行的适当方式，他出席了他们组织的聚会。之后，我们再也没有出国。马迪巴的年纪越来越大，已不能旅行。

马迪巴有时从家里给我打电话，说他要坐电梯下到他家的一楼，他害怕被困在电梯里，需要我在10分钟后给他打电话，以确保他没有被困。当时我觉得这很好笑，但现在一想到这件事，我就很难过。接到类似电话让我更加爱这个男人，也许是因为他如此依赖我，但正是这种仰慕和爱引起了如此多的仇恨。

这些电话也提醒我他老了多少。就在几年前，如果我们被困在电梯里，他会是那个让周围人都感到安全的男人。几年前，乌干达副总统在坎帕拉发生了这种事情。随员以外，每个人都会试图和马迪巴一起坐电梯。因为我的幽闭恐惧症发作，所以我走了楼梯。巧合的是，那天他被困在电梯里。我们在一楼电梯外面站了20分钟，等待技术人员前来救援。最终，副总统惊慌失措又尴尬地从电梯里走出来，但马迪巴的幽默让所有人都很开心。

马谢尔夫人告诉我，要真实地面对自己，并永远记住——唯一重要的是我与马迪巴的关系，我不能为别人与他的关系负责。当我做某事时，我必须倾听内心的声音，因为它会告诉我什么是对的、什么是错的。如果我担心什么或被什么所困扰，我的感觉必然是有道理的，应该选择让自己感觉最安全的方向。这些年来，马谢尔夫人和我的关系并不融洽。我对这样一个事实非常敏感：一个年轻女人把所有的时间都花在马迪巴身上，一个白人女人告诉他们什么时候起床，什么时候放松，一直有人在身边也让人紧张。但尽管如此，她是唯一一个对我表示欣赏和尊重并给予我尊严的人。我向她致敬一万次，因为她让我保持冷静，并教会了我做事情。

在马迪巴90岁生日前后，我们还确保他与他的许多老同事、员工和朋友等各种小团体一起用餐。他还收到国家邮政局发行的纪念他生日的系列限量邮票，邮票上有我最喜欢的两张马迪巴的照片。

他与前非洲人国民大会夫人们：芭芭拉·马塞凯拉（Barbara

Masekela）、杰西·杜阿尔特（Jessie Duarte）和弗伦·金瓦拉（Frene Ginwala）共进午餐，然后与他那个时代的艺术家多萝西·马苏卡（Dorothy Masuka）、米里亚姆·马克巴（Miriam Makela）、阿比盖尔·库贝卡（Abigail Kubeka）和桑迪·克拉森（Thandi Klaasen）共进午餐。政府还想为民众举办一场音乐会，但由于只有临时的广告宣传，这场音乐会的观众并不多。6月16日基金会还被允许向马迪巴移交一座雕像（6月16日是南非的青年节，纪念1976年索韦托起义爆发），这是一座美丽的赫克托·彼得森雕像，当马迪巴收到它时，我深受感动。其中一位董事会成员和我说了几句话，他们非常感激我照顾马迪巴。我深深感谢基金会所做的这件事，基金会的成立旨在提醒公众注意导致1976年那个灾难性的事件。我们在这个国家已经走过了漫长的道路。虽然我是南非白人，他们还是对我表达了谢意。

大约就在同一时间，一天晚上，马迪巴梦到我辞职去做另一份工作，第二天早上马迪巴在办公室非常认真地告诉我，他梦到我抛弃了他。我泽尔达·拉格兰奇抛弃了他？我向他保证，我永远不会那样做。我决心为他服务到底，直到我们中有人先离世。

第四部分

下一步是什么？

（2009—2013）

留守到最后

又是1月份，霍顿的房子需要关闭，以便工作人员休假。我们不知道该带马迪巴前往哪里，很难带他去酒店，我们要么找一个足够大的房间，让他整天待在室内；要么找一个私人场所，让他可以在户外活动而不出现在公共场合。这具有挑战性！于是我们有了带他去太阳城的想法，从约翰内斯堡出发只需30分钟的车程，他不想去太远的地方。

我先是接到他女儿的电话，她抱怨道："你怎么能带马迪巴去那里?"就好像这是我的决定。我把电话交给了马谢尔夫人。只有当他的女儿明白总统套房是免费提供给马迪巴的，三个房间的套房足够大，让他在里面不会感到孤立无援，他可以坐在户外，不受公众关注时，她才安心下来。

在太阳城的一个早晨，马谢尔夫人和我约定去散步锻炼。早上7点我的手机响了，我以为她要推迟我们的约定，当时只觉得她没有给我的酒店房间打电话很奇怪。但当我接手机时，我微笑着，我正准备等她说她要睡会儿懒觉。但她没有这样说，她只是说："泽尔达快来，带医生来。"我以最快的速度沿着走廊跑去，敲了敲医生的门，对他喊道："哈罗德快来。"他穿上衣服，在我没有解释的情况下迅速抓起包。我们跑向套房，边跑边叫来一名安保人员。马迪巴在浴室地板滑倒，头部受到撞击，虽然他的情况并不严重，但头部有伤口，流了好多血。我们迅速开展救助，医生立即做所有必要的检查，清理伤口并向约翰内斯堡的医生普利特报告。当马迪巴躺在床上，医生为他治疗时，他看到我进出他的房间，开心地说："哦，泽尔迪娜，你来了。"如果我曾经想过离开他，那这就是我决定留下来直到最后一天的那一刻。

不知不觉，我的身体颤抖起来。我这辈子从来没有受过这么大的惊吓，我的肩膀和脖子都痉挛了。我花了三周时间进行各种各样的治疗，包括按摩、针灸、药物治疗，但都没有见效。马谢尔夫人也遇到麻烦——马迪巴家人非常愤怒，责怪她把马迪巴带到太阳城导致他摔倒。他可能会滑倒在任何地方，事实就是这样。老人跌倒了，就是如此。

马迪巴不再每日健谈，他变得越来越内敛。每当他在办公室的时候——很少有这样的场合——他都会独自静静地坐着、思考着，只有在他觉得自己很强壮或想说话的时候他才会真正愿意和别人交谈。我总是要确保有人和他坐在一起，无论他是看报纸还是安静地坐在椅子上。他确实喜欢与基金会的同事互动，每当有新员工加入，我都会向马迪巴介绍他们。我还确保每当他来办公室时，每个人都向他打招呼，这样他就能感受到归属感。他常和工作人员开玩笑，当马雷塔（Maretha）怀上第一个孩子时，他会反复问她："你打算要几个孩子？"因为她身材娇小，但肚子很大。对马谢尔夫人的助手维姆拉（Vimla），他会说"你看起来长高了"，因为维姆拉很矮。

有几次当他说："哦，泽尔迪娜，我们在一起很久了，不是吗？"我会对他独特的措辞回以微笑。他的意思是我们在一起工作了很长时间。如果你为某人工作那么长时间，你就不再需要详细解释他们所说的每一句话，并且你熟悉他们的意图。我会回答："是的，库鲁，我们现在已经在一起工作十五六年了。"我的回答会被一个惊讶的"哇！"回应。我从来没有问过他为什么对我们一起工作的这些年感到如此惊讶，他是否期待我很早就离开，还是他对时间过得如此之快感到惊讶。

多年来，我们与摩根·弗里曼（Morgan Freeman）及其商业伙伴洛瑞·麦克里（Lori McCreary）建立了密切的关系。当我们在国外旅行时，或者当他们访问南非时，我们偶尔会看到他们。在摩纳哥，他们参加我们的筹款活动，并告诉我们克林特·伊斯特伍德（Clint Eastwood）已经同意执导他们计划拍摄的关于南非1995年橄榄球世界杯的电影。它被称为《成事在人》（Invictus），得名于马迪巴在狱中吟诵的诗，诗的结尾是"我是我命运的主人，我是我灵魂的船长"。好莱坞团队为筹拍电影访问南非，我经常与他们会面，将他们介绍给可以提供后勤支持的人。他们还问我是否愿意向扮演马迪巴的摩根诠释马迪巴的性格。我看了剧本后，同意帮忙。尽管1995年我在马迪巴的办公室里并没有扮演重要角色，但我和他们一样希望这部电影取得成功。

在向联合大厦的总统府寻求帮助后，前期制作团队获准进行现场检查。基金会也支持他们的研究，我为他们提供了信笺和门禁卡的合规样板，并绘制了办公室布局图。我知道他们会很专业，当好莱坞团队重现当年场景的时候，他们做得很完美。当我第一天走进片场，我走进了马迪巴在霍顿的第一栋房子的复制品。我在工作人员中摸索着，站在半开的门后，直到他们允许我进入片场。然后，在没有通知的情况下，我听到隔壁房间里有马迪巴的声音。我本能地想：他在这里干什么？然后我意识到是摩根在拍马迪巴坐在他家休息室里的场景。听到他说话真是吓人，听起来很像马迪巴的声音。这些年来我们都说，摩根越长越像马迪巴了。

我只去了片场一天，帮忙做一些小事，比如整理房子，或者帮助摩根理解"马迪巴"这个角色。摩根是完美的马迪巴，对于一个非常了解马迪巴的人来说，这是我们在电影中看到的最接近他的角色。我唯一能帮助摩根的是让他很快学会一些小动作，他经常跷二郎腿，手势表达也太夸张。

这很令人兴奋，但一天很快就结束了，我不得不回到约翰内斯堡。我只能请一天假，但很快，当更多围绕马迪巴或安保人员的场景被拍摄时，我休了更多的假加入剧组，试图帮助他们，并在我认为可以做些不同的事情以使它更加真实时指出。

在马迪巴90岁生日庆祝活动中，我们请大众向马迪巴致以祝贺，我们会把贺信放在一本书中让他保存，并附上照片以提醒他海德公园的庆祝活动。其中一张便条是波诺的一封信，他写道："生日快乐，马迪巴。我正在努力使7月18日成为每个承认纳尔逊·曼德拉的斗争尚未结束的国家的公共假日，直到每个渴望自由的人都有机会获得自由。我相信，你的生日应该是世界各地纪念那些仍在斗争的人们的日子。"蒂姆·梅西和我看着纸条笑了，这比眼前看到的要多得多。我们如何做到这一点？我们思考了一下，在咨询马迪巴总统任期时的法律顾问芬克·海索姆（Fink Haysom）之后，基金会和"46664"组织决定请南非驻联合国大使向联合国提出一项建议，宣布7月18日为国际纳尔逊·曼德拉日。

联合国一致接受该提议并通过决议。南非常驻联合国大使巴索·桑库（Baso Sangqu）在游说其他大使以获得他们支持方面表现出色。当我们被告知该决议已被接受时，我们感到无比自豪，尽管7月18日不是公共假日，但它被宣布为世界各地人们在自己的环境中作出改变的日子。尽管波诺拒绝承认这是他的功劳，但我经常提醒他，他有时的疯狂想法让世界变得更美好，这就是一个完美的例子。

我们在纽约举行了另一场"46664"项目筹款活动，为基金会筹款，这在当时很难。在世界经济衰退期间，我们试图筹集资金，这是我们第一次尝试在没有马迪巴在场的情况下筹集资金。在金融危机期间，人们不想被人看到自己露富，甚至不想做慈善，大多数出席的人都是我们一直依赖的人。募捐活动并不成功，但我们已经为此做好了准备。好的一面是，我当时的男朋友第一次陪我出国，当然我们是自费。十六年来，我第一次在晚上工作结束时有了可以依靠的人。

这些年来，我工作中最孤独的部分是独自在世界各地的酒店度过夜晚。这些年来，我有过恋情，但没有人真正了解我的处境。也有人因为一些原因不断地想和我结交，无论是为签名本，还是为从我的人脉中获益，或者是为结识有趣的人。在几次失望之后，我开始表现得像现代版的隐士。因此，我总是一个人，没有人可以打电话，也没有人可以说晚安，所以愈发倾向于工作，对工作也更加专注，我依赖于工作反馈来弥补孤独感。我认为在某个时候，与别人分享我的生活变得不那么复杂了，我不必为工作找借口了。尽管自由让我成长，我错过了与灵魂伴侣的分享，但这次不同了。

年底，马迪巴计划在香巴拉待几天，让他和马谢尔夫人休息，并让霍顿的员工有机会休假。我们在香巴拉的逗留接近尾声时，很明显，马迪巴变老的速度比我们预期的要快得多，他的体力也在下降。

马迪巴不再轻易独自行动，总有什么事困扰着他。旅行快结束时，一天早上他醒来时心情不好，拒绝吃饭，想马上离开农场。"妈妈，"他对马谢尔夫人说，"我们遇到了危机。"马谢尔夫人和我问他发生了什么，他没有回答。然后他又开始说："妈妈，你看不到危机吗？"马迪巴坚持要立即离开。他通常乘坐军用直升机飞往香巴拉，开车去约翰内斯堡对他来说太远了。但这是假期，很难找到飞行员在如此短的时间内采取行动，香巴拉的主人杜夫·斯泰恩也在农场，马谢尔夫人让他帮忙找一架直升机。

与此同时，一些安保人员在约翰内斯堡致电马迪巴的长女马卡齐韦，告诉她马迪巴坚持立即离开。马卡齐韦打电话给马谢尔夫人，嘱咐她："现在放了我父亲，放了我父亲。"我站在马谢尔夫人旁边都能听到电话里的声音，我畏缩了。我们试图确定马迪巴所指的危机是什么，也在等待杜夫帮忙安排一架直升机。下一分钟，安保人员把车队停下来，把马迪巴送上车，然后开车送他回约翰内斯堡，场面令人惊慌。以前，安保人员从未把马谢尔夫人抛在身后。马迪巴记不清楚发生了什么。马谢尔夫人是南非前第一夫人，也是马迪巴的妻子，她被困在香巴拉，没有任何安全保障或交通工具。乔西娜和我必须想办法把她送回家。杜夫设法安排了一架直升机，他正从空中追赶车队。由于不知道南非警察部队是如何运作的，他指示直升机降落在高速公路上——没有意识到直升机可能会遭到安保人员的射击。农场经理蒂努斯·内尔在车队后面疾驰，试图赶上车队，向他们传达杜夫的计划。直到车队在附近城镇的肯德基领餐通道停下来，显然是为了给马迪巴买肯德基当午饭，他才成功赶上他们。直升机改道，杜夫被要求飞往约翰内斯堡与马迪巴会面。当马迪巴离开香巴拉时，他很愤怒，但我们谁也不明白这场骚乱是怎么回事。他只是重复有一场危机。马迪巴对未来的岁月有着远见——身体不佳和痛苦。他知道自己的身体在变化，但他无法告诉我们他的感受。

在过去的十六年里，我曾多次生气，但在某种程度上，我用讽刺的笑声取代了愤怒。我们中的一些人在过去的许多年里一直照顾马迪巴，满足他，确保他在正确的时间吃到正确的食物，确保他受到有尊严的对待，并确保事情按照他的意愿发生。然而，突然这个安排发生了变化，你只能袖手旁观。我从来没有想过会有人带马迪巴去吃肯德基，但突然之间，事情就这么发生了。

我们还在香巴拉收拾行李，送马谢尔夫人去约翰内斯堡时，他到家了。马迪巴到达后不久，杜夫也到达霍顿家中，然后马卡齐韦紧随其后。马迪巴深感不安，却仍然无法表达他的沮丧。但他把除杜夫外的所有人都赶出了家门。他说："出去！"他们离开了。马迪巴说，他不希望任何人干涉他的事情。

在这种时候，当马迪巴生气时，我真的很担心他的健康，我有时以为他快要中风了。大约一天过去后，马迪巴平静下来，他们很快就离开了库努，他们原计划在那里过圣诞节。

2010年年初，南非疯狂汽车秀（Top Gear）节目的组织者联系我们，询问基金会是否考虑与他们合作，然后他们会让我们成为筹款项目的受益人。与所有请求一样，申请需要我们的委员会审批，委员会由首席执行官、董事长和一些高级职员组成。审批通过以后，我们问马迪巴是否有兴趣与他们会面，确认了他们的名声以后，他同意了。与媒体随后报道的情况相反，组织者询问杰里米·克拉克森（Jeremy Clarkson）及其团队是否可以礼貌地拜访马迪巴。考虑到疯狂汽车秀是地球上收视率很高的电视节目，我们同意了这个要求，条件是基金会将以某种方式出现，因为这个节目可以提供一个平台来介绍基金会的工作，希望将马迪巴的遗产留给全世界。各方都同意了这个安排。筹款活动当晚，我们筹集了大约80万兰特，这令我们很高兴。尽管克拉克森和詹姆斯·梅（James May）承诺参加活动，但筹款活动当天他们却无影无踪。第二天，当他们礼貌地拜访马迪巴时，我希望能见到他们，了解一下他们。就我个人而言，我一直是疯狂汽车秀的粉丝。

在筹款活动的同一天，尼尔·阿姆斯特朗拜访马迪巴。阿姆斯特朗是第一个在月球上行走的人。1969年马迪巴尚处狱中，但他记得狱警告诉过他们这件事，因为当时他们没有报纸或收音机，当然也没有电视。

与当时的许多其他会面不同，马迪巴发现与阿姆斯特朗先生接触非常有趣，他非常有风度。阿姆斯特朗一生中大部分时间都在隐居，我们对他不太了解。在历经如此非凡的经历之后，我对他的现实生活充满好奇，他渴望与我们分享他的经历。我完全被他迷住了，甚至有些敬畏他，当马迪巴问完问题时，我向他问了各种奇怪的问题。马迪巴觉得这很有趣。尼尔·阿姆斯特朗有一个温柔的灵魂，人们可以从他的性格中感受到，通过他的经历，他对生活有了不同的理解。他也上了年纪，马迪巴很容易和他相处。他们两个老男人交流着他们最尴尬的生活经历。

我知道杰里米·克拉克森很幽默，但我认为他其实很有手段。第二天，当他走进马迪巴的办公室时，他问马迪巴有没有跳过大腿舞。我认为他这样问一位年长的政治家是完全不合适的，马迪巴看着我，好像希望我回答。我转向马迪巴说："您不必回答这个问题，库鲁。"我警惕地看向杰里米，他可以看出，我认为他问一个91岁的老人这个问题很愚蠢。

他们坐下后，我提醒马迪巴访客是谁，他们解释说他们的节目是电视上最受欢迎的节目，然后介绍了该节目在世界各地的收视率。马迪巴倾听着并记下了他们所说的话。他们把他们的书递给他，他翻阅了一遍，但不想和他们说话，显得有点孤僻。

第一个麻烦是，我当时还没有意识到，克拉克森认为马迪巴要求见他们，而马迪巴则认为他们要求见自己。杰里米问马迪巴是否经常来办公室，马迪巴作了否定回答，说这是他今年第一次来办公室。然而，我知道据报纸报道，他前一天见过埃迪·伊扎德（Eddie Izzard）和阿姆斯特朗。我像往常一样纠正他说："不，库鲁，您昨天在这里。您见过尼尔·阿姆斯特朗，他告诉我们他的月球之旅时很有趣。"马迪巴回答说："哦，是的，这是正确的，现在我想起来了。"看着克拉克森和梅，他几乎没有别的话要对他们说，他开玩笑地问："你去过月球吗？"他在开玩笑，如果杰里米能开玩笑，马迪巴当然也可以开玩笑？

然而后来，克拉克森写了一篇文章，他非常不恰当地说，马迪巴把他误认作尼尔·阿姆斯特朗。事实并非如此。马迪巴可能不知道克拉克森是谁，但他绝对没有把克拉克森和其他人混淆。他们低估了马迪巴的智力，因为他年纪大了。在我看来，这是对马迪巴缺乏尊重的表现。

除此之外，几天后，组织者与我们会面并告诉我们，我们认为在筹款活动中筹集到的近80万兰特，据称这些钱是为纳尔逊·曼德拉基金会筹集的，但其实并不完全是我们的。组织方要扣除晚餐和活动的费用，然后我们将获得大约一半的钱。我很生气，在基金管理方面，这个安排给我们造成了困难。这一切随后都出现在南非的《邮报》和《卫报》上。我对组织者的态度十分强硬，但我一点也不介意。在我看来，我只是厌倦了人们对马迪巴的利用，我对这些在关键问题上兜圈子的行为非常不满。基金会确实接受了这笔钱，但我们必须分别联系每一位买家。这造成了麻烦，与我们预期的安排相去甚远。再加上我认为这完全是对基金会的不尊重，我很难接受这个安排。后来，人们问我们为什么允许克拉克森与马迪巴会面，我们其实遵循了正当程序，这件事与马迪巴的所有顾问进行过讨论，纸上呈现的一些实质内容——更具体地说，是向国际观众展示基金会工作的一个机会——这似乎是有利的。这不全是钱的问题，而是为保护纳尔逊·曼德拉遗产提供急需的曝光机会，但我们也因此上了一课。

2010年，南非主办国际足联世界杯。马迪巴只是偶尔去一下办公室。他开始显示出衰老的迹象，我们并不感到惊讶，但公众对此感到惊讶。他更健忘，有时不想见人或起床。而其他的时间，他不想被孤立，会要求见人。大多数日子他都想在家休息。很快我们就被艺术家、访客、游客和出席南非世界杯的每一位国家元首"淹没"了，他们都想礼节性地拜访马迪巴。马迪巴不可能接受所有这些会面要求，我们决定停止他的日程安排，因为担心他在本应出席的开幕式之前就已经筋疲力尽。

随后的麻烦是国际足联。我们开玩笑说，我们觉得自己被这个世界组织入侵了，我认为国际足联不是一个世界性的足球组织，而是一个国家。但他们对马迪巴出席开幕式的安排特别宽容。通常而言，南非人民觉得世界杯花费国家太多经费，因为必须在基础设施上投入大量资金以接待大量游客。尽管非洲人国民大会已经掌权16年，南非大多数人仍生活在贫困之中。由于一个发展中国家经常面临各种各样的挑战，提供民生服务的节奏很慢，尽管国际足联承诺南非将在举办世界杯足球赛的社会责任项目上获得良好的回报，但不论当时或后来都几乎没有证据证明这一点。

我认为我与国际足联官员的关系总体很好，尽管偶尔会因为他们想给马迪巴添麻烦而与他们产生摩擦。我参加过许多准备开幕式的会议，相关方都会出席。之后，我会把马迪巴的需求告诉他们的高管，他们会为他调整计划。当然，他们渴望让他出现并支持开幕式，但我也希望相信，他们真的很关心他，能够真正满足他的所有需求。我对南非当地组委会首席执行官丹尼·乔丹和国际足联高管们非常坦诚，谈到避免"剥削"马迪巴的必要性，也谈到他在隆冬时节参加这样的活动所面临的困难。

南非所有的总统和副总统都有一支随行医护人员队伍，这一权力也适用于每次出国旅行的马迪巴，甚至在他退休后。随着年龄增长，医疗队的重要性更加突出。到他92岁时，他们甚至陪同我们参加了所有的本地活动。在为开幕式做准备的一次简报会后，国际足联首席执行官杰罗姆·瓦尔克把我叫到一边，告诉我他接到负责马迪巴医疗保健的医务总监的电话，然而打电话的并不是医务总监本人，而是达布拉（Dabula）将军，他是所有前总统医疗保健的负责人。此前，每当有重要的访客来拜访马迪巴时，我们都会见到达布拉将军。

杰罗姆告诉我，他接到达布拉将军的指示，达布拉是唯一可以决定马迪巴行动的人。他的决定是，马迪巴抵达后将前往一座靠近南非足球协会所在地的办公楼——南非足协大厦，并将被带到主席欧文·科扎（Irvin Khoza）办公室的休息室，然后马迪巴将被带上高尔夫球车，随后驱车大约一公里到达体育场入口。

对我来说，这个安排不太实际。为什么要在隆冬时节开着一辆敞篷高尔夫球车把一位老人送那么远？在开幕赛前两天，杰罗姆接到这些指示，我看得出他很困惑。在世界杯之前，我已经和他们有好几年的合作经验，现在他在世界杯开始的前两天却突然接到一个他素未谋面的人打来的电话。幸运的是，总统保卫组组长迪拉德拉准将也出席了会议。我打电话给他，让杰罗姆复述这个故事，他照做了。迪拉德拉准将不接受这样的安排。安全部门一直根据我们制定的方案决定交通工具和马迪巴的行动安排。

我对这种干扰和他们方案的奇怪逻辑感到震惊。幸运的是，在迪拉德拉准将致电达布拉将军后，此事得以平息。但很明显，这是一场事关权威的较量。现在，达布拉将军手下的医护人员觉得他们是最终的权威，而迪拉德拉准将手下的安保人员则对他们一视同仁。马迪巴的办公室与安全团队有长期的工作关系，对我们各自的专业领域有着尊重和深刻的理解，似乎有人试图破坏基金会和马迪巴办公室的权威：他越老，越不能表达自己的意愿，就有越多的人会过来让他做他们想让他做的事情，为他们的利益而不是他的利益服务，尽管他们可能认为这是国家的利益。我被夹在中间，倍感为难。

令人悲伤的是，在国际足联世界杯开幕式当晚，马迪巴心爱的曾孙女泽纳尼不幸死于车祸。第二天早上，我醒来时收到总统府发来的一条消息，询问传言是否属实。我核实后确认消息属实，顿时愣住了。泽纳尼是你能想象到的最暖心可爱的孩子。

听到小泽纳尼去世的消息，我当即觉得马迪巴很可能无法出席开幕式。然而，我收到了令人困惑的报告。马谢尔夫人离家赴外处理家族事务，我无法立即联系上她。当我和她打通电话时，她说已经与马迪巴家人见面了，决定马迪巴不去参加开幕式了。不到30分钟，我就接到了马迪巴家里人的电话，告诉我马迪巴肯定要参加开幕式。当我问起这是怎么回事时，我被告知，一些工作人员说服马迪巴短暂露面。我再次打电话询问时，似乎某些医护人员或安保人员说服了马迪巴，全世界都在等着他。事实上他们自己在想办法参加开幕式，通过说服马迪巴参加，他们将在如此艰难的时刻以牺牲他和他的家人为代价获得参加开幕式的机会。我很生气，我再次向马谢尔夫人报告了此事。当她回到家后，她解决了这个问题。直到开幕式前几分钟，人们都在试图改变计划，让马迪巴去参加开幕式。

越来越清晰的是关于马迪巴该做什么和不该做什么的权力斗争将是一场艰苦战。马迪巴最终没有去，他与家人一起守夜。权力之争令人筋疲力尽，医护人员显然希望在马迪巴生活中维护自己的权威。那些为马迪巴服务多年的人正在逐步被排挤。我几乎不知道之后会发生什么。当时我很同情马迪巴，他仿佛就像一只被车撞的羚羊，感到困惑，被人推来推去，久而久之自己也不再有清晰的判断。

尽管这对我们所有人来说都是悲伤的一天，但当第一场比赛在足球城拉开帷幕时，全国人民沸腾了，南非再次成为一个团结的国家，体育让我们团结在一起。在一场成功的开赛后，人们消除了对失败的恐惧，到处都是游客，到处高挂各国国旗，人们把他们支持的国家的国旗挂在汽车和房屋上。

　　泽纳尼的葬礼在首场比赛后的一周。两周后，当我与克林顿夫妇观看比赛时，我的祖母也不幸去世。在世界杯期间经历两次悲伤的葬礼让我心情复杂，我发现哀伤很难被全国性的庆祝活动冲淡。马谢尔夫人和乔西娜参加了我祖母在比勒陀利亚的葬礼，我的家人深受感动并心存感激。我从来没有想到，她们会花时间和精力驱车这么远来支持我和我的家人。祖母是我祖辈中最后一位活着的亲人，尽管我对她让我母亲经历孤儿院的创伤感到痛苦，但我还是对她的去世感到非常难过。我的母亲没有怨恨我的祖母，反而和她很亲近，后来她俩一直在一起。

　　马谢尔夫人在最令人惊讶的时候出现，她有一种母性的本能，知道他人什么时候需要她的支持。这让我想到她需要的支持，马迪巴年纪越来越大，她很无奈地看到丈夫在一天天变老。她不是机器人，她也需要支持。当我为男友的离开感到伤心时，或者当我的生活变得太艰难的时候，马谢尔夫人会一直在我身边支持我，她给我的支持比其他人都要多。

　　马迪巴的整个人生都建立在尊重的基础上。尊重朋友，尊重敌人，尊重那些穷困的人，那些衣着差的人和受教育程度低的人，甚至那些伤害过他或犯过错误的人，对于那些似乎比他更强大、更富有、更聪明的人来说也是一样。我从来没有觉得马迪巴因为我比他小、知道得少、挣得少而不尊重我，没有一天，没有一次。马谢尔夫人是唯一一个让马迪巴真正感受到快乐的人，正因为如此，如果有人怀疑她是否应该得到尊重，毫无疑问她当然应该得到尊重！

　　5月，我决定为曼德拉纪念日做点什么。在与同事赛罗·哈唐讨论后，我决定组织一群摩托车爱好者一起骑行，即组织一个代表团在约翰内斯堡和开普敦（约1 400公里）之间骑行，以宣传曼德拉纪念日。一路上，我们会在各种慈善项目上停下来，在每个项目上，我们会提供67分钟的时间来支持慈善事业。曼德拉精神是一种我们都认同的精神，他用67年时间与社会不公作斗争，所以我们选择67分钟。这个做法也是为了向人们证明，如果我们都这么做，就能让世界变得更好。

　　在世界杯的压力下，我也在照顾那些因世界杯而访问南非的商务人士，并组织这次的摩托车旅行。我在办公室里的角色逐渐消失，我必须保持忙碌，这让我决定开始创业，一年前我创办了一家专门为贵宾在南非旅行提供服务的公司。在世界杯期间，我接待了一些高知名度的客户，我的时间和精力分散在我的所有职责中。

　　世界杯比赛结束后第二天，我们的摩托车之旅在寒冷的冬天从基金会启程，这是一次愉快而成功的活动。摩根·弗里曼和他的商业伙伴洛瑞·麦克里在南非参加世界杯，于是他们也陪同我们进行了一次摩托车之旅，这次旅行很成功，世界各地的媒体均报道了曼德拉纪念日的活动。最重要的是，我们感动了成千上万人，这是我希望在未来继续下去的事情。整个团队在结束时感觉良好，我们觉得我们真的改变了人们的生活。

　　在决赛前的那个星期四，马迪巴表示，他希望参加闭幕赛，或者至少想露面，因为小泽纳尼去世，他无法参加开幕式。我把他的愿望向各方传达，我们需要重新安装所有的设备，才能参加活动。

在星期日的闭幕赛中，我们准备好各项条件让马迪巴在闭幕式上出场，他会向观众挥手致意。他很兴奋，但当时正值隆冬时节，我们要尽量缩短他的出场时间。我们到达体育场后，达布拉将军和整个国防军高层都在那里等待马迪巴。当安保团队为马迪巴备好一辆特殊的高尔夫球车时，医疗队同样备好了一辆，权力斗争拉开帷幕。达布拉将军坚持陪同马迪巴坐上高尔夫球车，驱车50米进入球场。安保人员不同意，但保持沉默。这样的安排也意味着，马谢尔夫人没法坐在高尔夫球车上。我事先不知道这件事，于是爆发了一场激烈的争吵。所有的工作人员都年轻力壮，如果有必要的话，他们可以走在高尔夫球车旁边。无论如何，如果一位贵宾在公共场合发生了什么紧急状况，你不会在那里处理此事，而是宁愿把他/她带到安全的地方。为什么马谢尔夫人的座位要让给医护人员？这个提议我不同意。在马迪巴到达时，这个问题仍未解决。

安保人员和我坚持己见，我能感觉到达布拉将军的怨恨，他想有最后的决定权，但我们不会让马迪巴的需求屈服于他人。当马迪巴的名字宣布后，高尔夫球车开到球场上。当然，车周围有安保人员和大批医护人员，甚至是国防军医学界的高层人物。我待在通道里，远远地观看这出戏。当人们注意到马迪巴时，他们的呐喊声顿时震耳欲聋。马迪巴戴着毛茸茸的俄罗斯帽子微笑着向大家挥手，马谢尔夫人坐在他旁边，她也向人群挥手致意。马迪巴很高兴，这是他在公众生活中的一个恰当的"休止符"，这确实是他最后一次正式出现在公共活动中。

由于马迪巴不再长途旅行，也很少去其他什么地方，所以家里的工作人员需要全天候工作。他们满负荷工作，已经到了极限，亟需休息。2010年底，马迪巴回到香巴拉，让他的家庭工作人员休假。他们从香巴拉前往库努过圣诞节，我则和家人一起过圣诞节。

之后，我抵达开普敦，与马迪巴和马谢尔夫人一起过新年。当我再次见到马迪巴时，我深感担忧。自从两周前见到他后，他体重减轻并且非常不舒服，也非常紧张。我去度假时，他走路很困难。像往常一样，我向医护人员表达了对马迪巴身体状况的担忧，他们却对我说："马迪巴很好。"

马谢尔夫人也很担心，但越来越清晰的是，医护人员现在按照曼德拉某些家庭成员的指示行事。新闻报道，马迪巴有褥疮，开普敦医护人员因此感到担忧。

罗德尼（Rodney）是开普敦的一名医护人员，我和他决定去买些医疗设备，让马迪巴舒服些。从比勒陀利亚来的护士和医护人员似乎对他的病情和不适漠不关心。经常被指责效率低下的部长现在正与开普敦的医护人员合作，用一切可能的方法来满足马迪巴的医疗需求。现在的情况让我觉得自己快疯了。

我首先要问的是，如果马迪巴的护理由政府负责，为什么他们不提供这些基本服务？当然，当一个人变老时他的需求会发生变化，这是常识，人们必须不断地适应环境，让他尽可能舒适。我曾在马迪巴的《与自己的对话》中读到一段话："我在不同的圈子里活动，那些常识和实践经验很重要，而高学历不一定是决定性因素。"是的，事实上，我已经完全意识到这一点，我父亲教我的常识有时比学位和学术资格更重要。

随着时间的推移，马迪巴的身体情况迅速恶化。这已报告给比勒陀利亚负责马迪巴护理的人员、达布拉将军和拉姆拉坎（Ramlakan）外科医生。很明显，马迪巴需要专家来检查他的膝盖。

与此同时，我们意识到马迪巴将无法按原计划于1月11日返回约翰内斯堡。他走路很困难，我们购置了一个轮椅来帮助他移动，但它不适合约翰内斯堡住宅里的电梯，有必要用更大型号的电梯才能容纳它。这意味着安装它的公司必须为更大的机器扩大电梯井。马迪巴的家庭经理模因·卡加雷和我联系负责安装电梯的公司，并安排他们尽快开始工作。模因每天都会告诉我们竖井重建的进展，这需要时间，因此我们需要在开普敦停留比预期更长的时间。那时，我们正考虑将在开普敦的逗留时间延长一周。一位奇怪的访客拜访了马迪巴，但在接下来的时间里，房子里是一片令人不安的寂静。

2011年1月13日星期三，第二军事医院的骨科专家奉命前来为马迪巴做检查。当格威尔教授与我和马迪巴在一起时，他走进客厅并检查了马迪巴的膝盖，马迪巴因疼痛而抱怨。医生要求医护人员将马迪巴带到卧室以开展进一步检查。当他从房间里出来的时候，他看起来很震惊。他对我们说，他将与我们保持联系，但他担心存在潜在问题，这可能是过去几周马迪巴身体状况恶化的原因。

马谢尔夫人那天在莫桑比克，因为她必须帮助她的家庭为儿子支付拉博拉（labola，与女性结婚需要付出礼金，这是非洲的传统习俗）。马谢尔夫人的家人几乎从不依赖她的关注，但这是她的孩子在莫桑比克需要她陪伴的少数情况之一。现在，达布拉将军也在开普敦。医生向他简要介绍情况，并对曼德拉先生作为一名患者获得的护理表示震惊。他呼吁我们立即让马迪巴住进开普敦当地的军事医院，我当即表示这不是我能决定的，马谢尔夫人当晚会回来，除非他们坚持认为目前的情况已迫在眉睫，否则我们必须等她回来再做决定。

达布拉将军表示，他更担心马迪巴想家。他建议我们派一名约翰内斯堡的管家坐飞机来照顾马迪巴。我告诉他，家庭事务和服务人员的确定与医疗无关，也与我无关。在我看来，马迪巴已经想家两年了。任何与马迪巴相处久的人都知道，如果他在约翰内斯堡，他就想去库努；如果他在库努，他就想要去约翰内斯堡；如果他在开普敦，他就想去库努或约翰内斯堡。这就是老年人的生活方式。我建议把家庭事务交给马谢尔夫人，达布拉将军只需要专注于医疗问题。我觉得达布拉将军很生气，但他的行为是忽视马谢尔夫人的另一种表现。家里也会有政治，就像任何工作环境一样。

马谢尔夫人于14日晚些时候回来了，我给她发短信，说明达布拉将军和检查过马迪巴膝盖的专家想在第二天早上见她，她同意在11点见面。直到那时我才知道，达布拉将军决定不采用那位专家的意见，而是请另外的医生，一位在培训中的医生。她以前没有见过马迪巴，但她被要求向马谢尔夫人作情况介绍，尽管她从未检查过他们正在讨论的病人。

星期五早上在我结束健身训练后，我陪马谢尔夫人走到她的车旁。我告诉她，骨科专家怀疑是某种潜在问题导致了马迪巴身体情况的恶化，他们建议马迪巴当天下午入院。我也越来越担心马谢尔夫人，家庭政治持续给她带来压力，我担心如果她临时被通知马迪巴必须住院，她可能会中风。我们不能没有她，不能没有她陪着马迪巴。医生们于10点30分抵达，讨论后准备将马迪巴送往第二军事医院接受一系列检查。马迪巴在那里做了越来越多的测试。

曼德拉家族的一些成员经常告诉我不要干涉马迪巴的私人生活，我感到非常沮丧，因为任何外行都能看到马迪巴的病情没有得到最好的处理，医疗团队始终将家庭内部政治置于患者利益之上。一些曼德拉的家族成员也有针对性地指示医生不要与我讨论马迪巴的任何医疗问题。很明显，我指出的某些事情开始激怒了他们。

医院里一切都很顺利，但马迪巴很不安，因为他从来都不喜欢医院。他不想在那里，他提出了抗议。星期六早上约6点，我接到为马迪巴长期服务的忠实安保人员兼司机迈克·马波尼亚（Mike Maponya）的电话，他自马迪巴出狱以来一直是他的司机。我的心脏几乎停止跳动，因为迈克不常给我打电话，现在这个时间打过来一定是重要电话。马迪巴想让我马上前往医院，我还得穿好衣服，好让自己显得体面一点，结果我晚到了。马迪巴对我大发雷霆："泽尔迪娜，你，你们抛弃了我，把我留在这里。"多年来，他没有在医院住过一晚，他讨厌住院。迈克试图通过告诉马迪巴马谢尔夫人就要到医院来缓解尴尬局面。我解释说，医生在那里照顾他，检查他，以确保他没事，但他一点也不乐意。幸运的是，马谢尔夫人很快就到了，这才让他平静下来。很难看到他陷入如此不安的状态，我离开了病房，我无法忍受看到他如此沮丧。医生们一直在为他忙，并进行了几次闭门讨论。我松了一口气，因为我知道他们正在全力关注他，而他在专家的照护中，这才是我真正关心的。

达布拉将军不见了踪影，为马迪巴服务的全科医生因扁桃体炎病倒了。令我格外担心的是，两名与马迪巴健康有关的关键人物缺席。马谢尔夫人通知了马迪巴的三个女儿她们父亲住院的消息，我也通知了格威尔教授。我告诉教授，我没有告知基金会的其他人，因为我们必须对马迪巴的病情保密，否则我们将被媒体消息和公众臆测淹没。

当时的国防部长林迪韦·西苏鲁（Lindiwe Sisulu）于星期六晚上到医院看望马迪巴，她是马迪巴的朋友沃尔特和阿尔贝蒂娜·西苏鲁（Walter and Albertina Sisulu）夫妇的女儿，也是马卡齐韦·曼德拉的表妹。在南非，国防部负责国家元首和前国家元首的医疗保健。我当时不在场，但马谢尔夫人在，部长也很关心马迪巴的健康。星期六深夜，媒体开始传闻马迪巴已经去世。政府想发布一份声明，表示马迪巴已经被送往开普敦的军事医院接受检查，但我建议不要透露马迪巴的行踪，以免泄露他的隐私。他们想阻止关于他已经去世的谣言。

与此同时基金会联系我，询问有关马迪巴去世的传闻是否属实。我说："马迪巴还活着，但请向教授询问其他信息。"我不想成为那个泄露信息的人，因为我知道会发生什么，而且我经常被指责向媒体泄露信息。我们已经怀疑手机被监控，因为机密讨论的内容似乎出于莫名其妙的原因泄露了。在这种情况下，最好由高级官员讨论这个过程。随后发布的一份声明称马迪巴正和妻子一起度假，他已经去世的谣言没有根据。我通知总统府，已经发表了这样的声明，于是他们决定不再发表声明。

星期日，马迪巴在所有专家为他完成最后一次检查后出院。我们在下午1点左右回到家，在开普敦的马迪巴家中发现了那位因扁桃体炎而告假的全科医生。我心想，如果她现在身体复原，可以来马迪巴家，那她当天早上就不能去医院接受专家的出院医嘱吗？但如果她生病了，那么她在马迪巴身边肯定不是最好的安排。老年人——尤其是身体状况脆弱的老年人——不是更容易被感染吗？

星期一和星期二，马迪巴的身体出现了好转，药物显然开始起作用。星期四早上，我急切地想从值班医生那里听到马迪巴的情况，但医务人员和安保人员告诉我，全科医生不在。当我问她在哪里时，我被告知她去购物了。对我来说，她太过分了。如果你是医生，在纳尔逊·曼德拉出院三天后，购物怎么会成为优先事项？我想我可以质问医生为什么不在工作，但很快我就向曼德拉的家人报告了此事。

马谢尔夫人前往马普托参加了儿子马伦加（Malenga）的传统婚礼。她被告知马迪巴没事了，她可以安全离开，与此同时我们保持联系，向她通报马迪巴身体康复情况。

星期六，马迪巴的女儿泽纳尼抵达开普敦；马谢尔夫人在莫桑比克参加婚礼时,曾邀请她来陪伴她的父亲。她在上午10点左右到家时,她的父亲还没有起床。专科医生打算11点去探望马迪巴。泽纳尼、管家雪莉和我在厨房聊天,我们忘记了时间。11点后的某个时刻,我询问专家们的情况,他们告诉我,他们不能自己来,正在等待命令。就像任何军事官僚机构一样,他们需要从医院被带到曼德拉家里,当我给他们打电话问他们能不能自己开车过来时,我被告知他们不被允许开车。我心想:万一有紧急情况怎么办?难道我们要等比勒陀利亚下令把开普敦的专家从医院接出来,因为不允许他们自己开车去那里吗?

我对马迪巴的身体状况感到极度紧张和不安,我前往开普敦的格威尔教授办公室,告诉他情况正在恶化,需要我们的干预。由于医疗团队和家庭内部的政治因素,任何人都不可能让各方达成共识。我向格威尔教授咨询所有的问题,马迪巴几乎从来没有在未咨询过格威尔教授的情况下做出决定。格威尔教授在某种程度上是马迪巴的平衡点,他清楚地知道如何在马迪巴想要做的事情和必须做的事情之间找到双方都能接受的平衡点。我是为数不多不管是白天还是晚上都能随时联系格威尔教授的人之一,他参与了许多事务,但他知道我们都依赖于他。他还知道,每当发生紧急情况时,他都会是我第一个联系的人。他主动提出与国防部长谈话,他们安排在马谢尔夫人从马普托回来后的星期一会面。

马谢尔夫人回来后,马迪巴的情况进一步恶化。马迪巴不想忽视我们任何人,坚持要有人一直陪着他。他病得很重,脸色苍白、身体虚弱。我在准备向他道别,但在这场"战斗"中,我必须打完最后一枪。我们要确保他始终获得最好的照料。

星期一上午,一名专家因对马迪巴的最佳治疗方案存在分歧而被解雇,另一名专家从比勒陀利亚第一军事医院飞来加入该团队。他检查了马迪巴并有一些担忧。在马迪巴目前的状态下，我们不可能带他飞回比勒陀利亚的家。那位专家建议将马迪巴再次送往第二军事医院接受胸部X光检查。我怀疑马迪巴当时得了肺炎，大多数老年人的死亡都是败血症或肺炎导致的。与此同时，马谢尔夫人、西苏鲁部长和格威尔教授会面，马谢尔夫人介绍了马迪巴过去几周的详细情况，格威尔教授和我一样关心马迪巴的健康和护理。马谢尔夫人感到绝望和沮丧，我提出了我的顾虑，专家也都是白人，我觉得这也构成了一个种族问题。除非教授、马谢尔夫人和部长介入，否则没有出路。

部长探讨了更换整个团队的可能性，但马谢尔夫人认为，如果她敢干涉家族认可的团队，他们会（形象地说）将她钉死在十字架上。我们都清楚，无论是谁任命谁，纳尔逊·曼德拉都应该得到专家的关注和医疗支持。部长提议组建一支国际专家团队，但马谢尔夫人也对可能被视为对南非本国医生不信任的行为表示警惕。她是对的，我们有世界上最好的医学专家。

星期二，第一军事医院的专科医生通知我们，我们将在星期三回家。一架救护飞机从比勒陀利亚去接马迪巴，配备紧急医疗设施将他送回家。现在负责后勤工作的同事马雷塔告诉我，由于机上额外配置的设备，这架飞机只能容纳四五名乘客，将另外租用一架飞机运送其他的医疗和安保人员回比勒陀利亚。

星期二早上，我和马谢尔夫人以及马迪巴的孙女恩达巴坐在早餐桌旁，她们是前一天来照顾马迪巴的。当时我向她们简要介绍了机舱情况，以便确定谁乘坐哪架飞机回家。恩达巴坚持要和马迪巴坐同一架飞机，因为作为家人必须和他在一起。马谢尔夫人说，他们早上一到就会确认谁会陪同马迪巴登机，但医生应该被优先考虑。我为马谢尔夫人感到伤心，因为恩达巴的言外之意是她不是家人。如果马迪巴知道他的妻子受到如此待遇，他会受到多大的伤害。我已经制定计划乘坐商业航班，因为我很清楚，我不能制造麻烦。马谢尔夫人问我是否重新考虑乘坐备用飞机，我拒绝了。

我在某个时候和马迪巴坐在一起，他摸了摸我的腿，似乎在感觉我是否真的在那里。我泪如雨下，不得不站起来以向他掩饰我有多难过。他不再说话了，可以看出他非常虚弱。我不知道他为什么没有住院，但被告知第二天我们将飞往约翰内斯堡，那里将有一个完整的医疗专家团队来照顾他。

星期三早上我很早就到马迪巴住处。马迪巴在早餐桌旁，有人照顾。我喝了咖啡，吃了点东西，然后决定前往机场乘飞机回家。我从马谢尔夫人开始和大家打招呼，在和马迪巴打招呼之后，我很快转身离开，这样没人能看到我在哭。我以为我已经告别了。他在不停地咳嗽。

我在机场仍心急如焚，打电话询问安保人员得知马迪巴乘坐的飞机已起飞。与医生达成的协议是，马迪巴抵达比勒陀利亚后将被带回家，马迪巴20多年来的私人医生迈克·普利特医生将为他检查。马迪巴始终相信普利特医生，每当马迪巴食欲不振时，我们就会告诉他，普利特医生坚持要求他每天吃三顿饭，普利特医生要求了，他就会答应。因此，一想到普利特医生在约翰内斯堡等着照顾他，无疑是一种安慰。

我的飞机晚点了，我还没来得及登上我的商业航班，马迪巴就起飞了。我累了，情绪激动，就像名人一样一直戴着太阳镜，以掩饰我眼里的红血丝。公众和媒体对他健康状况的传言已经平息，我不想我认识的人因为看到我的红眼睛而引发任何猜测。

我已经完全退出了我的朋友圈，不想见到任何人。我不想让他们感觉到我有多难过。他们再清楚不过，我的整个世界都围绕着马迪巴，看到他虚弱的样子，我的心都碎了。我没有回复朋友的短信或电话，只是把自己封闭起来。我很孤独，因为我无法与任何人分享我的压力和痛苦。我每天都向格威尔教授汇报，并向他通报当前的情况，但除此之外，我无法与其他人交谈。没有人告诉我应该怎么做，但我知道怎么做对我和我的处境是最好的，那就是完全退出。

通常我觉得在飞机上或其他交通工具上睡觉都很容易，我已经掌握了小睡的技巧。然而，在返回约翰内斯堡的航班上，我无法闭上眼睛。我全然清醒，能意识到周围发生的一切，尽管我筋疲力尽。抵达约翰内斯堡后，我一开始没有打开手机。我乘上高铁前往桑德顿（Sandton），我哥哥会在那里接我回家。我不在公共场合与任何人通电话，因为我预期会接到最坏的消息。

到达桑德顿后我接到的第一个电话是我们的首席执行官阿赫马特打来的，他问我是否知道马迪巴在哪里，我说我希望他已经回到家，因为他们已经先我一步离开了开普敦。他随后表示，他们接到电话称马迪巴已被送往约翰内斯堡郊区的一家私立医院——米尔帕克（Millpark）医院。我给安保人员打电话确认，他们告诉我他们即将抵达米尔帕克。我打电话给阿赫马特，确认了安保人员告诉我的信息。在我们沟通的时候，基金会已经与马迪巴家人协商后发布了一份声明，声明马迪巴已被带到米尔帕克进行例行检查。我向格威尔教授报告此事，并对发表的声明表示担忧，我担心例行检查。

回到家，我很高兴能看到我的狗，也很高兴能和我的哥哥、长期共事的同事和马雷塔在一起。稍晚我便离开家前往医院，当我到达时，医生们正在忙着治疗马迪巴。通过推拉门我看到他并向他挥手，他也向我挥手，不知怎的，尽管他看起来仍然很虚弱，但我知道他没事。除了膝盖上的褥疮和炎症，他还染上肺炎，或者是他们所说的呼吸道感染，所有这些都在损害他的身体。

接下来的两天，我不断进出医院。第二天，我们发现一条进出医院的秘密路线，这样媒体就不能像马迪巴家人所说的那样，把我当成"晴雨表"来衡量马迪巴的健康了。媒体开始关注我的一举一动，我和乔西娜一起出现在报纸上，我们因为一些愚蠢的事情而大笑，人们就认为"马迪巴很好"，因为我们笑了。星期五下午他将出院，他已经有所好转。在此期间，我正在支持家政人员为马迪巴回家做好准备。随后一场大型新闻发布会在医院举行，其间马迪巴被带回家。安保人员巧妙地制造了这个诱饵，当媒体认为马迪巴即将离开时，他已经安全到家了。

在他出院后的那个星期六，周日报纸正在准备一篇报道，称曼德拉基金会和曼德拉家庭之间存在紧张关系，政府必须进行干预，依据是在基金会发表第一份声明后，没有人在马迪巴住院后发表声明。事实是马迪巴的工作人员与家族的某些派系之间一直存在紧张关系，但局势并未恶化。用"家庭"来表示整个家族也不正确。

多年来随着马迪巴变得越来越虚弱，一些家庭成员找准机会告诉他的基金会和工作人员他们认为我们必须做什么，以及我们必须如何做。如果马迪巴足够强壮，他是不会允许这件事发生的。多年来，他领导他的员工，保护我们不受很多事情的影响，他的衰弱为一些家庭成员提供了一个让他们能够介入、控制、受益的机会。

很快，马迪巴身体开始好转，但他需要时间才能完全康复。在他生病期间，我们遇到付款和维持家庭运转的问题。由于没有人在马迪巴的账户上签字，因此必须作出替代安排。在试图作出安排时，发生了家庭争执。

关于谁控制马迪巴的钱的争论仍在继续，随着时间的推移，争论变得愈发激烈。

多年来，银行一直打电话向我核实马迪巴账户上的交易。因为他是一个公众人物，他们无法直接与他交谈，所以每当有存款、取款或转账时，他们都会打电话给我，只是为了核实他的账户中的变动情况，并确认确实是基于他的要求。银行要求马谢尔夫人和曼德拉的两个女儿在新的授权书上签字，虽然她们掌握了控制权，银行现在仍然可以打电话给我核实这些交易。我准备好所有的文件，并在前往纽约之前将其交给马谢尔夫人。我计划去纽约时前往克林顿基金会，就纳尔逊·曼德拉基金会的另一次筹款活动进行沟通，并与特里贝卡（Tribeca）的一家合资企业沟通关于曼德拉纪念日的合作项目。我从来不是马迪巴账户的签字人，只对事务性工作负责，马谢尔夫人也不想掌握控制权。我讨厌银行打电话来核实他的账户是否有任何变动，因为这只会令人心烦。基金会几年前就任命有一位簿记员，使我无法对马迪巴的任何资金拥有任何权力。我更喜欢那样，也许我们下意识地知道等待我们的会是什么。

　　当我在纽约的时候，马卡齐韦一大早就来到办公室找我。她找不到我，便问阿赫马特我在哪里，他告诉她我在纽约，她问是谁准许我的旅行。阿赫马特作为首席执行官表示是他同意的，我在纽约市为基金会履行公务。然后她问为什么秘书有必要去纽约，我不知道他怎么回答。她质疑，当曼德拉夫妇在马迪巴的账户上签字授权的时候，为什么一个秘书必须核实交易。我已经知道，有时候最好不要对某件事发表意见，因为情况不言自明。

　　到现在，马谢尔夫人在自己家里已经失去了所有隐私。大家都能理解马迪巴需要全天候的医疗护理，但她的隐私从未被考虑在内。想象一下，住在自己的房子里，你不能穿着睡衣从卧室走到厨房，因为你的房子里总是有陌生人，你永远不能放松警惕，必须注意自己的一举一动。

　　我从马迪巴和格威尔教授身上学到的另一点是，你有时必须允许事情发生，你只能当个旁观者。幽怨会让人生病，在他被监禁期间，他们被迫在石灰石采石场工作，经常无缘无故地被剥削，同样也会产生怨恨，然后用这种无意识的怨恨来磨炼自己的品格。你必须允许事情按其自身规律行事，不是每一种情况都能被我们改变。

在我的职业生涯中，我经常想立即对事情作出回应，但随着时间的推移和年龄的增长，我已经认识到，你必须顺其自然。多年来，看着马迪巴隐藏他对人们的怀疑，在我看来，他有时是在某种程度上默许人们创造自己的幸运或不幸。耐心就是一切。

道　别

在马迪巴第一次长期住院几个月后，他的家人决定将他转移到库努。库努是东开普省的一个偏远地区，由于马迪巴去年12月在那里患病，因此我们对这一决定持怀疑态度。在约翰内斯堡的家里，他可以得到密切照顾，亲密的朋友不时会来探访，一些家人也会来探望他，甚至可以邀请艾哈迈德·加德拉达和乔治·比佐斯来拜访他。但在库努，这些都将变得困难重重。我们不知道在库努会发生什么，但他的家人坚持如此，马谢尔夫人也无法反对。无论身处何处，库努或是约翰内斯堡，马迪巴的情绪都很稳定。

在纳尔逊·曼德拉基金会的支持下，我开始每周前往库努，后来至少每隔两周前往库努一次。马迪巴不再健谈，但他仍旧希望有人陪伴。几乎没有人来看望他，除了他身边的医护人员和家政人员，以及马谢尔夫人。库努很偏远，前往那里十分困难。一个人必须留出一整天的时间用于往返，如果你只去一天，那就意味着你必须凌晨3点起床，晚上8点才能到家。每个人前往库努都不容易，但在库努一切变得安静起来。

基金会宣布将进行重组，以便更加专注于核心工作。我理解并支持基金会成为纪念中心，类似于总统图书馆，以保存马迪巴的遗产。马迪巴也支持建立纪念中心，把基金会转变为专门从事纪念和对话工作的非政府组织。他于2004年启动这一项目，并在此后的几年里向纳尔逊·曼德拉基金会捐赠了私人文件、礼物和勋章，用于该中心的永久档案收藏。然而，我不同意关闭马迪巴的办公室。当马迪巴还活着的时候，人们希望与他有所联系，尽管他个人不可能作出回应。他的朋友和同事，曾经和他有过关联的人，都想得到认可。但一旦关闭马迪巴的办公室，这些都变得不可能。但我们可能也会关闭他的办公室，把他的关系转移给那些没有办公室群体记忆的人。据设想，他的朋友将被视为这一过程的一部分。

格威尔教授和马谢尔夫人表示抗议，并表示马迪巴去世前应该保留一个办公室和一位私人助理。基金会主席格威尔教授表示，马迪巴亲自挑选了我，当马迪巴作出选择时，他会选择他身边的人，他会拒绝签署我被完全解雇的协议。马迪巴的办公室最终还是关闭了，我们都被解雇了，尽管后来我作为一个兼职人员复职，但我被边缘化了。另外两名工作人员马雷塔和托科都被要求离开，他们同样有着长期服务马迪巴的经历。幸运的是，我从来没有为钱而参与其中，我得到了金钱永远买不到的回报，我决定即使我没有得到任何报酬，我也会对马迪巴和马谢尔夫人保持忠诚。忠诚和奉献是买不来的，也无法为之付出代价。我还向马迪巴许诺，我永远不会抛弃他，直到我们中的一方到达生命的尽头。

2012年年初，马迪巴定居库努。我每周都会到那里一两天，与他共度时光。2012年2月28日，是我作为纳尔逊·曼德拉全职员工的最后一天。我没想到第二天会有什么不同，但事实确实如此。我突然感到空虚，没有目标，我知道马迪巴不会允许我这样，但他不再做决定，也已经不能表达自己的愿望。事实上，他似乎在慢慢远离我们。他明显老了，需要持续的照顾，不再是我们认识的那个快乐的人。

基金会首席执行官通知我，我的职级必须从行政个人助理改为个人助理。在18年里，我从打字员到助理私人秘书，再到私人秘书，然后成为他的办公室经理和发言人，现在终于重新变为私人助理。爱、关心、忠诚和信任却让你坐上了过山车，真是可笑。

我唯一的愿望就是成为为曼德拉最大利益服务的人，我也没有被最近这些试图将我边缘化的行为所困扰。你想，如果纳尔逊·曼德拉相信你，精心挑选了你，并为你辩护，直到他再也无法做到的时候，尽管塑造他的政党提出了批评，但在生活中再也没有什么其他事情能让你分心。我从来没有用这些事情来为自己辩护，而是允许这些事情发生，因为它们会发生。我从来没有提到我是被曼德拉挑选出来的这个事实，因为我认为这可以解释为我自负，但我始终相信，总有一天我必须为自己辩护，在那一天我会理性地思考各种不同的事情。

　　我认为，这是我们南非人最不吸引人的特点之一：我们从小就认为自己不值得，我们什么都不是，我们什么也做不了。是的，那些取得成就的人做得非常出色，并设法超越了这些精神限制。我必须努力接受我被马迪巴选择成为"任何人"的事实，这可能会阻止我沉迷于自我。我首先承认我什么都不是，没有马迪巴的赞美和祝福，我什么也不是。

　　家族内部的"毒素"四处蔓延。马迪巴的许多家人从来都不想让我在他身边，现在他们得到了机会，但我仍然拒绝抛弃他。他们不希望我每周飞到库努去看他，我听到他们问我们的首席执行官"她在那里做什么"。那里只有马谢尔夫人、他的家人和医务人员，他很孤独。祖马总统时不时地去看他，几个非常亲密的朋友也会去看他，他们不辞辛劳地前往库努，但他越来越与世隔绝。然而，每当有重要人物来访时，某些人就会突然涌入。我们时不时地邀请哈迈德·卡特拉达和其他老朋友来，每次他们来时都可以看出他的精神受到鼓舞。

　　马迪巴见到我时总是显得很高兴。每当马谢尔夫人在他身边时，他都喜欢看我们交谈和分享故事。他需要温馨的生活氛围，需要人们抚摸他、关心他，在他周围营造一种正常的感觉，这样他就不会感到孤独。有一天，他问我："哦，泽尔迪娜，你来了。你的父母最近好吗？"我会回应他说："你不想问我怎么样吗，库鲁？"他会昏昏欲睡，醒来后只会和你握手，他对大多数来访者都是这么做的。

马迪巴返回约翰内斯堡一段时间后，库努的房子被翻新。几个星期很快过去了，那时候我经常去看望他。在一个特别的星期五下午，马谢尔夫人和我谈及荷兰女王贝娅特丽克丝（Beatrix）的儿子，他在一次滑雪事故中身受重伤。我们和他们关系密切，因此对这一消息感到非常伤心。马谢尔夫人试图联系荷兰王室表达我们的慰问。

那个星期五晚上，我上床睡觉的时候，想着这个正处于苦难中的家庭。我有时睡前会将手机设为静音，第二天早上我多睡了一会儿，当我醒来拿起手机时，注意到出了问题，我有7个未接电话和16条留言。在正常情况下不会有大量的通讯消息。我打开的第一条信息是记者朋友罗宾·科诺（Robyn Curnow）发来的："马迪巴住院了。"我连忙回复道："什么，你是认真的吗？你怎么知道？"然后她告诉我，新闻上到处都在谈论这件事。我翻阅新闻报道，发现他确实住院了，而我什么都不知道，没有人告诉我。我联系乔西娜，她证实了这一消息，但她也不知道任何细节。然后我给马谢尔夫人发短信问他们是否没事，我请她不要告诉我在哪里或什么时候之类的细节，只需告诉我是否没事，因为我不想万一信息泄露而受到责备。她向我简要说明了正在发生的事情。

在马迪巴去世前的几年里，家族内部一直在讨论他的葬礼。2005年4月，《新闻周刊》杂志上发表了第一篇关于葬礼安排和一个处理此事件的特别委员会的文章。马谢尔夫人和一些孩子拒绝参与有关马迪巴葬礼的安排。那时他身体还很好，当一个人仍然在妻子的照料下快乐地活着时，策划他的葬礼是令人难以想象的。直到2013年晚些时候，国防部部长诺西维·恩卡库拉（Nosiviwe Nqakula）才同情地向马谢尔夫人表示，她被咨询了某些葬礼安排，并听取这个项目的简报。我确实知道马谢尔夫人为了把我的名字列入参加葬礼的名单进行了激烈斗争。不过我已经向马迪巴许诺我会永远都在，即使这意味着当他们为他下葬时，我必须站在位于库努农场外的栅栏旁。我当时并不知道，这其实很接近事实。

马迪巴有时说的很有道理，要考验一个人的品格，就给他权力。一旦人们拥有权力，他们总是会暴露自己。

每次马迪巴入院时，我们都会屏住呼吸。我现在知道，当他住院时，我必须隐居。在这种时候，我成了一个隐士，不接电话，甚至不与父母交谈。除了格威尔教授、马谢尔夫人和乔西娜，我不会和任何人说话。他们明白，如果有人看到我泄露任何信息，我的余生都会被拒绝看望马迪巴，因为这样马迪巴家族就有理由摆脱我。我不打算给他们这种机会，我与外界保持距离，并依赖马谢尔夫人获得最新的消息。我也开始担心她了，当她担心丈夫的健康时，这个家族和以往一样的分裂。

公众层面的工作压力终于消退，信件和请求也变得少了。但总有那么一些人认为自己是规则的例外，他们会找到各种理由，试图让纳尔逊·曼德拉支持他们。多年来，我意识到，如果你在工作中不断做消极的事情，比如对别人说不，那必然会对你的心理产生非常负面的影响，你自然会变得愤世嫉俗，需要不断努力才能把自己从消极情绪中拉回来。有了更少的要求和随之而来的消极情绪，就更容易在生活中找到平衡，我正在向我人生的下一个阶段敞开心扉。

人们经常问我是否后悔没有结婚或生孩子，但我认为在描述我的生活时使用"遗憾"这样的词语是自私的。和马迪巴在一起，我收获了很多，我想我给了他我的青春，也许我也给了他我的未来。但我永远不会为此责怪他——最终，我做出了这个选择。是牺牲吗？也许不是？我不会因为单身而感到悲伤。我收获了很多，我对自己的生活非常满意。

我的兼职状态和低收入意味着我必须挣点钱，然后再找点事情挑战自我。我对马迪巴的责任仍然有限，我坚信，除非我在经济上被迫这样做，否则我不会再做一份全职工作。我下定决心，只要马迪巴和马谢尔夫人需要我，我将随时为他们服务，我需要让自己变得有用。

　　一个人需要找到目标，但这很难。家族中的某些派别仍然想把我逐出门外，在"余生"的第一天，2012年3月1日，我在左胳膊下刻了一个文身字样，以提醒我在这段旅程中的自我发现："追求你的激情。"只要我这样做，我相信我会幸福一生。我乐意为他人服务，当我为他人服务时，我能够找到满足感。我用法语文下这些字，因为我希望在我的余生中不断提醒自己马迪巴说过的话："找到你的根。"因为我的家人有法国血统，所以我想用法语文上这些字。

　　新生活刚开始的几个月很艰难。我仍然时不时地去办公室做一些行政工作，然后偶尔去看看马迪巴。据称，一旦库努的房子翻修完工，他就将返回库努。所以很快，我又回到了每周或每两周去库努旅行的日常。有时马迪巴很健谈，有时则不。有时，马谢尔夫人和我会整天辩论南非发生的一切、非洲人国民大会的政治，以及诸如阿拉伯之春和其他非洲国家的事态发展。偶尔马迪巴会对我们微笑，表示赞同。有时我们会坐在休息室里交谈，马迪巴突然指出我的手提包在地板上，要我把它捡起来。他总是在观察周围发生的事情。有时我会为马迪巴给教授打电话，只是想通过电话向他问好，每当马迪巴听到教授的声音时，他都会雀跃起来。和他坐在一起时，马迪巴经常会在他最喜欢的椅子上小睡一会儿，然后突然醒来，确认一下我们是否还在他身边。那时，我和他们在一起度过了最珍贵的时光。

　　每当马谢尔夫人不在的时候，他会反复询问："'妈妈'在哪里？她什么时候回来?"然后你必须回忆这是周几,以及她什么时候回来。马谢尔夫人和我有时会在半空中擦肩而过——她去约翰内斯堡,我去库努——到了一天结束时,马迪巴大概问了有两百遍:"'妈妈'在哪里?"他非常依赖她,每当她不在身边时,他就会感到不安。

人们都很忙,几乎没有客人来访,当然,马迪巴也不想每天都见到人,所以即使是他最亲密的朋友也不容易获得邀请来见他。我们不再安排他不太熟悉的人来探望,但我们后来才意识到,每当我们不在时,偶尔会有一些马迪巴的家人利用我们的缺席,带陌生人去见马迪巴。当媒体上出现此类访问的照片或报道时,基金会不得不再次为马迪巴辩护。人们会说:"某某见到了他,我为什么不能呢?"口舌之战又将重新开始,我们试图用外交手段告诉他们,我们不同意接受访问,因为我们接到指示,不再允许访客拜访马迪巴。在某些情况下,基金会拒绝那些特别要求他签字的请求,包括有些特定的事情,某些特定的人,然后会得知这个请求已经得到马迪巴家里人的同意,他们允许在马谢尔夫人或我不在的时候发生任何事情。一些人开始利用这一点,因为他们意识到马迪巴不再有能力争论或坚持自己的原则。商业人士会打电话给我们,询问他们与马迪巴见面时的奇怪请求。

马迪巴不再爱说话,所以把不认识他的人带到他身边很尴尬,有时访问期间会有令人不安的沉默。

到目前为止,我已经搬离我深爱的约翰内斯堡街区,因为我根本承担不起住在那里了。我现在住在约翰内斯堡的郊区,这使得往返于这座城市成为一项日常挑战。我没有上班时间的限制,但我必须注意自己的财务状况。我也开始想念我与邻居的友谊和亲密关系,我必须阻止自己变得沮丧。我逐渐感到被基金会忽视,与朋友们也疏远了。我意识到这些年来我没有为自己建立一个稳定的人际关系网。总的来说,我真的必须努力重新站起来，重新振作起来。我也缺乏向我的朋友倾诉恐惧的勇气，可能因为我知道人们认为我是一个坚强的人，我必须保持坚强的外表。

格威尔教授已经好几个月没有见到马迪巴了，我们决定让他专程去拜访马迪巴。2012年8月，我和教授约好时间，我在东伦敦和他碰面，从那里我驱车260公里带他前往库努看望马迪巴。我们度过了一个非常特殊的日子，马迪巴和教授都很喜欢见到彼此，他们笑得很开心。那天下午我带着教授返回东伦敦时，我突然想到这对马迪巴来说真是非常愉快的一天。

我爱教授，但我认为马迪巴更爱他，马谢尔夫人同样喜欢与他共度时光。我们同意教授开始写关于马迪巴总统任期的文章。我和教授开车回到东伦敦，谈起马迪巴总统任期的那些年发生的许多事和那些紧张的时刻，我们都笑了。我们一致认为，如果当时我们知道未来会发生什么，我们可能会作出不同的选择。回东伦敦的3小时车程让我们踏上了18年的回忆之旅。当我们在机场道别时，我知道教授对与马迪巴共度的一天感到很高兴。当晚他回到家后给我发了一条短信，感谢我坚持让他在百忙之中抽出时间和马迪巴重聚。那时他参与很多方面的工作，在数个董事会任职，但我很高兴我强迫他抽出一天的时间去看望马迪巴。

几个月后，当我收到格威尔教授去世的消息时，我正睡在乌姆塔塔假日酒店的床上，距离库努约40公里。当马谢尔夫人告诉马迪巴格威尔教授去世的消息时，他的眼里透着悲伤和失落，静坐了好几个小时。很难说这个年龄段的人会对这样的消息作出什么反应，马谢尔夫人必须确保她告诉马迪巴这个消息的时机是无可挑剔的，以减轻这种打击。她原计划当天他们将前往约翰内斯堡，但不确定马迪巴会如何消减他的震惊和悲伤，随后便取消了与马迪巴的行程。

很难评价格威尔教授在过去18年中所扮演的角色。教授有一种用非常规方式处理事情的方法，当我们都倾向于解决一个特定的问题时，他总会提出最平衡的解决方案，让每个人都觉得自己是获利方，尽管他们实际上也作出了某种程度的妥协，正如纳斯珀斯集团首席执行官库斯·贝克尔（Koos Bekker）在葬礼上所说的那样，"他绝对不是一个推倒一切的人，人们很尊敬他"。他会在远处默默地看着事情发生，然后发表意见，将问题转向一个全新的方向，从而帮助你找到自己的解决方案。我对他说的每一句话，他都听进去了，不管我多么平凡，怎样抱怨。如果我犯错，他是唯一一个开诚布公地向我指出错误的人。

在马迪巴总统任期，教授经常和我们一起旅行，他常常参与我们的日常生活。总统任期结束后，虽然这种参与减少了，但获得教授的意见总是只需一个电话，我可以从世界任何地方给他打电话，就任何事情征求他的意见。无论是重大事件还是有趣的小事情，他总是我的第一个联系人。我们常常闲聊、开玩笑，当涉及重要的事情时，他总是扮演我父亲的角色，我们会进行非常诚恳的对话。他喜欢他的南非荷兰语，偶尔开玩笑时，他会使用非常富有表现力的南非荷兰语俗语，让我们都笑出声。他是一个在任何情况下都能与任何人相处的人，他的角色扮演得很完美。他可以与外国国家元首对话，并在下一分钟和最初级的办公室职员讲话，并让他们觉得他们之间的互动比更高级别的人之间的互动更愉快。

在教授葬礼当天，首席大法官亚瑟·查斯卡尔森（Arthur Chaskalson）也去世了。他曾被马迪巴任命为南非宪法法院院长，这是南非最高级的司法职位。在我们参加教授葬礼前几分钟，我收到法官儿子告诉我他父亲去世的消息。我们最喜欢的一位部长特雷弗·曼努埃尔（Trevor Manuel）

在教授的葬礼中担任负责人，我告诉他法官去世的消息。因此，在活动开始之前，我们还为查斯卡尔森法官默哀了一分钟。我们生活中的两个关键人物在一周内去世，这太难让人承受。我很伤心，希望一直站在我们身边的人是教授；我也很生气，因为他再也不会出现在马迪巴的葬礼上了。但生活就是这样。每当马迪巴谈及死亡或人们开始讨论他的死亡的时候，我意识到我们任何人都可能先于他去世。教授的去世就是一个证明。

几个月前，马迪巴的安保人员、马谢尔夫人和一些家庭工作人员注意到，有两名新人加入了医疗队，负责照顾马迪巴。我们想知道他们是否是情报人员，就连照顾马迪巴的医疗队也不认识他们。我给祖马总统办公室发了一条信息，询问他们是否知道这一安排。我收到回复，他们表示会调查此事。因此我又发了一条信息，并补充道："这种情况可能会给政府带来巨大的丑闻，因为这显然侵犯了马迪巴及其家人的隐私和尊严。"

我收到了回复，称此事已报告给情报部部长，我希望他很快能作出回应。我是这样要求的。几分钟后，西亚邦加·克韦尔（Siyabonga Cwele）部长给我打电话询问情况，大约一小时后他告知我，这些工作人员不属于国家情报局，但他仍将与外科医生讨论此事，以评估军方是否批准了这个安排。我向部长重复了我和总统所说的话，而我再也没有收到部长的回复。但三周后，这两个人消失了。直到几周后，他们才再次出现。我们无法理解他们的任务，没有什么比这更让我愤怒了。

卡莱马·莫特兰蒂时任南非副总统，他与马迪巴的关系可以追溯到非洲人国民大会。多年前马迪巴非常喜欢卡莱马，他已经有一段时间没有见到马迪巴了。12月7日星期五，他被安排访问库努。前一天，我很高兴地得知卡莱马打算拜访马迪巴，但我并不打算在那周坐飞机。突然，卡莱马的办公室打电话来说我们这边的访问取消了。管家模因告诉我，马迪巴今天过得不好，但为了控制各种疯狂的猜测，她要求副总统办公室从他们那边取消访问，副总统想从我这里了解取消访问的原因。非洲人国民大会的全国会议计划一周内开始。我们都怀疑取消他的访问是否因为受到政治干预。我打电话说，只是因为马迪巴今天状态不好。这是一个尴尬的局面。然而到现在为止，我们已经习惯马迪巴在有些日子里不想见人，他更愿意躺在床上。这只是其中的一天。

12月8日星期六，我在一个广播演播室里接到阿赫马特·丹戈尔的电话。到目前为止，我已同意在当地一家广播电台共同主持一个关于星期六生活方式的节目。我当时没法接电话，但节目一结束就给他回了电话。他表示，有人猜测马迪巴的健康状况，星期日的报纸正试图为取消卡莱马的访问给出理由。我打电话给模因，她再次向我保证马迪巴没事。我在给她打电话的时候，实际上可以听到他在说话，我打电话给阿赫马特告诉了他这一点。

两个小时后，这个消息就上了新闻。马迪巴被送往比勒陀利亚的医院例行检查。我马上给马谢尔夫人发短信："'妈妈'，你还好吗？我听说马迪巴住院了。"她一开始没有回复消息。我们怀疑我们的通话在被监控。在南非，如果你对国家稳定构成威胁，或者你策划了恐怖主义行动，你的手机可能被监听。显然我们不是恐怖分子，但我们想知道，包括医生在内的政府官员是否受到一些家庭成员的指示，向他们报告马谢尔夫人的一举一动。我后来接到模因的电话，解释说医疗队让他们不要告诉任何人发生了什么，但事实上，马迪巴已经被送往比勒陀利亚的医院。我不明白为什么他们要如此秘密地把他送到比勒陀利亚？

我又开始屏住呼吸，这简直难以置信。我一点也不迷信，但我忍不住想，教授先走可能是为马迪巴做准备的，我为自己的想法感到害怕。

很快，马谢尔夫人告诉我发生了什么，我能听出她承受着巨大的压力，她感到紧张、不安和担忧。很明显，我必须等暴风雨过去后才能去看他。几天后，乔西娜和我终于可以去探望马迪巴了。我很焦虑，记得当我设法前往开普敦的医院看望教授时，他已经陷入昏迷，我不想重蹈覆辙。马迪巴认出了我，并与我短暂互动，这让我平静下来。我只需要他说"哦，泽尔迪娜"，我就没事了。我和其他人一样，都关注他的健康。陪马谢尔夫人待了一段时间后，我们离开了。

公众对这件事感到焦虑，因为政府未能定期发布声明通报马迪巴的健康状况。截至目前，我们被告知政府将处理有关马迪巴健康状况的所有声明，我不想也不希望干涉这项工作。我非常清楚处理马迪巴周围的事情有多么困难——很少有人愿意相信我——现在轮到他们了，我在处理自己的情绪时对此感到高兴。

我对马迪巴的病情深感不安，就像任何一个94岁的老人一样，他的病情每天都在变化，第一天很好，第二天就不那么好了。我很快收拾好东西离开，前往父母那里度假。我再也受不了了，也因此没能再去看望他。

在度假期间，有一天，马谢尔夫人给我发消息说马迪巴病情有所好转，他开始叫一个白人护士"泽尔迪娜"，她认为他想我了。我无能为力，尽管我很想去那里，但我也必须和父母一起过圣诞节。我再也不想定期去见马迪巴了，或者只是突然去一趟，我默默地希望他不要认为我真的忽视了他。我的父母也在变老，我开始意识到他们也不会永远陪在我身边。由于工作的原因，多年来我一直忽略了他们，在库努组织孩子们的圣诞聚会时，我已经有七年多没有和他们一起过圣诞节了。是时候纠正这种情况，花时间和他们在一起了。

圣诞节期间，我从海滨看望父母回来后，马迪巴也出院回家了。我恢复了在基金会有限的职责，并尽可能地保持忙碌。有几天我很沮丧，整天躺在床上，我的状态不佳。尽管我很想见到马迪巴，但我也注意到，每当我看望他时，家里的某些工作人员就会给马卡齐韦发短信或打电话报告她，显然我不受欢迎。

纪录片《奇迹崛起》在伦敦首次放映，这是一个讲述南非从1990年过渡到1994年的让人动情的故事。尽管受访者被问及马迪巴在过渡时期承担的角色，但焦点主要集中在西里尔·拉马福萨和罗尔夫·迈耶（Roelf Meyer）身上，他们在南非民主大会（Codesa）上主导了非洲人国民大会与国家党之间的和平解决谈判。制片公司将我作为制片团队的一员，1月底飞往伦敦参加首映。我已有一段时间没有旅行，很高兴能有机会出国。首映大受好评，当我看到最终成果时，我很自豪能参与其中。自从我们停止旅行后，我很喜欢与失去联系或不再经常与之打交道的人重逢。我对纪录片中采访的所有名人印象都不深，但我明白为了吸引更广泛的公众，名人是卖点。我喜欢以这种方式为历史作出贡献，因为我能理解我们当时面临的困难。这部纪录片也在南非播出，并获好评。

2013年2月14日，残奥会运动员奥斯卡·皮斯托瑞斯（Oscar Pistorius）射杀了他的模特女友瑞娃·斯廷坎普（Reeva Steenkamp），据称他误以为她是非法入侵者。整个国家陷入彻底的震惊状态，我们的一位英雄倒下了，我们的希望以及新南非所体现的一切奇迹也随之消失了。我不知道为什么这件事如此重要，但情人节那天我们都有一种失落感。人们，尤其是南非人，总是想要一个英雄。马迪巴是每个人心中的英雄，奥斯卡也是如此，他克服了自己的残疾，让南非走上了世界舞台，人们也因此崇拜他。马迪巴总是警告人们不要过分崇拜他人，包括他自己，他很清楚一个人很容易跌落神坛。我们把奥斯卡捧得如此之高，以至于跌落的程度超出了我们的预期。

在《与自己的对话》中，马迪巴于1979年12月9日写给温妮·曼德拉的信中写道：

> 有人告诉我们，圣人是试图保持清白的罪人。一个人一生中可能有3/4的时间是一个恶棍，并被封圣，因为他一生中剩下的1/4时间都过着神圣的生活。在现实生活中，我们不是与神打交道，而是与像我们这样的普通人打交道：充满矛盾的男人和女人，他们稳定而善变，坚强而软弱，闻名于世又臭名昭著，在他们的血液中，蛆虫们每天都在与强效杀虫剂搏斗。

他相信每个人都有好的一面和坏的一面，每当这样的事情发生时，他都会让我改变对人的看法。我再次意识到，马迪巴改变了我对于某些我们认为非黑即白的事情的看法。

2013年3月9日，马迪巴重返医院。马谢尔夫人告诉我，不用太担心，只是个简单的医疗程序。这再次提醒我，他当时是多么脆弱。每次他入院，都提醒着我——和他在一起的时间越来越有限。

在他出院后的3月22日，我三次试图探望马迪巴。我第一次到他家时，马卡齐韦也在那里。她在之前关于我的讨论中明确表示，她不欢迎我去见她的父亲。我在那里再也没有事情可做了。我坚持认为她不能决定这一点，并决定尽量避开她，但我不会为了让她高兴就离开马迪巴。马谢尔夫人不得不再次为我辩护，不管他们喜不喜欢，她会确保马迪巴的愿望得到满足，直到他去世的那一天。她告诉他们，我不时的出现稳定了马迪巴的情绪。我非常清楚马迪巴对此会有什么样的感受，我在努力斗争和任由事情发展之间左右为难，后者似乎是我将要接受的教训。

第二次，当我再次探望马迪巴时，又遇到了马卡齐韦。这时，马谢尔夫人已经动身前往办公室。于是我决定回家，并答应马谢尔夫人下午四点再回来。我已经两周没有见到马迪巴了，我打算在接下来的几天里与家人共度时光，因此我很想在离开前见到马迪巴。下午四点，我重返马迪巴住处，当我到达时，马谢尔夫人正在会见某人，因为我也有事情要和她讨论，所以我愿意等她结束会谈。

在我看来，和往常一样，站在马卡齐韦一边的家庭工作人员给她发短信或打电话，告诉她我的来访，很快她又回来了。当我在厨房等待时，工作人员神秘地消失了，随后马卡齐韦走进来，并关上门。她说："哦，我一直想和你谈谈一些事情，有传闻说你正在与历史频道合作拍摄一部名为《曼德拉：最后的岁月》的纪录片。而我想对你说，既然你是塔塔最信任的人之一，你这样做是非常不道德的。"

让我惊讶的是，她有生以来第一次承认我在她父亲的生活中扮演的角色。她可能听说过《奇迹崛起》纪录片，但这部纪录片根本没有关注马迪巴，她混淆了这两件事情，但我没有纠正她。我的责任在于她的父亲，以及我和他之间的信任关系，我致力于维护他和他妻子的尊严，但我的承诺并不止于此。为什么我现在要谈论这些？我现在有不同的理解。我从来没有侵犯他的尊严。无论是关于他的健康状况的描述，还是疾病和痛苦对他的影响，有很多事情我永远不会谈论。重要的是我和马迪巴的关系，而不是我和他的家族或者其他人的关系。

当谈话变得激烈的时候，马谢尔夫人打电话给我。我想是铃声救了我，否则我可能会说一些我日后会后悔的话。我看了她一眼，然后便离开了，因为马卡齐韦已经上楼和她父亲在一起，我知道她会把我赶出去。我对没有见到马迪巴深感失望，也很愤怒，那时我意识到最好不要坚持这么做。第二周我回来，设法见到了他。当他看到我顿时便开心起来，他惊呼道："哦，泽尔迪娜，你来了。""是的，库鲁，是我，你好吗？"他竖起了大拇指，然后问我："你的父母怎么样？"我非常感动。他不再多说话了，这也是那天我们的全部对话，他总是记得问候我的父母。这个男人莫名其妙地改变了我的生活、我的思想，最重要的是，我的心！我握着他的手陪他坐了一会儿，在他睡着后我才离开。

几天后有消息称，泽纳尼和马卡齐韦对信托基金任命马迪巴的老朋友乔治·比佐斯、他的律师巴利·楚恩和部长托基奥·塞克斯瓦尔管理"手与艺术"项目的艺术品销售提出质疑。马迪巴任命这些受托人代表他监督这些事务。这将是一场丑陋的战斗。我对这个消息深感不安，并认为这件事几个月前就已解决。因为这些私事我从来都不关心，所以我也不经常打听。媒体上接踵而至的是侮辱和反指控，每一方都提供信息，并以最不尊重的方式猛烈抨击马迪巴的老朋友——比佐斯律师。实际上，泽纳尼和马卡齐韦在挑战她们父亲的决定。她们非常清楚，他已经无法为自己或自己的决定辩护，现在是她们质疑这些问题的时机，因为她们知道没有人可以再从马迪巴处得到证据。

我现在不打算介入这些私人事务，但我答应受托人的律师，如果需要，我会支持他们的辩护。下这个决心很容易，如果马迪巴想任命他的任何一个孩子负责他的事务，他早就在力所能及的时候这样做了。我愿意用事实为他的决定辩护，这同样适用于任命工作人员和慈善机构负责人，他的律师可以为此作证。

后来，律师辩护证词显示，泽纳尼·德拉米尼和马卡齐韦·曼德拉确实违背了父亲的意愿。律师出示作为证据的会议记录，那时马迪巴非常清楚地表达了他的愿望，我们都记得很清楚。案件随后被撤回。

我必须提醒自己，这不是我的战斗。我必须集中精力确保马谢尔夫人得到她所需要的支持，我偶尔给马迪巴一个拥抱和微笑，或握住他的手。当我在这段时间拜访马迪巴时，经常发现马迪巴的孙女佐勒卡（Zoleka）和他在一起。她是小泽纳尼的母亲，小泽纳尼在2010年国际足联世界杯开幕前夕的一场车祸中丧生。佐勒卡没有觉得我是威胁，她对我和她祖父坐在一起感到很舒服。她几乎每天都花时间和他在一起，我看得出他很享受。

2013年3月27日，马迪巴再次因肺炎入院。几天前我去看望他，我记得那时一位管家患了严重的流感。当我离开时，我缺乏信心地摇了摇头。在这里，他因肺炎回到医院。他的年龄让他更容易感染细菌。然而，在他自己的家庭里，有人即使生病也仍在工作，如果他们生病了，为什么还让他们在马迪巴的家里？一个人需要知道什么时候该放弃，不是因为你想，而是因为你别无选择。

世界再一次屏住呼吸，这是我经历过的最困难的时期。我逐渐意识到，一个人永远不会知道前方会发生什么事，因为你很容易在早期就放弃。无论此前我认为什么是最糟糕的经历，到目前为止，这些都是我最紧张焦虑和迷茫的时刻。我很想去医院，但意识到只要马卡齐韦在那里，我就必须远离医院。我不想在马迪巴面前发生口角，我只想在什么时候可以跟着马谢尔夫人和乔西娜去探访马迪巴。在她们同意的那天，乔西娜开车送我去医院。我们注意到媒体在医院外安营扎寨，我担心他们拍到我俩。就像2011年一样，如果我们一起出现在媒体上，我担心我会引起一些家庭成员的愤怒。当我们离开时，我决定躲在汽车后座上，以免被任何人看到。我觉得自己像一名冷战间谍，从东柏林赶往西柏林。那次马迪巴在医院住了11晚，然后被送回约翰内斯堡。

当他恢复的时候，马谢尔夫人和我计划让他的一些老同事和朋友偶尔来拜访。几周前，一位非洲人国民大会官员要求拜访马迪巴。在我联系他们来访的那天，他们要解决一些危机，并要求推迟访问。我们鼓励他们来访，但随后，马迪巴再次病倒。几周过去了，双方都没有再推进此事。

2013年初，曼菲拉·拉普赫勒博士宣布，她将成立一个新的政党，旨在参加2014年举行的大选。对执政的非洲人国民大会党来说，唯一规模较大的反对党是民主联盟，该党在很大程度上仍被视为由白人主导，尽管他们比旧的国家党自由很多。拉普赫勒博士是南非一位备受尊敬的学者，曾是反对种族隔离的活动家和女企业家。自纳尔逊·曼德拉基金会成立以来，她还是该基金会的受托人。她的新政党受到很多人的欢迎，但建设党（Agang）似乎很快失去了势头。拉普赫勒博士是马迪巴在1990年获释后第一个为他提供健康问题咨询的人，她将他介绍给一位心脏病专家，这位医生为他治疗多年，直到国防军医疗队从私人专家那里接管他的护理。因此，拉普赫勒博士是马迪巴的老朋友，也是马谢尔夫人的好朋友。她在一个特殊的日子拜访马谢尔夫人，当时马迪巴身体很好，可以坐在楼下的休息室里。她看到他，对他身体的恶化感到不安，因为她已经很久没有见到他了。她的探访很短暂，但随后她在一次电台采访中就宣布她见过他。

一周前，民主联盟发起了题为"了解你的民主联盟"的竞选活动。活动的一部分是向公众宣传民主联盟的政策，在这样做的过程中，他们使用了一张创始人海伦·苏兹曼夫人的照片，画面中她和马迪巴在一起散步，马迪巴拥抱了她。这让非洲人国民大会感到紧张，他们猛烈抨击民主联盟在竞选活动中使用了马迪巴的形象。民主联盟的竞选活动以及拉普赫勒博士的访问让非洲人国民大会感到不必要的紧张。没有人质疑过马迪巴是非洲人国民大会的一分子，这是他的终身承诺，但这些互动让非洲人国民大会不知何故对马迪巴的"所有权"感到被挑战。

杰西·杰克逊（Jesse Jackson）牧师在南非接受祖马总统颁发的国家级奖项，以表彰他对南非解放运动的贡献。杰克逊牧师想见马迪巴，总统府的人联系我，问我是否可以让他拜访马迪巴。马迪巴身体确实不好，无法接待来访者，尤其是他不太熟悉的人。我向总统府的这位先生解释说，马迪巴无法接受访问，他回答说他理解并将向总统和杰克逊牧师转达。

　　一旦马迪巴身体好转，时任南非副总统的卡莱马·莫特兰蒂就计划去看望马迪巴，他几个月来一直试图并要求去看望马迪巴。他曾在2012年12月的全国会议上竞选非洲人国民大会主席，但最终落选。他被该党排除在外，很明显，他对祖马总统的挑战并没有受到所有人的欢迎。马迪巴非常喜欢卡莱马，马谢尔夫人和我讨论了访问的可能性。星期五晚上，我联系卡莱马的助理，说我们将在下周尝试接受拜访，前提是马迪巴状态足够好，并嘱咐他不要向任何人透露我们的谈话。

　　由于我的工作合同被基金会变更，我只能为他们做兼职，所以当我没有工作要做，或者我决定居家办公时，我便没有前往约翰内斯堡。在那个星期一，我忙着做其他事情，大部分时间都骑着摩托车。我没有关注推特上发生的事情，一天中的大部分时间都处于离线状态。

　　我不在的时候，接到非洲人国民大会的电话。奇怪的是，他们坚持要拍摄这次拜访，以此作为马迪巴"健康"的"真实证据"。这一策略适得其反——马迪巴看起来不太好，也不满意这次来访。

　　晚上回到约翰内斯堡后，我查看推特，注意到公众对当晚新闻中出现的关于马迪巴的视频材料感到非常愤怒。我之前并不知道，我在视频网站YouTube上发现了它，并对我所见到的深感厌恶。马迪巴显然不高兴，他的休息室里一片混乱，因为这是总统和非洲人国民大会高级成员的拜访，所以允许使用闪光灯摄影——而每个南非人都知道马迪巴的眼睛很敏感。在录像中，马迪巴显得很孤僻，因为他不知所措。据我所见，没有人控制闪光灯的使用，就连负责马迪巴健康的医护人员达布拉将军和拉姆拉肯将军也在拍照，而不是保护马迪巴的眼睛、关心他的健康。我很不满，应该如此吗？这就像一个动物园，而马迪巴就像是笼中动物，他看起来很无助。马谢尔夫人当时正在基金会参加会议，距离马迪巴住处仅两分钟路程，她甚至没有被告知访问的消息。

他们也没有告诉我去访问马迪巴的事，可能是因为他们知道我不会容忍这种戏剧性的安排。他们憎恨我在马迪巴周围维持秩序，告诉他们该怎么做，原因很清楚——如果我不在，他们就是这么做的。推特上爆发了一场战争，记者们问我当时在哪里。我不得不阻止自己回答。第二天，当我到达基金会时，当时的首席执行官阿赫马特·丹戈对这段视频也表示厌恶，我说："这就是他们都想要的，不是吗？"这不正是人们激烈争论马迪巴不再需要秘书的原因吗？如果我还在那里，我就不会允许他在媒体面前显得如此虚弱和脆弱。我不是唯一一个心烦意乱的人，公众和马迪巴家族都对非洲人国民大会此举感到愤怒。

在接下来的几周里，我更容易见到马迪巴。他的家人放松了对他的"监视"，我可以更自由地去看望他。我不知道这是不是我最后一次见到他。2013年6月8日，他再度入院，总统府宣布他的病情严重但稳定。这是一种反复发作的肺部感染。我们充满焦虑，因为我们意识到，这一次他处于危险的边缘。在他入院两天后的一天清晨，我坐在乔西娜的车后座上偷偷溜进医院，他显然病得很重，人很虚弱，但他睁开眼睛勉强笑了笑。

直到那时，我才被告知他入院当晚发生的事情。有人——医务人员或安保人员——决定用一辆没有标志的军用医疗车将他送往医院，以避免公众的怀疑。我首先要质疑的是：凌晨3点，公众中有谁会看到他？

而在前往比勒陀利亚医院的途中，这辆没有标记的车辆发生故障。40分钟后，救援人员赶到。起初我以为这是个玩笑，身患重病的纳尔逊·曼德拉怎么能在隆冬的凌晨3点被困在高速公路上40分钟？这怎么可能？幸好没有早点告诉我。我想这会让我崩溃的。我在所有可能的方面都丧失了能力，我再也没有影响力和权利去质疑这些问题了。我觉得我忽略了马迪巴和马谢尔夫人，我的心在为他们滴血。马迪巴一定很害怕！马谢尔夫人一定也很害怕，很无助，很紧张！当我看到她时，她显然受到了创伤。事情怎么会这样？为什么会发生在世界上最受尊敬的人纳尔逊·曼德拉身上？他现在还活着显然是个奇迹。

很快，媒体在医院外安营扎寨，记者们从世界各地飞来。数百万美元被花在了户外广播车上，全世界各地的人们屏息以待。然而，在里面，这位战士在慢慢康复。一些公众人士认为，是时候让他走了，一些人说，不要再为他的康复祈祷了。他们忽略的是，这位头脑冷静的自由战士将自己决定什么时候应该离开。我每天工作超过12个小时，回应来自世界各地的人们，国内外的人都希望得到答案，并确认总统所说的话——马迪巴的病很严重，但很稳定。我只是简单地证实总统所说的话，但人们都很焦虑。乔西娜和我进行了长时间的交谈，我们互相稳住对方。我意识到，如果没有人帮助我们缓解焦虑，焦虑很快就会在家中蔓延，最终马迪巴也会感到焦虑。

在去医院的一次探访中，马迪巴的女儿津齐问乔西娜我是否去过那里。津齐解释说，她认为我应该有机会去看望她的父亲，乔西娜说我几天前去过那里。津齐回答道："那我可以放心了。"当我听到这件事时我深受感动。除了马谢尔一家，还有人在关照我，我很感激。在我探视后的第二天，医院加强了安保措施。当我告诉乔西娜我以为额外的安保可能是因为我偷偷溜到她的车后座时，我和她都笑了。然后我告诉她，我已经说服自己，并不是一切都因我而起。在焦虑中，这些难以置信的事情至少让我们笑了。后来，新闻报道称，加强安保是为了防止记者进入，我很高兴这不是因我而起。

我最后一次见到马迪巴是在2013年7月11日，也就是我出发参加一年一度的曼德拉纪念日骑行活动的前一天晚上。我和马谢尔夫人的儿子马伦加·马谢尔一起从后门进入医院，这样我们就不会被媒体发现。马迪巴仍然病得很重，我给马伦加机会，让他单独和马迪巴还有他的母亲待在一起，然后他们打电话给我叫我进去。马迪巴仍然睁着眼睛，但很快就入了梦乡。我站在他的床边浑身战栗，震惊于他现在的状态，我看不见他的手，我想摸他的手，但找不到。我很无助，甚至感到麻木。马谢尔夫人告诉他我在这里，但他的眼睛一直闭着。然后她向我点了点头，说可以开始和他说话了。

我知道我必须让自己看起来愉快而不是悲伤，于是我说："你好，库鲁。我是泽尔迪娜。我来看你了……"就在那时，他睁开了眼睛，露出灿烂的笑容，看着我，眼睛盯着我。"库鲁你好吗？你看起来很好，我想你，库鲁。"我说，他继续微笑着。马谢尔夫人和马伦加取笑我，开玩笑说马迪巴没有给别人那样的微笑，但他给了我。然后他又恍恍惚惚地睡着了，闭上了眼睛。我在那里站了几分钟，马谢尔夫人和马伦加走到房间的一边，她说如果我愿意，我可以和马迪巴继续说一会儿话。我再次说出了应该要说的话。我让自己冷静下来，告诉他第二天我要去骑车旅行，提醒他2010年时他对我骑车旅行的关切，当时他问我："你为什么这么做？"我回答道："为了你，库鲁。"当时的我又一次在为他努力。那天晚上我为分离而感到很难过，我没想到这是我最后一次见到他。

摩托车旅行结束后我回到约翰内斯堡，我有几次想去看马迪巴，但每次总有什么事情让我无法成行。我回去过两次，因为别的事情见到了马谢尔夫人，但我没能再见到马迪巴。

6月15日，《周六星报》（*Saturday Star*）头版刊登了一篇文章，第二天南非周日报《关系》（*Rapport*）转载了这篇文章。肖恩·范·海尔登是一位值得信赖的安保人员，也是马迪巴四十多年的朋友，突然发怒了。医务总监指控他住院期间向媒体泄露马迪巴的行踪，之后他第二次被停职。在文章中，他提及2010年足球世界杯上的事件，以及国防军医务人员用铁腕统治我们的世界。我为肖恩感到非常难过。每当我去看马迪巴时，他都尽力帮助我见到马迪巴，当马谢尔夫人不在家时，他帮助我越过马迪巴家族为阻止我而设置的各种障碍。那时如果没有肖恩我不知该如何应对。

几天后，送马迪巴前往医院的救护车发生故障的消息成为头条新闻。报纸形容马谢尔夫人在这次事件中已经"疯狂"。第二天，马卡齐韦进入医院，称马谢尔夫人为"疯狂夫人"。马谢尔夫人受到了伤害和情感上的摧残，我和乔西娜一直试图通过支持她来让她保持坚强。我想念格威尔教授，他总是会在我们身边指导我们，他的去世留下了一个难以解释的空白。

在马迪巴住院前一周，我从一位在南非啤酒厂工作的好朋友那里得知，他们设法找到了我们家的老管家乔加贝斯。多年来，她一直在我的脑海中，有时我试图找她，但当我碰壁时，我放弃了寻找。她的丈夫从南非啤酒厂领取养老金，只能提供他的名字和他于80年代大概在什么地方，他们设法帮我找到了他。我立即给母亲和哥哥发了短信，一天晚上我们一起给乔加贝斯和以扫（Esau）打电话。我们被重逢的快乐所淹没。我们原计划举行一次聚会，但后来马迪巴生病了，我们不得不推迟。我满心喜悦，眼含热泪。当乔加贝斯说："这么多年来，我在电视上看到你，我想'我的泽莉长大了'，但我该怎么才能重新联系上她呢？"她的归属感感动了我，我希望能尽快见到她，重新和她联系，看看我能为她做些什么来帮助她安度晚年。曾经有一段时间她为了我放弃了她的生活，是时候回报了。

马迪巴从未停止给我们带来惊喜。即使在他患病的漫长期间，他也给了我们时间，为没有他的生活做准备。他的病对每个人都造成了伤害，人们感到情绪低落。我经常在晚上梦见他，有时是美梦，有时是噩梦。我每天早上醒来，震惊地意识到他仍然在生病，然后紧张地伸手拿手机，看看夜里有没有关于他的新闻或消息。我总是很担心他。有一段时间，我一个人继续过着正常的生活，但随后现实又将我拉回到所处的边缘状态。我开始觉得自己一无是处，我不再从事全职工作，我就像是海上风暴中的一艘船，每天情绪起伏不定，因为无法见到他或接触到他而感到沮丧。当我准备最终离开他时，这种情况出现得更频繁了。

最让我担心的是，在马迪巴长期患病期间，他是否会意识到：为什么泽尔迪娜没有来？当我想到这个可能时，我会畏缩，因为他会突然想到最终我可能离开他，而没有坚守我"永远不会离开他"的承诺。他是否认为我忽视或抛弃了他？19年后的今天，我渴望把我的白色的手放在他黝黑的手上，触摸它。然而，正是那黝黑的手赋予了我生命的意义。43岁的我渴望再次触摸那只手，感受他的指节。当我说："别担心，库鲁，我没有抛弃你。"他的微笑仿佛照亮了整个房间。

直到我们再次相聚，库鲁！

　　电影《漫漫自由路》中有一个场景，扮演纳尔逊·曼德拉的角色慢慢地走上一座库努的小山，当他走开时，他背对着镜头，光线柔和，他熟悉的步态在缓坡上蜿蜒而上。我知道那不是他，那是英国演员伊德里斯·艾尔巴（Idris Elba），但这个形象如此有力，如此感人，以至于我在电影院里泪流满面，一次又一次，泪水不受控制地从我的眼里涌出，顺着脸颊流下来。我试图阻止流泪，但无济于事。那天晚上，当我第一次在南非的首映式上观看《漫漫自由路》时，我也泣不成声，这是43年来从未发生过的事。这就像是一场葬礼前的哀悼，我知道马迪巴即将离开人世，他正饱受痛苦，而电影再现了他的生活，让我想起了他。

　　马迪巴从未看过这部电影，该片于2013年11月上映，当时他已接近生命的尾声。这是一个在近二十年前获得他祝福的故事。制片人阿南特·辛格（Anant Singh）买下马迪巴生平故事的版权，用二十年时间将之搬上大银幕，正好让我们回忆起马迪巴的故事。

　　除了提醒我们马迪巴的牺牲，这部电影还让我想起了一个更年轻、更健康的纳尔逊·曼德拉。现如今他的身体是如此虚弱，但在电影中，他强壮、坚韧、充满活力。他喜欢跳舞，不是他晚年膝盖发软时爱跳的那种慢步舞，而是20世纪50年代的爵士乐舞步。马迪巴曾经告诉我们他是如何在索菲亚镇跳舞的，通过这部电影，我现在可以想象这样的故事。以前在国外旅行的时候，我经常在午餐或晚餐时和他坐在一起，通常只有我们两个人，他会热切地讲述他早年生活的细节，我是他的完美的听众。我很擅长让我的想象力在故事中驰骋，我会问他跳舞的姿势、着装，他是否吸引女孩，以及跳的舞是什么样的。他被我的直率逗乐了。我经常问："女人们是不是会为了和你跳舞而拜倒在你足下？"他会腼腆地笑，并夸口说"是的，那当然！"我会突然大笑起来。

几个月前，我已经停止拜访马迪巴了。马迪巴出院后的一天，马谢尔夫人叫我去家里喝茶，尽管他仍被认为病情危重，但情况已经稳定。她说她知道我有多爱马迪巴，她知道我对他的感受，她认为让我看到他的病情恶化是不明智的。起初，我怀疑是马迪巴家族的人让她告诉我不能再见马迪巴了，但想了想，我确实不想看到他无能为力的状态，我不想在他面前情绪失控。直到他去世后，我才知道当时我确实被禁止见他。

我在心里不断挣扎，试图理解他为什么不撒手离开，以及他是否能够这么做。这个问题困扰着我，它每天一点一点地吞噬我，不知道也不理解发生了什么。

有时我像许多南非人一样，想知道他是否被人为地维持生命。但马谢尔夫人和乔西娜告诉我，他的眼里仍然有火花，他偶尔会握住某人的手，或者设法睁开眼睛。但到了11月，这一切不再发生。

他的医生认为，即使在他如此虚弱的情况下他也能拥有如此强大的力量，真是令人惊奇。我经常想知道——他现在开始害怕死亡了吗？他经常轻率地对待死亡，说些诸如"当你走了，你的身体就死了"之类的话。人们提出了关于他的祖先是否有召唤他的问题，而我不知道他是否意识到这些问题。他尊重传统，但不过分沉迷于传统。

日子一天天过去，我一直处于待命状态，焦虑不安地等待着他身体状况的最新消息。我通过短信和邮件与马谢尔夫人沟通。有时我遇到她，我不会问太多问题，只会问"他还好吗？你认为他还痛吗？"或者

"他知道发生了什么吗?"我也试着努力减少她的负担,通过支持她来表达我对他的支持。毕竟,我在巴黎第一天见到她时,他就告诉我,我必须照顾她,在任何时候都不能忘记她。我仍然在这么做。然后不可避免的信息到来了。12月3日,马谢尔夫人和乔西娜告诉我,马迪巴的病情正在恶化。

这似乎是结束的开始。

12月5日星期四,我在基金会见到乔西娜,她看起来筋疲力尽。当天傍晚,乔西娜给我打电话,告诉我马谢尔夫人的指示。我不得不通知马迪巴的一些亲密的朋友,事情正在变得更糟。我花了几个小时才联系上名单上的每个人,其中包括德斯蒙德·图图、哈迈德·卡特拉达、塔博·姆贝基、乔治·比佐斯等人,但他们不在政府体制内,这种情况下通常不会被告知消息。当我开始打电话时,我很坚强,但他们的反应掺杂着痛苦、震惊和难以置信,摧毁了我起初的坚强。每次通话后,我都让自己镇定下来,重复马迪巴的话"在完成之前,似乎总是不可能的",然后打电话给下一个人。

晚上晚些时候,两架直升机在我家上空低空飞行。由于我的家位于军用直升机驻扎的基地比勒陀利亚和马迪巴的家所在地约翰内斯堡之间,直升机必须飞越我居住的地区。是军队在做最坏的准备?还是那件事已经发生了?如果是军方,那意味着事情已经发生。有两个问题需要考虑:首先,从既定流程角度来看,他们可能会在那个时候参与进来;其次,我认为他们可能会担心人们猜测的乌胡鲁(uhuru)或"长刀之夜"。据说,当马迪巴死后的那个晚上,黑人会杀死白人。只有极端分子才会如此思考问题。我现在知道,南非作为一个国家已经变得更加强大,更有能力应对所有人——无论是黑人还是白人——都害怕的事情:马迪巴之死。

然后一切结束。我知道他走了，我没必要问。我麻木了几分钟，然后我从餐桌旁的椅子上跳了起来，设法阻止自己变得歇斯底里。我走到外面，独自一人静静地坐在炎热的夏夜里，一边思考，一边祈祷，试图消化刚刚发生的事情。我独自在家，我的直觉是我必须点燃蜡烛祈祷，然后尽快上床睡觉。我知道之后会发生什么，我的手机开始"发疯"，我没有回复任何人，谣言四起。大约两个小时后，我开始收到远至洛杉矶的消息："马迪巴还好吗？"我知道，如果我回答了一条信息，它就会像一团火一样蔓延开来，但我也不想撒谎。

我的电话依旧响个不停，我决定把它关掉，然后吃了两片安眠药便上床睡觉。我知道总统必须正式宣布这一消息，但我不知道他什么时候会宣布。我告诉纳尔逊·曼德拉基金会的首席执行官塞洛·哈唐，我需要在第二天早上6点在办公室与他会面。他同意了，我随即上床睡觉。

我给我哥哥和他的同伴里克发了一条信息，让他们第二天一早来接我的狗。我说："请不要问任何问题，只要尽快把温斯顿和英迪拉带走。"它们需要照顾，我知道接下来几天我不会在家里待太久。

2013年12月6日，凌晨4点我就醒了，我看到已经有28个未接电话和数百封邮件在等着我。我洗完澡，下楼喝咖啡时，阅读了一些消息。我做了可怕的噩梦，马迪巴走了。总统是在午夜时分宣布的，直到今天我仍没有看宣布的录像。

我在早上6点之前给父母打电话，他们都已经听说了这个消息。他们在房间里开着收音机睡觉，当收音机里通常播放的音乐被总统的一则公告打断时，我父亲叫醒了我母亲告诉她马迪巴去世的消息。我的父亲，那个在1990年警告我"恐怖分子获释"的人，因为马迪巴的去世哭得像个孩子，他整个晚上都在电视上关注事态的发展。当我在电话里听到他们悲伤的声音时，我崩溃了。

我赶到办公室，发现我的一些同事已经在那里。每个人都情绪激动，但我们必须镇定下来，就像士兵们进入全面作战模式一样，必须马上完成工作，为接下来的几天做准备。我们必须购买吊唁簿，准备好声明，还需要为公众创造悼念马迪巴逝世的空间。工作人员非常出色，在塞洛的领导下，他们很快就安排了这样一个空间。我还把我的朋友米奈（Minèe）叫到我们的办公室，让她管理我的手机，并开始回复各种问询。我需要有人帮助我来完成手机上的工作。媒体开始寻找我，等待我的回应，而在我试图弄清楚下一步该怎么做时，米奈不得不顶住压力。为了努力减少媒体的压力，我决定发表一份声明。当我坐在电脑前时，文字和泪水同时开始流淌。

纳尔逊·曼德拉基金会同意发表我的声明。

我写道：

> 我经常与无情的压力作斗争，后来我看到他，他举止优雅，精力充沛。我从未离开过他，我永远都做不到。纳尔逊·曼德拉并不要求忠诚，但他激发他所接触的每一个人坚定不移的忠诚。现在，当我们哀悼马迪巴的离去时，我只能慢慢地接受我再也见不到他的事实，但英雄不死。尽管我很难过，我再也不会走进那个房间，看到他富有感染力的笑容，或者听到他说"哦，泽尔迪娜，你来了"，但我已经接受了这样一个事实：马迪巴的遗产并不取决于他在哪里，他的遗产将不仅存在于以他的名字命名的一切事物：书籍、图像和电影中……当我们听到他的名字时，他的遗产永存于我们的感受中，他激发了我们的团结、尊重和爱，尤其是我们彼此相连的关系……我会珍惜每一个微笑，愉快但也困难的日子，尤其是我人生的重要时刻和那些不经意的瞬间，直到我们再次相见，库鲁！我将

在余生的每一天爱你。

当我写下最后一句话时，这一切都触动了我。我在道别，这是真的吗？我从来没有，从来没有想过我会坐在我的办公桌前写下这些文字，感觉就像是和另一个平流层告别。米奈代表我接听电话并回复信息，人们从私人角度联系我，因为他们知道他对我有多重要，但后来其他人也打电话来，因为我是他们与马迪巴之间联系的纽带，他们不知道该如何或在何处表达失去亲人的悲伤。我首先必须弄清楚需要做什么，然后才能开始思考自己的感受。

一段时间以来，我与马谢尔夫人和乔西娜合作，为这种可能发生的情况编制清单，其中包括曾为马迪巴服务的人、在里沃尼亚和叛国罪审判期间与他在一起的人，他所有慈善机构的负责人和受托人，以及当马迪巴需要什么时我们总是会去拜访的人，不仅是为了他的慈善事业，有时也是为了给他的某个孙子孙女找份工作，或者帮助某个孩子做一些特别的事情。这些名单已经更新过几次，但最后一次更新是在2013年6月马迪巴住院时，这些名单随后被交给马卡齐韦和马迪巴的长孙恩迪莱卡·曼德拉（Ndileka Mandela）。他们是仅有的两名在筹划葬礼的家族成员，在过去的八年里，他们一直在筹划葬礼。

政府原本计划在联合大厦举行葬礼，联合大厦是南非的权力中心，历史上的所有国葬都在这里举行。尽管马迪巴希望葬在库努，但他没有明确表示他想在库努举行国葬。他是一个简单的人，有着适度的需求，有些低估了他对世界的重要性。

这场葬礼将定义维护曼德拉遗产的权力以及曼德拉家族在其中的角色。

我感谢那些记得我和我在马迪巴生活中扮演的小角色的人。德斯蒙德·图图大主教在开普敦圣乔治大教堂一次非常感人的布道中提到了我。我们都是可以被遗忘的、被替代的，他忘记了我的姓氏，反复叫我泽尔达·范·格兰。他也在变老，对他尊敬之人的逝世感到脆弱和不安。在悲伤中，人们给我发短信和推特，说如果他们是我，他们现在会改姓范·格兰。这很有趣，但当时我笑不出来。

国防部部长恩卡库拉对我的表态也让我非常感动，她感谢我多年的服务。她说，她从来没有想过我有时间交男朋友，尽管我不想让人们谈论这件事，但她是对的，这是第一次有人在公开场合说这件事。曾经有一段时间，如果马迪巴不叫我做点什么，我就能和一个男人在一起20分钟。我从不生气，我会优先考虑他。当我偶尔有一段恋情时，我无法给予它我的全部承诺。我并不介意把工作当作一切，这是我的选择。她对我的感谢让我更加激动，我从未期望得到任何人的感谢。马迪巴的感谢对我来说就已经足够，我能幸运被选中为他服务已经超出了我对生活的任何期望。我在乎马迪巴，我知道数百万人也关心他，我尽力为他的利益服务，以确保马迪巴与他人的关系得到尊重。

我的推特和脸书账户、短信和邮件突然被感谢我的人淹没，这一切都令我不知所措。我是一个注重细节的人，也是一个左脑思考者，起初我以为我会亲自感谢每一个人，但随着时间的推移，我的手机由于信息太多，不断卡住，我根本没有时间做我想做的事情。更糟糕的是，那些向我表达感激之情的人同样伤心，他们都有自己的情绪需要处理，但他们想到了我，这让我深受感动。

我们现在必须弄清楚马迪巴"朋友名单"上的人是如何获得认证的。现在担任曼德拉基金会首席执行官的塞洛也试图从他的角度获取信息，而工作人员则夜以继日地工作，以消除那些希望确认葬礼安排的人的混乱情绪。塞洛作为首席执行官无法得到任何细节，他的员工也是如此，人们打电话询问将于12月10日星期二在索韦托FNB体育场举行的葬礼详情。我无法回答任何人，因为我没有任何信息，也没有确认什么。除了我们称之为马迪巴的"朋友名单"之外，马谢尔一家突然被告知，他们只能获得五个认可名额，而马谢尔夫人将被列为第一位。因此，只有她和其他四位被允许参加葬礼。这太荒谬了。

在葬礼前的几天里，我们中的许多人几乎没有睡觉，试图弄清葬礼的安排并获得信息。如果说现在的情况是混乱的，那就太轻描淡写了。糟糕的计划和国家机密的结合，对于一个已经不可避免的事件来说，这似乎令人惊讶。我曾与马迪巴周游世界，参加过有数百位国家元首出席的活动。在这样的大型活动中，有个别几次安排有点随意，但我却从未经历过如此混乱——没有人能给你相关的信息，计划每隔几分钟就会改变一次，似乎连有关负责人都不知道详情。

周日晚上，在我、政府礼宾人员和马迪巴家人之间的激烈争吵之后，我们被一名非洲人国民大会高级官员"救了"出来。当她设法为马谢尔一家获得认证并将认证书送到我和乔西娜会面的撒克逊酒店时，她救了我们。

这变得越来越滑稽可笑，如果我们连纳尔逊·曼德拉的遗孀和她的孩子们都无法获准参加他的葬礼，那么就更不可能让其他人正式参加了。

与此同时，奥巴马总统和克林顿总统的先遣队已经抵达，并试图从包括我在内的每个人那里了解细节。当每个人都感受到组织混乱带来的压力和挫败感时，大家都怒火中烧。我反复问他们为什么策划了八年，现在却没有人能给我们任何答案，显得如此不专业。我们得到保证，我们将在第二天获得马迪巴"朋友名单"的认证。

星期一一大早，我们开始联系各种关系。到了下午2点，我们的一位朋友巴塞萨纳·库马洛到非洲人国民大会总部领取"朋友名单"的认证，但随后我们意识到名单上只有一半的人获得了认证。第二天是葬礼。如果不确定自己是否会被认证，那么国外的人不可能冒着风险飞往南非参加葬礼。没有受到邀请的马迪巴的朋友将以先到先得的方式前往体育场获得入场资格，然后与参加葬礼的公众坐在一起，其中包括像图图大主教这样的人。

就在事情似乎不会变得更糟的时候，我想起之前安排的一次门诊。我牙痛得厉害，朋友马利把我抱起来，带我去看牙科医生。我无法一边开车一边接听电话回答无尽的询问，马利在根管手术期间帮我接听电话，然后在我张着嘴躺在牙医的椅子上时问我问题，就像漫画中描绘的那样，我差点被牙医绑起来。我把要对马利说的话写在一张纸上，字迹几乎难以辨认，但她设法在我坐在椅子上的一个半小时内作出指示。外科医生很快意识到他不可能完成这项治疗，并要求我在下一周回来完成剩余治疗。他意识到我有压力，非常有耐心并设法止住了我的疼痛，我和马利便离开了。

满嘴的药棉和足够的止痛药让我的大脑和嘴巴麻木（我确实试图让他给我注射超过允许量的局部麻醉剂，以便让我平静下来，尽管他拒绝了）。我试图向人们表示我仍然没有任何信息，我努力保持乐观，但只要我设法回答了第一个人，这个人就会再次要求更新信息。我无法承受这种压力，濒临精神崩溃。

有时，乔西娜、贝塞萨纳和我互相大喊大叫，甚至歇斯底里地哭泣，然后我们会重新开始工作，试图重新找到秩序。我们知道，无论天性如何，我们情绪爆发的时候，互相之间都是安全的。撒克逊酒店的经理乔治·科恩（George Cohen）是我的好朋友，他和酒店老板斯泰恩一家坚持让我在葬礼期间留在酒店。乔治想支持我，确实给了我一切可能的支持。我住在离约翰内斯堡有一段距离的地方，他提出让我留在城里，这减轻了我的一些压力。

由于马迪巴的一些朋友也住在撒克逊酒店，这使得工作变得更容易，不必在不同的场所与他们交流，而是在酒店内部交流。每当我得到一条信息，无论多么琐碎，我都会和乔治分享，他会把它传播给住在酒店的朋友，或者仅仅是他接触过的人。基金会的工作人员在办公室忙于自己的安排，为悼念创造一个公共空间，乔治和酒店的工作人员帮助我接听电话，他们派司机四处帮忙，并帮助我们获取信息。此外，乔治还强迫我进食。不止一次，他发现我在抽泣，痛苦和沮丧交织在一起，他会让我平静下来，帮助我想办法找到解决办法。对我来说，马迪巴的朋友们都觉得他们在他的生活中很重要，他们对信息或细节的要求是合理的，而我无法帮助任何人，这似乎显得不专业且漠不关心。

星期一晚上，国防部部长打电话让我必须前往比勒陀利亚的联合大厦，以整理"朋友名单"的认证事宜。到目前为止，我已经给所有可能帮助我们的人发短信或打电话。晚上7点，我们甚至还不知道第二天葬礼的开始时间。

不仅仅是我们，媒体也无法计划工作。政府在"须知信息"的基础上工作——慢慢地一点一点地发布信息。

与此同时，马迪巴正在比勒陀利亚的第一军事医院接受防腐处理。这个消息是从我的朋友罗宾·科诺那里知道的，他多年来一直听取这个家族的情况介绍。我从他那里得知，马迪巴被特姆布部落（Thembu）的长老"护送"到来世。他们会和罗宾交谈，解释每天发生的事情。马迪巴讨厌繁文缛节和官僚主义，我不禁想知道，如果他被告知我们的困扰，他会有什么反应。

我的朋友带我去看牙医，随后在萨拉·莱瑟姆的陪同下开车送我前往联合大厦，她是克林顿总统的先遣队员，也是一位老朋友。克林顿夫妇亲自派她到南非尽可能地支持我。在前往联合大厦的途中，巴塞萨纳打电话给我们，说他们没有在联合大厦印刷认证书，我们必须回到约翰内斯堡，所以我们回去了。我们被告知，我们将在晚上10点之前收到剩余的认证书。10点30分，我再次打电话给乔西娜，被告知我们将在星期二凌晨1点之前收到通知。凌晨1点，我们被告知凌晨3点会收到通知，所以，我们没有睡觉；凌晨3点到了，凌晨3点过去了，没有任何消息，我们仍在等待。到早上5点，我们开始四处打电话。商业大亨约翰·鲁伯特等人从开普敦飞来参加葬礼，但他的认证也没有送达。6点，我在他家门口送了两张认证卡，上面写着他和他妻子都不认识的名字，我没有别的办法可以帮助他。最后约翰登上飞机，返回开普敦。

约翰是马迪巴在项目需要资金支持时总会求助的人之一，马迪巴与这家人的关系可以追溯到20世纪90年代马迪巴获释后的谈判阶段。但此时此刻，这个人不能去参加马迪巴的葬礼，尽管马迪巴视他如己出。

此外，纳尔逊·曼德拉慈善机构及其各自的首席执行官或受托人均未获得认证，他们的名字都出现在两年前多次提交的名单上。在马迪巴生活中扮演关键角色的长期在职工作人员，都被从认证名单里删去。

早上8点，在只睡了45分钟之后，我到达我们的办公室，马谢尔一家将从那里出发。我向基金会主席恩德贝勒（Ndebele）教授和首席执行官塞洛（Sello）致歉，我对他们没有得到照顾深感抱歉。如果我的名字没有被马谢尔夫人作为她的家庭人员提交，我就不会被认可也不会得到认证。马迪巴的过去似乎被忽视，他亲自任命的人，以及他建立的传统机构，在这次官僚主义行为中被边缘化。

辩护律师乔治·比佐斯律师是马迪巴的老朋友之一，他与马迪巴的关系可以追溯到里沃尼亚审判，他也到了办公室，因为他的名字也作为家人被提交。我扶他上车，并请我的洛杉矶朋友摩根·弗里曼的商业伙伴洛瑞随时陪伴他。到达体育场时一片混乱。雨不停地下着，一场无情的风暴席卷了约翰内斯堡。有人说这是幸运的迹象，众神正在欢迎马迪巴，但他会认为这些说法是在胡说八道。这场雨使本就困难又混乱的局势更加复杂。最近有人说，马迪巴不喜欢人们因他小题大做，下雨可能是他确保不会小题大做的一种方式。

我们在包间之间四处奔波，和年迈的比佐斯律师一起走来走去。当图图大主教、科菲·安南和其他长者在包间门口被警察粗暴地对待时，我一度试图帮助他们，警察这样的行为让我感到极为不尊重。

当波诺、索尔·科兹纳、查理兹·塞隆以及杜夫·斯泰恩的妻子和孩子们抵达时，他们也被阻止进入任何包间。一名礼宾官员直接将他们赶走，并指示他们沿着一条长长的走廊前往"任何开放的包间"。我护送他们，只能把他们带到最近的空包间，那里没有餐饮，只有橙色塑料椅子可以坐，更糟糕的是，包间位于舞台背后，在那里他们几乎什么也看不见。我告诉他们，一旦我安排好让他们进入更体面的地方，我就会回来接他们，但他们现在需要先待在这个包间里，因为我不希望他们被警察或礼宾人员粗暴对待。我脑海中唯一重复的话是："尊重马迪巴，就必须尊重他的朋友。"如果这是我为他做的最后一件事，我会努力尊重他的朋友。

在吵架、哭泣、大喊大叫和大发脾气之后，非洲人国民大会副主席杰西·杜阿尔特来解救了我。我告诉她发生了什么，她在部长包间门口与礼宾官员和警察争论，要求让马迪巴的朋友们有一间像样的包间。她和我一样感到挫败，认为马迪巴的朋友们受到如此轻蔑的对待是不可接受的，于是她安排一位礼宾人员和我们的一个朋友去接他们。

马迪巴生前憎恶无休止的演讲，讨厌人们长时间地歌颂他。他说，一旦有人说了你的好话，这就足够了。这不是我们希望的葬礼。这一天不是公共假日，可容纳9万人的体育场甚至还没填满一半，这太令人尴尬了。人们不得不从工作中抽出时间参加悼念活动，马上就是圣诞节假期，许多人可能根本无法请假参加悼念仪式。

乔西娜和马伦加·马谢尔，马谢尔夫人的两个孩子和马迪巴的两个继子女，也没有得到应有的照顾。他们和我们以及马谢尔家族的其他成员一起在部长包间里。葬礼进行到一半的时候，有人告诉他们称有规定要求他们必须走到赛场上加入其他家族成员的队伍，但我们阻止了这个要求。马迪巴和这几个年轻人在一起的时间比和他自己的许多孩子在一起的时间要长。他们使他微笑，但他们却获得了被我视为最不尊重的对待。

克林顿总统把我叫到总统包间，因为他、希拉里和切尔西想跟我打招呼。总统的私人助理JD来接我，当我看到他们时，我几乎崩溃了。我就像见到了家人一样，在过去的19年里，我和他们相处了很长时间，他们很感激我对马迪巴的爱，我也知道他有多爱他们。他们分担了我们的痛苦，他们真的深深地爱着他。看到他们让我意识到他们也很伤心。你和马迪巴的关系取决于你内心对他的感受，与花了多少时间和马迪巴在一起无关，克林顿夫妇明白这一点。奥巴马总统有我们所说的"马丁·路德·金瞬间"，他发表了一篇载入史册的出色演讲。尽管发表了太多的演讲，但这并不是我们所希望的对马迪巴一生的纪念。演讲历时好几个小时，几乎没有歌舞或音乐项目——这是马迪巴更喜欢的。这也暴露了一些人对马迪巴的了解有多肤浅，他们其实完全不理解他，以至于他们常常会弄错。

极为尴尬的是，每当提到祖马总统的名字或他的脸出现在体育场的大屏幕上时，祖马总统都会遭到同胞的嘘声。对此我一点也不惊讶。几年前，雅各布·祖马在强奸案审判中没有被定罪，当时纪律涣散的非洲人国民大会青年开始焚烧印有时任总统塔博·姆贝基头像的T恤衫，而这件T恤衫所代表的不尊重行为现在以不同的形式再现。这就像一段虐待关系，一旦你允许它发生，你就再也不能越过那条线了。既然当时是允许的，为什么现在不允许呢？我不仅为祖马总统感到尴尬，也为整个南非感到尴尬。

星期二晚上，葬礼结束后，我们前往霍顿庄园看望马谢尔夫人，克林顿总统和他的家人很快便离开南非。索尔·科兹纳——这个总是给马迪巴脸上带来微笑的人，也离开了，这位精明的商人眼中也带着悲伤。即使索尔或克林顿夫妇没有打过电话，在过去几年里我有时也会告诉马迪巴他们打过电话，每当我看到马迪巴的情绪不佳的时候，告诉他这件事，他都会露出笑容。他们尽可能频繁地来见马迪巴，每当他们的公事需要时，克林顿总统总是确保能将他访问非洲其他国家与邻近马迪巴生日期间到访南非结合起来，每次都如此。

在我睡觉之前，我试着安排波诺、娜奥米·坎贝尔和斯泰恩一家去表达他们的敬意。第二天早上在联邦大厦，马迪巴躺在那里。马迪巴喜欢波诺，因为他利用自己的名人形象来支持公益事业。反过来，我们可以随时邀请波诺在音乐会和活动中表演，而不收取出场费或差旅费，来为马迪巴的慈善机构捐款。娜奥米是第一位公开支持纳尔逊·曼德拉儿童基金会的名人，她被封为马迪巴的第一位荣誉孙女。马迪巴在与温妮·马迪基泽拉·曼德拉分手后离开了索韦托的家，斯泰恩一家为马迪巴提供了六个月的住所，他在他们的房子里完成《漫漫自由路》的写作，非洲人国民大会也在这里起草了临时宪法。他们招待了马迪巴的朋友和同志，并为他提供了一个与儿子马加托的孩子们共度时光的空间。

这些人都理应在马迪巴的生命中得到应有的地位，而现在，当马迪巴躺在政府大楼里，他们甚至没有得到在联合大厦最后一次向马迪巴致敬的安排。

我们的司法部部长杰夫·拉德贝（Jeff Radebe）的妻子布里吉特·拉德贝（Bridgette Radebe）提议第二天早上到萨克森酒店来帮助我们到达联合大厦。道路均已被封锁，除非你的汽车经过认证，否则你必须排队数小时才能乘坐公共交通工具前往联合大厦。星期三早上6点，布里吉特打电话说杰夫8点会到，我一直等到7点，然后让萨克森酒店经理乔治叫醒娜奥米、波诺和斯泰恩一家。早上8点，布里吉特打电话说杰夫被邀请参加另一个仪式，无法再帮助我们。恐慌再次袭来，我怎么把这些人带进联合大厦？政府肯定不能指望这些贵宾和公众一起排队五六个小时来向马迪巴表示最后的敬意。

我感到无能为力。我一直都能解决问题，能打开各种门，但这些门一扇一扇地关上了。想象这会如何激怒马迪巴也无济于事，你只需摆正心态处理它，然后找到另一条出路。

当我在萨克森酒店打电话时，前总统F.W.德克勒克也住在这家酒店，无意中听到我的声音。德克勒克先生是马迪巴出狱时的总统，马迪巴喜欢他，并且非常尊重他，我也很尊重他。我打完电话后，他说："泽尔达，跟我的安保诺曼谈谈，看看他是否能想出办法来帮助你。"9点15分，我们和前总统德克勒克及其夫人埃莉塔一起被护送离开。这对我来说太过讽刺，在这里，这个在很多人眼中代表种族隔离的人，在某种程度上再次拯救了马迪巴。太多的事情需要处理，我非常想告诉马迪巴发生的一切。尽管德克勒克先生来救我们，不会令他感到意外。他相信，尽管他们时不时会出现政治分歧，但德克勒克先生是一个通情达理的好人。

到达总统府国宾馆时，名人们被允许进入，但我和斯泰恩夫妇一起被拒之门外。当部长杰夫·拉德贝和他的妻子布里吉特到达时，他们不得不护送我进去，我必须想出一个办法让斯泰恩夫妇进去。最终，我们设法把所有的客人送到了马迪巴所在的政府联合大厦。

当我们走在联合大厦的台阶上时，我感到一种平静。我必须准备好和马迪巴道别，我必须把这些话记在脑子里。我不打算大声说什么，但他会听到的。他总是在我说出口前就知道我的想法。以前当我告诉他一些事情，或向他提出一些问题的时候，他会说，"你知道，泽尔迪娜，你现在提到这件事很奇怪，我也在想这个问题"。我想，这次也不会有什么不同。

离灵柩只有几步之遥，我意识到这太难了，我几个月没见到他，已经开始想念他了。娜奥米走在我身后，然后她的身体僵住了，她很害怕，眼泪又一次从我的眼里流了出来。我歇斯底里了，尽管我很想帮助她，但我控制不了自己。我紧握着布里吉特·拉德贝的手，但她随后放开我，转而拉住了娜奥米的手。我希望她也能帮助娜奥米。下一刻，萨莫拉·马谢尔的女儿、马谢尔夫人的继女奥利维娅·马谢尔拉着我的左手，波诺拉着我的右手，另一边是他的妻子阿里，轮到我们走向灵柩。

我尽可能平静，直到我的目光触及小曼德拉的眼睛，小曼德拉是马迪巴的孙子，站在他祖父的灵柩旁守卫。我的心碎了，我无法向任何人描述这种身体上的痛苦，但我相信很多人都感受到了。我非常想走到小曼德拉身边拥抱他，但我做不到，他就像我的弟弟。

波诺和奥利维亚把我带到灵柩前，马迪巴就躺在那里，已经没有了生命。死亡的寒冷带走了马迪巴。我首先注意到的是他脖子侧面的伤疤，很明显他们在那里插了一根管子，这可能是过去六个月里维持他生命的许多管子中的一根。那里现在除了伤疤什么也没有了。当你和某人共事良久，你甚至会知道对方的伤疤，我知道马迪巴脸上脖子上的每一个小痕迹，他脖子上的这个是新的。我注意到他的肤色变为深灰色，他的胸部完全平了，像桌面一样平。看到那样的他我很难过，但我知道我只有一分钟的时间向他道别。波诺领着我们做了祈祷，虽然悼词很美，但我无法呼吸，无法抑制自己的喘息。他感谢上帝祝福我们和马迪巴同在，并请求上帝与马迪巴同在，与我们同在。波诺带着我们离开了，我想转身往回跑。我还是想说点什么，我们总是有更多的话要说，不是吗？但生活告诉我，比起已经说的话，我们常常会因为那些我们没有向对方说的话而倍加后悔。在过去的几年里，我已经告诉马迪巴我有多么爱他，多么感激他，我从来没有因为没有说出口而后悔。走远的时候我明白，即使他躺在那里也知道我对他的爱和感激。

波诺和奥利维亚握着我的手，我不记得是怎样踏上联合大厦的楼梯，可能这也是我最后一次这么做。在返回总统府国宾馆的路上，没有人说话。到现在，我已经不再试图控制自己的眼泪，它们只是从我的眼睛里往下流。我感觉自己已无法呼吸，想独自一人待着，不想面对其他人，但我必须要为其他人考虑。

回到撒克逊酒店，我们吃了午饭，我很难过波诺和他的妻子奥莉离开了。多年来，我和他们的员工联系紧密，他们也成了我的好朋友，在某种程度上成为我的精神支柱。波诺有点像传教士，他对生活有着非常深刻的理解，在马迪巴长期患病期间，他经常发送鼓励的信息，这让每天筋疲力尽的我平静了一些。在某种程度上，我觉得马迪巴的朋友都是特殊的人，他吸引了某种类型的人。我知道如果他们在这里照顾我，他会很高兴的。"很好，泽尔迪娜。"他会说。

临时缺乏计划的情况继续存在，我必须决定如何度过接下来的几天。我有过短暂的崩溃时刻，无法面对马迪巴逝世的现实，我几乎无法相信他真的走了。

我现在面临的挑战是让阿尔弗雷·伍德德（Alfre Woodard）、奥普拉、盖尔·金（Gayle King）、斯特德曼·格雷厄姆（Stedman Graham）、福里斯特·惠特克和理查德·布兰森参加马迪巴的葬礼，葬礼计划于2013年12月15日星期日在马迪巴的家乡举行，他们都是从美国远道而来，但我不确定我们能否成功地让他们获得认证。他们的地位低于国家元首，但高于部长级，他们不符合认证标准。他们必须像其他公众一样被对待，这不是我想要的结果。

当我到达马迪巴的家给马谢尔夫人送东西时，穿制服的值班警察告诉我，我不能进入该房屋，因为我在这里的认证已经过期。这不是我以前见过的人，她拒绝我入内。在她旁边坐着马迪巴的一名安保人员，他也没有帮忙而是保持沉默。我走进警卫室，试图打电话给厨房工作人员，让他们核实我是否被允许进入，但我没有打通电话。我问安保人员他为马迪巴工作了多久，他回答八年。我告诉他，是马谢尔夫人把我叫到了家里，问他能否让我进去。他回应说，他不在值班，只是陪着这位穿制服的女士。我对他说："如果马迪巴现在听到你的话，你觉得他会有什么反应？你为他服务过，应该知道的。"我哭着给马谢尔夫人打电话，她派安保人员来门口接我。

到达里屋，我被告知需要照片认证。我来到花园后面礼宾官员办理认证的房间，告诉他们马谢尔夫人让我来办理认证，他们拒绝帮我办理，并说我的名字不在名单上，马卡齐韦和恩迪莱卡是唯一可以允许我被认证的人。我离开了，再次去找马谢尔夫人，告诉她我要走了，不会留下来参加祈祷仪式。她指示马卡齐韦的丈夫艾萨克再次陪我去房间，试图让我获得认证。尽管他告诉他们他是马卡齐韦的丈夫，然后说这是"马谢尔夫人的特殊要求"，但起初他们还是拒绝了。经过长时间的争论，他们才同意。"马谢尔夫人的特殊要求"，艾萨克的措辞让我觉得有些奇怪。

我和马谢尔夫人打了招呼，然后离开。她想让我留下来参加祈祷仪式，但我太难过了。我向她保证，如果她需要任何帮助，我会在她身边。她仍然依赖我来处理我在马迪巴在世时所负责的一些行政事务：按照他们的指示付款或转账。我认为这些自相矛盾的事情加剧了我的情绪化。马迪巴家族的人很快打电话给我，问我是否已经转到他们那里了，但他们觉得我不够好，不能像对待其他人一样对待我。他们经过我身边时，不会问候我，更不用说给我一点点尊严了。

我仍然要克服奥普拉、布兰森、惠特克的认证障碍，然后我离开了这里。

接下来的几个小时都花在了这件事上。我给每个人发电子邮件、打电话、发短信，要求他们帮助马迪巴的朋友。这批国家礼宾部门的官员甚至告诉总统府总干事，他们不接受他的指示。政府的一些部门似乎与其他政府成员发生了争执。我觉得这并不是为了尊重马迪巴，也不是为了给他应有的尊严，而是为了维护权力和清算旧账。但另一方面，没有人真正知道谁是负责人。人们不禁想知道，是否仅仅是八年的糟糕规划——浪费外国旅行经费来与其他国家协商如此重大的事件，还是故意将需要协商的人排除在马迪巴的葬礼之外。如果你有八年的计划，你就应该把事情做对。我对于那些深爱着马迪巴的人被这样对待，深深地感到痛苦。他们坚持要求奥普拉和其他人到霍顿庄园的认证室接受认证，我把这件事告诉了所有人。

可悲的是，我听说认证是在奥普拉、福里斯特、盖尔和其他人不得不与礼宾人员合影无数之后才进行的。我无法想象马迪巴会同意这样对待他的朋友，我永远不会让马迪巴受到这种对待，但在这里，他的朋友们被要求与粉丝们合影，以便顺利通过认证。在为马迪巴服务的19年中，我从来没有，甚至一次也没有向他的客人要求合影，也从未主动要求马迪巴和我合影。仅有的那些照片是在与他共事的过程中拍摄的，或者他有时会在与客人合影时邀请我入列。只有在少数情况下，他的一些朋友会要求我在照片中出现，但这正是我和他相处这么久的原因之一。有一次，他问我是不是不想和他合影，我一笑置之，并向他保证事实并非如此。我现在完全不能接受他们的这种行为。

星期五，我和乔西娜、她的一些家人和朋友一起，乘坐法扎尔和马莱卡·莫特莱卡尔（Faizal and Malaika Motlekar）夫妇安排的私人飞机，抵达东开普省。当我们降落在乌姆塔塔时，我注意到群山是多么郁郁葱葱。雨下得很大，而且还在继续下，这真的会让马迪巴很高兴，我真希望他能看到。当他灵魂的土壤得到充分的浇灌，变得肥沃，可以放牧和耕作时，他一定会感到幸福。在接受美国有线电视新闻网罗宾·科诺采访时，马迪巴的一个孙子讲述他和马迪巴坐在库努家客厅里的故事，马迪巴鼓励他的小孙子姆布索在雨中裸奔。马迪巴说，这是他年轻时经常做的事。不管生活一次又一次地给了他什么，他都无条件地热爱生活。想象一下80年前——年轻的纳尔逊·曼德拉在同样的山丘上嬉戏，赤身裸体，不受束缚，对自己的未来一无所知，也许下雨是适合他回家的方式。

开车离开机场时，我想起了每当我们在库努时我是如何让马迪巴微笑的，我用他在成人礼后得到的名字向他打招呼："啊，达利布洪加！"南非白人女孩用他的科萨名字问候他，他被这件事逗乐了，这通常会让他脸上露出最真诚的笑容。

我们路过几头牛，我回忆起他对牛的崇拜。我们过去常在他的农场开车，去看母牛和公牛，我想他会喜欢当一个大农场主。他经常告诉我，在他们的传统中，一个人的财富是以他拥有的牛的数量来衡量的，他在任何时候都有30～60头牛，我会回答："哦，库鲁，你真有钱！"而他会回以笑声。

马迪巴平易近人，有着天生的亲和力。我和他在一起的日子里，我的主要角色是成为他的保护人——保护他不因他人的爱而窒息。他的开放性似乎与葬礼安排的封闭性不符。这让我困惑，让我悲伤，甚至让我尴尬。

全世界的媒体纷纷聚焦库努。这让我想起马迪巴是多么喜欢记者，看到他们让我想到，在库努看到这么多记者，他真的会印象深刻，他会对他们吹嘘自己的小村庄。他过去常常给他们打电话，每当记者写了一篇关于他的文章，而这篇文章本质上是对他的批评时，他会邀请他们吃饭。一开始他们以为是因为批评他而惹上了麻烦，但他们在抵达他家吃饭后很快就知道，他只是想与他们接触，以了解他们的批评。记者们往往会在没有改变意见的情况下离开，但马迪巴并没有试图改变他们的想法。在与他们接触后，他会形成一个新的见解，他偶尔会通过正确的信息来改变自己的想法，但这些记者可能从未放弃过敌对情绪。在库努看到这么多熟悉的面孔，让我想起许多这样的场合，以及马迪巴是如何用自己的魅力来吸引他们的。他喜欢与媒体分享信息，并感谢他们的工作。而现在的机制是如此不同——媒体被拒之门外、信息被隐瞒，只为了显示权力所在。

星期日，我们凌晨4点起床为葬礼做准备。我试图制定一个计划，把乔治·比佐斯送到马迪巴家，这样他就不用乘坐大巴了。他年纪大了，人很虚弱，走路很困难。马迪巴的一名前安保人员皮特·埃尔维（Piet Erwee）帮助我们把他带到那里，并与我们一起穿过路障和警察检查站。皮特受雇于前警察指挥官罗里·斯泰恩，也是马迪巴总统时期的亲信安保人员之一。罗里现在有一家非常成功的安保公司，他的人生是另一个成功的故事，只要你的生活充满激情。

到了库努，乔治·比佐斯理应去问候马迪巴的家人。我们从厨房门进去，因为他们锁住了前门，不让我们进去。马卡齐韦的女儿站在里面大声喊道，无论是谁，门都不会为任何人打开。我领着比佐斯律师和他的儿子穿过厨房后面的门，穿过餐厅，遇见马卡齐韦经过，她几乎没有和我们打招呼。显然他们不赞成马迪巴选择的工作人员与朋友。乔治·比佐斯就是例子，今年早些时候，马卡齐韦曾质疑他被任命为马迪巴的一家信托公司的受托人，随后，马卡齐韦的女儿侮辱并贬低了辩护律师比佐斯。屋里没有人欢迎我们。

我们礼貌地向她打招呼，她走进厨房。在厨房里，我可以看到她坚定地转身，然后冲进餐厅对我说："泽尔达，我们不希望你和你的人在这里。既然乔治叔叔在这里，他可以留下来，但我们不希望你们这些人在这里。"我回答说："如果有人能给我们指点方向，告诉我们如何对待像乔治叔叔这样的人，我很乐意听你的，马卡齐韦。"她重复了她的指示："我们不希望你们这些人在家里。"艾萨克看着我转身离开。乔治叔叔和他的儿子从她身边走过，走进其他人聚集的休息室。

我们到达后不久，一位来自罗本岛的马迪巴前同事托基奥·塞克斯瓦尔抵达。马卡齐韦也对马迪巴任命托基奥为同一家信托公司的受托人表示质疑。这些人被马迪巴任命为他的信托机构服务是有充分理由的。当马迪巴生病无法为自己发声时，家人开始质疑他的决定，很明显，一旦他离开人世，他们将在各方面进行清理；同样清楚的是，如果你是马卡齐韦或恩迪莱卡阵营以外的人，你是不受欢迎的。我不是唯一一个被赶出去的人。

我发现很难将马迪巴最后的岁月和我们多年来所经历的事情与现在

发生的事情调和起来，这在情感上是一种挑战，说它们完全相反都已经是委婉的说法了。

　　库努是一个山谷般的社区，位于东开普省雄伟的山脉之间。马迪巴的农场本身很小，但与邻居们相比就显得相当奢侈了。尽管他和马谢尔夫人在21世纪初建造的房子与周围地区的生活水平形成鲜明的对比，但与身份相似或相近的人相比，这座房子并不起眼。为他的葬礼竖立的巨大圆顶让我震惊，它不是一个大帐篷，而是一个巨大的圆顶，大概有一个小型飞机吊架那么大。我听说这个圆顶已经存放了好几年，以便在"重大事件"发生时做好准备。它是在南非的基尤制造的，从德国运来塑料盖。从房子到圆顶约距离1.5公里，连接房子和圆顶的道路是一条简单的碎石路。无论是前路还是后路，你都能很好地感受这片土地的大小，你还可以看到马迪巴引以为豪的奶牛。

　　我开始朝着举行葬礼的圆顶走去，只是把马迪巴留在我的脑海里。他不会同意我被要求离开房子，也不会赞成炫耀农场上的这个巨大圆顶。几年前，当他能够作出决定并亲自发声时，他坚持让我和他们一起在房子里出席马加托的葬礼。现在我却被排除在外。马迪巴有时会把人赶出家门，最近一次是在2009年12月，尽管当时我不顾一切地试图说服他对他们更加宽容。现在他的声音被压制了。

　　在这些艰难的时刻，我必须记住马迪巴最伟大的教诲……我和他的关系是不可分割的，没有人能从我身上抹去这一点。人会死，关系不会死。我和马迪巴的关系永远不会死。

　　到达圆顶时，更多的人聚集在那里，他们从乌姆塔塔乘坐大巴，大约一个小时车程到达。我听说奥普拉乘坐的大巴不被允许进入圆顶，我们很难获得她的飞机在乌姆塔塔的降落权，因为只有国家元首的飞机才获准在那里降落。这是可以理解的——直到我听说已经有了例外，其他飞机可以在那里降落。她从乌姆塔塔机场乘坐的大巴没有获准进入农场，她不得不在主屋下车，沿着尘土飞扬的道路走到圆顶。马迪巴的前安保人员罗里设法用一辆迷你车将她和她的代表团运送到圆顶。她之前去过库努两次，最后一次她加入我们，并为村里和周边地区的25 000多名儿童举办了一次圣诞儿童聚会。马迪巴还曾要求她建造一所学校，作为他的学校建设项目的一部分，于是她在约翰内斯堡附近建立了奥普拉·温弗里学院。马迪巴非常欣赏她，也感谢她对南非贫困儿童的支持。他多次告诉人们她慷慨地买下所有出席她车展的人的车。他会以"你能想象吗？"作为结尾。

当奥普拉、斯特德曼、福斯特和盖尔前往圆顶时，我试着为比佐斯律师、理查德·布兰森和其他人找座位。每当有我认识的人到了门口，我就把他们带到一个区域，在那里布里吉特·拉德贝和她的哥哥帕特里斯为马迪巴的朋友们保留了空位。

马谢尔夫人仍在主屋，准备陪马迪巴去圆顶和他最后的安息之地。我可以在前一天的录像中看到她已筋疲力尽。他们正在库努——他心爱的农场，为马迪巴最后一次上山做准备。

一旦我设法安排好了所有我认为自己必须负责的客人就座，我自己就找不到座位了，除非我准备好坐在参加葬礼的军人中间。我太惭愧了，因为我太激动了，所以我离开了，在外面的草地上找到一个地方，坐在我的朋友罗宾·科诺旁边，他在场内为美国有线新闻网做报道。从那里，我可以通过南非广播公司（SABC）的扬声器听到葬礼过程，并在卫星卡车后面的屏幕上看到视频画面。灵车抵达——马迪巴的灵柩放在一辆炮车后面，覆盖着南非国旗。当军队行进经过时，我泣不成声。起初，我看到小曼德拉坐在军车的前面，仍然守护着他的祖父，在马迪巴的车经过后，马谢尔夫人的车跟着，我可以透过车窗看到她。我非常想抱着她给她安慰，但也想让她抱着我。马迪巴的葬礼获得军事荣誉，这意味着军方的所有仪式和礼节都适用于他的葬礼。

当德斯蒙德·图图大主教和特雷弗·曼努埃尔一起到达圆顶时，我可以看到他的痛苦和悲伤。只要时间允许，我就要拥抱他。我想安慰他，但我也想从他那里得到安慰。马迪巴很喜欢他。

一个陌生人，一个黑人，看到我悲痛得直哆嗦，走到我跟前，搂住我说："泽尔达别担心，姐姐，会好起来的。"我想瘫倒在他的怀里，但我知道我必须冷静下来，并用拥抱感谢他。几周后，我试着回忆起这个人的脸，试图记起他是谁，以及我是否能再次找到他。我想再次感谢他这么做，他不仅仅拥抱和安慰我，更真诚地关心我。当陌生的黑人以这种方式向我伸出援手时，这触动了我的内心。我们已经走了这么远！

仪式开始了，祭台上装饰着95支大蜡烛，每支蜡烛代表马迪巴的一年。我应该表达我的敬意和祈祷，但我再次担心管理问题——尤其是我们如何让奥普拉和她的代表团回到马迪巴的房子。有钱有势的人和我在19年里从未见过或听说过的人被授权进入墓地。4 000名客人中只有400人获准前往墓地。有人向我展示了认证卡的样子，但我没有获准。

马迪巴在狱中的老朋友艾哈迈德·加德拉达在仪式上发表了最感人的讲话，他向马迪巴致敬，并表示马迪巴已在天堂加入非洲人国民大会。他太激动了，看到他那样真令人伤心。我们亲切地称呼他为凯西，从马迪巴入狱前起他们就一直是朋友，他们在罗本岛上度过了18年。仪式很快结束了——一场又一场的演讲，一些演讲者令人很感动，而另一些人则想确保他们最后一次在马迪巴的明亮灯光下"借光"。唯一真正让我想起马迪巴的是孩子们唱的歌《罗利·赫拉赫拉·曼德拉》，这是一首写给马迪巴的歌曲，马谢尔夫人在葬礼前一周请南非著名艺术家姆邦杰尼·恩格马与孩子们一起录制了这首歌。当我听到这首歌的时候，马迪巴有感染力的笑容浮现在我的脑海里。我完全可以想象他听到这首歌时的愉悦，但现在一切都过去了。这首歌和圆顶上描绘马迪巴生平的95支蜡烛是马迪巴遗孀唯一坚持要求的。

葬礼结束时，我详细阅读了讣告，在讣告中没有提到马迪巴亲自创建的曼德拉遗产机构，仿佛它们从未存在过。

人们开始前往埋葬地点。马迪巴的许多朋友从我身边走过，当然还有他的家人。马迪巴的一些朋友问我是否不去现场，我告诉他们我没有被认证。这些朋友奋力争取让我进入，但我已经道别了。我和马迪巴的关系并不取决于我是否能站在他的坟墓旁边，远不止于此。在葬礼期间照顾奥普拉的罗里·斯泰恩和我及罗宾一起在外面。罗里、罗宾和我，三位南非白人，我们的生活因马迪巴的领导力和爱而改变，我们站在一起，在屏幕上观看葬礼。我和马迪巴的关系不是在他生命中的关键时刻站在他身边，这是在我与他共度的平凡时光中定义的。罗里、罗宾和我以我们各自的方式向一位伟人道别，我们的库鲁，我们的塔塔，我们的马迪巴。

我们站在屏幕前观看葬礼进程，当21响礼炮响起时，我泪如雨下。飞机飞过，悬挂着南非国旗的直升机齐刷刷地飞过库努山丘，战斗机紧随其后。那些机器的声音带动我全身颤抖。终于灵柩被埋葬，一切都结束了。当罗里抱着我们俩时，我在罗宾的肩膀上大声地哭了起来。罗宾当时没有在直播，但我俩都不知道，她的麦克风一直开着。我的抽泣声传遍了美国有线电视新闻网。罗宾说，亚特兰大的演播人员喊道："麦克风发烫了！"她知道我泪流满面的崩溃状态已经被传播给数百万人，但我并不知情。与此同时，她感受到了让我离开的两难境地，她知道放不下我，于是紧紧地抱住我、安慰我。几分钟后，她回到镜头前，描述了她周围的场景，并提到了强烈的离别感和悲伤，她的眼睛明显因为和我们一起哭泣而发红。她描述了我——马迪巴的长期助理，如何泪流满面，向所有聆听的人解释是谁在哭泣。两周后，她才告诉我发生了什么，她报道了什么。我没有被背叛的感觉，我需要我的两个朋友罗宾和罗里把我的心团结在一起，不让它分崩离析。我觉得我想与这个世界分享我的痛苦，我不知道自己曾经拥有过什么，但与此同时，我从未感到如此孤独。我被失去所困扰，空虚使我抽搐。当我开始返回马迪巴家时，他们还在墓地忙碌。我必须回家，我先前往酒店，然后我决心尽快回到约翰内斯堡。我再也待不下去了，我需要待在家里和我的狗独处。我离开的时候，马迪巴的一位安保人员山姆用高尔夫球车送了我一程。我无法想象我的样子，但当我们驶过那些熟悉的面孔时，曾以不同身份为马迪巴服务的人注意到我坐在高尔夫车后面。我停下车，和他们说了几句话，我再也不能控制自己的情绪。马迪巴的非洲人国民大会老同事都被排除在外或被拒绝前往墓地，他们停下来和我聊天。我很想走进房子，最后看一眼马迪巴休息室里那张空的黄色椅子，但我急于找到交通工具，并决定今天不能再让自己陷入无尽的悲伤中。我知道我很快就会回来。

当我离开时，我已经设法为奥普拉和她的代表团安排好从圆顶返回马迪巴家的大巴。理查德·布兰森也被安排好交通工具，我把交通工具留给比佐斯律师。我已经竭尽全力，确定每个人都安好，是时候放手离开了。我动身前往酒店，穿着丧服上床睡觉。我已经尽我所能。我睡了两个小时，当我醒来时，我得知我最亲爱的同事亚斯设法改签我的航班，使我能够在当晚返回约翰内斯堡。他意识到我想要安静和独处，于是使出浑身解数来改签我的航班。于是我在雨中驱车260公里到达东伦敦，在那里乘飞机返回约翰内斯堡。凌晨1点多我回到家，过了一会儿才睡着。

接下来的几天都花在付账上。葬礼在圣诞节前十天举行，供应商必须在节前支付员工工资。

我完成了剩余的根管治疗工作，参加了杜夫·斯泰恩的61岁生日晚宴，气氛有些沉重，因为他当时也生病了，还有一些其他的身体问题，这些问题都是前一周所有压力造成的。6月，我以为自己在一次健身房训练中受伤，大约在马迪巴住院的同一时间，我的臀部经常疼痛，有时疼痛会一直蔓延至膝盖。无论我如何伸展，吃了多少止痛药，我都无法摆脱疼痛。12月19日，我早上醒来，以为自己瘫痪了，我能感觉到臀部和以前一样疼痛，但我的双腿都麻木了。在我绝望的时候，我给度假回来的一位理疗师朋友打电话求助。经过多次治疗，她终于让我摆脱了自6月以来所有的痉挛。就像多年来的情况一样，每当马迪巴遭受身体上的痛苦时，给我带来的压力和担忧也会在我的身体上表现出来。

终于在12月20日星期五，我回到了乌姆塔塔。我想去马迪巴的墓地向他作最后的道别。在这次旅行之前的几天里，我对生命的意义和死亡有很多疑问。马迪巴对生命和死亡的真正信念是什么？在过去的两周里，我们试图尽可能多地保护马谢尔夫人。她知道他下葬的时候我不在场，我不是唯一一个不被允许参加葬礼的人。当灵柩从约翰内斯堡抵达马迪巴家时，管家模因和家庭助理贝蒂也被从一排人中拉出来，被禁止进入墓地，甚至被禁止出现在马迪巴家里，但多年来他们一直忠心耿耿地为他服务。

库努恢复了缓慢的生活节奏。圆顶已被拆除，洒水车在圆顶之前竖立的地方浇灌新种植的草地。奶牛和山羊像以前一样自由自在，没有受到生活变化的影响。我直接去农场迎接马谢尔夫人，这是我自葬礼前的那个星期四以来第一次见到她。

我想从她那里了解马迪巴葬礼的细节。他穿了他最喜欢的衬衫吗？

她说他没有，那不是他最爱的衬衫。他带着一些私人物品，一些对他来说非常珍贵的东西。我问了他的手杖——他从杜夫·斯泰恩那里得到的一根象牙棒，是用一头死去的公象象牙制成的。令人难过但并不意外的是，我被告知手杖没有找到，我和马谢尔夫人花了一些时间谈论手杖，追踪它到库努的房子，我们最后一次看到它是在霍顿。我们两人都没有精力寻找手杖，我让她放心，手杖终有一天会浮出水面，希望那时我们还活着，或者有人会读到这篇文章并发现它。它清楚地标记着"致马迪巴，来自杜夫·斯泰恩"，一根实心白色象牙手杖，独一无二，马迪巴本应带着它离开。

当晚10点我开车从库努返回乌姆塔塔，最美的月亮升到了乌姆塔塔的山头，那是我见过的最亮的月亮。我突然意识到，我这个白人南非女子独自一人从库努开车到乌姆塔塔，从前马迪巴会因为担心我的安全而坚持让安保人员陪着我，想到这里我情不自禁地笑了。我看着月亮，突然意识到他已经消除了我所有的恐惧。我终于长大了，差不多二十年前，我做梦都不会想到晚上会在这条路上独自驾车驰骋。众所周知，特兰斯凯让人胆战心惊，但我已经融入了这个地方。二十年前，我对生活、黑人和南非的未来充满恐惧，现在我不再被主流思想或恐惧所影响，我是我自己的主人。马迪巴给了我自由，他让我摆脱了恐惧的束缚，他不仅解放了黑人，也解放了白人。我感到轻松、自由，感谢我的老师纳尔逊·曼德拉。尽管我为他感到悲伤，但我已收获良多。在回乌姆塔塔的路上，我在车上和"他"说着话，偶尔望一下明月。

星期日早上8点过后不久，马谢尔夫人、乔西娜、模因、贝蒂以及其他几名工作人员、安保人员一同驱车前往墓地。前一天我们订购了鲜花，并开始清理马迪巴和他三个孩子的坟墓。我们很安静，气氛很肃穆。这些墓碑上都有家族徽章，这是我从曼德拉家族葡萄酒中熟知的。

我们搬走放在他灵柩上、墓碑周围的旧花——一束束白花、兰花和玫瑰，它们被太阳晒坏了，散落在风中。我们把花换成新鲜的，然后马谢尔夫人把我们叫到一起，让模因祈祷。当我们手牵手祷告的时候，我浑身发抖。模因在用索托语（Sotho）祈祷。在此期间，我的思绪转向用南非荷兰语祈祷。我思绪不定，想让马迪巴知道我心中所想。我想再次感谢他，并像其他许多次一样告诉他我有多么感激他，但最重要的是，他应该记得我爱他。

中午过后不久，飞机从乌姆塔塔机场起飞。这是我一生中从乌姆塔塔到约翰内斯堡的最漫长的55分钟飞行。终于，一切都结束了。"下一章"将会更加困难，我知道，一场关于遗嘱、马迪巴遗产和遗产控制权的战争正在酝酿。就像他们说的，这是时代的标志。我知道现在是时候重新昂首向前看了，我已经完成职责。最后的几天和几个月让我想起了托尔斯泰的故事。讽刺的是，这位伟大的俄罗斯作家的生活和马迪巴有很多相似之处，马迪巴也非常喜欢他的作品。在马迪巴去世之前，人们聚集在一起，同时开始了对他遗产和遗产控制权的争夺。

我坐在小飞机内离门最近的位置，面朝飞机后部。小飞机比商用飞机好得多，也方便得多，但我们总觉得自己被暴露了，因为没有地方可以隐藏我们的情绪。当我看到我们的飞机缓缓穿过厚厚的云层时，我看到马谢尔夫人泪流满面，我能感觉到她的痛苦。最终我们都崩溃了，各自在座位上哭泣，我、马谢尔夫人、乔西娜、马谢尔夫人的嫂子、贝蒂和安保人员科迪尔。飞行过程中没有人说话。

马谢尔夫人通常无比坚忍，无比坚强。飞机冲破云层，飞离马迪巴，留他独自一人，我们都有一种抛弃他、背离他的感觉。这是我们唯一不想让他感受到的事，也是我答应他永远不会做的事。但我们现在能怎么办？他回家了，英雄不死。他将永远出现在那些美丽的山丘上，我现在知道他去世后会比生前更有力量。

他的形象和遗产必须得到保护。

我不知道我的余生会做什么。马迪巴长期患病迫使我成长，也给了我很多宝贵的教训，告诉我要对人有什么期望。马迪巴不仅再次统一了一个国家，而且他教会了我们比我们想象中更多的东西。我会让生活顺其自然，我现在知道，在任何时间点，我都会一直在我应该在的地方。我除了每年通过组织骑行纪念曼德拉日外，没有其他计划。也许我会找到另一份工作，也许我会找一个男人共度时光，一个理解并尊重我的人。那位黑人老人，现在像一位古代国王一样躺在南非库努金山（golden hills）的土壤深处。我们将在每个日落和日出时看到他，我们必须继续寻找他。如果我们记住他的教导，他会照顾我们的。

飞机慢慢地爬上了云层，到达阳光之下。温暖的非洲阳光透过飞机的窗户照射进来，最终让我们的脸暖和起来。拭去泪水，不管现在发生什么，我知道我们已经竭尽全力。

直到我们再次相见，库鲁！

致　谢

　　我需要一本单独的书来感谢所有在过去43年里为我的生活作出贡献或发挥作用的人。我提前为自己可能会遗漏很多名字而道歉！包括那些伤害过我的人，他们以一种非常奇怪的方式，在塑造我的过程中发挥了作用；更包括我生命中每一位祝福过我的人，不论他们在我的生活中扮演了什么角色。

　　我向那些为我在这个美丽的国家享有自由铺平道路而遭受苦难和牺牲的人致敬。

　　"是你们成就了我。"我感谢我的父母得梅因和伊冯·拉格兰奇。我对你们的爱远超你们所能感受到的。我并不经常表达爱，确实，我是一个奇怪的人，但我希望你们知道我是多么感激你们无条件的爱和支持。你们为我今天坚持的纪律、原则、道德和价值观奠定了基础，我从你们那里继承了承诺、忠诚和决心。因为你们，我懂得了爱是什么。感谢我的哥哥安东和他的同伴里克·文特、我的第二个哥哥，感谢你们一直在我身边，当我感到无依无靠没有可以信任的人时，你们总会坚定地站在那里。谢谢你们的鼓励、坚定不移的支持和照顾。你们是我的底气。

　　对于我的家人，拉格兰奇和斯特赖敦，感谢你们。

　　我的同事马雷塔和斯拉伯特，长期为马迪巴服务，感谢你们和我一起坚持下来。我们分享过最美好的时光，也分享过最糟糕的时光。我将永远爱你们。

感谢我的老朋友詹妮弗·普雷勒，感谢你的支持和母亲般的关怀。我很感激拥有一个像你这样照顾我的朋友。谢谢你鞭策我让我超越自我的极限，不断调整我的态度，让我变得更坚强。

我狗狗的教父，乔恩和阿莱特·范·惠斯汀，我无法想象没有你们的生活。在某个阶段，你们在我的房子里住的时间比我更多。谢谢你们在我需要的时候出现在我身边，照顾我的房子、我的狗和我，时不时地收拾残局，我等不及和你们一起坐在养老院的门廊上了。

那个让我保持头脑清醒的朋友拉尔夫·布鲁姆霍夫（Ralf Brummerhof）博士，感谢你在那里，无论白天还是黑夜。

感谢罗宾·科诺和金·诺加德以及他们的孩子弗雷亚和海拉，感谢你们给了我一个即时的家庭，以及我们无比珍贵的友谊。

杜夫和卡罗琳·斯泰恩，谢谢你们对我的爱和关心。

谢谢你们的指导、保护和宝贵的智慧，感谢我们的约定：米内·亨德里克斯、马利·霍夫曼、安·李·默里、洛里·麦克里、安妮·姆多达、萨拉·莱瑟姆、戴安娜·布劳德瑞克。

感谢一些非常特别的朋友、同事和一些特殊的人，感谢你们以这样或那样的方式祝福我的生活，感谢你们的善良、支持，甚至只是关心：康斯坦特和哈内·维瑟、里安·范·海登、加雷斯·克利夫、道格·班德、乔恩·戴维森、贾斯汀·库珀、马特·麦肯纳、马吕斯·范·武伦、伊恩·道格拉斯、露西·马修、卡特里奥娜·加德、罗里·斯泰恩、伊莱恩·萨洛纳、罗迪·奎因、金·马里、巴塞萨纳·库马洛、约翰娜·穆科基、雷布斯·莫戈巴、马沙迪·莫特拉纳、德维利尔斯·皮纳尔、韦恩·亨德里克斯、亨克·奥珀曼、阿德里安和塞西尔·巴松、乔治·卢德克、沃尔迪马尔·佩尔瑟、泡利·马辛、乔治·科恩、乔纳森·巴特、马

326

修和特雷西·巴恩斯、丹·恩萨拉、多特·菲尔德、格雷格·库切、罗布和阿曼达·弗莱明、利比·摩尔、乔维塔·马谢尔、帕特里夏·马赫、丽莎·哈利迪、科拉·福斯曼、特蕾西·达文波特、西尔维娅·维尔约恩、阿蒂·范维克、阿尔乔姆和萨约拉·格里高利安、胡马·阿贝丁、索尼娅和科茨·齐茨曼、汉娜·里切特、迪恩·布罗德里克、德里基·范·齐尔、海因和赫尔米恩·贝祖登胡特、迪恩和伊泽尔·斯通、安吉·库马洛、格雷琴·德·斯密特、蒂努斯和切林内尔、安妮·劳顿、阿德里安·布林克、贝弗利·罗克斯顿、简·欧尔旺、皮特·德瓦尔和珍妮丝·费兰特、达伦·斯科特、唐恩·尼科尔、约翰·卡林、萨托和塔比索·锡克·瓦恩、尼尔和安德烈·维尔容、TJ、路易斯、谭雅和利兹·斯泰恩、阿帕德·布森、丽娜·布隆伯格、阿米·德赛、布莱恩和珍妮·哈巴纳、约翰和罗克·史密斯、沙尔克和米歇尔·伯格、雷克·奈斯林、蒂姆和克莱尔·梅西、杰里和普鲁登斯·英泽里罗、玛丽莲·卡斯泰特、芭芭拉·霍根、海因里希·格维尔、贾布·马布扎、格雷厄姆·伍德、艾伦·诺特·克雷格、姆托比·泰亚姆扎什、诺曼·阿达米、唐和利兹·吉普斯、罗伯和劳里·布罗津、凯文·威尔逊、丹·莫亚纳、卡尔海因茨·科格尔、安德鲁·姆兰格尼、科恩和贾斯汀·克里格、奥利维亚·马歇尔、弗兰克·吉斯特拉、苏珊·克里格勒、乔加贝斯和以扫·希拉卢克、奥普拉、盖尔·金、理查德·弗里德兰、威廉·亚历山大国王殿下和马克西玛王后殿下、前总统塔博和扎内莱·姆贝基夫人、前总统弗雷德里克·威廉·德克勒克和艾丽塔·克勒克、副总统卡莱马·莫特兰蒂、法官特姆巴桑戈尼、卡尼·多洛莫、乌纳蒂·姆辛根、希拉·西苏鲁、法扎尔和马莱卡·莫特莱卡尔、乔纳森和詹妮弗·奥本海默、尼基·奥本希默、加文·科佩尔、汤米·伊拉斯谟、邦吉·姆卡贝拉、查尔斯·普里巴奇、库涅兄弟、西里尔·拉马福萨、戴维·洛克菲勒、莱昂·维尔马克、本尼·古尔、罗杰·弗里德曼、麦克·马哈拉吉、塔博·莫克戈巴大主教、阿南特和瓦内什里·辛格、马卢西·姆普尔瓦纳主教、罗宾·法雷尔、迈克·普利特博士、班达尔王子、乔琳·柴特、阿尔弗雷·伍德德、罗德里克·斯宾塞、优素福·苏尔特、莎朗·斯通、阿基·布森、查理兹·塞隆、辩护律师图利·马东塞拉、兹韦林齐马·瓦维、奈杰尔·百明顿、毛罗·戈瓦纳托、本·金、怀特·巴松、温迪·卢哈贝、伯纳德·克里格、文森特·马帕伊、库斯·贝克尔、弗雷德·帕斯瓦纳、通·沃斯洛、克里斯·利本·伯格、杰夫和布里吉特·拉德贝、罗珊·帕里斯、乔尔·约翰逊、艾米·温布鲁姆、埃斯玛尔·魏德曼、丹尼斯·帕尔姆、阿扬达·德洛德洛、诺西维·恩卡库拉部长、戴维·丁金斯市长、福瑞斯特和凯莎·惠特克、乔纳森·詹森教授、津齐·曼德拉、佐勒卡·曼德拉、兹维利莱·曼德拉酋长、马丹齐马酋长、班图·霍洛米萨、帕特克里·霍洛米萨、佐拉尼·姆基瓦、菲比·格威尔、杰西·格威尔和约瑟夫·克鲁格、赞瓦·曼德拉、姆布索·曼德拉、安迪尔·曼德拉、津赫尔·曼德拉、卢武约·曼德拉和南迪·曼德拉。

感谢德斯蒙德·图图大主教、艾哈迈德·凯瑟琳达、克林顿总统、国务卿希拉里·克林顿、切尔西·克林顿、波诺、阿里、索尔和安德里亚·科兹纳、纳奥米·坎贝尔、理查德·布兰森、彼得·加布里埃尔、摩根·弗里曼、佩吉·杜拉尼及其各自的工作人员，感谢你们的爱和支持。我的生活因有幸认识你们而幸福无比。

感谢约翰和盖诺·鲁伯特，感谢你们的爱和关心。

弗雷德里克和娜塔莎·莫斯特，感谢你们对我的信任、激励，以及许多小时的法律咨询、支持和指导，还有特殊的友谊。

杰里米·冈特利特，感谢您的专家建议、支持和咨询。

巴利·楚恩、克尔·卡茨和维姆·特伦戈夫、乔治·比佐斯叔叔及家人，感谢你们多年来的支持，感谢你们总是为我付出时间和精力。

感谢莎克和里斯塔·赫尔德允许我在你们毛里求斯的家里写这本书。

感谢总统府和纳尔逊·曼德拉基金会的所有同事，我已经和其中一些人失去了联系，感谢你们的耐心和宽容。特别感谢那些与我密切合作或长期合作的人：路易斯·迪普纳尔、弗吉尼亚·恩格尔、艾伦·皮莱、维姆拉·奈杜、埃利泽·韦塞尔、莫里斯·查巴拉拉、梅沙克·莫切尔、乔尔·内希滕哲、托尼·特雷、芬克·海索姆、范妮·普雷托里奥斯、威廉·史密斯、格丽特·怀辛、玛丽埃塔·范伦斯堡、海莉·林纳斯、帕姆·巴伦、肖恩·约翰逊、希瑟·亨利克斯、莉迪亚·贝利斯、杰基·马格特、模因·卡加雷、贝蒂·迪马、索利斯瓦·恩多伊亚、格洛丽亚·诺坎达、亚斯·戈德洛、约翰·塞缪尔、阿赫玛特·丹戈、玛丽安·穆德齐瓦、丹尼斯·皮莱、谢琳·彼得森、布依·西舒巴、托科·马武索、格洛丽亚·贾夫塔、梅琳·恩格尔布雷希特、露丝·伦斯堡、李·戴维斯、塔妮娅·阿里森、伊莱恩·麦凯、玛丽·沃斯、杜杜·布特莱齐、乔·迪塔博、马卡诺·莫罗杰洛、梅林·范·沃雷、莫托曼·迪亚霍、埃瑟尔·阿伦泽、桑迪·皮莱、艾拉·戈文德、雪莉·奈杜以及其他我可能忘记的人。

感谢纳尔逊·曼德拉基金会主席恩贾布洛·恩代贝尔教授和纳尔逊·曼德拉基金会首席执行官塞洛·哈唐的领导和智慧。

特别感谢纳尔逊·曼德拉基金会纪念中心的弗恩·哈里斯，感谢他为本书的正确性提供支持并提供摄影作品。

总统保护部队和南非空军的所有成员，我曾与你们密切合作，你们勤勉尽责，谢谢你们。

来自南非国防军和私立医院的热情而专业的医护人员照顾了马迪巴

和马谢尔夫人，谢谢你们。

谢谢第一届妇女保险信托基金和映像儿童基金的工作人员。

纪念：我的祖父母和外祖父母，谢谢你们。已过世的特殊人士：首席大法官亚瑟·查斯卡尔森、乌姆·贝耶斯·诺德、肖恩·查巴拉拉、玛丽·姆萨达纳、约翰·莱因德斯、帕克斯·曼卡赫拉纳、埃里克·莫洛比、阿格雷·克拉斯特、杜拉·奥马尔、马里努斯·达林、米里亚姆·马克巴、史蒂夫·茨韦特、雷蒙德·姆赫拉巴叔叔、卡德尔·阿斯马尔、阿德莱德·坦博阿姨、沃尔特叔叔和阿尔贝蒂娜·西苏鲁阿姨、马加托·曼德拉、小泽纳尼·曼德拉。

谢谢你，我的教授，杰克斯·格威尔。我仍然每天都想你。你以超乎想象的方式丰富了我的职业和个人生活，我是如此幸运能与你密切地合作。在我余下的日子里，我将以深深的感激向你致敬，感谢你在马迪巴、马谢尔夫人和我的生命中所扮演的角色。

我的经纪人乔尼·盖勒、克里斯滕·福斯特、安娜·戴维斯和柯蒂斯·布朗团队，谢谢你们。

海伦·康福德、佩内洛普·沃格勒、理查德·杜吉德、丽贝卡·李、卡西亚娜·艾奥尼塔和企鹅出版社团队，深深感谢你们的热情支持。还有斯蒂芬·约翰逊、弗雷德里克·德·贾格尔、埃伦·范·沙尔克与南非企鹅出版社的所有人，以及克莱尔·费拉罗、温迪·沃尔夫和美国企鹅出版社的所有人。

对于我所有的媒体朋友，要提到的人太多了，谢谢你们的耐心和理解，甚至有时候我们也有意见分歧。谢谢你们教会我如何坚强。

向每一个没有义务接我电话，但还是接了我电话的人致谢。

谢谢你！那位在马迪巴的葬礼上安慰我的陌生黑人。如果我不能当面感谢你，仅在此致谢。

对于那些在过去19年里曾给我一个微笑、一个拥抱或一句鼓励话语的人，我怀着感激之情向你们致敬。

感谢格拉萨·马谢尔夫人、我的第二位母亲和她的孩子乔西娜、马伦加和萨莫拉，感谢你们接纳我并让我成为你们的家人，感谢马谢尔夫人像对待自己的孩子一样照顾我。我用马迪巴教给我的那种无条件的爱来爱你们。我将永远爱你们、关心你们、感激你们，我将信守我对马迪巴的承诺，心甘情愿地在我余生中照顾你们。

最后，但最重要的是，谢谢你，库鲁！

资料来源

与总统同行
Hansard, 12 February 1997, debate after the President's State of the Nation.

旅行和冲突
William Ernest Henley, 'Invictus', *Book of Verses*, D. Nutt, London,1888; deliberate misquote.

Nelson Mandela, *Conversations with Myself*, Macmillan, London, 2010.

与世界领导人合作
Nelson Mandela, *Conversations with Myself*, Macmillan, London, 2010.

Mathatha Tsedu, editorial for the *Sunday Times*, February 2003.

假期和朋友们
'Civil War in Madibaland', *Noseweek*, 1st April 2005.

Nelson Mandela, *Conversations with Myself*, Macmillan, London, 2010.

Bill Clinton, speech at a fundraiser for Nelson Mandela Foundation, July 2007.

我一生中最大的筹款活动
Nelson Mandela, *Conversations with Myself*, Macmillan, London, 2010.

留守到最后
Nelson Mandela, *Conversations with Myself*, Macmillan, London, 2010.

William Ernest Henley, 'Invictus', *Book of Verses*, D. Nutt, London, 1888.

道别
Nelson Mandela, *Conversations with Myself*, Macmillan, London, 2010.